일러두기

1. 본문 중의 인명과 지명은 독자들의 친숙함을 고려하여 한자음 그대로 표기하였습니다. 다만 일부 현대 인물은 중국어 발음에 따랐습니다.
2. 본문 중의 괄호 안에 뜻을 풀이한 것은 모두 옮긴이의 설명입니다.

다인 茶人

茶人

④

2부_불야지후 不夜之侯

왕쉬펑 장편소설 | 홍순도 옮김

더봄

차례

16장 · 05

17장 · 29

18장 · 52

19장 · 72

20장 · 95

21장 · 125

22장 · 163

23장 · 184

24장 · 217

25장 · 251

26장 · 273

27장 · 296

28장 · 317

29장 · 337

30장 · 369

에필로그 · 395

제16장

황혼 무렵, 항주 시내에 느닷없이 종소리가 요란하게 울려 퍼졌다. 1917년에 상해상무인서관上海商務印書館과 지방 유지들의 기부금 1만 원으로 종루鐘樓를 건설한 이후 아무런 까닭 없이 종이 울린 적은 단 한 번도 없었다. 또 어떤 불길한 소식이 들려오려고 이러는 걸까, 아니면 누군가가 반란을 선동하려고 종을 친 것일까? 행인들은 모두 걸음을 멈추고 불안한 눈빛을 주고받았다. 집에서 저녁을 먹고 있던 시민들은 용기를 내 창문을 열어젖혔다.

종루 철문 밖에 모여 있는 사람들 속에는 항씨네 가족도 있었다. 분노에 찬 듯 신경질적인 종소리를 듣고 불길한 예감을 느낀 요코와 항분은 사람들을 헤집고 앞으로 나가려고 했다. 그러자 가화가 두 사람의 어깨를 꽉 잡고 귀엣말을 했다.

"당황하지 말아요. 일본사람들도 함부로 총을 쏘지는 못해요."

멀지 않은 곳에 일본 병사들과 말을 탄 사람 둘이 있었다. 그쪽을 바라보던 가화와 통역관 가교의 눈이 딱 마주쳤다. 분노와 증오로 가득 찬 두 쌍의 눈빛이 잠시 서로를 노려봤다. 가교는 고개를 돌려 고보리에게 뭐라고 말했다. 고보리는 아래위로 가화를 훑어보더니 항분에게로 시선을 옮겼다. 항분은 가녀린 어깨를 미세하게 떨었다. 그리고는 고보리의 시선을 피해 고개를 돌려버렸다.

앞에 서 있던 중년의 사내가 가화를 알아보지 못한 듯 가화의 귀에 대고 소곤거렸다.

"안에 있는 사람을 당장 내놓으라고 일본놈들이 교회에 으름장을 놓았다오. 안 그러면 종루를 폭파시키겠다고 했다오. 교회 측은 꼬박 하루를 버티더니 더 버텨내지 못하고 일본인의 요구를 승낙했다오. 그래서 안에 있는 사람이 지금 미친 듯이 종을 치는 거라오. 쯧쯧쯧, 간이 배 밖으로 나왔지, 아침에 일본 헌병의 따귀를 때리고 저녁에 종을 울리다니……. 저 종이 어떤 종인데……."

다른 사람이 물었다.

"호랑이 간을 삶아먹었나? 대체 어떤 사람이기에 겁도 없이 저리 날뛰는 거요?"

"듣자니 양패두 망우차장 항씨네 둘째 도련님이라더군."

"아, 항씨네 말이오? 어쩐지, 그 집이라면 살인방화도 서슴지 않는 사람들이지. 한간도 배출되고 강도도 배출된 집안으로 항주에서 유명하잖소."

"쉿! 죽고 싶지 않으면 조용히 좀 하시오. 저기 말을 탄 사람이 보이지 않소? 저 인간도 항씨라니깐."

두 사람은 목을 움츠리고 입을 다물었다. 요코가 손으로 자신의 가슴을 부여잡았다. 가화가 요코의 어깨를 안은 손에 힘을 주면서 작은 소리로 말했다.

"걱정 말아요. 나오는 게 낫소. 죽지는 않을 거요."

그때 청년회관의 철문이 열렸다. 완전무장을 한 일본 병사들이 꽥 꽥 소리를 지르면서 안으로 달려 들어갔다. 종소리는 더욱 커지고 가빠 졌다. 종루 아래에 몰려 있던 시민들은 우우, 소리를 질렀다. 항분도 새 된 비명을 지르더니 그예 울음을 터뜨렸다. 가화는 딸을 끌어당겨 넓은 품에 꼭 안았다.

목사 차림의 서양인이 대문 앞으로 나왔다. 그가 고개를 들어 종루 를 보면서 손으로 십자가를 그은 다음 높은 소리로 기도하기 시작했다.

……하늘에 계신 아버지, 저희들의 죄와 허물을 용서하여 주시옵소서. 주여, 당신은 십자가의 피로 저희에게 알려주셨사옵니다. 메시아는 반드 시 수난을 당할 것이고 사흘 만에 죽은 자 가운데서 다시 살아나리니, 참회와 속죄의 목소리가 온 세상에 울려 퍼질 것이라. 너희는 이 모든 일 의 증인이니, 사람의 아들이 친히 아버지의 약속을 이루실 것이라. 너희 들은 기다리라, 하늘의 권능이 너희들에게 임할지니. 아멘.

철문 밖에 서 있는 사람들은 신자이든 아니든 다 같이 십자가를 그 으면서 "아멘!"을 외쳤다. 심지어 요코와 항분도 십자가를 긋고 고개를 숙였다. 다들 경건하게 고개를 숙이고 있는데 유독 가화만 허리를 편 채 고개를 쳐들었다. 조카 항한이 의연하게 걸어 나오는 모습을 똑똑히 보기 위해서였다.

잠시 후 종소리가 멎었다. 곧 일본 병사들이 아우성 소리와 발자국 소리가 뒤섞여 떠들썩한 와중에 항한을 철문 밖으로 끌고 나왔다. 항한은 고개를 반쯤 숙인 채 일본 병사들과 거세게 몸싸움을 하는 듯했다. 그때 요코가 새된 소리를 질렀다. 일본어로 한 말이라 다른 사람들은 알아듣지 못했다. 하지만 항한은 알아듣고 고개를 번쩍 쳐들었다. 위기의 순간에 어머니는 자기도 모르게 모국어로 "내 아들!"을 외쳤던 것이다. 항한이 어머니 쪽으로 고개를 돌린 순간 가화는 발꿈치를 들고 두 손을 높이 쳐들었다. 이어 항한을 향해 손을 흔들었다. 항한이 미소를 지으면서 고개를 끄덕여보였다. 가화 역시 두 손을 맞잡고 읍을 했다. 원래는 아랫사람이 웃어른에게 예를 차리는 동작이지만 가화는 이를 통해 조카에게 격려의 메시지를 보낸 것이었다. '한아, 잘했어.', '한아, 부탁해.', '한아, 무사해야 해.', 아마 그런 의미였을 터였다. 가화는 항한의 모습이 시야에서 사라진 후에야 손을 내렸다. 고보리는 채찍으로 가화를 가리키면서 귀엣말로 가교에게 물었다.

"저 사람이 가교 군의 맏형인가?"

고보리는 일본 헌병의 따귀를 때린 사람이 항씨이고 죽은 심록애의 친손자라는 사실을 오전에 알았다. 가교는 처음에 보고할 때 누군가가 일본 헌병의 따귀를 때렸다는 말만 했을 뿐 다른 말을 하지 않았다. 그러자 고보리는 귀찮다는 듯 손사래를 치면서 말했었다.

"헌병대에 통지하게. 즉시 종루를 수색해 그자를 끌어내라고. 맞은 헌병에게 맞은 장소에서 되갚아주라고 하게. 중국 속담에 '온 것이 있는데 가는 것이 없으면 예의가 아니다'라고 했잖은가. 실컷 때리고 그 자리에서 총살하게."

고보리가 곰곰이 생각하더니 다시 덧붙였다.

"시체를 열흘 동안 효시하게. '로마에 가면 로마법을 따르라'고 했으니 우리도 중국인들의 옛 법을 따라야지."

가교가 우물쭈물하더니 어렵게 입을 열었다.

"방금 공자묘 쪽에서 보고가 들어왔습니다. 조기객이 급히 만남을 청한다는군요."

고보리의 눈빛이 반짝 빛났다. 무척 흥분된 듯 목소리도 높아졌다.

"허, 오늘 해가 서쪽에서 떴나? 어떻게 이런 일이? 가교 군, 그 사람이 왜 나를 찾는지 짐작 가는 거라도 있나?"

가교는 그제야 사실을 털어놓았다.

"십중팔구 종루에 있는 사람과 관계가 있을 겁니다."

가교가 고보리의 시선을 피해 고개를 숙였다.

"제가 보고하지 않은 부분이 있습니다. 종루에 숨어 있는 사람은 제 둘째형 가평의 아들입니다. 이름은 항한이구요."

고보리가 외투를 걸치면서 생각에 잠긴 표정을 지었다.

"누구인지 알겠네. 내 다도 스승 하네다 선생의 외손자이자 내일 남경정부 대표로 항주에서 일본 측과의 협상에 참가하게 될 심록촌의 내종손주로군. 또 가교 자네의 친조카이기도 하고. 참 재미있는 집안이야. 내가 기거하던 집 마당에 불을 지르질 않나, 내 부하의 따귀를 때리질 않나…… 참 흥미로운 집안이군."

"저와 둘째형은 친형제가 아닙니다……."

가교가 황급히 변명하려고 하자 고보리가 손을 저었다. 그가 입가에 희미한 미소를 지으면서 말했다.

"어허, 인간미 없이 왜 그래? 사람이 그리 딱딱하면 못 써. 이제 생각났네, 항한이라는 그자의 어미가 일본 여자라고 했지?"

"그러면…… 총살은……? 실행을……?"

"내가 언제 일본사람을 총살하라고 했나?"

고보리가 눈을 부릅뜨자 가교가 찔끔하면서 입을 다물었다. 고보리는 흰 장갑을 끼고 밖으로 나갔다. 가교는 따라 나가지 않았다. 고보리가 조기객을 만나러 갈 때는 수행하지 않을 것. 이것은 두 사람 사이의 암묵적인 약속이었다. 문어귀까지 걸어간 고보리가 문득 무슨 생각이 났는지 걸음을 멈추고 물었다.

"뼈가 계속 아픈가?"

가교의 어깨가 축 처졌다. 참기 힘든 통증은 어제오늘의 일이 아니었다. 특히 요즘처럼 장마와 꽃샘추위가 계속되는 계절에는 더욱 심했다. 게다가 일본 헌병의 따귀를 때린 사람이 다른 사람도 아닌 조카 항한이라는 말을 들었을 때 통증은 급격히 심해졌다. 그는 인과응보 따위를 믿지 않는 사람이었다. 하지만 이런 날이면 뼈가 더 쑤시는 것은 분명한 사실이었다.

조기객의 거처는 방 두 칸짜리 단층집이었다. 가운데 작은 문이 있고 바깥방은 응접실, 안방은 침실로 쓰고 있었다.

고보리가 방에 들어왔는데도 조기객은 고개를 빳빳이 쳐든 채 못 본 척했다. 고보리도 당황하거나 민망해 하는 기색이 별로 없었다. 그는 탁자와 궤짝 위를 쓱 훑어보고 나더니 먼저 입을 열었다.

"조 선생은 평생을 다인들과 벗하면서 살았다고 들었습니다. 그런데 손님에게 차 한 잔도 안 주시는군요. 제가 차를 좀 가져다드릴까요?"

조기객이 손사래를 쳤다.

"나는 끓인 맹물만 마시지."

고보리는 못 들은 척 사람을 불러 차 두 잔을 가져오게 했다. 그리고는 한 잔은 손수 조기객 앞에 놓고 다른 한 잔은 자신의 앞에 놓았다.

조기객이 말했다.

"제법 배짱이 좋군. 자네는 찻잔에 또 얻어맞을까봐 무섭지도 않나?"

조기객은 지난번 치안유지회에서 크게 소란을 피웠을 때 찻잔을 내던져 고보리의 머리에 상처를 입혔었다. 이 일은 항주 시내에서 한동안 화젯거리가 됐었다. 사람들은 고보리가 조기객을 가만히 두는 이유를 못내 궁금해 했다.

고보리가 고개를 저었다. 앞에 있는 청화자기 잔을 한참이나 물끄러미 바라보던 그가 문득 고개를 들고 말했다.

"하네다 선생 문하에서 다도를 배울 때 이런 생각을 했었습니다. 언젠가 내가 찻잔을 들고 당신 앞에 무릎을 꿇고……."

조기객의 표정이 돌변했다. 고보리의 입에서 이런 말이 나오리라고는 상상도 못했던 것이다. 그는 주먹으로 탁자를 쾅, 내려치면서 낮게 으르렁댔다.

"그 입 닥쳐!"

평소 조기객이 이 정도로 흥분하는 일은 좀처럼 드물었다. 그는 온몸을 덜덜 떨면서 응접실을 왔다 갔다 했다. 입으로는 한마디만 되풀이했다.

"그 입 닥쳐! 닥쳐! 닥쳐!"

급기야 고보리가 올린 찻잔을 바닥에 있는 힘껏 내동댕이쳤다. 그러고도 분이 풀리지 않는지 고보리에게 삿대질하면서 이 사이로 내뱉듯 으르렁댔다.

"두 번 다시 말하지 마……."

고보리는 군도를 지팡이 삼아 짚고 서서 고개를 반쯤 떨어뜨렸다.

그가 방금 한 말은 조기객의 아픈 곳을 건드렸다. 뿐만 아니라 그 자신의 영원히 아물지 않는 상처이기도 했다. 그는 많은 사람을 죽였다. 이치대로라면 사람 죽이기에 이골이 난 '살인마'들은 피도, 눈물도, 감정도 없어야 마땅했다. 하지만 그는 그렇지 못했다. 그는 슬픔도 감동도 느낄 줄 알았다. 심지어 남에게 말 못할 아픔까지 가지고 있었다. 그는 사관학교 동기들과 동료들을 몰래 관찰했다. 그리고 내린 결론은 그 자신이 여느 일본인과는 다르다는 사실이었다. 이것 때문에 처음에는 스스로 부끄러워하다가 나중에는 스스로를 적대시했다. 그리고 더 나중에는 스스로 바뀌기 위해 악착같이 노력했다. 그가 원하는 인간상으로 탈바꿈하는 데 거의 성공할 무렵 일본군이 중국을 침략했다. 그는 중국에 왔다.

다 잊은 줄 알았던 기억들이 순식간에 섬광처럼 터졌다. 그의 피 속에 도사리고 있던 '악마'가 스멀스멀 고개를 쳐들기 시작했다. 그는 악마 같은 눈빛을 들키지 않기 위해 여전히 고개를 숙인 채 얼음처럼 차갑게 말했다.

"잊지 마십시오. 당신이 나를 초청한 것입니다."

조기객도 냉랭하게 응수했다.

"왜? 나는 자네를 부르면 안 되는가?"

삶의 주도권을 스스로 잡고 있는 사람들의 입에서만 나올 수 있는 말이었다. 조기객과 고보리가 바로 그런 사람이었다.

고보리가 말했다.

"당신과 대화할 수 있게 돼 기쁩니다."

"나는 기쁘지 않네."

"지금 일부러 트집 잡는 겁니까?"

고보리는 웃음을 터뜨렸다.

"아무 일 없이도 가끔 만나서 한담을 나누는 것이 정상적인 모습이죠. 우리 둘 같은 경우에는 말입니다."

"닥쳐, '우리'라고 하지 마."

조기객이 버럭 소리를 질렀다. 고보리도 목소리를 높였다. 지금까지 아무에게도 말하지 못한 억울함을 호소하는 느낌이었다.

"솔직하게 말해보세요. 종루에 있는 그 사람을 내가 어떻게 해줬으면 좋겠어요?"

"그걸 몰라서 묻나?"

고보리의 말투는 다시 싸늘하게 변했다.

"죽여야죠!"

"아니야. 그는 살아야 하네. 뿐만 아니라 자유를 만끽하면서 살아야 하네."

조기객이 고보리를 응시했다. 이렇게 오랫동안 고보리를 정면으로 바라보기는 처음이었다. 두 사람은 눈싸움하듯 한참 동안 서로를 쏘아봤다. 결국 고보리가 조기객의 시선을 피해 고개를 숙였다. 그는 조기객만 보면 자꾸 억울한 마음이 드는 것을 어쩔 수 없었다. 마치 부모에게 외면당한 아이처럼 자꾸 슬픔이 밀려들었다. 그는 심경의 변화를 들키지 않기 위해 일부러 살짝 비웃는 말투로 말했다.

"……종루에 있는 무법천지 폭도가 부럽군요. 스무 살도 채 되지 않았다고 했죠? 나는 그자의 솜털 하나도 건드리지 않았는데 이렇게 많은 사람이 그자의 안위를 걱정하다니요. 한낱 지나인(중국인), 천한 인종이 이런 행복을 누리다니. 나 고보리 이치로는 태어나서 단 한 번도 받아보지 못한 것을."

고보리가 고개를 번쩍 쳐들었다. 이어 잡아먹을 것처럼 강렬한 눈빛을 내쏘면서 윽박지르듯 말했다.

"조 선생, 선생이 주제넘게 항씨네 집안일에 나선 것은 큰 실수였습니다. 선생 덕분에 나는 항씨 집안에 개인적 원한을 품게 됐습니다. 그 잡놈이 지금 내 앞에 있다면 이 칼로 두 토막을 냈을 겁니다."

의외로 조기객은 흥분하지 않았다. 심지어 일어나지도 않았다. 그리고 한참만에야 입을 열었다.

"잊지 말게, 자네가 이곳에 나를 가둬두고 먹을 것, 입을 것을 내주면서 죽이지 않고 있는 이유를 말이네. 나를 보면서 자네가 잡놈임을 시시각각 잊지 않으려고 그러는 게 아닌가. 고보리 이치로 선생, 내 말 명심하게, '잡놈'이라는 글자는 자네가 할 말이 아니네."

고보리의 안색이 돌변했다. 눈에서 살기가 번뜩였다. 오른손은 어느새 군도를 꽉 잡고 있었다. 여차하면 당장이라도 칼을 휘두를 기세였다. 하지만 그뿐이었다. 심한 내적 갈등을 겪는 듯 표정이 순식간에 변하더니 보일 듯 말 듯 웃음을 지으면서 말했다.

"조 선생, 선생이 나를 '잡놈'으로 간주할 줄은 정말 상상도 못했네요."

조기객이 뭔가 곰곰이 생각하더니 작은 소리로 말했다.

"나도 자네가 '잡놈'이라는 사실을 인정하기 싫네. 하지만 어쩔 수 없네. '잡놈'이 잡놈이지 별 수 있겠나."

고보리는 완전히 평정심을 찾았다. 곧 성큼성큼 문어귀로 걸어가더니 고개를 돌려 의미심장한 말도 던졌다.

"감히 대일본 황군 병사의 따귀를 때린 그자를 죽일지 말지 아직 결정하지 못했습니다. 당신이 아무리 사정해도 소용없어요. 나는 내 기분대로 할 거니깐. 문제는 나조차도 내 기분을 잘 모르겠다는 겁니다. '잡놈'이니 당연히 변덕스럽겠지요. 한 가지 소식 알려드릴까요? 조금 있다가 치안유지회 사람들이 대성전을 수리하러 올 겁니다. 말이 좋아 수리지 대들보 녹나무를 가져다 관널로 사용하려는 겁니다. 800년 전에 지은 공자묘의 녹나무가 관널로 사용된다, 생각만 해도 재미있지 않습니까. 물론 나는 그들을 저지시킬 능력이 충분히 있죠. 하지만 내가 왜요? 내가 왜 그들을 말려야 하죠? 당신네 민족은 관널처럼 땅속에 매장돼야 마땅합니다. 당신들은 다 썩었어요. 우리 야마토 민족에게 빌붙지 않는 한 목숨을 부지할 수 없다고요. 현실을 받아들여야 합니다."

고보리는 밖으로 나가다말고 고개를 돌렸다. 하지만 회색 무명 장삼을 입은 조기객의 뒷모습밖에 보이지 않았다. 그가 조기객의 등에 대고 말했다.

"조 선생, 지나 대륙에는 조 선생과 같은 사람이 많지 않습니다. 물론 왕오권, 오유, 가교 같은 사람도 많지는 않지요. 그래요, 나는 항한을 죽이지 않을 수도 있어요. 그자를 죽이건 말건 우리가 대동아공영권을 만드는 데는 별 상관이 없을 테니까. 한 가지 더, 조 선생의 옛 전우 심록촌이 내일 국민정부 특사로 항주에 올 것입니다. 천향루天香樓에서 환영회가 열릴 것입니다. 그가 일본정부를 상대로 공영共榮사업에 대해 협상할 때 그의 내종손주는 종루에서 머리 떨어진 파리처럼 쩔쩔 매겠죠? 돈키호테처럼 가소로운 인간 같으니라고……. 또 보러 오겠습니다. 더 하실 말씀 있습니까?"

조기객이 고보리를 등진 채 손을 흔들었다.

"중국 속담에 '유유상종'이라는 말이 있네. 자네가 방금 한 무리의 개들을 언급했으니 하는 말인데 잡놈은 결코 부끄럽지 않다네. 개잡놈이 부끄러운 거지."

고보리가 잠깐 멍해 있다가 버럭 화를 냈다.

"그 자식을 죽이고 싶은 겁니까?"

"죽이고 싶으면 죽이게."

고보리는 뭐라고 더 말하려다가 아무 말도 하지 않고 몸을 돌렸다. 살기등등한 발자국 소리가 공자묘 안에서 한참 동안 메아리치다가 점점 들리지 않게 되었다.

밖에서 서성이고 있던 소촬이 고보리가 대문을 나가는 것을 보고 빠르게 조기객에게 달려갔다.

"조 어르신, 조 어르신……."

소촬은 더 이상 말을 잇지 못했다. 한참의 침묵 끝에 조기객이 입을 열었다.

"소촬, 얼른 가화를 찾아가 알려주게, 한이는 죽지 않을 거네. 죽지 않을 거니 걱정 말라고 전해주게."

소촬은 놀랍고도 기뻐서 되물었다.

"고보리가 그렇게 말했습니까?"

조기객의 언성이 높아졌다.

"얼른 가게. 무슨 말이 그리 많은가?"

소촬은 찔끔했다. 조기객은 그제야 말투를 누그러뜨렸다.

"빨리 갔다 오게. 중요한 일을 자네와 상의해야 하네. 며칠 후면 왕오권 무리가 공자묘를 헐러 올 거네."

어디서부터 잘못됐을까, 조기객의 말과는 달리 항한의 목숨이 위태로워졌다.

땅거미가 질 무렵, 가교는 임시 구치소에 갇혀 있던 항한을 직접 고보리의 거처로 압송했다. 고보리의 특무기관과 거처는 한 울타리 안에 있었다. 진陳씨 성을 가진 대부호가 예전에 살던 집이었다. 사람들은 그 집을 '진씨네 화원'이라고 불렀다. 진씨네 집안은 대대로 조정에서 벼슬을 지낸 선비 가문이었다. 따라서 집도 지적인 분위기가 물씬 풍겼다. '진씨네 화원'은 중국 전통 가옥을 좋아하는 고보리의 마음에 쏙 들었다. 물론 이곳에 처음 온 사람들은 화초가 무성하고 넓고 깨끗한 화원 뒤에 '지옥'이 있다는 사실을 알지 못했다. 후원에 있는 사랑채, 예전에 하인들의 거처로 사용됐던 곳이 지금은 고문실과 임시 구치소로 탈바꿈한 것이다.

가교는 항한을 데리고 어둠이 드리운 화원 오솔길을 걸으면서 귀엣말을 했다.

"고집 부리지 마. 그가 뭐라고 하면 그냥 '예, 예' 해. 그렇게 계속 고집 부리다가는 죽는다."

퉤! 항한은 가교의 얼굴에 대고 침을 탁 뱉었다. 항한이 가교를 뼈에 사무치도록 증오하는 것은 그가 한간이라는 이유 때문만은 아니었다. 항씨네 사람들은 가교가 심록애를 죽게 만든 장본인이라고 생각하고 있었다. 나라의 원한과 가족의 원한이 겹쳐 항한에게 가교를 향한 지독히도 깊은 증오심이 만들어진 것이었다. 하지만 이런 사실을 알 리 없는 가교는 항한의 행동을 단순히 젊은 놈의 치기로 간주해버렸다. 그는 항한을 잡은 손으로 얼굴의 침을 닦으면서 타이르듯 말했다.

"뭐가 좋은지 나쁜지도 모르는 바보 같으니라고, 아무튼 나는 할 만큼 했다."

이날 밤, 고보리는 사실 항한을 죽일 생각이 없었다. 고문실이 아닌 자신의 응접실에서 항한을 만난 것만 봐도 짐작할 수 있었다. 닭 잡는데 어찌 소 잡는 칼을 쓰랴, 이마에 피도 안 마른 애송이를 상대하려니 실소가 나왔다. 굳이 일을 크게 만들 필요도 없었다. 내일 상부에 보고할 때는 '순전한 오해로 두 일본인이 서로를 알아보지 못하고 벌인 해프닝'이라고 둘러대면 그만이었다. 그렇다고 즉각 풀어줄 생각도 없었다. 이 일을 빌미로 요코를 말 잘 듣는 순한 양으로 만들 수도 있으니까.

'하네다 선생의 딸과 외손자는 정말 사리분별을 못하는군. 중국에 너무 오래 있었기 때문인가? 정 그렇다면 강제로 귀국시키는 방법밖에 없지. 일본에서 전쟁 분위기를 만끽하도록 말이야. 어쨌건 우리 일본인 혈통이니 곧 모든 것을 깨닫게 될 거야.'

'일본인 젊은이'를 교화시킬 생각에 푹 잠겨 있던 고보리는 문이 열리는 소리에 고개를 들었다. 은은한 거실 조명이 안으로 들어온 젊은이의 뒤에 그림자를 드리웠다. 그는 젊은이의 몸에서 하네다 선생의 모습을 찾아내기 위해 찬찬히 훑어봤다. 그리고 드디어 젊은이의 약간 튀어나온 턱 중앙에서 보일락 말락 한 세로 주름을 발견했다. 하네다 선생을 꼭 닮은 턱과 턱 주름이었다. 고보리는 하마터면 "무서워 마, 내가 보호해줄게."라고 달래줄 뻔했다. 하지만 목구멍까지 차오른 말은 젊은이의 초롱초롱한 눈을 본 순간 쑥 들어가버렸다. 그것은 항씨 가족 특유의 지극히 중국인다운 눈이었다. 심지어 눈빛조차 중국인다웠다. 그 순간 고보리는 죽은 심록애를 떠올렸다. 눈앞의 젊은이는 죽은 여자와 꼭 닮은 눈을 가지고 있었다. 이렇게 해서 모든 것은 끝이 났다.

고보리는 죄인을 취조하는 딱딱한 말투로 심문을 시작했다. 나이, 이름, 주소, 신분 등등을 묻고 나서 특별히 '국적'에 대해 다시 물었다. 항한은 담담하게 '중국'이라고 대답했다. 고보리는 자리에서 일어났다.

이어 항한의 주위를 몇 바퀴 돌다가 다짜고짜 따귀를 몇 대 때렸다. 항한의 입가에서 피가 줄줄 흘렀다. 고보리가 별안간 일본어로 고함을 질렀다.

"다시 한 번 말해봐, 너 어디 사람이야?"

항한은 입가에 묻은 피를 옷소매로 닦으면서 아무 말도 하지 않았다. 방금 그는 국적이 '중국'이라고 무의식적으로 대답했다. 일부러 고보리의 화를 돋울 생각은 눈곱만큼도 없었다. 하지만 무의식적인 대답이 오히려 고보리를 분노케 했다. 차라리 한참을 생각하고 대답했더라면 고보리도 화가 덜 났을 것이었다. 고보리가 항한의 따귀를 때린 이유는 철없는 '일본인'의 각성을 이끌어내기 위해서였다. 하지만 그것이 오히려 역효과를 일으켰다. 따귀를 두 대 맞고 일본어로 기습 질문을 당한 항한은 오히려 반발심이 생겨나 더 이상 고보리를 거들떠보지 않았다. 화가 머리끝까지 치솟은 고보리가 갑자기 항한의 머리카락을 덥석 잡고 일본어로 으르렁댔다.

"다시 말해봐, 너 어디 사람이야?"

항한은 고개를 저었다.

"무슨 말을 하는지 알아듣지 못하겠습니다."

'이놈이 공공연히 모국어를 부정하는구나.'

고보리의 표정이 음침하게 변했다. 스승 하네다의 연로한 모습이 눈앞에 떠올랐다. 하네다 선생은 교토의 유명한 다도사茶道師였음에도 불구하고 죽은 뒤 가족 하나 없이 쓸쓸한 장례를 치러야 했다. 하네다의 가족들이 모두 머나먼 중국 강남에 있었기 때문에 제때에 부고를 받지 못했던 것이다.

고보리는 벽에 걸려 있는 채찍을 집어 들었다. 가끔씩 범인들을 고문할 때 사용하는 채찍이었다. 그는 범인들의 몸에 채찍으로 상처를 내는 것을 좋아했다. 하지만 이날은 그럴 마음의 여유조차 없었다. 그는 채찍을 쭉 당기면서 말했다.

"방금 뭐라고 했지? 알아듣지 못하겠다고 했나? 네놈의 외조부를 대신해 또 다른 언어를 가르쳐주지. 곧 알아듣게 될 거야."

고보리는 범인을 취조할 때 나름의 원칙이 있었다. 가급적 힘을 적게 빼면서 범인을 괴롭히는 것이었다. 즉 몇 번의 가벼운 채찍질만으로 범인의 기선을 제압하는 것이었다. 하지만 이 원칙이 지켜지는 일은 드물었다. 일단 채찍을 들었다 하면 자기도 모르게 흥분해 인정사정없이 후려치게 되기 때문이었다. 마치 장전한 총을 들면 쏘지 않고는 못 배기는 것처럼 말이다.

이번도 예외는 아니었다. 처음에는 그냥 간단히 혼만 좀 내주려고 채찍을 든 것이었다. 하지만 어느 순간 채찍으로 사정없이 내리치면서 "말해, 너 어디 사람이야? 어디 사람이야?"라고 미치광이처럼 울부짖고 있었다. 그리고 그가 쾌감에 몸부림치면서 피 묻은 채찍을 내려놓았을 때 항한은 이미 실신해 있었다.

고보리는 피투성이가 돼 쓰러진 항한을 벌레 보듯 내려다봤다. 불쌍한 마음이라고는 눈곱만큼도 들지 않았다. 그저 피곤하고 공허할 뿐이었다. 항주로 온 이후 그는 계속 그런 마음이었다. 예전에는 느껴보지 못했던 공허함을 자주 느꼈다. 그는 채찍을 내던지고 탁상등 아래에 앉은 채 깊은 생각에 잠겼다.

이윽고 등 뒤의 어둠속에서 인기척이 느껴졌다. 가교라는 것은 보지 않고도 알 수 있었다. 가교 역시 그가 싫어하는 사람 중 하나였다. 그는 고개도 돌리지 않은 채 명령했다.

"끌어내게. 이자가 언제든 자신이 일본인이라는 것을 인정하면 그때 풀어주겠네."

이튿날 고보리는 항한을 심문하지 않았다. 점심 무렵 가교는 직접 국수 한 사발을 들고 항한을 찾아갔다. 항한은 구치소 풀 더미 위에 웅크린 채 누워 있었다. 눈은 퉁퉁 부어 반만 떠지고 손발은 아예 꼼짝도 못했다.

"너무 심하게 때렸어. 이대로라면 죽을지도 몰라."

가교가 옆에 있는 사람들을 물리치고 나직이 말했다.

"그냥 '일본사람'이라고 하면 될 걸 웬 고집이냐? 일본사람이 뭐 어때서? 어차피 절반은 일본사람이잖아. 일본사람이라고 말하면 어디가 덧나? 왜 고생을 사서 하는 거야? 집에 가고 싶지 않아?"

벽을 향해 누워 있던 항한이 고개를 약간 움직였다. 가교는 얼른 귀를 갖다 댔다. 나팔처럼 잔뜩 부은 항한의 입에서 실낱같은 목소리가 흘러나왔다.

"꺼져……."

가교는 부르르 몸서리를 쳤다. 항한이 가평의 아들이라는 것을 깜빡했던 것이다. 부전자전이라고, 결정적인 순간에 항한은 아비와 꼭 닮아 있었다.

'그래, 그냥 다 죽은 목숨이라고 생각하자. 이제 이들 때문에 잠 못 이루는 일은 더 이상 없을 테지.'

가교는 밖으로 나가면서 어깨를 만졌다. 심록애에게 물렸던 자리가 갑자기 극심하게 아파오기 시작했다.

이튿날 저녁 무렵, 항씨 집안과 인척관계인 사람이 '진씨네 화원'을 방문했다. 바로 심록애의 오빠 심록촌이었다. 그는 후원 사랑채에 항한이 갇혀 있다는 사실은 꿈에도 모른 채 고보리를 만날 생각에만 들떠 있었다.

심록촌이 남경 유신維新정부 특파원 신분으로 항주에 온 목적은 분명했다. 일본 측의 협조를 받아 항주시장 하찬何瓚 암살사건을 조사하는 것이었다. 남경 유신정부는 1938년 5월에 설립됐다. 뒤를 이어 6월 22일에는 유신정부 산하 절강성 정부와 항주시 정부도 출범했다. 항주시장 하찬과 심록촌은 서로 구면이었다. 하찬은 복건성 민후閩侯 태생으로 일본 제국대학에서 의학을 전공했다. 그러나 학교 졸업 후의 사회 이력은 전공과는 완전히 딴판이었다. 그는 일본 및 조선을 비롯한 해외 주재 국민정부의 총영사 및 외교부 참사參事로 일했다. 심록촌의 경력도 하찬과 비슷했다. 게다가 두 사람은 정치적 견해도 일치했다. 결국 돌고 돌아 같은 길을 걷게 된 두 사람은 국민정부 고참 요원의 신분으로 공공연히 '대한간'大漢奸의 역할을 자처하기에 이르렀다. 끼리끼리 모인다고, 서로를 진정한 친구로 여기고 가깝게 왕래하며 지냈다. 그러나 뜻밖에도 하찬은 항주시장 자리를 꿰찬 지 채 반년도 지나지 않은 1939년 1월 22일에 항일 지하조직에 의해 암살을 당했다. 심록촌은 이번에 '막역지우'를 조문하고 사건도 조사하기 위해 겸사겸사 온 것이었다.

심록촌은 기차에서 내리자마자 직접 '진씨네 화원'으로 향했다. 고보리와 긴급 회견을 가진 다음 함께 밥을 먹으러 갈 작정이었다. 그는 식사 장소가 천향루라는 말을 듣고 스쳐지나가는 말로 슬쩍 입을 열었다.

"남경정부가 입수한 소식에 의하면 천향루의 한 종업원이 하 시장의 식탁에서 명함을 한 장 주웠고, 명함을 돌려준다는 핑계로 하 시장의 집을 찾아가서 범행을 저질렀다는군요."

고보리가 슬쩍 웃으면서 말했다.

"그래서 일부러 심 특파원을 천향루로 모시는 겁니다. 범인을 잡으려면 현장 조사가 우선이죠."

심록촌은 단 두 마디로 고보리가 만만치 않은 상대라는 사실을 짐작할 수 있었다. 정치생활을 오래 한 그는 자기 나름의 사람 보는 법을 터득했다고 해도 좋았다. 그래서 즉각 고보리의 첫인상을 보고는 '의심이 많고 변덕스러운 사람'이라고 정의를 내릴 수 있었다.

심록촌이 화장실에 갈 때였다. 웬일로 가교가 쫓아왔다. 심록촌과 가교는 껄끄럽다면 껄끄럽고 미묘하다면 미묘한 관계였다. 이치대로라면 심록촌은 여동생 심록애를 죽인 가교를 불구대천의 원수라고 미워해야 마땅했다. 하지만 그는 그런 내색을 하지 않았다. 권력을 위해서는 개인적인 원한 따위에 연연해서는 안 된다는 것이 그의 지론이었던 것이다. 따라서 정치 생활에 도움이 되는 사람이라면 아무리 철천지원수라도 가깝게 지낼 용의가 있었다. 한마디로 그는 정치적 신앙이 없는 사람이었다. 그저 심씨 가문의 유전자에 깊이 새겨져 있는 상업적 재능과 열정을 상업이 아닌 정치에 쏟을 뿐이었다. 상업에 종사하기보다는 벼슬길에 나아가고, 기왕 벼슬을 할 바에는 큰 벼슬을 한다는 것이 그의 삶의 궁극적인 목표였다. 그는 사람들을 모았다가 분열시키고, 단결시켰다가 서로 혼전을 벌이게 함으로써 유능한 정치가의 신분으로 나서서 뒷수습하기를 즐겼다. 솔직히 그는 유신정부에 의탁할 필요가 전혀 없었다. 국민정부 요원으로 있으면서도 충분히 잘 먹고 잘 살 수 있었다. 하지만 그는 장래성이 없다는 이유 하나만으로 과감하게 국민정부를 박차고 나왔다. 새로 설립된 유신정부는 아직 체제가 제대로 잡히지 않았다. 공석인 자리도 많았다. 그만큼 개인의 발전기회도 더 많다는 얘기였다. 예전에 그는 신해혁명에 희망을 걸었었다. 이어 장蔣씨네 왕조가 성공할 것이라고 굳게 믿었었다. 그리고 지금은 일본이 중국 땅을 평정할 것이라고 생각하고 있었다. 그럴진대 일본인의 최측근인 가교와 척을 질 이유가 있겠는가. 더구나 원수를 갚는다고 한들 이미 죽은 여동생이 살아 돌아올 리도 만무하잖은가. 물론 사람인 이상 심록촌도 죽은 여동생 생각을 하면 마음이 괴롭기는 했다. 하지만 그는 내색하지 않았다. 이 정도의 슬픔과 괴로움은 충분히 극복할 수 있다고 스스로를 믿었기 때문이었다. 과거 '4.12사변' 때 항씨네 집은 그야말로 풍비박산이 났다. 죽은 사람, 미쳐버린 사람, 가출한 사람……. 말 그대로 쑥대밭이 되었다. 심록촌은 항씨 가문의 비극에 책임을 피할 수 없는 사람이었다. 그럼에도 불구하고 지금까지 뻔뻔하게 잘 버텨오지 않았던가.

가교의 수심에 잠긴 얼굴이 화장실 거울에 비쳤다. 심록촌은 피식, 실소를 터뜨렸다.

'애송이 같으니라고.'

가교가 심록촌이 웃는 것을 보고 재빨리 말했다.

"특파원님, 혹여 고보리가 특파원님에게 조기객을 만나라고 하면 적당한 핑계를 대고 거절하십시오."

"내가 그 사람을 왜 만나? 그 사람은 시대의 흐름도 읽을 줄 모르는 재수 없는 인간이야. 그가 국민정부 손에 잡혀 있을 때에도 만나지 않았는데 지금은 더 만날 이유가 없지. 고보리는 그 따위 폐물을 진작에 처분하지 않고 뭘 하고 있대?"

"글쎄요, 고보리는 그렇게 생각하지 않습니다. 고보리와 조기객 둘 사이에는 우리가 모르는 비밀이 있는 것 같습니다. 겉으로는 서로에게 깊은 원한을 가지고 있는 것처럼 보이지만 그게 다가 아닌 것 같습니다. 이런 얘기는 그만하죠. 고보리가 알면 저를 죽이려고 들 겁니다. 그것보다 더 급한 일이 있어요……."

가교는 항한의 일을 심록촌에게 소상하게 말해줬다.

심록촌은 다시 응접실로 돌아온 후 말 한마디 한마디에 각별히 주의를 기울였다. 고보리에게 꼬투리를 잡힐 만한 언사는 가급적 피했다. 고보리도 무척 예의바르게 응수했다. 두 사람 다 서로를 만만치 않게 경계하고 있었다. 천향루로 갈 때는 앞문으로 가지 않고 후원에 있는 작은 문으로 나갔다. 가교는 사랑채를 지날 때 심록촌을 힐끗 쳐다봤다. 하지만 심록촌은 시종일관 무표정한 모습이었다. 천향루에서 열린 환영연은 화기애애한 분위기 속에서 잘 마무리됐다. 심록촌은 유학 시절의 에피소드를 비롯해 일본 지리와 풍속에 대한 소감을 일본어로 재미있게 풀어놓았다. 고보리는 공손한 자세로 열심히 경청했다. 때때로 궁금한 점을 중국어로 물어보기도 했다. 심록촌은 영어와 불어뿐만 아니라 일본어에도 능통했다. 그러다보니 심록촌과 가교가 고보리보다 일본어를 더 많이 사용한 격이 됐다. 잘 모르는 사람들은 심록촌과 가교를 일본사람, 고보리를 중국인으로 오해할 법한 상황이었다.

다행히 고보리는 연회 내내 '조기객'에 대해 단 한마디도 언급하지 않았다. 굳이 둘을 만나게 할 생각도 없는 것 같았다. 심록촌은 낯이 두껍기로 둘째가라면 서러울 정도였다. 그런 그를 처음으로 두려움에 떨게 만든 사람이 바로 조기객이었다. 그는 굳세고 도도하면서 기개가 강직한 사람 앞에서는 자기도 모르게 주눅이 들었다. 게다가 세 치 혀를 놀려 입씨름을 해도 조기객을 당해내지 못했다. 조기객은 또 심록촌이 여태껏 본 적이 없는 기인奇人이었다. '지혜'와 '힘'을 모두 겸비한 사람은 매우 드문데 조기객은 총명하고 노련하면서도 화강암처럼 단단하고 굳셌다. 당연히 심록촌은 조기객의 상대가 못 됐다. 이 같은 이유로 심록촌은 고보리의 입에서 '조기객'의 이름이 나오지 않은 것을 아주 다행스럽게 생각했다.

고보리는 심록촌이나 이비황 같은 사람들을 철저하게 경멸했다. 차라리 오유와 같은 부류가 조금 더 낫다고 생각했다. 어쩌면 지식인들은 비굴해서는 안 될 뿐 아니라 조기객이나 가화처럼 당당하게 죽음을 택할 수 있어야 한다는 생각이 그의 내면에 무의식적으로 깔려 있었는지도 모른다. 언젠가는 그들을 죽이든지 아니면 그들의 손에 죽임을 당하든지 두 가지 선택밖에 없을 것임도 그는 너무나 잘 알고 있었다. 고보리와 조기객은 같은 하늘을 이고 살 수 없는 철천지원수지만 이상하게도 '죽음'에 대한 견해만은 일치했다. 반면에 고보리와 같은 편인 심록촌이나 이비황은 겉으로 보기에는 점잖고 위엄 있는 도덕군자 같지만 실제로는 죽음을 두려워하고 구차하게 살아가는 겁쟁이였다. 고보리가 이들을 마음속 깊이 경멸하는 이유도 이 때문이었다. 그래서 그가 아무리 예의바르게 심록촌을 대한다고 해도 멸시의 눈빛만은 완전히 감출 수 없었다.

깊은 밤, 심록촌은 주보항珠寶巷에 있는 집으로 돌아온 뒤 믿을 만한 하인을 시켜 요코에게 쪽지를 보냈다. 요코는 일본어로 쓴 쪽지를 읽자마자 가화의 침실 문을 두드렸다.

두 사람이 주고받는 말이 요코와 같은 방을 쓰고 있는 항분의 귀에 똑똑히 들렸다.

"가지 말라는 게 아니오. 문제는 당신이 가봤자 아무 소용이 없다는 거요. 당신은 이비황의 학교에 근무하기로 결심을 한 거요?"

"아들이 보고 싶어요. 제 손으로 아들을 구해올 거예요. 일본어학교에 근무한다는 말은 안 했어요. 그 얘기는 두 번 다시 꺼내지 말아요. 그런 생각은 해본 적도 없어요."

"내 말 좀 들어보오. 처음에 가교가 인편에 전한 말은 곧 고보리 이치로의 뜻이었소. 당신이 일본어학교에 근무하는 조건으로 한이를 살려주겠다고 하지 않았소? 그런데 지금은 일이 더 복잡해졌소. 심록촌이 보내온 쪽지 좀 보오. 한이가 자신이 일본인임을 인정해야 풀어줄 것이라고 분명히 적혀 있지 않소?"

"대체 무슨 말을 하고 싶은 건가요? 한이에게 일본인이라는 사실을 인정하라는 건가요? 그런 건가요? 맙소사, 무슨 뜻인지 모르겠어요. 단도직입적으로 말해줘요. 한이가 어떻게 했으면 좋겠어요? 한이는 저보다 당신을 더 믿어요. 당신의 뜻이라면 무엇이든 따를 거예요."

"자자, 흥분하지 말고 일단 앉아서 차나 한잔 마시고 얘기합시다. 이런 일은 당신보다 내가 가는 게 낫지 않을까?"

"하지만 한이는 제 아들이에요. 제 아들이라고요."

"자자, 침착합시다. 한이는 이제 어린 아이가 아닌 어른이오. 그러니 선택은 한이의 몫이오. 솔직히 자신의 몸에 일본인의 피가 흐른다는 걸 인정하는 건 부끄러운 일이 아니오. 국적은 또 다른 문제지만. 지금의 문제는 고보리의 의중을 헤아릴 수 없다는 거요. 정말 이상한 사람이오. 도무지 이해할 수가 없소. 그가 무엇 때문에 한이를 죽이지도 않고 풀어주지도 않는지 그 이유를 모르겠소."

"말 타고 가교하고 나란히 서 있던 그 사람 말인가요? 검은 망토를 걸친 곱슬머리 남자를 말하는 거죠? 예전에 본 적이 있어요. 비록 지금은 모습이 많이 달라졌지만 예전에 아버지에게 다도를 배울 때 본 적이 있어요. 제 아버지가 그러시는데 그 사람도 한이와 처지가 비슷하다고 하셨어요. 그 사람의 아버지가 중국인이라고 하셨어요. 처음 그를 봤을 때 정말 깜짝 놀랐어요, 누구하고 많이 닮은 것 같아서요……."

"……이제 알겠소. 그가 조 어르신을 죽이지 않고 연금한 이유를……. 이 일은 우리 둘만 알고 다른 사람에게 절대 발설해서는 안 되오."

"저도 그가 무엇 때문에 한이에게 일본인임을 인정하라고 강요하는지 알 것 같아요. 아무래도 제가 나서야 할 것 같아요. 벌써 이틀이나 기다렸어요. 더 기다리다가는 제가 죽을 것 같아요. 한이도 죽을 거예요……."

"……그러면 나하고 같이 갑시다. 내가 옆에 있으면 당신도 훨씬 마음이 편할 거요. 당신이 그의 속사정을 다 알고 있다는 것을 눈치채게 해서는 안 되오. 그가 당신과 한이를 놓아주지 않는 이유가 그것 때문일 수도 있으니 말이오. 울지 마시오, 뚝. 내 옷이 다 젖었소. 자꾸 울면 내일 한이를 보러 못 갈 거요……."

제17장

이른 아침, 고보리 이치로는 창문을 활짝 열었다. 비온 뒤의 공기가 상쾌했다. 고보리의 눈빛이 반짝였다. 어느새 봄이 눈앞에 성큼 다가와 있었다.

고보리는 어젯밤 밤새 악몽에 시달리느라 잠을 제대로 자지 못했다. 꿈속에서 그는 과거의 도쿄대지진 현장에 있었다. 시커먼 땅이 무서운 속도로 쩍쩍 갈라지고 그 아래로 바닥이 보이지 않는 땅속 깊은 곳에서 시뻘건 화염이 솟구치고 있었다. 그는 혼자였다. 거북등처럼 갈라진 땅 위에서 살기 위해 이리 뛰고 저리 뛰었다. 하지만 갈라진 틈은 마치 한 번 물면 놓지 않는 지독한 독사처럼 그를 바싹 쫓아왔다. 두꺼운 구름이 짙게 깔린 하늘도 그예 땅처럼 쩍 갈라지더니 시뻘건 번개를 토해냈다. 익숙한 종소리가 들려왔다. 인과응보를 알려주는 종소리였다. 그는 죽음을 직감했다. 지옥으로 떨어져 영영 나올 수 없음을 예감했다.

꿈속에서 그는 두려움에 떠는 나약한 인간이었다. 물론 낮에도 비슷한 감정이 느껴질 때가 있었다. 하지만 낮에는 두려움이라는 감정이 끝없이 커져 머릿속을 꽉 채우는 일이 없도록 스스로를 통제할 수 있었다. 그러나 꿈속에서는 달랐다. 꿈속에서 그는 비명 한마디 지르지 못하고 속절없이 지옥으로 떨어졌다. 그 순간 그는 잠에서 깼다.

마당에는 자형화가 아침이슬을 머금은 채 활짝 피어 있었다. 어젯밤 내린 큰비에 깨끗이 씻긴 자갈 오솔길이 아침 햇살에 반짝반짝 빛을 뿜고 있었다. 연일 내린 비가 멎고 항주 시내는 오래간만에 맑게 개었다.

순간 고보리의 음울한 가슴에 말로 표현 못할 희열이 충만했다. 마치 오랫동안 닫혀 있던 방에 한 줄기 햇살이 비쳐 혼탁한 기운을 시원하게 몰아낸 것처럼 말이다.

참으로 오랜만에 느껴보는 가벼운 마음이었다. 그 역시 지금까지 살아오면서 아름다운 희망을 가졌던 적이 있었다. 그에게도 인생의 행복이 찾아올 것이라는 희망이었다. 그 당시 그는 교토 하네다 선생의 다도 문하생이었다. 사관생도가 되기 전이었다.

그는 창문을 활짝 열고 가교를 불렀다.

"오늘은 아무도 만나지 않겠네. 특별히 긴급한 일이 아니면 방해하지 말게."

가교가 외출준비를 서두르는 고보리를 보면서 조심스럽게 물었다.

"혹시 어디로 가시는지 여쭤도 될까요? 비밀에 속하는 일이 아니면 저에게 알려주시면 안 될까요? 시국이 시국이니 만큼 제가 알아야 할 것 같습니다."

고보리가 경쾌한 동작으로 면도를 하면서 말했다.

"경산景山에 다녀올 거네. 진작부터 가보려고 했던 곳이네. 아니, 경호대는 필요 없네. 오늘은 미복잠행할 거니깐. 이걸 보게, 방금 가져온 중국 전통 장삼長衫이네. 몸에 맞는지 한번 입어볼까?"

고보리가 무엇 때문에 이토록 들떠 있는지 알 리 없는 가교는 회색 장삼을 입고 있는 고보리를 멍하니 보기만 했다. 그리고 한참 후 조심스럽게 입을 열었다.

"고보리 태군, 태군의 지시에 따르고 싶은데 궁금한 점이 있습니다. 어떤 일이 특별히 긴급한 일이고, 어떤 사람이 태군께서 꼭 만나셔야 하는 사람인지 알고 싶습니다. 이를테면 지금도 대문 밖에서 한 사람이 뵙기를 청하고 있습니다. 잠깐 기다리라고 했는데……."

장삼을 입고 거울 앞에서 이리저리 살피면서 흡족한 표정을 짓고 있던 고보리가 동작을 멈추고 미간을 찌푸렸다. 가교가 정말 중요한 일이 아니면 이렇게 뜸을 들이지 않는다는 것을 알기 때문이었다.

"……분이가 양패두 항씨네 집으로 갔다는 것을 태군께서도 알고 계시죠? 어제 이비황이 태군께 보고하는 것을 들었습니다. 그 분이가 지금 대문 밖에 있습니다. 폐병은 많이 좋아졌더군요……."

"자네 가문의 그 불쌍한 아가씨 말인가?"

"……만나보시렵니까? 그 아이는 줄곧 태군께 신세를 지고 있습니다."

고보리가 창가로 다가갔다. 비가 그치고 하늘은 말끔히 개었다. 자형화가 활짝 피어 봄을 알리고 있었다. 봄이 어느새 가까이 다가와 있었다. 그는 무엇 때문에 악몽을 꾸고 일어났을 때 순수한 소년 시절의 일들이 문득 떠올랐는지, 그리고 무엇 때문에 중국에 온 지 몇 년이 지난 오늘 아침에야 비로소 중국의 태양을 처음 발견하게 됐는지 그 이유를 알 것 같았다.

항분은 고보리에게 애원하기 위해 찾아온 것이 아니었다. 고보리가 그녀에게 준 인상은 피도 눈물도 없는 '악마' 그 자체였다. 그래서 고보리가 얼음장처럼 싸늘한 시선으로 눈앞의 자신을 훑어보면서 '불쌍한 아가씨'를 연발할 때 항분은 자기도 모르게 온몸에 소름이 쫙 돋았다.

항씨 가문의 다른 사람들이 모두 고보리를 '악마'라고 부를 때도 항분의 생각은 조금 달랐다. 물론 다르다고 해서 크게 다른 것은 아니었다. 그냥 악마가 아닌, '성별이 남자인 악마' 정도였다. 하나님은 "모두를 용서하고 사랑하라"고 가르치셨다. 하지만 항분은 고보리를 위시한 왜놈들을 용서하고 싶은 마음이 눈곱만큼도 없었다. 그렇다고 하나님의 이름으로 그들을 비난하고 싶은 생각도 없었다. 비난과 용서는 미세한 차이가 아니던가.

그런 그녀가 중국인의 정취가 물씬 풍기는 서재 겸 응접실에 서서 마음의 동요를 느끼고 있었다. 눈앞의 고보리를 한바탕 꾸짖고 싶은 욕망이 스멀스멀 피어오르고 있었다. 어쩌면 어젯밤 아버지와 요코 숙모의 대화를 본의 아니게 엿듣고 난 뒤로 고보리에게 '너는 비난받아도 되는 사람'이라고 파격적인 자격을 부여했는지도 모를 일이었다.

항분은 《성경》을 제외한 다른 책은 거의 읽지 않았다. 그녀의 몸은 아직 완전히 회복되지 않았다. 양약을 꾸준히 먹고 있지만 별반 차도가 없었다. 다른 사람들이 보기에 그녀의 건강은 나날이 좋아지는 것처럼 보였으나 그녀 자신은 그렇게 생각하지 않았다. 그녀는 수시로 죽음에 대해 생각했다. 심지어 마지막을 준비하는 노인들처럼 죽을 때 어떤 옷을 입을지에 대해 생각한 적도 있었다. 그녀는 가족들 모르게 명침^寢

枕을 만들었다. 저 세상으로 갈 때 가지고 갈 것이라 특별히 심혈을 기울여 예쁘게 수를 놓았다.

항분은 부친 가화와 마찬가지로 죽음에 대해 준비가 돼 있는 사람이었다. 고보리가 이런 그녀를 어찌 이해할 수 있겠는가.

항분은 작은 바람에도 날려갈 것처럼 가녀린 여자였다. 중국 고전 소설 《홍루몽》의 여주인공 임대옥林黛玉과 많이 닮았다. 심지어 앓고 있는 병도 임대옥의 병과 같았다. 또 임대옥처럼 오만하고 도도했을 뿐 아니라 소녀다운 감성도 풍부했다. 고보리는 항분을 볼 때마다 무라사키 시키부紫式部(헤이안시대 일본의 소설가이자 시인)의 《겐지 모노가타리》源氏物語에 등장하는 궁중의 여인들을 떠올리고는 했다. 고전미를 풍기는 여인들에게서 비슷한 분위기를 느꼈다고 할 수 있었다.

항분은 친아버지 곁으로 돌아갔다. 고보리도 이 사실을 알고 있었다. 무엇 때문인지는 몰라도 그는 이 소식을 듣고 잘됐다는 생각을 했다. 그는 가화를 만난 적이 없었지만 항분이 가화와 함께 지내는 것이 더 좋을 것 같다고 생각했다.

고보리가 항분에게 자리를 권했다. 그리고 친히 차 한 잔을 건넸다. 찻잔은 용천요龍泉窯의 청자였다. 자신이 마실 차는 만생호에 넣어 우렸다.

"본래는 더 좋은 다구를 사용해야 하는데 대접이 변변찮아 죄송합니다. 남송 관요官窯의 비색秘色 다기를 백방으로 구하고 있는데 쉽지 않군요. 언젠가 갖게 된다면 아마 너무 기뻐서 미쳐버릴지도 모릅니다. 옥황산玉皇山 아래에 남송 도요지가 있다고 들었습니다. 기회가 된다면 아가씨하고 같이 가보고 싶군요. 그런데 왜 앉지 않으십니까? 내가 올린 차도 아가씨네 차장의 차보다 못하지는 않을 겁니다. 아가씨는 모르겠지만 나도 다도 공부를 꽤 한 다인입니다. 앉으세요. ……그러면 내가 먼저 앉겠습니다."

고보리가 의자에 앉았다. 이어 손바닥으로 슬며시 만생호를 가렸다. 항분이 예사롭지 않은 눈빛으로 만생호를 뚫어져라 보는 것이 못내 신경 쓰였기 때문이었다. 자형화가 만개한 기분 좋은 아침에 눈앞의 가녀린 아가씨에게 만생호를 보여주면서 전쟁을 떠올리게 할 수는 없었다. 항분이 선 채로 살며시 고개를 옆으로 틀었다. 그리고 작은 소리로 기침을 했다.

'아아, 어린 양처럼 여리고 연약한 여자로구나. '미인박명'은 이런 여자를 두고 하는 말이겠지.'

고보리는 갑자기 궁중 여인들의 쓸쓸한 뒷모습을 또 떠올렸다. 눈앞의 이 아가씨도 그 여인들처럼 서서히 사라져갈 것이라는 생각을 하니 갑자기 슬픔이 복받쳤다. 그리고 자기도 모르게 느닷없이 올라온 감정 때문에 적이 당황스러웠다.

벚꽃나무 아래에서나 생겨날 법한 감성이 웬 말인가? 그는 자조하듯 고개를 흔들었다. 그리고 만생호를 슬며시 한쪽으로 밀어놓고 탁자 위에 있는 장식용 차 절구를 집어 올렸다. 이어 절구공이를 만지작거리면서 말했다.

"이렇게 찾아주셔서 정말 기쁩니다. 내가 아가씨를 만나고 싶다고 여러 번 청했었죠. 혈색이 괜찮아 보입니다. 우리 일본인의 전통에 따르면 나는 아가씨에게 말차抹茶를 대접해야겠죠. 이걸 보십시오. 내가 일본에서 가져온 당나라 차 절구입니다. 가까이 와서 보십시오. 여기 새겨진 매화가 보이시나요?"

고보리가 항분 옆으로 다가가 차 절구를 내밀었다. 항분이 고보리를 힐끗 보고 말했다.

"고보리 선생, 저에게 중국의 매화를 보라는 거죠?"

고보리는 잠시 멍해 있다가 너털웃음을 터뜨렸다. 바람이 불면 날아갈 것처럼 연약한 여자의 입에서 이런 애국주의 말이 나오다니, 참으로 귀엽기 그지없군. 참으로 가소롭기 그지없군. 항분이 정색을 할수록 고보리의 웃음소리는 더 높아졌다. 그는 더 이상 항분에게 앉으라는 말을 하지 않았다. 항분은 처음부터 그와 한자리에 앉을 생각이 없었다는 것을 알았기 때문이었다. 그가 혼자 자리에 앉아서는 웃으며 입을 열었다.

"참으로 총명한 바보 아가씨로군요. 나는 차 얘기를 꺼냈을 뿐인데 아가씨는 생뚱맞게 지나인의 애국 열정을 호소하는군요. 아가씨의 말이 맞습니다. 이것은 중국의 매화입니다. 이 차 절구는 송나라 때 귀국에서 우리 섬나라로 전해진 것입니다. '아아, 구리로 만든 절구 주변에 찻가루가 흩날리고, 옥으로 만든 병 속에서 푸른 물결 일어나네(범중엄의 '화장민종사투차가'和章岷從事鬪茶歌)…….' 누가 지은 시일까요? 기억나지 않죠? 아가씨는 아가씨의 작은 삼촌처럼 자국의 역사에 대해 잘 모릅니다. 그렇다면 내가 얄팍하나마 한학漢學 지식을 좀 뽐내볼까요? 내가 방금 읊은 것은 중국 송나라 때의 문학가 범중엄의 시입니다. 바로 말차 제조과정을 묘사한 구절이죠. 송나라 때에 차 전용 절구로 말차를 만들어 마시는 음다법이 생겨나서 우리 일본으로 전파됐지요. 아아, 아가씨가 말차의 진정한 향을 느껴봐야 하는데……. 참 아쉽군요. 농차濃茶로는 '운학'雲鶴이, 담차淡茶로는 '우현'ㅈㅊ이 으뜸인데 말이죠."

고보리는 두 눈을 지그시 감았다. 그리고 숨을 깊이 들이마셨다. 마치 일본 본토에서 고향의 차를 음미하듯 한껏 도취된 표정이었다. 이윽고 그가 눈을 뜨고 말을 이었다.

"물론 제조과정만 보면 말차와 귀국의 증청차蒸青茶는 일맥상통한다고 볼 수 있죠. 대표적인 증청차로 옥로차玉露茶를 꼽을 수 있죠. 하지만 '운학'이나 '우현'을 중국차라고 말하는 사람은 없습니다. 그리고 이 차절구도 말이죠. 이 위에 새겨져 있는 것은 중국 매화가 분명하나 아무도 이것을 중국차 절구라고 말하지 못합니다. 다만 당나라 유품이라고 할 뿐이죠. 안 그런가요?"

항분은 두 눈을 휘둥그레 뜬 채 아무 말도 못했다. 도무지 믿을 수 없다는 표정으로 멍하니 고보리를 바라볼 뿐이었다. 심지어 심심찮게 그녀를 괴롭히던 기침도 쏙 들어가버렸다.

항분의 표정은 고보리의 허영심을 자극했다. 가화와 나이가 비슷한 고보리는 산전수전 다 겪으면서 인생에 달관했다고 해도 과언이 아니었다. 그래서 어지간한 일에는 흥분하는 법이 없었다. 그런 그가 딸 같은 중국 소녀 앞에서 흥분한 채 장광설을 늘어놓는 것은 가히 이례적인 일이라고 해도 좋았다. 그가 벌떡 일어서며 말을 이었다.

"내 기억이 틀리지 않는다면 아가씨는 계부의 슬하에서 자랐죠? 아가씨의 어머니는 독실한 기독교 신자이고요. 그래서 아마 에이사이의 《끽다양생기》와 같은 작품을 읽을 기회가 없었겠죠. 중국 송나라 때의 말차 음다법이 에이사이의 책에 기록돼 있습니다. 다른 말로 하면 일본 다도의 뿌리라고 할 수 있죠. 아아, 아가씨가 일본에 오시면 내가 말차 제조과정을 보여드릴 수 있을 텐데. 말차를 만들려면 차를 따서 찌고 말리는 등 여러 절차가 필요하답니다. 말리는 일이 쉬울 것 같죠? 천만에요! 총명한 바보 아가씨, 차를 말리는 과정은 매우 복잡하답니다. 선반 위에 종이를 깔고 화력은 세지도 약하지도 않은 딱 알맞은 정도여야 한답니다. 밤새 지켜보다가 날이 희뿌옇게 밝으면 말린 차를 병에 담지요. 그리고 대나무 잎으로 병 입구를 밀봉해야 하죠. 이렇게 하면 세월이 흘러도 상하지 않는답니다. 차를 마시는 방법도 정묘하기 이를 데 없죠. 차 절구에 찧어 보드랍게 가루 낸 차를 한 푼짜리 동전만 한 국자로 퍼서 다완에 넣은 다음 뜨거운 물을 붓죠. 그리고 다선茶筅으로 빠르게 젓죠. 다선이 뭔지 알아요? 집에 가서 숙모에게 물어보세요. 아가씨 숙모의 부친 하네다 선생의 점다點茶기술은 전 일본을 통틀어 아무도 따라올 자가 없었죠. 아아……, 내 눈앞에 김이 모락모락 나는 차 한 사발이 보입니다. 살짝 쓰면서도 향기롭고, 위에 녹색 가루가 두껍게 떠 있군요……."

고보리가 다시 의자에 앉았다. 그리고는 고개를 약간 든 채 두 눈을 감았다. 이어 허공을 향해 탐욕스럽게 코를 벌름거렸다. 이윽고 그가 한껏 만족스러운 표정으로 무아지경에서 헤어 나왔다. 입을 딱 벌린 채 그를 보고 있는 항분을 향해 웃음도 지어 보였다.

'무력은 만능이 아니야. 반드시 무력으로 모든 것을 해결할 필요는 없어. 나는 무력을 사용하지 않고도 눈앞의 중국 아가씨를 가볍게 정복했어. 감히 매화가 중국의 매화임을 강조한 버르장머리 없는 애송이 아가씨에게 말이야.'

고보리 가문은 차와 인연이 깊다면 깊은 가문이었다. 약 400여 년 전의 고보리 엔슈小堀遠洲라는 유명한 다인을 시작으로 고보리 가문 후손들에게는 사무라이와 다인의 정신이 깃들기 시작했다.

이 모든 것의 시작은 일본 다도의 집대성자 센노 리큐千利休의 범상치 않은 죽음에서 비롯됐다. 1592년 2월 28일, 센노 리큐는 도요토미 히데요시豊臣秀吉의 명령에 따라 할복자살했다. 역설적이게도 일본 다도의 한 획을 그은 이 대다인大茶人의 죽음과 더불어 일본 다도는 공전의 전성기를 맞이했다.

도요토미 히데요시가 센노 리큐에게 자결을 명령할 때 속으로 무슨 생각을 했는지는 아무도 알 수 없다. 아무튼 센노 리큐가 죽고 1년 뒤 히데요시는 아이즈會津에 유배 중인 센노 리큐의 차남 쇼안少庵(1546~1614)을 수도로 소환했다. 쇼안은 다이도쿠지大德寺에 있던 부친의 위패를 교토 혼포지本法寺 앞에 있는 자택으로 모셔왔다. 쇼안의 아들 센 소탄千宗旦(1578~1658)도 집으로 돌아왔다.

이렇게 해서 센노 리큐의 정통 다도는 그의 자손들에게 이어졌다. 조부의 죽음에 큰 충격을 받아서일까, 센 소탄은 조부의 다도를 계승하면서 특히 담백함과 초연함을 강조했다. 그는 평생 벼슬을 하지 않고 다도에만 열중했다. 그렇게 해서 평온하고 무탈하게 일생을 보내고 80세에 죽었다. 사람들은 이후 그를 '걸식 소탄'乞食宗旦이라고 불렀다.

센 소탄의 세 아들은 각자 나름의 방식으로 센노 리큐의 다도를 계승, 발전시켰다. 셋째 아들 고신 소오사江岑宗左는 후신안不審庵을 이어받아 오모테센케表千家 유파를 탄생시켰다.

넷째 아들 센소 소시仙叟宗室는 센 소탄의 은퇴 당시의 다실 곤니치안今日庵을 이어받아 우라센케裏千家 유파를 창립했다.

둘째 아들 이치오 소오슈一翁宗守는 교토의 무샤노코지武者小路라는 곳에 칸큐안官休庵을 세우고 무샤노코지센케 유파를 발전시켰다.

이 세 다도 유파를 '산센케이'三千家라고 불렀다. 비록 다풍茶風이 약간씩 차이가 나기는 했지만 이들의 뿌리는 같았다. 산센케이는 수백 년 동안 일본 다도의 대들보 역할을 하면서 사무라이 계층과 떨어질 수 없는 밀접한 관계를 맺었다. 일본의 전국시대 때 다도는 상류층 사무라이들의 필수과목이었다. 일본의 다인은 사무라이를 떼놓고 논할 수 없다고 해도 과언이 아니었다.

도요토미 히데요시의 뒤를 이어 실권을 장악한 도쿠가와 이에야스德川家康(1542~1616)는 일본의 전국시대를 종식시키고 통일의 위업을 달성했다. 1603년, 도쿠가와는 에도 막부를 건립했다. 이로써 무로마치室町, 가마쿠라鎌倉의 계보를 잇는, 사무라이 계급이 최고 통치자로 군림한 도쿠가와 막부시대가 열렸다. 에도 막부는 메이지유신이 시작된 1868년까지 260여 년 동안 존속했다.

이 같은 시대적 배경 속에서 센노 리큐의 제4대 자손들은 선조들처럼 각 지역의 사무라이를 모시기 시작했다. 오모테센케는 기슈紀州의 도쿠가와 가문을 섬겼다. 우라센케는 가가번加賀藩의 마에다前田 가문, 마쓰야마번伊予松山藩, 비슈尾州의 도쿠가와 가문과 다야스田安 가문을 보필했다. 무샤노코지센케는 다카마쓰번高松藩을 섬겼다. 사무라이와 다인들의 이런 불가분의 상호 의존관계는 일본 다도의 발전을 이끈 중요한 요인이었다.

센노 리큐의 자손들만 그의 다도를 계승한 것은 아니었다. 센노 리큐에게는 '리큐시치테츠'利休七哲로 불린 일곱 명의 제자가 있었다. 이름은 각각 가모 우지사토蒲生氏鄉, 호소카와 산사이細川三齋, 세타 카몬瀨田掃部, 시바야마 겐모츠芝山監物, 다카야마 우콘高山右近, 마키무라 효부牧村具部 및 후루타 오리베古田織部였다. 그중에 후루타 오리베(1544~1615)는 스승 센노 리큐에 버금가는 업적을 쌓고 비슷한 운명을 겪었다.

센노 리큐가 죽은 뒤 오리베는 스승을 대신해 도요토미 히데요시를 섬겼다. 히데요시는 센노 리큐의 서민식 다풍茶風을 사무라이식 다풍으로 바꿀 것을 오리베에게 명령했다. 사무라이 출신 다인茶人인 오리베의 성향에 딱 맞는 명령이었다. 오리베는 스승의 다풍에 과감한 개혁을 단행했다. 그리하여 그의 손에서 새롭게 탄생된 다도는 색깔이 뚜렷하고 역동적이면서도 웅건하고 호방하게 변했다. 또 명랑하고 화려하면서 자유분방했다. 한마디로 활달한 미의식을 강조한 것이 특징이었다. 그는 히데요시에 이어 히데타다秀忠를 섬겼다. 명실공히 천하제일의 '다도명인'이 됐다. 그런 그에게도 죽음의 순간은 어김없이 다가왔다.

우연의 일치일까, 오리베는 스승과 똑같은 방식으로 죽음을 맞이했다. 그는 71세 되던 해에 적과 내통했다는 혐의로 히데타다로부터 할복자살을 명받았다. 스승인 센노 리큐보다 불과 1년 더 살았을 뿐이었다.

후루타 오리베가 죽은 후 그의 수제자 고보리 엔슈가 등장했다.

고보리 엔슈 역시 사무라이 출신이었다. 뿐만 아니라 녹봉이 1만 섬 이상인, 사무라이 중에서도 상류 계층이었다. 다른 점이라면 후루타 오리베는 목숨을 걸고 전쟁터를 누빈 대가로 사무라이의 명예를 얻었으나 고보리 엔슈는 윗세대의 사무라이 칭호를 세습했다는 점이었다. 당시 26세밖에 안 된 고보리 엔슈는 전투 경험이 거의 없었다. 그래서인지 성격이 온화하고 침착했다. 행동거지도 우아하고 기품이 있었다. 오리베가 죽은 후 그는 히데미쓰秀光의 다도 스승이 됐다.

다재다능한 고보리 엔슈는 도예, 건축, 원예, 미술, 문예, 서예 등 수많은 예술 분야에서 비범한 성과를 창출했다. 특히 와카和歌(일본의 전통 노래)의 우아한 미적 감각을 다도에 접목시켜 히가시야마東山시대 이후의 다구를 새롭게 명명했다. 후세 사람들은 엔슈가 와카의 전고典故 또는 시구를 따서 명명한 명품 다구들을 '혼카'本歌라고 불렀다.

고보리 엔슈는 또 독특한 풍격의 다실을 설계해 일본 다도의 발전

에 기여했다. 예컨대 다이도쿠지 류코인龍光院에 있는 밋탄密庵과 보우센
忘筌, 난젠지南禪寺 콘치인金地院의 팔창다실八窗茶室 등의 다실은 모두 서원식
书院式 풍격으로 꾸며졌다. 하나같이 엔슈의 성격처럼 그늘 한 점 없이 밝
고 환했다.

일본 최고의 정원 예술작품으로 꼽히는 '가쓰라리큐'桂離宮 역시 고
보리 엔슈의 작품이었다. 이 별장은 센노 리큐의 소박하고 담백한 서민
풍의 아름다움과 사무라이식의 호방하고 화려한 아름다움이 절묘한
조화를 이뤄 사람들의 감탄을 자아냈다.

그렇다면 고보리 이치로가 여러 예술분야를 두루 섭렵할 수 있었
던 것은 가문 덕분일까? 물론 그는 고보리 엔슈라는 수백 년 전의 유명
한 선조에 대해 자세히 알지 못했고 책이나 어머니의 이야기를 통해 어
렴풋이만 알 뿐이었다. 그는 불우한 유년 시절을 보내면서 고집이 세고
잔인한 성격이 형성되었다. 하지만 그의 내면에는 우울하고 감상적인 면
도 숨겨져 있었다. 그는 정치와 예술에 병적으로 집착했다. 그가 아주
어렸을 때 예기인 어머니에게 아버지에 대한 얘기를 들은 적이 있었다.
어머니는 그의 아버지가 멋지고 늠름한 중국인 무사로서 중국으로 돌
아간 뒤 소식이 끊겼다고 했다.

고보리 이치로는 사관학교를 졸업한 뒤 육군부에 들어가 장군의
딸과 결혼했다. 명실상부한 군인이 된 것이다. 그는 진짜 군인이 된 후에
도 어릴 적에 들었던 400년 전 조상에 대한 이야기를 잊지 않았다. 그
는 가쓰라리큐를 방문할 때마다 그 옛날의 선조가 기모노를 차려입고
게다를 끌면서 등롱 앞을 우아하게 왔다 갔다 하는 모습을 상상하고는
했다. 한편 중국에 대해서는 복잡 미묘한 감정을 가지고 있었다. 중국에

온 이후로 무수히 많은 중국인들의 피를 손에 묻히고 '살인마'라는 호칭이 어색하지 않을 정도인 그가 아이러니하게도 머릿속으로는 전혀 다른 모습을 상상하고는 했다. 그것은 바로 진정한 평화를 상징하는 차를 공손히 받쳐 들고 있는 자신의 모습이었다. 찻잔 속의 내용물은 무엇이건 상관없었다. 일본 말차여도 좋고 중국 항주 용정산 청차靑茶라도 좋았다.

고보리가 중국에 온 이후 다도에 대해 누군가와 이렇게 오래도록 대화를 해본 것은 처음이었다. 아니, 정확하게 말하면 그가 일방적인 장광설을 늘어놓았다고 해야 맞을 것이다. 지금 그의 청중은 중국인 아가씨였다. 그는 중국사람들이 골수에 사무치게 자신을 증오한다는 사실을 알고 있었다. 그러면서도 그들의 마음에 묘하게 공감이 되는 것이 참으로 이상하지 않을 수 없었다. 그는 기분 나쁜 생각을 털어버리려는 듯 고개를 가볍게 저었다. 그리고 앞에 서 있는 중국인 아가씨를 자세히 살펴봤다. 아가씨의 병약하고 우울한 모습은 중국 춘추시대의 미인 서시를 연상케 했다. 가녀린 몸으로 넘어질 듯 말 듯 서 있는 모습이 당장이라도 달려가서 부축해주고 싶은 충동을 느끼게 만들었다.

'어쩌면 앓고 있는 병마저 서시와 똑같을까? 불쌍한 아가씨.'

고보리는 속으로 쯧쯧 혀를 찼다. 그는 아가씨가 오빠를 구하기 위해 찾아온 것이라고 믿어 의심치 않았다. 불쌍한 아가씨는 오빠를 살려달라고 애원하러 병약한 몸을 이끌고 찾아온 것이 틀림없었다. 다른 이유는 있을 수 없었다. 사실 고보리는 처음부터 항한을 죽일 생각이 없었다. 적당히 혼 좀 내고 풀어줄 생각이었다. 어쨌든 하네다 선생의 외손자가 아니던가.

고보리는 쥐를 가지고 노는 고양이처럼 은근한 쾌감을 즐기고 있었다. 그는 항분에게 말할 기회를 전혀 주지 않았다. 그녀의 애타고 불안한 모습이 귀엽고 재미있었다.

'불쌍한 아가씨, 헛똑똑이 같으니라고. 누가 대일본 황군 장교 앞에서 감히 '중국 매화'를 들먹이라고 했어?'

고보리가 의자에서 일어났다. 이어 자동차를 대기시키라고 부하에게 지시했다. 항분을 데리고 경산에 다녀올 생각이었다. 그가 낮지만 단호한 어조로 항분에게 말했다.

"옷을 두껍게 입으셔야겠습니다. 내 군용외투를 빌려드릴까요? 청명이 코앞인데 같이 바람이나 쐬러 다녀옵시다. 오늘 같은 날씨에 밖에 나갔다 오면 기분이 훨씬 상쾌해질 겁니다."

항분이 놀란 표정을 감추지 못하고 말했다.

"당신하고 어디 가려고 여기 온 것이 아니에요."

고보리가 항분 앞에 걸음을 멈추고 부드럽게 말했다.

"물론 알고 있죠. 아가씨는 오빠를 풀어달라고 사정하러 온 것이 아닙니까?"

항분은 고개를 숙였다. 얼굴이 빨갛게 달아올랐다. 고보리는 그녀가 부끄러워 얼굴을 붉히는 거라고 짐작했다. 문득 일본에 두고 온 아내 생각이 났다. 부끄러움이라고는 눈 씻고 찾아봐도 없는, 뭐든 제멋대로인 장군의 딸을 어찌 눈앞의 가녀린 규수와 비견할 수 있겠는가. 이런 여인이야말로 진귀한 다기처럼 소중히 아끼고 사랑할 가치가 있지 않겠는가. 그가 한결 누그러진 어조로 말을 이었다.

"그 일이라면 더 말할 필요가 없습니다. 아가씨의 막내삼촌이 벌써 통지했을 텐데요. 항한이 자신과 일본제국 사이의 혈연관계를 인정하면 간단하게 끝날 수 있습니다. 무슨 말인지 알겠어요?"

고보리가 조심스럽게 항분의 어깨에 손을 얹었다. 항분은 징그러운 송충이를 털어내듯 격렬하게 몸을 흔들었다. 고보리는 자아도취에 한껏 빠져 항분의 표정을 읽지 못했다. 그저 소녀가 부끄럽고 어색해 앙탈을 부리는 것쯤으로 이해했다. 이국 여자와 시시덕거리는 느낌이 약간 어색하기는 했으나 싫지는 않았다. 그는 만족스러워 너털웃음을 터트렸다.

고보리의 웃음소리는 급기야 여리고 우울한 소녀의 인내심의 한계를 무너뜨렸다. 고개를 쳐든 항분의 눈에 눈물이 그득했다. 그녀는 원래 말주변이 없는 사람이었다. 오랜 기침으로 목이 잠겨 목소리는 성숙한 여인처럼 허스키했다. 그녀가 치밀어 오르는 울음을 삼키느라 꺽꺽대면서 띄엄띄엄 말을 시작했다. 말투는 매우 느렸으나 그것을 듣는 고보리의 표정은 눈에 띄게 굳어졌다.

"고보리 선생, 저는 이미 분명히 말씀드렸어요. 저는 당신하고 같이 어디에 가려고 여기 온 게 아니라고요. 또 오빠 일 때문에 사정하려고 찾아온 것도 아니에요. 하나님은 아실 거예요, 당신 같은…… 자비가 무엇인지도 모른다는 걸……."

"잠깐만, 아가씨 방금 뭐라고 했죠? 오빠를 풀어달라고 애원하러 온 게 아니라고요? 그리고 또 뭐라고 하셨죠? '당신 같은'이라고 했어요? 나 같은 뭐요? 설마 나 같은 사탄이 자비를 베풀 리 없다는 말을 하고 싶었던 건가요? 아가씨 눈에는 내가 곧 악마다 이건가요? 그런 건가요?"

고보리의 준수한 얼굴이 보기 싫게 일그러졌다. 엄청난 화를 억지로 참는 듯 코에서 거친 숨이 뿜어 나왔다. 방금 전의 교양 있고 부드럽던 모습은 온 데 간 데 없었다. 항분은 고개를 든 채 고보리를 똑바로 쳐다봤다. 이제는 눈물도 나오지 않았다. 그녀가 또박또박 말을 이었다.

"그래요, 제 눈에 당신은 그냥 사탄이에요. 당신은 지금 중국 전통 옷인 장삼을 입고 있어요. 또 중국 표준어도 구사할 줄 알아요. 그리고 중국인의 집에서 살고 있죠. 중국에서 건너간 차를 마시면서 차에 관한 아름다운 얘기들도 알고 있어요. 방금 당신의 통역관이 저에게 그러더군요. 오늘 당신의 기분이 날씨만큼이나 좋다고요. 하지만 저 태양은 중국의 태양이에요. 중국의 태양이 당신을 기분 좋게 만들었어요. 당신은 청명이 코앞이라 경산에 다녀오고 싶다고 했죠? 하지만 청명절은 중국의 명절이에요. 경산은 중국의 경산이고요. 고보리 이치로 선생, 알고 있나요? 당신은 중국에 굉장히 관심이 많아요. 제 계부나 당신의 통역관 같은 중국인들보다도 더 중국에 관심이 많아요. 하지만 당신은 중국인들을 마구 죽이고 있어요. 마을을 지날 때면 마치 새총으로 새를 쏘듯 사람들을 사살한다고 하더군요. 당신의 고문실은 중국인들로 가득하죠? 중안교衆安橋를 지날 때면 당신네 헌병들이 우리 중국인들을 고문하는 소리가 들려요. 헌병대에 잡혀 들어가면 다시는 살아나오지 못하죠. 하나님은 아실 거예요. 당신들이 지옥에서 온 악마라는 것을. 당신과 다른 악마들의 차이점이라면 당신은 차 마실 줄을 알고 다도를 배운 악마라는 거예요. 저의 아버지께서는 차는 평화를 상징한다고, 차를 즐겨 마시는 사람 중에는 악한 사람이 없다고 말씀하셨어요. 그러니 다인들을 존중해야 한다고 말씀하셨어요. 하지만……, 하지만 저는 당신 같은 사람은 존중할 필요를 못 느끼겠어요. 당신은 차를 즐겨 마시지만 또 사람도 많이 죽이죠. 하늘에 계신 아버지의 권위에 감히 대항하는 자는 사탄일 뿐이에요. 하지만 사탄은 차를 마시지 않아요……."

격한 어조로 속에 있는 말을 줄줄이 쏟아낸 항분은 잠깐 뜸을 들이더니 천천히 다시 말을 이었다.

"저는 오빠를 풀어달라고 애원하러 온 게 아니에요. 저는 당신과 한 가지 거래를 하려고 왔어요. 저를 붙잡아두고 오빠는 내보내주세요. 제가 지금까지 저지른 불경은 그깟 따귀 두 대에 비견할 바가 아니니까요."

심각한 눈빛으로 듣고 있던 고보리는 항분의 마지막 한마디에 그만 실소를 금치 못했다. 참으로 애송이다운 유치한 발상이었기 때문이었다. 항분이 고보리가 웃는 모습을 보고 충동적으로 또 입을 열었다.

"고보리 선생, 저를 붙잡아두세요. 저는 순수한 중국인이에요. 당신들에게 저 같은 사람을 죽이는 건 일도 아니잖아요. 제 할머니와 고모를 죽인 것처럼 말이에요. 하지만 제 오빠 항한은 달라요. 비록 국적은 중국인이지만 혈통을 따지면 반은 '일본인'이에요. 하긴 그래봤자 무슨 소용이 있겠어요? 하나님 앞에 모든 사람은 평등하다고 했는데."

고보리가 털썩 안락의자에 주저앉았다. 자기가 사람을 잘못 봤다는 생각이 들었다. 지금 그의 눈앞에 서 있는 아가씨는 상상 속의 '불쌍한 아가씨'가 아니었다. 항분은 감전된 사람처럼 부르르 몸을 떨었다. 살짝 맹해 보이던 눈이 활화산처럼 이글이글 타오르고 있었다. 고보리는 일본에서도 이런 사람들을 본 적이 있었다. 광적으로 종교에 심취한 사람들이 이 아가씨와 똑같은 표정, 똑같은 눈빛을 하고 있었다. 고보리가 음침하고 차가운 목소리로 항분에게 물었다.

"정 원한다면 십자가로 안내해드릴까요?"

항분은 여전히 무척 흥분한 상태였다. 비틀거리는 몸을 애써 지탱하면서 손으로 성호를 긋고 혼잣말하듯 중얼거렸다.

"주여, 하늘에 계신 아버지. 저를 십자가로 끌고 가려는 이 자는 대

제사장(예루살렘의 대제사장, 예수를 십자가에 못 박혀 죽게 한 사람)인가요, 아니면 빌라도(예루살렘의 총독, 예수를 살리려고 애썼으나 결국 십자가에 처형하도록 허락한 사람-저자)인가요? 주여, 제 영혼을 거두어주시옵소서. 악마가 가져다준 약을 더 이상 먹지 않도록 저에게 용기를 주시옵소서. 이렇게 구차하게 사느니 차라리 제 영혼을 거두어주시옵소서, 주여······."

다른 사람이라면 가녀린 여자가 뭐라고 횡설수설하는지 한마디도 알아듣지 못했을 것이다. 하지만 해박한 고보리는 눈앞에 있는 아가씨가 죄책감에 오랫동안 시달려왔다는 것을 짐작할 수 있었다.

고보리의 짐작은 틀리지 않았다. 그녀는 계부의 집에 있을 때 계부와 어머니의 강요를 못 이겨 페니실린을 복용했다. 고보리가 가교를 시켜 꾸준히 가져다준 약이었다. 그녀는 마음이 괴로워서 미칠 것 같았다. 할머니와 고모를 비참하게 죽인 살인자에게 약을 받아먹으니 차라리 죽는 것이 낫겠다고 생각했었다. 그럴 때면 이비황이 그녀를 달래면서 말했다.

"누가 준 것이든 그게 무슨 상관이야? 병만 낫게 하면 좋은 약이지. 세상에서 제일 소중한 것이 무엇인지 알아? 바로 사람의 몸뚱이야. 육체가 있어야 영혼이고 신앙이고 진리고 다 있는 거야. 육체가 없으면 아무것도 없어."

친척들 역시 항분을 살리려고 애를 썼다. 그리고 무엇보다도 항분 자신부터 살고 싶다는 의지가 강했다. 그녀는 저세상으로 갈 때 가지고 갈 물건들을 남모르게 준비하면서 여러 가지 생각을 했다.

'내가 죽으면 누가 울까? 사람들은 내가 수놓은 예쁜 도안들을 보면서 예쁘다고 감탄할까? 내가 죽으면 교회당의 종소리는 몇 번 울릴까? 언젠가 일본 놈들을 다 쫓아내고 피난 갔던 가족들이 다시 돌아오면 청명날 계룡산 선산에도 사람들이 많이 모일 테지? 새로 생긴 내 무덤에 누가 차나무를 심어줄까? 그 차나무는 얼마나 멋지고 아름다울까?'

항분은 마치 영화의 한 장면처럼 멋대로 상상의 나래를 펼치다 말고 문득 한 가지 이치를 깨달았다. 죽으면 모든 것이 끝이라는 사실이었다. 죽은 사람은 볼 수도, 들을 수도, 생각할 수도 없다. 죽음에 대해 상상할 수 있는 권리는 산 사람에게만 주어진 것이다…….

이런 이유 때문에 그녀는 페니실린 복용을 거부하지 못했던 것이다. 다른 사람들이 폐병으로 죽어갈 때 그녀는 고보리가 보내준 페니실린 덕분에 살 수 있었고 건강도 나날이 좋아졌다. 이치대로라면 그녀는 자신의 목숨을 구해준 '은인'에게 백배 사례해야 마땅했다. 하지만 그녀는 고마움 대신 치욕감과 죄책감에 몸부림쳤다. 그리고 드디어 오늘, 그 죄책감을 털어버릴 기회가 온 것이다. 어차피 죽을 몸, 일찍 죽으나 늦게 죽으나 무슨 차이가 있겠는가? 이 한 몸 바쳐 오빠의 목숨을 구할 수 있다면 그 역시 좋은 일 아니겠는가. 항분은 어떻게든 이 자리에서 끝장을 보겠다는 생각을 하면서 이를 악물었다.

고보리가 갑자기 신경질적으로 변한 항분을 응시하면서 차갑게 물었다.

"아가씨의 말은 만약 아가씨의 오빠를 풀어주지 않을 경우 내가 보내주는 약을 먹지 않겠다는 말인가요?"

항분은 눈을 크게 떴다. 이어 혼잣말처럼 중얼거리면서 오른손에 들고 있던 가방에서 주사약들을 꺼냈다.

"내가 못 죽을 것 같아요? 내가 못 죽을 것 같아요? 내가 못 죽을 것 같아요? 지금 이 자리에서 보여드릴까요? 지금 이 자리에서……."

고보리가 항분을 때리려고 손을 들었다. 하지만 차마 때리지 못하고 주먹으로 옆에 있는 탁자를 쾅, 하고 내리쳤다. 차 절구가 바닥으로 굴러 떨어져 한쪽 모서리가 깨졌다. 항분은 갑자기 안색이 백짓장처럼 창백해지더니 심하게 기침을 하기 시작했다. 입가로 피가 흘러나오고 급기야 그 자리에 스르르 쓰러졌다.

가교가 유령처럼 슬며시 다가왔다.

'이 아이를 부축해 일으켜 세워야 하나? 아니면 발로 차서 감옥에 집어넣어야 하나?'

가교는 한편으로는 고보리의 눈치를 살피고 또 한편으로는 바닥에 쓰러져 있는 항분을 보면서 어찌할 바를 몰랐다. 고보리는 경멸이 가득한 시선으로 가교를 노려보았다.

"굽실거릴 줄밖에 모르는 개 같은 인간 같으니라고. 조카딸이 쓰러져 있는데 부축해 일으킬 용기도 없는 겁쟁이!"

고보리는 일본어로 입에 담기 힘든 욕설을 내뱉었다. 가교는 그제야 정신이 든 듯 말없이 다가가 항분을 부축했다. 그리고 물었다.

"어떻게 처리할까요?"

고보리는 살기등등한 표정으로 아무 말도 하지 않았다. 가교가 항분의 입가에 묻은 피를 닦아주면서 또 물었다.

"큰형님과 둘째 형수가 대문 밖에 와 있습니다. 들어오게 할까요?"

고보리는 그제야 입을 열었다.

"그래? 온 가족이……, 자네는 제외하고, 제 발로 죽으러 찾아왔군. 좋아, 좋아! 내가 방금 자네에게 뭐라고 했나? 가서 그대로 전하게."

가교는 소리 없이 한숨을 쉬었다. 그는 큰형님 가화가 죽음을 각오하고 찾아왔다는 것을 알고 있었다. 항분은 여전히 정신을 못 차리고 있었다. 가교는 용기를 내 고보리 앞에 반쯤 무릎을 꿇었다.

"분이를 보내주십시오……. 저는 여태껏 개인적인 일로 고보리 태군께 부탁을 드려본 적이 없지 않습니까……."

고보리가 너털웃음을 터뜨렸다.

"좋아, 자네에게 이런 용기가 있는 줄 몰랐네."

고보리가 이어 손을 저었다.

"보내게, 보내……."

항분은 구사일생으로 살아났다. 가교가 항분을 업고 막 문턱을 넘어설 때였다. 고보리가 그를 다시 불러 세웠다.

"가교 군, 말이 나온 김에 용기를 조금 더 내보게나."

가교는 고개를 돌렸다. 고보리가 무슨 말을 하려는지 알 것 같았다. 하지만 선뜻 뭐라고 대답할 수 없었다.

고보리가 탄식하면서 말했다.

"그 정도 용기까지는 없군. 자네는 자네 등에 업힌 아가씨보다 용감하지 못하네. 이 주사약들도 가져가게. 명심하게, 그 아가씨는 죽으면 안돼. 그리고 자네 조카도 데려가게. 그리고 다시는 내 앞에 나타나지 말라고 하게. 그때는 살려두지 않을 테니까."

가교가 한손에 주사약을 들고 다른 손으로 항분을 부축한 채 그 자리에 못 박힌 듯 굳어졌다.

"왜? 뼈가 또 아픈가?"

"괜찮습니다, 안 아픕니다."

가교가 다시 굽실거렸다. 항분이 가늘게 눈을 떴다. 두 사람의 대화를 조금 들은 것 같았다. 그녀가 '사탄'이라고 칭한 남자가 그녀에게 다

다인_4

가와 작은 소리로 물었다.

"말해 봐요, 나는 대제사장인가요 아니면 빌라도인가요?"

항분이 힘없이 고개를 저었다.

"……모르겠어요, 모르겠어요. 어쩌면 둘 다 아닐지도……."

항분은 말을 맺지 못하고 고개를 툭 떨어뜨렸다. 그녀의 입에서 나온 피가 방울방울 바닥으로 떨어졌다. 하지만 얼굴은 미소를 짓고 있었다. 그녀 덕분에 그녀의 오빠는 목숨을 건졌다…….

제18장

1939년 봄, 항씨네 집에는 방문객이 끊이지 않았다. 물론 낮에는 감히 오지 못하고 밤에 몰래 찾아오는 사람들이었다. 그래서 다들 대문을 이용하지 않고 뒷문 울바자 틈을 비집고 들어오고는 했다. 후원 옆에는 원래 강이 있었다. 예전에는 이맘때쯤이면 강가에 붉은 복사꽃과 푸른 실버들이 화사한 아름다움을 다투고 대바구니를 든 처녀들이 한들한들 걸어 다녀 봄 정취가 물씬 풍겼었다. 하지만 일본군이 쳐들어온 후 이곳은 쓰레기장이 돼버렸다. 강은 진흙으로 막혀 악취가 진동했다. 방문객들은 쓰레기 사이로 난 길을 따라 항씨네 집을 찾아갔다.

백부 가화에게 업혀 돌아온 항한은 후원 사랑채 다락방에 꼬박 사흘을 누워 있었다. 다행히 아직 젊은 데다 무예로 단련된 몸이다 보니 서서히 기운을 차릴 수 있었다. 다만 통통 부은 눈의 붓기가 빠지지 않아 보기에 안쓰러웠다.

이날 항한은 창문에 기댄 채 밖을 내다보다가 쓰레기들 사이로 난 길을 따라 한 여자가 걸어오는 모습을 목격했다. 똑똑히 보이지는 않았으나 실루엣을 봐서는 방서령 같았다. 그는 허둥지둥 아래층으로 내려갔다. 이어 항분에게 약을 먹이고 있는 요코를 다짜고짜 뒷문으로 끌고 갔다.

요코가 의아한 말투로 물었다.

"분아, 네 어머니는 점점 담대해지는구나. 낮에는 우리 집 대문 앞에 감시하는 사람이 있다는 것을 잘 알 텐데 감히 이 시간에 여길 오다니?"

항분이 숨이 차 헐떡거리면서 대답했다.

"작은 어머니, 우리 엄마가 지금 어떤 상황에 처해 있는지 작은 어머니는 모르실 거예요. 밤에는 고사하고 낮에 잠깐 나오기도 힘들어요. 그 사람이 어머니가 도망갈까봐 항상 집안에 가둬놓거든요. 지난번에 저를 보러 왔을 때 손목을 보니 온통 상처투성이였어요. 그 사람은 미쳤어요."

항한이 말했다.

"이참에 네 어머니도 이리로 옮겨오시면 되겠다. 너를 가까이에서 돌봐줄 수도 있고 '한간 마누라'라는 오명도 벗을 수 있으니 일석이조 아니겠느냐? 어머니 생각은요?"

항분이 요코를 보면서 말했다.

"말이 쉽지 그리 쉬운 일이 아니에요. 10년 전에 여기가 싫다고 제 발로 나간 사람이 무슨 염치로 돌아와요? 그 사람이 그리 쉽게 놓아주겠어요? 그리고 아버지의 생각도 들어봐야 하지 않겠어요?"

요코가 항분의 눈빛을 보고 얼른 대답했다.

"분아, 너희 아버지는 내가 설득해볼 테니 너무 걱정하지 마. 너희 어머니를 이대로 둘 수는 없어. 일본사람들은 조만간 자기 나라로 돌아갈 거야. 그때가 되면 너희 어머니가 어떻게 살 수 있겠니?"

항분이 울먹이면서 반 사발 남은 약을 한쪽으로 밀어놓았다. 요코가 황급히 항분을 달랬다.

"내가 지금 가서 너희 아버지하고 얘기해볼게. 방금 너희 아버지하고 소촬 아저씨가 뒷마당에 계시는 걸 봤어. 너희 어머니가 올라오시면 우리 같이 설득해보자꾸나."

그때 방서령이 가방을 들고 올라왔다. 두 사람의 말을 들은 듯 얼굴에 미소를 지으면서 물었다.

"나 왔어. 방금 뭘 설득한다고 했지?"

"형님도 이리로 옮겨와서 고생이 되더라도 저희하고 같이 지내면 어떨까 해서요, 형님 생각은 어때요?"

세심한 요코는 방서령의 억지미소를 눈치채고 일부러 가볍게 말했다.

"이번 생에는 항씨네 대문 안으로 다시 들어오기 글렀어요."

방서령이 여전히 웃으면서 항분의 침대에 앉았다. 항분은 방서령이 가방에서 꺼내는 주사약과 알약들을 보고 벽 쪽으로 고개를 돌렸다.

"왜 또 가져왔어요? 그딴 거 개나 줘버리라고 했잖아요. 안 먹어요. 그리고 주사약은 그 일본놈한테 다 돌려줬는데 왜 또 가져왔어요?"

"자세히 봐봐, 같은 약이 아니야."

항분이 그제야 고개를 돌려 약 포장을 훑어봤다. 그리고는 웃으면서 손으로 성호를 그었다.

"주여, 감사합니다. 숙모님, 얼른 아버지에게 전해주세요. 교회에서 미국 약을 보내왔으니 걱정 안 하셔도 된다고요. 어머니, 아버지는 제

병 때문에 너무 걱정하셔서 머리가 반백이 됐어요."

요코가 방서령의 손을 잡고 말했다.

"형님, 우리 같이 가요. 앉아서 천천히 의논해봅시다. 분이의 일도 그렇고 뭔가 장기적인 대책이 필요한 것 같아요."

항분이 두 사람의 뒷모습을 보면서 또 가볍게 성호를 그었다.

"하나님이시여……."

그때 항한이 풋 하고 웃음을 터뜨렸다.

"우리 형제자매들 가운데 하나님을 믿는 사람이 있다니, 참 신기하네. 억이 형이 여기에 있었으면 아마 너하고 한바탕 논쟁을 벌였을 테지? 너에게서 하나님을 쫓아내려고 말이야."

"하나님은 어디나 다 계세요. 한이 오빠, 우리는 하늘에 계신 아버지께 감사드려야 해요. 하나님이 우리를 구해주셨어요. 기도하세요, 오빠의 무례와 불경을 회개하세요……."

"나는 무신론자야. 과학을 믿는 무신론자. 신에게 기도할 일은 없어. 전쟁만 아니었다면 나는 아마 과학을 전공하고 있었을 거야. 나는 과학에 의해 사실로 입증된 것만 믿어. 미안하지만 다른 건 믿을 수 없어."

"오빠가 살아 돌아올 수 있었던 이유가 하나님의 가호 덕분이라는 생각은 안 해보셨어요?"

"굳이 '하나님'의 덕분이라고 한다면 그 '하나님'은 너겠지. 고보리가 네 부탁을 받아들여 나를 풀어준 것 아니냐?"

"고보리 이치로 같은 '악마'가 내 부탁 따위를 들어줄 사람이 아니라는 것은 오빠가 더 잘 알 텐데요. 그날 그의 손바닥이 내 코앞까지 날아왔어요. 화가 나서 펄펄 뛰던 인간이 순식간에 생각을 바꿔 오빠와 나를 털끝 하나 건드리지 않고 풀어준 것은 신의 계시가 그에게 강림했기 때문이에요. 다른 해석은 있을 수 없어요. 하나님의 뜻은 아무도 거스를 수 없어요."

항한이 두 눈을 둥그렇게 뜬 채 침대로 다가갔다. 이어 잔뜩 흥분한 목소리로 팔을 크게 흔들면서 말했다.

"왜 이래? 정말 몰라서 그러는 거야, 아니면 알면서 모르는 척하는 거야? 그 자식이 무엇 때문에 너에게 잘해주는지 정말 몰라? 네가 아니었다면 그 자식은 나를 풀어주지 않았을 거야. 절대 풀어주지 않았을 거라고."

누워 있던 항분이 벌떡 몸을 일으켰다. 갑자기 흥분한 탓에 얼굴이 달아오르면서 또 기침이 터져 나왔다. 그녀가 헐떡거리면서 항한의 말을 반박했다.

"나 때문이 아니에요. 나 때문이 아니라고요. 일이 이렇게 된 이상 내가 한 가지 비밀을 알려드리죠. 다른 사람에게 절대 발설하지 않겠다고 맹세하세요, 하나님의 이름을 걸고 맹세하세요……."

항분이 항한의 귀에 대고 소곤소곤 뭔가를 말했다. 항한의 얼굴에서 핏기가 사라졌다. 직접 듣고도 믿기 어렵다는 듯 눈이 휘둥그레지고 입이 딱 벌어졌다. 급기야 의자에 털썩 주저앉아서는 허벅지를 탁, 내려쳤다. 그게 채 아물지 않은 상처를 건드렸는지 헉, 하고 숨을 들이쉬고는 입을 열었다.

"어쩐지……, 어쩐지……. 그는 나하고 같은 처지였어……. 어쩐지 자꾸 나에게 일본인임을 인정하라고 강요하더라니. 비겁한 놈, 졸장부, 자신도 '절반 중국인'임을 인정하지 못하면서……."

항한이 갑자기 무슨 생각이 난 듯 둥그런 눈을 크게 뜨고 물었다.

"기객 할아버지는 알고 계셔?"

항분이 도로 누우면서 말했다.

"더 생각하기도 싫어요. 그가 중국 전통 장삼을 입고 일본 다도에 대해 떠벌릴 때 나는 속으로 이런 생각을 했어요. '위선 좀 그만 떨어요. 그래봤자 당신은 그분의 아들이에요. 그분의 아들이 확실요.'라고요."

둘 사이에 침묵이 흘렀다. 이윽고 항한이 나지막한 소리로 말했다.

"너…… 설마……, 그 자식을 동정하는 건 아니지?"

"모르겠어요……. 하나님은 모든 것을 불쌍히 여기라고 하셨어요. ……오빠는 그 사람이 불쌍하지 않아요?"

"뭐? 불쌍? 그자는 동정할 가치가 전혀 없는 인간이야. 심록촌 그 자나 가교와 똑같이 말이야. 나는 다만 그자의 아버지가 불쌍할 따름이 야. 그분은 지금 속마음이 말이 아닐 거야, 죽기보다 더 괴로울 거야. 우리가 알고 있다는 사실을 알게 하면 안 돼. 영영 모르시게 해야 돼."

항한이 침대로 다가갔다. 이어 항분의 이마에 손을 얹은 채 귀엣말 처럼 나직이 속삭였다.

"……그리고 누이야, 나는 네가 불쌍해. 너 연애 해봤어? 못해봤지? 나도 못해봤어. 우리 둘 다 이런 면에서는 숙맥이야. 억이 형이 있었다 면 많은 가르침을 받을 수 있었을 텐데. 너, 그 자식을 동정하는 게 맞구 나. 그렇지? 조심해. 네 빈틈을 노려 악마가 들어올라. 정말 그렇게 되면 너의 하나님이 너에게 벌을 주실 거야……. 내 말 끝까지 들어봐. 나는 갇혀 있던 지난 며칠 동안 많은 생각을 했어. 어쨌든 한 가지 확실한 것 은 이번 전쟁이 나를 피도 눈물도 없는 독한 사람으로 만들었다는 점이 야. 나는 네가 그 자식을 동정하도록 내버려두지 않을 거야. 너는 나처 럼 그를 증오해야 해, 알겠어? ……뭐라고? 너는 지금 그를 증오한다고?

나도 알아, 네가 그를 증오한다는 걸. 하지만 네 그 증오심에는 다른 복잡한 감정이 섞여 있어. 순수한 증오가 아니라는 말이야. 네가 지금 해야 할 일은 일체의 다른 감정을 배제시키고 뼈에 사무치도록 그놈을 증오하는 거야, 알겠어? 네가 그놈에게서 벗어날 수 있도록 가족들이 방법을 찾고 있으니 너무 걱정하지 마. 그놈이 영영 찾을 수 없는 비밀스러운 곳에 너를 숨기려고 하는데……, 괜찮겠어? 갈 거야?"

"……가겠어요."

항분이 고개를 끄덕였다. 순간 눈물이 나면서 기침이 터져 나왔다. 그녀는 오빠의 말이 결코 농담이 아니라는 것을 잘 알고 있었다.

요코는 방서령을 마당에 있는 백목련나무 아래로 데리고 갔다. 방서령은 시커멓게 타버린 목련나무를 보고 깊은 탄식을 내뱉었다. 재작년 큰불로 항씨네 집의 많은 것들이 타버렸다. 그중에는 이 백목련나무도 포함됐다. 사람들은 모두들 이 나무가 완전히 타죽은 줄 알았다. 하지만 이듬해 봄, 시커멓게 그을린 나무 한쪽 귀퉁이에서 기적처럼 새하얀 꽃이 피어났다. 비록 엉성했으나 분명 나무가 살아 있다는 증거였다. 그리고 올 봄에 이르러 나무는 가지 절반이 휘어질 정도로 흐드러지게 꽃을 피웠다. 항씨네 집을 방문한 사람들은 스산한 마당에 홀로 봄 정취를 자랑하는 목련나무를 보면서 놀라움과 감탄을 금치 못했다.

목련나무 아래에는 원래 우물이 있고 돌로 만든 탁자와 의자가 있었다. 우물 옆에는 온갖 꽃들을 심었었다. 그리고 탁자 옆의 자갈길은 서재로 통해 있었다. 하지만 지금은 목련나무와 우물밖에 남지 않았다. 꽃들이 자라던 땅은 차밭으로 변했다. 방서령은 심은 지 얼마 안 된 차나무 묘목을 보면서 물었다.

"무슨 생각으로 마당에 차나무를 심었어요? 저게 언제 자라서 차를 따요? 그리고 다 따봤자 몇 줌밖에 안 될 텐데 누구 코에 붙여요? 차라리 채소를 심는 게 더 좋을 텐데 말이에요."

요코가 대답했다.

"한이가 그러는데 이곳은 땅이 비옥하고 큰 나무가 버티고 있어 '양애음림'陽崖陰林의 풍수에 부합한대요. 이 묘목들은 가화 아주버니가 전쟁 전에 모아뒀던 우량종 차나무 종자들을 재배한 거예요. 가화 아주버니는 외국의 차 산업이 빠르게 발전한 이유가 차의 품종이 좋기 때문이라면서 우리도 새로운 품종을 연구해야 한다고 말해왔어요. 먼저 용정산에서 시험 삼아 재배해보려고 계획까지 세웠는데 전쟁이 터졌지 뭐에요. 가화 아주버니와 한이가 집에서라도 해보자 해서 이렇게 시작한 거예요. 형님도 잘 아시잖아요. 가화 아주버니는 뭐 하나에 꽂히면 끝장을 봐야 만족하는 사람이에요. 다른 사람들은 목구멍이 포도청이라 하기 싫은 일을 억지로 하면서 산다지만 가화 아주버니는 평생 차에 목을 매기로 단단히 마음먹은 사람 같아요. 집이 이 꼴이 되고 공자묘 앞에서 차를 파는 신세가 됐는데도 하루 종일 차 생각만 하고 있어요."

방서령이 요코를 보면서 의미심장하게 말했다.

"요코는 남아 있고 나는 떠난 이유를 알겠어요. 요코는 가화 그 사람에 대해 정말 잘 아는군요."

요코가 두레박으로 물을 퍼 올리면서 말했다.

"앉으세요. 넘어진 그 의자에 앉으시면 돼요. 제가 진지하게 말씀드릴 게 있어요. 이 물로 시원하게 세수 좀 하세요. 항주는 봄이 정말 짧아요. 날이 따뜻해지나 싶으면 금세 여름이 되니까요."

방서령이 얼굴을 다 닦기를 기다려 요코가 말을 이었다.

"형님 눈이 많이 부었는데 혹시 잠을 제대로 못 주무셨어요, 아니면 또 우셨어요? 설마 그 인간이 또 때린 건 아니죠? 여기는 아무도 듣는 귀가 없으니 속 시원하게 털어놔 보세요."

방서령이 눈시울을 붉히면서 떨리는 목소리로 겨우 한마디 했다.

"……아니에요."

요코도 찬물로 땀을 씻고는 방서령 옆에 앉았다.

"방금 전 형님이 여기로 다시 돌아왔으면 좋겠다고 얘기를 나누던 참이었어요."

방서령이 쓴웃음을 지었다.

"아까 말했잖아요, 이번 생에는 글렀다고요."

"혹시 가화 아주버님이 싫어할까봐 그래요? 가화 아주버님은 그럴 사람이 아니에요. 비록 겉으로 표현은 안 하지만 형님을 보고 무척 걱정하고 있을 걸요. 일단 돌아오세요. 자세한 건 옮겨와서 얘기해요. 분이도 엄마가 옆에 있으면 좋아할 거고 형님도 '한간 아내'라고 손가락질 받을 일이 없잖아요. 아직 앞길이 구만리인데 계속 이렇게 살 수는 없어요."

방서령은 요코를 자세히 훑어봤다. 중국식으로 쪽진 머리, 앞섶이 넓은 중국식 겉옷, 발등의 갈라진 곳이 둥근 중국식 구두, 유창한 항주 사투리……. 누가 봐도 엄연한 중국인이었다.

"아유, 요코는 이제 아무리 뜯어봐도 일본인 같은 구석이 없어요."

"어떻게 형님도 그런 말씀을 하세요?"

요코가 즉각 불쾌한 표정을 지었다.

"저는 중국 국적을 가진 중국인이에요. 그런 말씀 한 번만 더 하시면 화낼 거예요."

"화내지 말고 내 말 좀 들어봐요. 아까 앞길이 구만리라는 말을 했죠? 그건 나뿐만 아니라 요코도 마찬가지잖아요. 시치미 떼지 말아요. 가평의 소식 다 들었어요."

방서령이 말을 하다 말고 제풀에 펑펑 눈물을 쏟았다.

"남자 하나만 믿고 바다 건너 이 먼 곳까지 왔는데 사람이 어떻게 그럴 수가 있죠? 이 전쟁 통에 처자식 나 몰라라 한 것도 모자라 딴살림을 차리다니요. 휴우, 우리는 둘 다 무슨 팔자가 이 모양인지……."

방서령이 이렇게 불쑥 아픈 상처를 건드릴 줄은 생각지도 못했던 요코는 멍해 있다가 그예 왈칵 눈물을 쏟아냈다. 하지만 방서령에게 우는 모습을 보이기 싫어 우물물을 담은 물통에 얼굴을 푹 담갔다. 이윽고 고개를 든 그녀의 얼굴이 우물물인지 눈물인지 모르게 흠뻑 젖어 있었다.

요코가 한결 진정이 된 목소리로 말했다.

"형님, 형님은 아직도 모르시는군요. 이 세상에는 별의별 유형의 사람이 다 있어요. 누가 옳고 누가 그르다고는 아무도 판단할 수 없어요. 이를테면 형님과 저만 봐도 그래요. 우리 둘은 태어날 때부터 서로 다른 사람이었어요. 저는 한 우물만 파는 성격이고 형님은 수맥을 찾아 이곳저곳 헤매는 사람이죠. 형님이 틀렸다는 게 아니에요. 다만 자꾸 방황하다가는 아무 일도 이루지 못할 수 있다는 거죠. 에구, 제가 또 쓸데없는 말을 했네요. 아무튼 본론은 형님이 이리로 옮겨오면 좋겠다는 거예요. 일단 이번 고비를 넘기고 나중 일은 나중에 생각해요."

방서령이 손으로 얼굴을 가렸다. 요코의 얼굴을 마주보고 말할 용기가 없었던 것이다.

"그건 불가능해요, 요코. 내가 오고 싶다고 올 수 있는 상황이 아니에요. 내가 온다고 해도 가화의 마음은 바뀌지 않을 거예요. 가화는 겉보기에는 부드러워 보이지만 알면 알수록 강인한 사람이에요. 마치 오래 음미해야 진정한 맛을 느낄 수 있는 차와 같지요. 나는 젊을 때 사람 보는 눈이 없어 잘못된 선택을 했어요. 지금 와서 후회해봤자 아무 소용이 없지만요. 가화가 지난 10년 동안 얼마나 힘들었을까요? 가화에게 정말 미안해요. 가화를 다시 볼 면목이 없어요⋯⋯."

방서령이 급기야 방성통곡을 했다. 요코가 방서령의 눈물을 닦아주며 부드럽게 말했다.

"미안해 할 필요 없어요. 그래도 한때는 부부였는데 아직 정이 남아 있잖아요. 아이들 생각도 해야지요. 형님이 정 입을 열기 힘들면 제가 대신 말씀드릴게요. 아주버님도 사람인데 옛정을 잊지 않았을 거예요. 울지 말아요, 제가 형님 마음을 전해드리겠어요. 저희는 어릴 때부터 함께 자라 친남매처럼 허물이 없는 사이에요. 제가 잘 말해볼게요."

방서령이 손을 내리고 눈을 크게 떴다.

"그만해요, 요코. 다른 사람은 몰라도 요코가 그런 말을 하면 안 되죠. 가화는 어릴 때부터 요코를 좋아했어요. 지금도 그렇고요. 가화와 가평은 성격이 완전히 달라요. 가평은 새로운 것을 좋아하고 가화는 오래 된 것에 집착하죠. 한 우물 파기를 좋아하는 요코와 뭐가 다른가요? 우리가 헤어진 지 10년도 더 지났어요. 그런데도 그는 아직 재혼은 생각도 안 해요. 그 이유를 아직도 모르겠어요?"

요코는 아무 말 없이 우물가로 다가갔다. 이어 두레박으로 물을 한 통 퍼 올리더니 도로 우물에 쏟아버렸다. 또 한 통 퍼 올렸다가 쏟아버리기를 몇 번 반복하더니 결국 물통을 던져버리고 우물가에 털썩 주저앉았다. 고개를 돌린 요코의 어깨가 심하게 달싹였다. 방서령이 요코를 위로했다.

"요코, 울지 말아요. 우리 오늘 왜 이러죠? 나도 울지 않을 테니까 요코도 울지 말아요. 솔직히 나는 이러고 있을 시간이 없어요. 긴히 의논할 일이 있어요. 내가 항씨 집을 찾아오는 건 오늘이 마지막일 거예요. 사실대로 말할게요. 나 오늘 밤 교회 목사들과 함께 상해로 떠나요. 상해를 거쳐 미국으로 갈 거예요."

방서령의 뜬금없는 말에 요코는 너무 놀랐다. 눈물도 쏙 들어가버린 것 같았다. 그녀가 방서령의 옆에 바짝 붙어 앉으면서 물었다.

"그동안 아무 말도 없더니 이렇게 갑자기요? 여권은 나왔어요? 분이는 어떻게 해요?"

"나도 방금 소식을 들었어요. 원래는 미국 측에 사정해 출국 일정을 미루거나 분이의 수속도 함께 하려고 했는데 생각처럼 되지 않았어요. 목사님 말씀으로는 이번 기회를 놓치면 영영 못 갈 거라고 하셨어요. 비록 미국이 아직까지는 독일에 선전포고를 하지 않았지만 조만간 맞붙을 거래요. 어쩌면 내일 아침이라도 싸움이 벌어질지 모르죠. 일단 교전상태가 되면 미국으로 건너간다는 건 하늘의 별따기보다 어려워요. 나도 이번에 교회의 도움이 없었더라면 불가능했을 거예요. 미국에 계신 지인의 도움으로 직장도 구해놨어요. 분이를 꼭 데리고 가고 싶었는데 여권이 차일피일 밀리면서 나오지 않는군요. 분이는 몸도 안 좋은데 죽어도 일본사람 약은 안 쓰겠다고 하고…… 그러니 내가 미국으로 가지 않으면 누가 분이에게 약을 보내주겠어요? 그리고 내가 '한간 마누라'라는 오명을 벗을 수 있는 기회는 이 방법뿐이에요. 그 인간은 죽어도 이혼은 못해준대요. 그 인간은 내가 미국으로 간다는 걸 아직 모르고 있어요. 알면 무슨 수를 써서라도 훼방을 놓을 거예요. 요코, 몇 가지만 부탁드릴게요. 우리 분이를 잘 좀 돌봐주세요. 그리고 가화를 부탁해요. 내가 무슨 말 하는지 알겠죠? 당신네 둘은 진작에 함께했었어야 해요. 요코가 먼저 다가가야 해요. 안 그러면 가화의 성격상 절대 움직이지 않을 테니까요. 언제까지 서로의 마음을 숨기고 그렇게 살 건가요? 이런 시국에 무슨 일이 생길지 아무도 몰라요. 일본놈들은 마음만먹으면 언제든 요코를 일본으로 보내버릴 수도 있어요. 요코, 내 전철을밟지 말아요. 나는 한순간의 실수로 인생이 송두리째 바뀌었어요. 요코는 두 눈 뻔히 뜨고 사랑하는 사람을 내치는 바보 같은 실수를 안 했으면 좋겠어요. 한번 잃은 것은 돌아오지 않아요. 내 말 알아들었어요?"

요코가 자리에서 일어났다.

"잠시만 기다리세요. 제가 아주버님께 알릴 테니. 이보다 더 중요한일은 없으니 두 분이 만나서 의논해보세요."

한때 부부였던 두 사람은 헤어진 지 10년 만에 얼굴을 마주보고 앉았다.

방금 전 가화와 소촬은 차장 뒷마당에 있는 공구실에서 제사용 악기 보관에 대해 의논하고 있었다. 소촬은 요즈음 매일 공자묘에 있는 제사용 악기들을 몇 점씩 외투 속에 숨겨 항씨네 집으로 가져왔다. 며칠동안 왔다 갔다 하는 동안 거의 다 옮겨왔다. 제사용 악기들은 일단 망우차장 뒷마당 모퉁이에 묻어뒀다. 당분간 그렇게 두기로 했다. 가화가재작년에 지른 불은 다행히 이 망우차장에는 번지지 않았다. 화재의 진원지가 가화의 침실이고 제때에 화재를 진압한 데다 망우저택과 망우차장 사이에 벽이 두 겹이나 있기 때문이었다. 항주가 함락된 후 망우차장은 문을 닫았다. 일본군과 한간도 가교의 얼굴을 봐서인지 망우차장에와서 소란을 피우지는 않았다. 따라서 언제 무너질지 모르는 대성전보다 이곳이 제사용 악기를 보관하기에는 더 안전했다. 가화와 소촬은 청명에 성묘하러 가는 기회를 이용해 항씨네 선산 차밭에 제사용 악기들을 가져다 묻기로 했다.

방서령은 요코가 안내하는 대로 망우차장 뒷마당 작은 문을 지나 매장 안으로 들어갔다. 먼지 한 점 없이 깨끗하고 반짝반짝 빛이 나던 매장은 시커멓게 색이 죽고 먼지투성이였다. 먼지가 잔뜩 쌓인 바닥에 세 사람의 발자국이 선명하게 찍혔다.

매장 안은 창문을 열지 않아 어두컴컴했다. 요코는 왼손에 초를 들고 오른손에 물주전자를 들고 앞장을 섰다. 새끼손가락에는 찻잔 두 개를 걸었다. 매장 안은 물건이 얼마 남지 않아 예전보다 훨씬 넓어보였다. 계산대와 수납장 위에도 먼지가 소복이 쌓였다. 마치 오랜 세월을 담아 정성스럽게 짜낸 회색 천 같았다. 예전에 차단지를 놓아뒀던 곳에는 둥그런 자국이 남아 있었다.

매장 문은 항주가 함락된 이후 굳게 닫아둔 채 한 번도 열지 않았다. 격자창도 벽돌로 막아버렸다. 벽돌 틈 사이로 바늘처럼 가느다란 빛이 스며들어와 방안 구석구석을 비추고 있었다.

차장 대문 양쪽에 걸려 있던 영련楹聯은 매장 한쪽 구석에 팽개쳐져 있었다. "정행검덕은 군자를 위한 것이요, 번뇌와 갈증을 없애는 것은 차로다."라는 문구가 적혀 있는 영련이었다. 장사가 잘 될 때에는 하루에도 몇 번씩 깨끗하게 '목욕재계'를 하던 귀한 몸이었는데 지금은 먼지투성이 천덕꾸러기가 돼 있었다. 가화는 무의식적으로 영련 한쪽을 집어 커다란 탁자 위에 놓았다.

이화목梨花木을 끼워 넣은 흰색 대리석 탁자는 팔선상 세 개를 합친 것 만큼 컸다. 항씨 집안에서 대대손손 전해 내려온 가보로 가화가 제일 좋아하는 물건이었다. 가화는 차장 문을 폐쇄하기에 앞서 이 탁자를 안전한 곳으로 옮겨가려고 했었다. 하지만 크기가 너무 커서 밖으로 내갈 수가 없었다. 요코는 탁자 한쪽 귀퉁이에 초를 세워놓았다.

가화는 결벽증에 가까울 정도로 깔끔한 성격의 소유자였다. 그런 그가 먼지로 뒤덮인 탁자와 영련을 보고 가만히 있을 수 있겠는가. 그는 두말없이 소맷자락으로 영련의 먼지를 닦기 시작했다. 방서령은 나머지 한쪽 영련을 가져왔다. 이어 호주머니에서 손수건을 꺼내 두 쪽으로 찢었다. 한쪽은 가화에게 건네주고 나머지 한쪽으로 영련을 닦기 시작했다.

젊은 나이에 결혼하고 헤어진 뒤 10년이 지나 중년의 나이에 다시 한자리에서 만난 두 사람은 그렇게 한참 동안 묵묵히 영련을 닦는 일에만 열중했다. 어쩌면 앞으로 영영 못 볼지도 모른다는 생각을 하면 서로에게 할 말이 없을 리 없겠건만 누구도 선뜻 입을 열지 못했다.

요코는 조용히 자리를 떴다. 방서령은 소매를 걷어붙이고 본격적으로 탁자를 닦기 시작했다. 방안에는 여전히 무거운 침묵이 감돌았다. 순간 방서령의 팔에 얼룩덜룩 남아 있는 멍 자국이 가화의 시선을 끌었다. 이비황은 방서령의 따귀를 때리고 얼마 후 가화에게 뺨을 얻어맞았다. 그날부터 그는 방서령에게 아예 대놓고 폭력을 행사했다. '그래, 좋아! 세상사람 모두가 동네북처럼 나를 때려도 좋아. 나는 내 마누라를 때리면 되니까.'라는 식이었다. 폭력은 중독성이 있는지라 실컷 때리고 나면 분이 풀리고 기분이 좋아졌다. 예전에는 하류층 사람들이 무엇 때문에 술에 잔뜩 취해 거리에서 거리낌없이 자기 마누라를 패는지 그 이유를 몰랐었는데 지금은 알 것 같았다. 누구에게도 뒤지지 않는 학식을 갖춘 이비황이지만 지식은 그에게 닥친 현실적 문제와 심리적 문제를 해결하는데 하등 도움이 되지 못했다. 반면에 마누라를 때리면 자기애적인 만족감을 흠뻑 느낄 수 있었다. 방서령에게는 매일 매일이 지옥과 같았다. 어릴 때부터 고생이라고는 모르고 금지옥엽으로 자란 그녀였다. 게다가 청년 시절에는 '5.4 신문화운동'의 영향을 받아 '반제국주의, 반봉건 여전사'로도 활약했었다. 심지어 가평과 함께 북경으로 가서는 찻집을 경영하면서 고학 체험까지 했었다. 나중에 가화와 결혼한 뒤에도 세상 무서운 줄 모르고 도도하고 거만했었다. 성격이 온화한 가화는 아내에게 매는커녕 큰 소리 한 번 내지 않았다. 사람일은 모른다더니 자신의 처지가 이 모양 이 꼴이 될 줄 누가 알았겠는가. 과거를 회상하는 방서령의 눈에서 굵은 눈물방울이 뚝뚝 떨어져 그녀가 닦는 영련을 적셨다.

가화는 방서령의 머리로 시선을 옮겼다. 젊은 시절의 그녀는 머리카락이 새까맣고 윤기가 흘렀다. 하지만 지금은 촛불 아래 희끗희끗한 귀밑머리가 처량한 느낌을 풍겼다. 사실 지금도 '미인' 소리를 심심찮게 듣고 있으나 가화는 그녀의 얼굴에서 야속한 세월의 흔적을 느꼈다.

가화는 영련을 닦던 손을 멈추고 멍하니 생각에 잠겼다.

'과거에 내가 이 여자를 사랑했더라면 이 여자가 나를 떠나지 못하도록 잡을 수 있었을까? 그래, 그랬을 거야. 심지어 별로 큰 노력을 들이지 않고도 이 여자를 내 곁에 잡아둘 수 있었을 거야. 그렇다면 나는 왜 그녀를 잡으려는 노력을 하지 않았을까? 그 이유는 내가 그녀를 믿지 않았기 때문이었어. 나는 무엇 때문에 그녀를 믿지 않았을까? 결혼 첫날부터 내가 그녀를 사랑하지 않는다고 단정 지었기 때문이야. 그렇다면 나는 왜 내가 사랑하지도 않는 여자하고 결혼했을까? 또 왜 아이를 둘이나 낳아 키웠을까? 나는 정말 그녀를 전혀 사랑하지 않았던 걸까? 화창한 봄날, 땅 위의 풀들이 하늘을 향해 기지개를 쭉쭉 펴고 물밑의

수초는 뱀처럼 길게 흐느적대던 용정산에서 이 여자가 순금 귀고리를 나에게 내밀었을 때 나는 정말 한 치의 설렘도 없었던 걸까?'

가화는 스스로에게 매우 엄격한 사람이었다. 그만큼 다른 사람에게도 엄격한 잣대를 들이댔다. 겉으로 보기에는 매우 인자하고 너그러워 좀처럼 지적질을 하는 일이 없지만 실상은 의식적으로 남들과 거리를 두었다. 그는 다른 사람들의 마음을 헤아리려고 노력하지 않았다. 사람을 믿지 못했다. 이제 와서 생각해 보니 그는 방서령에게 자기의 속마음을 털어놓은 적이 한 번도 없었다. 방서령이 그와 가평 두 사람 사이에서 갈대처럼 왔다 갔다 하면서 마음을 정하지 못할 때 그는 '싸워' 보지도 않고 지레 물러났다. 방서령의 마음을 얻으려는 시도조차 해보지 않았다. 누군가와 싸운다는 것은 자존심이 허락하지 않았던 것이다. 그것이 육체적 싸움이든 심리적 싸움이든 마찬가지였다. 그에게 있어서 포기는 패배가 아니었다. 그는 이기기 위해 포기를 선택한 것이었다. 그렇다면 그는 과연 이겼는가?

가화는 방서령의 팔목에 있는 멍 자국과 희끗희끗한 귀밑머리를 보면서 내내 착잡한 표정을 감추지 못했다. 순간 방서령이 이 지경이 된 데는 자신에게도 책임이 있다는 생각이 들었다. 그렇다면 지금 그녀를 보면서 일어나는 이 감정은 사랑일까? 그럴 수도 있고 아닐 수도 있다. 그러나 이런들 어떻고 저런들 또 어떠랴? 이제는 늦었다. 이번에 떠나면 영영 못 볼 것을……. 이제는 정말 돌이킬 수 없게 된 것이다.

가족들이 하나둘 죽어나갈 때마다 가화는 강해지면서 또 약해졌다. 말도 안 되는 소리 같지만 그는 강해질수록 한편으로는 점점 더 약해져갔다. 또 약해질수록 한편으로는 점점 더 강해져갔다. 강하면서도 약한 남자, 가화는 더 이상 아무 일도 없다는 듯 묵묵히 영련만 닦고 있을 수가 없었다. 그는 먼지가 잔뜩 묻은 손을 털고 망연한 표정으로 방서령을 바라봤다. 사랑하는 딸의 어머니를 떠나지 못하게 할 방법이 그에게는 없었다. 사랑하는 딸의 어머니를 붙잡아둘 수 있는 방법이 없었다. 그는 망연한 표정으로 천천히 방서령에게 다가갔다. 이어 한때 자신의 아내였던 여자를 품에 꽉 껴안았다. 그는 이 행동을 통해 자신의 몸에 항씨 가문의 피가 흐르고 있음을 증명했다. 적어도 이 순간만큼은 그는 그의 아버지와 많이 닮았다. 그는 누가 뭐래도 항천취의 아들이었다…….

두 사람 사이에 후회의 말, 해명의 말, 부탁의 말, 승낙의 말……, 수없이 많은 말이 오갔을 테지만 구체적인 내용은 별로 중요하지 않았다. 대화라고는 하지만 정확하게 말하면 방서령 혼자서만 떠들고 가화는 간간이 대꾸하는 식이었다. 방서령은 많은 사람의 이름을 언급했다. 그중에서도 요코와 이월에 대해 제일 많은 이야기를 했다. 가화는 고개를 끄덕이는 와중에 간간이 한두 마디씩만 끼어들고는 했다. 길게 말할 시간이 없었다.

"……걱정 마오."

"……반드시 찾을 수 있을 거요."

"……내가 친아들처럼 잘 키울 거요."

"……물론이오. 그 일본놈이 우리 딸을 괴롭히게 내버려두지 않을 거요."

"……그럼, 그럼. 이혼수속은 꼭 해야지. 미국에 도착하면 이혼수속부터 하오."

"……그런 말 하지 마오, 당신은 반드시 돌아올 거요. 우리 분이가 기다리고 있잖소."

"······그럴 리가. 나는 죽지 않소. 내가 왜 죽겠소?"

두 사람은 술 대신 차로 조촐하나마 장엄한 이별 의식을 열었다. 차는 소촬이 옹가산에 가서 따온 햇차였다. 다 합쳐 반근도 안 되었다. 가화가 진읍회와 조기객에게 조금씩 나눠주고 남은 것에서 다시 절반을 방서령에게 내어주면서 말했다.

"가져가오. 나중에 또 보내줄 테니······."

방서령도 품속에서 자그마한 종이꾸러미를 꺼냈다. 그 속에서 꽃 모양의 매실 절임 네 알을 조심스럽게 꺼내 두 사람의 찻잔에 각각 두 알씩 띄웠다. 그리고는 정중하게 말했다.

"잘 보세요, 짝수예요."

"알겠소."

"오늘 일부러 가져온 거예요."

"알겠소."

"예전에 당신에게 홀수로 드린 건 일부러 그런 게 아니었어요······."

"알겠소······."

가화가 찻잔을 들었다.

"이걸 보오. 다 마셨소."

"저도요······."

방서령이 활짝 웃었다. 더 이상의 아쉬움은 없을 것 같았다.

그날 밤, 항한은 밤이 깊도록 잠을 이루지 못했다. 이리 저리 뒤척이다가 결국은 침대에서 일어나 다락으로 올라갔다. 그리고는 창문에서 후원 밖의 '쓰레기강', 아니 '쓰레기산'을 내다봤다.

강가에 옛날부터 있던 전봇대와 가로등은 그대로였다. 그 불빛 속에 항씨네 집을 향해 다가오는 사람 그림자 둘이 보였다. 두 사람은 불빛이 비추는 곳을 피해 천천히 조심스럽게 다가오고 있었다.

'허, 겁도 없는 사람들이군. 통금시간이 다 됐는데 일본 순찰대원들 눈에 띄면 어떡하려고 저러지?'

항한은 누군지도 모르는 두 사람을 걱정하면서 다시 침대로 돌아가 누웠다.

반시간이 지난 후, 누군가 살금살금 계단을 올라오는 소리가 들렸다. 항한이 황급히 등잔불을 켰다. 잠그지 않은 방문이 삐걱 열리더니 귀부인이 모습을 드러냈다.

"당신이 어떻게……?"

항한은 놀라움에 낮게 소리를 질렀다. 그러자 귀부인이 담담하게 웃으면서 말했다.

"나와 같이 온 사람을 보면 더 놀랄 거예요."

제19장

청명이 코앞에 다가왔다. 예전에는 청명 즈음에 비가 부슬부슬 내렸었다. 그러나 올해는 보기 드물게 날씨가 쾌청했다.

항한은 아침 일찍 일어나 마당의 목련나무 아래에서 남권南拳을 연습했다. 외상은 아직 다 낫지 않았다. 하지만 근골은 멀쩡했다. 기분 좋은 봄바람이 살랑살랑 불었다. 그 바람이 마치 그의 뼈 마디마디에 생기를 불어넣어주면서 '젊은이, 움직이게. 몸을 움직이게. 얼른 준비를 하게. 앞으로 해야 할 일이 많네. 쥐어보게. 주먹을 쥘 수 있겠나? 주먹을 쥐어보게.'라고 귓가에 속삭이는 것 같았다.

항한은 몸에 무리가 가지 않도록 조심스럽게 남권 동작을 연습했다. 어젯밤 그는 완전히 새로운 사람으로 다시 태어났다. 더 이상 옛날의 그가 아니었다. 울분을 참지 못해 일본 헌병의 따귀를 때리는 무모한 짓 따위는 더 이상 하지 않을 것이었다.

어젯밤 그는 나초경을 한눈에 알아봤다. 그렇다 하더라도 나초경의 변장한 모습에 한참 동안 충격을 감추지 못했다. 나초경은 길고 굽실굽실한 파마머리에 눈썹을 진하게 그리고 입술을 빨갛게 칠했다. 게다가 유행에 맞지 않는 담비 털외투를 입고 까만 하이힐을 신고 있었다. 그녀는 항한의 놀라는 표정을 보고 재미있다는 듯 웃었다. 외투를 벗자 비단 치파오, 진주목걸이와 귀고리로 치장한 화려한 자태가 드러났다. 그녀가 특유의 낮고 묵직한 소리로 항한에게 물었다.

"표정이 왜 그래요? 나 못 알아보겠어요? 부잣집 마님 같아 보여요?"

"어휴, 촌스러워라."

항한은 혀를 찼다.

"방금 가로등 아래에서 걸어오는 걸 봤어요. 함께 온 사람은 누구예요? 어떻게 겁도 없이 우리 집에 올 생각을 다 했어요? 놈들이 우리 집을 밤낮없이 감시하는 걸 몰라요? 나에 관한 소문은 들었어요? 잡혀갔다가 집에 온 지 보름밖에 안 됐다고요. 어디서 오는 길이에요? 아직도 형하고 같이 있어요? 맙소사, 설마 정말로 부잣집에 시집이라도 간 건 아니죠? 뭐가 뭔지 하나도 모르겠어요. 빨리 대답 좀 해봐요."

나초경은 외투를 벗고 침대 맞은편의 대나무 의자에 앉았다. 콩알만한 등불 아래에서 보이는 그녀의 날씬한 몸매, 뾰족한 콧날과 아래턱, 굽 높은 하이힐은 항한의 시선을 혼란스럽게 만들었다. 눈의 부기도 다 빠지고 시력도 원래대로 돌아왔지만 여전히 나초경이 눈앞에 있다는 사실이 믿어지지 않았다. 항억에게서 소식이 끊어진 지도 거의 2년이 다 돼 가고 있었다.

나초경은 마치 어제 만나고 오늘 또 만나는 사람처럼 태연하고 자연스러웠다.

"날씨가 갑자기 이렇게 더워질 줄 몰랐어요. 준비해온 옷들 중에서 입을 만한 것이 이것밖에 없었어요. 돈 많은 상인의 부인으로 변장해야 했으니까요. 아까 같이 온 사람이 누구냐고요? 당신 아버지예요. 어때요, 상상도 못했죠? 정말 못 알아봤어요?"

항한은 무거운 몽둥이에 뒤통수를 얻어맞은 것처럼 한참 동안 아무 말도 못했다. 그러나 곧바로 어색한 분위기를 완화시키려는 듯 억지웃음을 지으면서 말했다.

"……그러게요. 상상도 못했어요. 당연히 알아보지 못했죠. 그분을 마지막으로 본 것이 10년도 더 전이었으니……."

"지금 당신 큰아버지 방에 계세요. 뵈러 갈 거죠? 갔다 오세요. 저는 여기서 기다릴 테니. 나는 중요한 일이 있어 일부러 당신을 찾아온 거예요."

항한이 황급히 손사래를 쳤다.

"아니오, 아니오. 나는 다만 그분이 왜 돌아오셨는지 궁금할 뿐이에요. 왜 돌아오셨지? 그리고 어떻게 같이 왔어요? 함께 일하고 있는 건가요?"

"꼭 그런 건 아니에요. 우리는 각자 다른 일로 온 거예요. 당신의 부친은 현재 오각농 선생과 함께 중경重慶 정부의 무역위원회에 몸담고 있어요. 모르셨죠? 그리고……, 내가 무슨 일을 하는지는 알죠?"

항한은 나초경의 반짝이는 회색 눈동자를 보면서 그녀의 예전 모습을 떠올렸다. 그러자 조금 전의 어색한 느낌이 많이 사라졌다. 그는 문과 창문을 걸어 잠그고 커튼을 닫았다. 나초경은 몸을 앞으로 숙였다. 나초경의 뜨거운 입김이 항한에게 전해졌다. 그녀가 한껏 낮춘 목소리로 비밀스럽게 말했다.

"당신의 일에 대해서는 벌써 들었어요. 우리 조직은 그 얘기를 듣고 당신에 대한 신뢰가 급상승했어요. 그래서 일부러 나를 이리로 파견한 거예요. 당신에게 맡길 중요한 임무가 있어요. 미리 말하지만 매우 위험한 일이에요. 원치 않는다면 거부해도 돼요. 단, 반드시 신중하게 생각하고 대답해야 해요. 우리에게는 당신의 변덕을 기다려줄 시간이 없어요."

항한이 심호흡으로 정신을 가다듬고 말했다.

"오늘만 기다려왔어요."

나초경이 몸을 뒤로 젖히면서 생각에 잠긴 표정으로 말했다.

"2년 전 서호에서 나눴던 대화 기억나요? 그때 추후에 당신에게 더 큰 임무를 맡길 거라고 했었죠? 당신이 사람을 죽여야 할지도 모른다고……."

나초경 조직의 암살 대상은 유신維新 정부의 요원 심록촌이었다. 심록촌은 왕정위汪精衛 친일파 집단과 결탁해 남경南京 정부의 설립을 재촉하고 있었다. 새 정부가 출범되면 심록촌은 당연히 요직을 맡을 것이었다. 게다가 그의 정치적 야망은 거기서 멈추지 않을 터였다. 따라서 심록촌을 비롯한 악질 한간들을 일찌감치 처단할 필요가 있었다. 심록촌 가까이에 접근해 암살할 수 있는 적임자도 바로 정해졌다. 바로 심록촌의 종손자인 항한이었다.

항한은 갑자기 온몸에 한기가 엄습하면서 보이지 않는 커다란 힘에 어깨가 짓눌리는 느낌을 받았다. 그는 긴장한 표정을 감추기 위해 어깨에 한껏 힘을 주었다. 다행히 나초경은 아무것도 눈치채지 못한 것 같았다. 항한이 천천히 입을 열었다.

"알겠어요, 나더러 심록촌을 죽이라는 거죠?"

"할 수 있겠어요?"

항한은 한참 동안 침묵을 지켰다. 솔직히 많이 당황스럽고 궁금한 것도 많았다. 하지만 그는 아무것도 묻지 않고 고개를 끄덕였다.

"할 수 있어요!"

더할 수 없이 화사한 봄 날씨였다. 항한은 지난해 심은 차나무 묘목 앞에 쪼그리고 앉았다. 연푸른 잎과 가지들이 봄바람에 부드럽게 흔들리며 청초한 자태를 뽐내고 있었다. 몸 안의 상처들이 아물려고 그러는지 간질간질했다. 그 느낌이 싫지 않았다. 그는 손으로 흙을 만졌다. 마음속으로는 조금 아쉽다는 생각도 들었다. 큰아버지는 석회암 토질이 차 재배에 제일 좋다고 했었다. 큰아버지의 말대로라면 용정산의 토질이 으뜸이었다. 전쟁만 아니었더라면 지금쯤 용정산에 새로운 품종을 옮겨 심어 놓고 밤낮으로 지켜볼 수 있었을 텐데……. 항한은 흙이나 식물과 씨름하는 시간이 즐거웠다. 그는 손에 쥔 흙을 잘게 부스러뜨리다 말고 몸을 부르르 떨었다. 어젯밤에 꾼 악몽이 문득 떠올랐던 것이다. 이윽고 고개를 든 그의 앞에 언제 왔는지 아버지 가평이 서 있었다.

가평은 멜빵 양복바지 차림으로 양치질을 하고 있었다. 어젯밤 가평은 가화와 함께 아들을 보러 사랑채로 왔었다. 항한은 아버지를 보고도 흥분하거나 당황하지 않았다. 재회의 기쁨 같은 것도 없었다. 그의 머릿속에는 온통 딴 생각뿐이었다. 나초경이 말한 '임무'에 대한 것이었다. 아버지는 사진에서 보던 것처럼 늠름하고 멋졌다. 다만 양복을 입고 수염을 기른 모습이 상상하던 것과 살짝 달랐다. 둘 사이에 짧은 대화가 오갔다. 아버지는 모든 것을 다 알고 있다는 듯 아들에게 "치료를 잘 하라"고 거듭 당부했다. 그것이 끝이었다. 아버지와 큰아버지는 내려가

다인_4

고 항한은 다시 침대에 누웠다. 금세 아버지를 까맣게 잊은 그는 나초경이 말한 '임무'에 골몰했다.

'사람을 죽인다고? 집에서 죽여야 할까, 아니면 밖에서 죽여야 할까? 권총이 좋을까, 폭탄이 좋을까? 안 돼, 나는 권총과 폭탄은 만져보지도 못했어. 어쩔 수 없군. 비수를 사용할 수밖에……'

항한은 아침에 아버지를 다시 만났다. 느낌이 새로웠다. 특히 칫솔을 손에 쥔 채 희고 가지런한 이를 드러내면서 아들을 향해 미소 짓는 모습을 보노라니 갑자기 가슴이 뜨거워졌다.

가평이 차나무 묘목들을 가리키면서 입을 열었다.

"네가 심었느냐?"

"네, 큰아버님이 가르쳐주신 대로 심었어요."

항한이 차나무를 하나씩 가리키면서 설명했다.

"이건 씨를 심은 것이고요. 이건 꺾꽂이로 번식시킨 거예요. 교배종도 있어요. 저기 저 그루가 교배종이에요."

"오, 재미있구나. 힘들지는 않았느냐?"

"전혀요. 학교도 안 다니고 일도 안 하는데 이런 거라도 해야죠. 밖에 나갈 수 있으면 교외에 있는 차나무 밭에 갔다 오고, 나갈 수 없으면 이렇게 집에서 시험 재배를 하고 있어요."

"허허, 우리 가문은 대대로 차를 팔기만 했는데 이제 차 재배 전문가가 나오겠구나. 차 재배는 어떻게 하는 거냐? 좀 들어보자꾸나."

항한이 눈빛을 반짝였다. 이렇게 자연스럽게 공통의 화제가 생긴 것이 신기하면서도 기뻤다. 그는 흥미진진하게 설명해나갔다.

"저도 큰아버님한테 배웠어요. 차나무 밭에서 나무를 쓱 훑어보면 수관樹冠이 크고, 가지가 무성하고, 싹이 일찍 트고, 생장기간이 길고,

싹이 여러 번 나고, 생장속도가 빠르고, 싹이 많은 나무가 있어요. 간단하게 설명하면 —이것도 큰아버님이 가르쳐주신 거예요— 크고, 무성하고, 이르고, 길고, 많고, 빠른 차나무가 좋은 품종이에요. 좋은 품종을 골라서 씨를 심거나 꺾꽂이를 하거나 혹은 다른 차나무와 교배시키면 좋은 차를 수확할 수 있어요. 물론 말은 쉽지만 막상 하다보면 의외로 변수가 많대요. 큰아버님이 그러시는데, 큰아버님은……."

항한이 말을 끝맺지 않고 갑자기 입을 다물어버렸다. '큰아버님'이라는 말을 너무 많이 언급했다는 느낌이 들었던 것이다.

가평은 그저 아들이 대견하고 기특하기만 했다. 아들은 어느새 의젓한 어른이 돼 있었다. 그가 상상했던 것보다 훨씬 더 훌륭하게 자라났다. 가평은 평원에서 조카 항억을 만난 적이 있었다. 항억도 훌륭하게 잘 자랐다. 과감하고, 남자답게 거칠고, 또 고양이처럼 날렵하고 민첩했다. 숙부와 조카는 의례적인 인사를 간단히 나누고 본론으로 들어갔다. 항억은 말수가 적었다. 쉴 새 없이 담배만 태웠다. 손바닥은 많이 거칠었지만 얼굴은 항씨 가문의 후손답게 하얗고 말쑥했다. 나이에 비해 성숙하고 지혜로워진 것 같았다. 그곳에서 항억은 사람들에게 경외의 대상이었다. 인근 지역의 왜놈과 한간들은 '항억'이라는 이름 두 글자만 들어도 벌벌 떨었다. 항억의 신출귀몰한 능력 때문만은 아니었다. 항억의 독특하고 잔인한 살인수법은 원근에 소문이 자자했다. 그는 한간이나 왜놈을 처단할 때 평범하게 무기를 사용하지 않았다. 밧줄로 꽁꽁 묶어 강에 던져버렸다. 나중에는 강에서 시체가 떠오르면 사람들이 묻지도 따지지도 않고 항억의 짓이라고 단정 지을 정도였다. 가평이 항억에게 부탁한 일은 피점령지, 유격구와 미점령지를 넘나들면서 차 밀거래를 하는 한간들을 처단해달라는 것이었다. 그가 입수한 정보에 의하면 차 밀거래의 주동자 중에는 오승의 아들 오유도 있었다. 항억은 담담하게 대답했다.

"걱정 마세요. 그놈을 물고기 밥으로 만들어드릴 테니."

두 사람은 헤어지기 전에 악수를 나눴다. 항억은 손이 크고 힘도 셌다. 둘은 사나이들끼리의 팽팽한 신경전이라고 해도 좋을 정도로 서로의 손을 꽉 맞잡았다. 함께 갔던 나력은 항억이 자리를 뜨기를 기다린 후 말했다.

"완전히 딴사람이 됐군요. 큰형님의 아들이라기보다 둘째 형님의 아들 같아요."

'나력이 이 아이를 보면 뭐라고 할까? 아마 둘째 형님의 아들이라기보다 큰형님의 아들 같다고 할지 모른다.'

가평이 생각을 접고 아들을 보면서 물었다.

"다친 곳은 다 나았느냐? 움직이는데 지장이 없느냐?"

"다 나았어요. 아무 문제없어요."

가평이 아들의 어깨를 툭툭 쳤다.

"그래, 그러면 나하고 공자묘에 갔다 오자. 조 선생이 그곳에 계신다면서? 못 뵌 지 너무 오래됐구나."

항한이 다시 쪼그리고 앉으면서 말했다.

"큰아버님과 같이 가시는 게 좋을 것 같아요. 저는 방금 다녀왔어요. 그리고 저는 아직도 적들의 감시 대상이에요. 나 아가씨의 말로는 별 문제 없을 거라고 하던데 필요한 증명서류는 다 챙겨오셨어요? 공자묘에 들어갈 때에는 90도 경례를 하지 않아도 돼요. 물론 꼭 그렇다고 하기는 어려워요. 만약 지난번의 저와 같은 상황이 되면 어떻게 하실 건가요?"

가평이 싱긋 웃으면서 대답했다.

"물론 방법이 있지. 돈을 주거나 술이나 담배를 줄 거야. 아무튼 놈들에게 허리를 숙이는 일은 없을 거다. 걱정 말아, 절대 놈들에게 허리를 숙이지는 않을 테니까."

항한이 고개를 들고 가볍게 웃었다. 아버지를 대하는 태도가 친아들이라고 믿기 어려울 정도로 지나치게 공손하고 조심스러웠다. 아니 어쩌면 그는 더 이상 아버지를 아버지라고 생각하지 않는지도 몰랐다.

집이 가까워질수록 가평의 마음은 점점 무거워졌다. 무슨 낯으로 아내와 아들, 형님의 얼굴을 본단 말인가? 그는 유라시아대륙을 전전할 때 비슷한 처지의 중국인들을 많이 봤었다. 하지만 가화와 같은 형님을 둔 사람이나 요코와 같은 아내를 둔 사람은 한 번도 보지 못했다. 그는 자신을 만난 가족들의 반응을 머릿속에 그려봤다. 서로 껴안고 대성통곡을 하고, 온갖 원망을 다 쏟아 붓고, 한바탕 훈계를 하고, 변명 아닌 해명을 다 들은 다음 결국은 용서를 해줄 것이다. 이처럼 왁자지껄한 상봉을 하고 나면 형님과 마주앉아 크게는 민족의 존망, 작게는 요코를 비롯한 가족들의 장래에 대해 허심탄회한 대화를 나누게 될 터였다…….

중년에 접어든 가평은 사회에서 나름 신뢰받고 인정받는 '성숙한 사람'이었다. 하지만 사생활은 전혀 그렇지 못했다. 솔직히 말하면 그는 이 나이를 먹도록 자신의 삶과 여자들에 대해 진지하게 생각해본 적이 없었다. 그는 지금까지 수많은 여자와 사귀어봤다. 요코와 결혼한 이후에는 물론이고 다른 여자와 새 가정을 꾸린 이후에도 마찬가지였다. 그는 젊은 시절에 세운 원대한 포부 앞에 충성했다. 친구에게도 충성했다.

자신의 사업에도 충실했다. 하지만 유독 여자들에게는 충실하지 못했다. 여자 때문에 안 해도 될 고생을 한 적이 한두 번이 아니었음에도 바뀐 것은 없었다. 가끔 그는 스스로에게 묻곤 했다.

'혹시 나는 호색한인가?'

문제는 그가 호색한이냐 아니냐가 별로 중요하지 않다는 사실이었다. 여자들은 그를 가만히 놔두지 않았다. 귀여운 여자, 지적인 여자, 착한 여자, 예쁜 여자, 다정다감한 여자……. 온갖 여자들이 마치 경쟁이라도 하듯 그의 품에 안겼다. 열 여자 마다 할 남정네가 어디 있겠는가? 더구나 그는 20세기 초 항주 시내의 '으뜸 풍류남아' 항천취의 아들이 아니던가. 그에게 잘못이 있다면 다가오는 여자를 밀어내지 못한다는 것이었다.

가평은 부친과 달리 여자와 만나더라도 여자에게 완전히 빠지지 않았다. 적당한 선에서 끝낼 줄 알았다. 여자가 그의 자유나 큰 그림에 걸림돌이 될 것 같으면 한 치의 미련도 없이 떠나버렸다. 이것은 그의 롤모델인 조기객에게 배운 것이었다. 당연히 그는 처음부터 여자들에게 환상을 심어주지도 않았다. 자신이 이미 결혼한 유부남에 아내와 아들을 사랑한다는 사실도 숨김없이 털어놓았다. 심지어 여자와 운우지정을 나눌 때에도 두 쪽으로 갈라졌다가 다시 하나로 합쳐진 토호잔兎毫盞에 얽힌 얘기를 해주고는 했다. 그를 좋아한 여자들은 원하든 원치 않든 중국 강남의 아름다운 도시에서 있었던 '죽마고우'와의 사랑 얘기를 들어야 했다. 외국인 여자와 함께 있을 때에는 '죽마고우'라는 사자성어의 뜻을 설명하는 데만 하룻밤이 걸릴 때도 있었다. 아무튼 그는 여자들에게 거짓말을 하지 않았다. 또 헤어질 때에도 신사다운 모습을 잃지 않았다. 그가 줄 수 있는 선에서 최대한 많은 돈을 주고는 했다. 어쩌면 그가 계속 가난할 수밖에 없는 이유는 이것 때문이라고 해도 좋았다.

그는 자신의 행동이 아내에 대한 배신이라고 생각하지 않았다. 다른 여자와 새 가정을 꾸린 지금도 그 생각은 변함이 없었다. 그저 어쩌다보니 그렇게 된 것이라고 합리화했다. 아름답고 교양 있고 심지어 말도 잘 통하는 여자가 불쑥 나타나서 좋다고 따라다니는데 어떻게 매정하게 내칠 수 있겠는가? 물론 결혼할 때는 토호잔에 얽힌 얘기를 여자에게 미처 해주지 못했었다. 얼떨결에 여자와 함께 교회당에 들어갔고 땡땡땡 종소리가 울렸다. 신자가 아님에도 불구하고 목사의 "맹세합니까?"라는 물음에 "예, 맹세합니다."라고 대답했다. 그렇게 그는 다른 여자의 남편이 됐다. 사실 두 번째 결혼도 그에게는 큰 의미가 없었다. 삶에 있어서 사랑은 꼭 필요하나 그것이 최우선 순위가 되어서는 안 된다는 것이 그의 지론이었다. 인생에서 제일 소중한 것은 신념이고 사랑은 그 신념의 실현을 도와주는 부차적인 수단이라고 생각했다. 어쨌든 그놈의 사랑이라는 감정이 그를 진퇴양난에 빠뜨렸다.

'이런들 어떻고 저런들 어떻겠는가. 이미 벌어진 일을 되돌릴 수는 없는 법. 그래, 이 모든 것은 전쟁 때문이야. 도처를 떠돌아다니는 고달픈 삶이 나를 이렇게 만들었어.'

가평은 집이 코앞에 보이자 오히려 마음이 편해졌다.

'그래, 아무 일도 없었던 거야. 중경에 있는 남양 거상의 딸이자 화가인 여자는 나하고 아무 상관이 없는 사람이야. 나는 여전히 온 세상을 집으로 삼고 정처 없이 떠도는 방랑객이야.'

모든 것이 예전 그대로였다. 어두운 밤이라서 그렇게 보이는지도 몰랐다. 오는 길에도 별 어려움은 없었다. 필요한 서류를 완벽하게 챙긴 덕분이었다. 물론 나초경의 도움도 컸다. 가평은 나초경을 처음 본 순간부터 만만치 않은 여자라는 생각을 했다. 젊은 나이에 비해 많은 일을 겪고 사명감이 충실하다는 느낌을 받았다. 게다가 과묵하고 침착했다. 나력은 최전선에 지원했기 때문에 가평을 수행할 수 없었다. 그가 떠나기에 앞서 가평에게 은밀히 말했다.

"제가 듣기로 저 여자와 항억은 보통 사이가 아닙니다."

가평으로서는 다소 의외였다. 아무리 봐도 나초경은 항씨 가문의 그 누구와도 공통분모가 없었다. 그녀는 냉엄하고 과묵했다. 또 예의바르고 조용했다. 한편 괴팍하고 신비스러운 면도 없지 않아 있었다. 두 사람은 부부로 분장해 여기까지 오는 동안 전혀 의심을 받지 않았다. 사이좋은 '부부' 역할을 충실히 수행했다. 나초경은 가평으로 하여금 임생을 떠올리게 했다. 가평이 항억의 이름을 언급하자 나초경은 전혀 흔들림 없는 표정으로 창밖을 보면서 말했다.

"그래요, 우리는 함께 전투를 했었어요. 그리고 그는 이제 자유의 몸이에요."

가평은 그녀가 말한 '자유'가 무엇을 의미하는지에 대해 구태여 캐묻지 않았다. 그녀는 항억에 대해 별로 얘기하고 싶지 않은 것 같았다. 대신 두 사람은 항주 시내에 있는 항씨 가문 사람들의 생사와 이별에 대해 많은 얘기를 나눴다. 가평은 어머니와 여동생의 죽음, 아들의 체포와 갑작스러운 석방, 그리고 조기객의 연금 소식을 나초경에게 전해 듣고 미리 마음의 준비를 할 수 있었다. 그리고 이번에 돌아가면 아프고 힘든 가족들을 잘 다독이고 항씨 가문을 일으켜 세우기로 결심했다. 물론 쉬운 일은 아닐 터였다. 하지만 그는 자신의 능력을 믿었다. 힘들고 위험한 일이기에 그가 나설 수밖에 없다고 생각했다.

하지만 가평의 예상은 보기 좋게 빗나갔다. 불에 타고 시커멓게 그을린 항씨네 마당은 여느 때처럼 조용하고 평화로웠다. 10여 년 만에 돌아온 나그네의 갑작스러운 방문도 고유의 분위기를 깨지 못했다. 나와서 문을 연 사람은 가화였다. 그는 동생을 한눈에 알아봤다. 문을 잡고 서서 잠깐 멍해 있다가 유유히 입을 열었다.

"나는 또 누구라고. 늦은 밤에 누가 갑자기 문을 두드리나 했네. 돌아왔는가? 길에서 순찰대에게 들키지는 않았고? 통금시간이 벌써 지났다네."

가화는 나초경을 향해 예의 바르게 고개를 끄덕여보였다. 그리고 두 사람을 옆 뜰로 안내했다. 둘 다 아직 식사 전이라는 말을 듣고는 불이 켜져 있는 아래채의 문을 똑똑 두드렸다.

"요코, 요코. 가평이 돌아왔소. 아직 식사 전이라오. 주방에 뭐 요기할 만한 음식이 없겠소? 어제 소촬이 우렁이를 잡아온 것 같던데 해감이 됐을까?"

방안에서 부스럭거리는 소리가 들렸다. 요코의 대답소리는 들리지 않았다. 나초경은 항한을 만나러 다락방으로 올라갔다. 가평은 이러지도 저러지도 못하고 어정쩡하게 서 있었다. 요코를 먼저 만나야 하는지 아니면 나초경과 함께 아들을 보러 올라가야 하는지 어떤 것을 먼저 해야 할지 몰랐다. 여기까지 오는 동안 그는 가족들과의 눈물겨운 상봉을 상상하면서 혼자 흥분하고 혼자 눈물을 글썽였었다. 하지만 막상 집에 도착하자 분위기에 압도당하는 느낌이었다. 어쩌면 그의 간절한 바람은 그냥 바람에 그쳤는지도 몰랐다.

가평은 철이 들면서부터 아버지를 아버지로 취급하지 않았다. 그리고 세월이 흐른 지금 그는 자신보다 하루 먼저 태어난 형님 가화가 점점 아버지를 닮아간다는 사실을 발견했다. 두 형제는 가화의 방에서 마주 앉았다. 거실 겸 서재와 침실로 사용되고 있는 이 방은 물건이 별로 없다보니 넓고 깨끗했다. 전등도 없이 촛불만 하나 켜놓은 방안 분위기가 맑고 차가웠다. 가화가 찻잔을 가평 앞에 내려놓으면서 말했다.

"아우가 먹을 복이 있네. 소촬이 새로 딴 용정차 햇차를 몇 냥쯤 가져온 걸 다 나눠주고 조금 남았는데 마침 아우가 왔군."

"형님은 안색이 별로 좋지 않네요. 너무 마르셨어요."

"아우는 하나도 변하지 않았네. 별로 늙어보이지도 않고. 어떻게 왔는가? 우리는 요 몇 년 동안 바깥세상 소식을 잘 모르고 지냈다네."

가평은 찻잔이 하나뿐인 것을 보고는 싱그러운 향기가 진동하는 차를 가화 앞으로 밀어놓았다.

"10여 년 만에야 이렇게 좋은 용정차를 맛보는군요. 형님도 마셔보세요. 제가 어떻게 왔냐고요? 남양에서 돌아온 뒤 홍콩에 갔다가 무한, 중경, 금화, 여수麗水 등지를 두루 전전했죠. 제가 편지를 보냈을 텐데요. 그런데 형님, 저도 지금 찻잎밥을 먹고 있답니다. 상상도 못했죠?"

가화는 항일전쟁이 발발한 지 몇 년 만에야 차와 관련된 큰 사건들을 가평으로부터 전해 들게 되었다. 그중에는 차 일괄수매 및 일괄판매 제도의 실시, 차 품종 개량운동, 차와 다른 물품의 물물교환, 차 연구소 설립, 대학의 차 관련학과 개설 등의 내용이 포함돼 있었다. 가평은 솔직히 차 얘기보다는 집안일에 대해 더 많은 대화를 나누고 싶었다. 가화는 동생의 그런 마음을 아는지 모르는지 평온한 눈빛으로 조용히 귀를 기울이기만 했다. 가평이 기회를 틈타 슬그머니 화제를 돌리려는 찰나였다. 요코가 작은 나무쟁반에 술안주 몇 가지와 옥수수떡을 담아들고 들어왔다.

가화가 손을 비비면서 기쁜 표정으로 말했다.

"우렁이 요리로군. 자네는 어릴 때부터 우렁이 요리를 좋아했지. 3월의 우렁이는 거위보다 영양가가 높다고 했네. 산란 전의 제철 우렁이는 살이 많고 부드러워 감칠맛이 일품이지. 자네는 먹을 복이 있어."

가평이 앉은 쪽에서는 어두운 곳에 서 있는 요코의 얼굴과 표정이 잘 보이지 않았다. 요코는 그런 사실을 아는지 모르는지 접시와 젓가락을 내려놓으면서 말했다.

"드세요. 아침부터 맑은 물을 네댓 번 바꿔가면서 해감한 거예요. 계란 흰자를 몇 방울 떨어뜨렸더라면 더 깨끗하게 토해냈을 텐데."

"먹어볼까? 어떻게 만들었소? 생강을 넣었소? 생강을 안 넣으면 비린내가 날 텐데……."

"당연히 넣었죠. 이제 생강도 얼마 안 남았어요. 그래도 꼭 넣어야 할 곳에는 넣어요. 두반장豆瓣醬(콩을 이용해 만든 불그스름한 갈색의 장류의 하나)이 있었으면 더 좋았을 텐데……. 오늘 올 줄 몰랐어요. 미리 알았더라면 두반장을 구해놨을 텐데 말예요."

요코는 그냥 "오늘 올 줄 몰랐다"고만 했다. 순간 가평의 귀에는 그 말이 요코가 일부러 '당신'이라는 말을 뺀 것처럼 들렸다. 어떻게 보면 요코와 가화는 가평이 그 자리에 없는 것처럼 둘이서만 '우렁이'에 관한 대화를 나누고 있었다. 가평은 기분이 조금 언짢았다. 차라리 두 사람의 대화 주제가 옥수수떡이라면 그런대로 이해할 만했다. 가평은 그제야 요코를 자세히 훑어봤다. 나이가 나이니 만큼 전혀 늙지 않았다면 거짓말일 터였다. 하지만 그녀는 깨끗하고 부드럽고 반투명했던 예전의 모습을 여전히 간직하고 있었다.

가평이 두 사람의 '우렁이' 대화를 중단시킬 요량으로 손사래를 치면서 말했다.

"아이고, 늦은 밤에 직접 만드느라 수고 많았소. 아랫사람들을 시켜 대충 요깃거리를 준비시키면 될걸."

요코가 곧 뜨거운 물에 소독한 이쑤시개를 몇 개 가져왔다.

"너무 익지 않았는지 모르겠어요. 알맹이가 잘 빠지지 않으면 이쑤시개로 해보세요. 아버지가 생전에 우렁이를 즐겨 드셨어요. 우렁이를 삶아서 알맹이만 뺀 다음 그걸 삼겹살과 함께 잘게 다져서 이쑤시개로 우렁이 껍데기에 채워 넣고 쪄서 드셨죠. 위가 나쁜 사람은 우렁이를 많이 먹으면 안 돼요. 배탈이 날 수 있으니까요. 아주버님, 천천히 드세요. 다 드시고 그대로 놔두시면 돼요. 제가 내일 와서 치울게요."

가평이 돌아서서 나가는 요코의 뒤에 대고 말했다.

"괜찮소. 내일 내가 치우면 되니까."

가화는 요코가 나가기를 기다렸다가 침대 아래를 한참이나 뒤적였다. 그러더니 오래 묵은 술 한 단지를 꺼냈다.

"자, 술이나 한잔 하세. 뚜껑을 열게. 그리고 아랫사람 얘기는 더 꺼내지 말게. 항주가 함락된 그날 다 내보냈네. 소활은 한사코 남겠다고 해서 남았지만 그도 곧 떠날 거네. 됐네, 이런 얘기는 그만하고. 자, 건배!"

가화가 먼저 잔을 들고 한 모금 쭉 마셨다. 가평이 잠깐 머뭇거리다가 말했다.

"잠깐만. 형님에게 보여드릴 게 있어요."

가평이 말을 마치자마자 가방에서 토호잔을 꺼냈다. 가화의 눈빛이 반짝 빛났다. 이어 조심스럽게 토호잔을 받아들고 자세히 살펴봤다. 마치 오래전에 헤어진 연인을 다시 만난 느낌이 그럴까 싶었다. 새까만 겉면에 일렁이는 촛불 그림자가 비치고 그 주위로 토끼털 모양의 은빛 무늬가 은은하게 퍼져나가는 토호잔은 마치 램프의 요정처럼 아름다웠던 지난 추억을 불러일으켰다.

"지금까지 간직하고 있었군."

가화가 짧은 탄식을 발했다. 가화는 술을 마시면 평소와 달리 목소리와 말투가 감상적으로 바뀌고는 했다. 가평은 예전의 형님 모습을 보는 것 같아 감회가 새로웠다.

"지난 몇 년 동안 이 찻잔으로 술을 마셨어요. 오늘은 형님에게 양보할 게요. 이 아우의 기억이 틀리지 않는다면 그때 형님은 '공'供, 이 아우는 '어'御자를 가졌었어요."

"그렇다면 사양하지 않겠네."

가화가 찻잔에 술을 가득 부어 단번에 마셨다. 창백한 얼굴에 불그스레하게 혈색이 돌았다.

"이놈의 전쟁은 언제면 끝날지……. 그래, 이번에는 얼마나 머물 건가?"

"성묘를 핑계로 중요한 임무를 수행하러 왔습니다. 청명이 지나면 복귀해야 합니다. 하지만 이후부터는 자주 올 겁니다. 이번 전쟁은…… 장기전이 될 것 같습니다."

가화의 말투로 미뤄볼 때 피점령지에 남아 있는 항씨네 사람들은 현 시국에 대해 거의 아무것도 모르는 것 같았다. 이렇게 해서 20년 전의 그 어느 날과 비슷한 상황이 또다시 펼쳐졌다. 그때 베이징에서 조가루趙家樓에 불을 지르고 항주로 막 돌아온 가평은 하루 먼저 태어난 이복형제 가화를 앉혀놓고 긴 연설을 한 바 있었다. 당시 '신문화운동'에 뛰어들고 싶은 마음이 불같았던 가화는 동생의 충실한 청중이 돼 진독 수陳獨秀, 노신, 호적胡適, 육종여陸宗輿, 장종상章宗祥에 대한 얘기를 흥미진진하게 들었었다. 물론 영국 전투기의 고궁 폭격, 러시아 급진당에 관한 소문, 일본 상품 배척, 중국의 불평등조약 체결, 청도를 되찾기 위한 시위운동 등 굵직굵직한 사건에 대해서도 빼놓지 않고 경청했다. 세 살 버릇 여든까지 간다고 가평은 아내를 둘이나 가진 이 나이에도 천성이 변하지 않았다. 여전히 천하대사에 관심이 많고 아는 것도 많을 뿐 아니라 떠벌리기를 좋아했다. 술도 들어갔겠다, 참으로 오랜만에 만난 제일 친한 사람 앞에서는 더더욱 그럴 수밖에 없었으리라. 가화는 이번에도 동생의 충실한 청중이 돼줬다. 그는 문과 창문이 제대로 잠겼는지 다시 한 번 확인한 다음 조용히 동생의 말에 귀를 기울였다.

"이번 전쟁의 추이를 알려면 먼저 전쟁의 발단에 대해 알아야 합니다. 일본과 중국의 경제는 세계 경제와 떼어놓고 논할 수 없지요. 따라서 이번 전쟁은 겉보기에는 중국과 일본 양국 사이의 국지전 같겠지만 실상은 세계대전의 일부분입니다. 우선, 1929년에 발발한 세계경제대공황은 중국 경제에는 별다른 영향을 끼치지 않았습니다. 농업국인 중국은 전 세계적인 재앙을 무사히 넘겼지요. 게다가 대내적으로 통일 양상까지 나타나기 시작했으니 인접국인 일본으로서는 바짝 긴장할 수밖에 없었지요. 그 당시 일본은 곤궁에서 벗어나는 길을 찾기 위해 안간힘을 쓰고 있었습니다. 혹시 츠루미鶴見라는 이름을 들어보셨어요? 그는 제1차 세계대전 직후에 유명한 예언을 했죠. 곧 미국의 시대가 열릴 뿐 아니라 미국의 가치관, 관념, 심지어 미국산 제품들까지 전 세계에 널리 전파될 것이라고 했습니다. 일명 '국제주의'로 불린 그의 관점은 그 당시에는 호응을 얻지 못했습니다. '9.18사변'을 획책한 이타가키 세이시로板垣征四郎, 이시하라 간지石原莞爾 등 주전파들은 두 가지 이유로 츠루미의 관점을 반대했죠. 우선 그들은 이른바 '국제주의'가 일본 국가정책의 근간이 되는 것을 원하지 않았습니다. 또 중국이 일본을 위협하는 통일 강대국으로 부상할까봐 불안해하면서 견제했지요. 위험한 싹은 애초에 잘라버려야 한다는 것이 그들의 지론이었죠. 그들의 입장에서 일본을 살릴 수 있는 유일한 방법은 중국을 일본의 발아래에 두고 마음대로 짓밟는 것이었죠……."

가평은 가화를 똑바로 쳐다보면서 혼자 떠들었다. 집안일에 대해서는 할 얘기가 없으니 국제정세에 대해 떠벌릴 수밖에 없었다. 한참 동안 신나게 떠들던 가평이 문득 입을 다물고 가화를 보면서 쑥스럽게 웃었다. 사실 가화는 가평이 무엇을 원하는지 처음부터 알고 있었다. 다만 지금쯤 큰 충격에 빠져 있을 요코에게 심리적 준비를 할 시간을 주고 싶어 모르는 척했을 뿐이었다. 요코에게는 시간이 필요했다. 하지만 가평의 입장에서는 마냥 기다릴 수만은 없었다. 술까지 마셨으니 마음이 더 급해졌다. 가화가 한숨을 쉬고 나서 동생을 위해 화제를 돌렸다.

"아우하고 같이 온 사람은 예전에 본 적이 있네. 그때 억이를 데리고 간 사람이네."

"그녀가 공산당원이라는 것을 형님도 아셨어요?"

"그녀라면 혹시 억이 소식을 알 수 있지 않을까? 억이 소식이 끊어진 지도 꽤 오래 됐네. 자네는 공산당과 자주 접촉하는가?"

가평이 두 손을 벌렸다가 다시 모으면서 말했다.

"1차 국공합작國共合作 당시 저는 국민당 좌파였습니다. 2차 국공합작 때는 형님처럼 '군자불당君子不黨(군자는 편을 가르지 않는다)'으로 바뀌었죠. 저의 개인적인 생각이지만 항일전쟁이 승리한 후에는 공산당이 중국의 정권을 잡을 것 같습니다."

"자네는 공산당에 대해 잘 아는 것 같군?"

"글쎄요, 임생을 만나고 공산당에 대해 알게 됐죠. 물론 국민당을 알게 된 계기는 심록촌 그 양반 '덕분'이죠."

'심록촌'이라는 이름이 나오자 가화와 가평은 둘 다 약속이나 한 듯 입을 다물어버렸다. 하기야 외삼촌이 한간이라면 누구라도 기분이 나쁠 것이 당연했다. 이윽고 가평이 다시 입을 열었다.

"나 아가씨도 형님에게 드릴 말씀이 있다고 했습니다. 이번에 함께 오긴 했지만 나 아가씨는 다른 임무를 가지고 있습니다. 지금의 공산당은 1927년 그때하고 많이 다릅니다. 나 아가씨처럼 우수한 인재들이 많이 포진해 있습니다. 나 아가씨는 지금 한이의 방에 있죠? 아마 할 말이 많을 겁니다. 우리 아들 많이 컸겠죠? 키가 형님만큼 큰가요?"

가화는 가평의 말 속에 숨은 뜻을 이해하고 자리에서 일어났다. 이어 토호잔을 내려놓고 가평의 등을 떠밀면서 밖으로 나갔다.

"가세. 먼저 한이를 보고 분이도 보러 가세. 둘 다 집에 있다네. 아들과 조카딸을 먼저 보는 것도 나쁘지 않을 것 같네."

가평은 가슴이 터질 것처럼 벅차올랐다. 그러나 고작 아들과 조카딸을 만난 것만으로는 뜨겁게 끓어오르는 마음속 갈증이 해소될 것 같지 않았다. 그렇지만 그는 어머니와 여동생의 죽음에 대해서는 입도 뻥긋하지 못했다. 살아 있는 가족들의 아픈 상처에 소금을 뿌리는 격이될까 염려스러웠다. 그건 그렇다 치고 형님은 무엇 때문에 아내를 만나지 못하게 하는 걸까? 설마 두 사람 사이가 우렁이 요리 한 접시보다 더 소원해졌다고 생각하는 걸까? 가평은 가화와 함께 요코의 방을 지나면서 참지 못하고 창문을 똑똑 두드렸다. 방안에서는 아무 반응이 없었다. 이번에는 문을 두드렸다. "요코, 요코!" 하고 이름도 몇 번 불렀다. 하지만 여전히 대답이 없었다. 가평은 난처한 기색을 감추지 못했다. 급기야 가화를 향해 두 손을 펼쳐 보이면서 어깨를 으쓱했다.

"삐쳤어요. 여자들이란 참⋯⋯."

동생의 생각 없이 내뱉는 말에 가화는 발끈하려다가 참았다. 방에 있는 요코도 틀림없이 들었을 터였다. 아무것도 모르면서 망발을 하다니, 다른 사람이라면 따끔하게 훈계를 했겠으나 오랜만에 만나는 동생에게 어찌 험한 말을 하겠는가. 가화가 억지웃음을 지으면서 담담하게 말했다.

"가세. 오늘만 날인 것도 아니고 다음에 보면 되지."

4월의 밤하늘은 청량하게 아름다웠다. 어디선가 썩은 냄새가 진동했다. 후원의 담벼락 뒤에서 풍겨오는 악취였다. 예전의 맑은 강물은 쓰레기강이 돼 죽음의 냄새를 풍기고 있었다. 술이 과했던 가평은 비틀거리면서 걸음을 제대로 걷지 못했다. 두 형제는 불에 타고 잡초가 무릎 높이로 자란 마당 안을 거닐었다. 갑자기 작은 동물 한 마리가 앞으로 획 지나갔다. 가평은 깜짝 놀랐다가 껄껄 웃음을 터뜨렸다.

"나 아가씨가 그러던데 항주 사람들은 형님이 집에 불을 질렀다는 말을 아무도 믿지 않았다면서요? 항씨네 둘째라면 몰라도 첫째는 절대 그런 짓을 할 사람이 아니라고 입을 모았다고 하더군요? 제가 집을 떠난 지 이렇게 오래 됐어도 사람들은 저를 잊지 않았나 봐요."

가화는 애써 따라 웃으려고 했으나 웃을 수 없었다. 순간 심록애와 가초의 얼굴이 뚜렷이 떠올랐다. 마치 살점을 도려내는 듯 가슴이 아파 왔다. 가평은 어머니와 여동생이 얼마나 참혹하게 죽었는지 모르는 것이 분명했다. 알고 있다면 이런 말을 하지 않았을 것이었다.

'그래, 네가 모르는 것도 좋아. 죽을 것 같은 아픔을 견디는 건 나 혼자로 족해.'

가화는 가평이 눈치를 못 채게 대충 얼버무렸다.

"사실 나는 피난 갔다 막 돌아왔을 때만 해도 집에 불을 지를 생각은 없었네. 그런데 가교와 그 일본놈이 우리 집을 버젓이 차지한 것도 모자라 내 서재에 일장기를 걸어놓은 것을 보고 그만 눈이 뒤집혔지 뭔가……."

가화는 차마 말을 잇지 못했다. 끔찍한 모습으로 죽어 있는 심록애를 그날 봤다는 말을 도저히 꺼낼 수가 없었다. 또 꺼내서도 안 됐다.

설렁설렁 걷던 가평이 입을 열었다.

"형님, 저 좀 도와주세요. 요코를 좀 설득해주세요. 저에게 해명할 기회라도 줘야 되는 거 아닙니까? 설마 저를 다시는 안 보겠다는 건 아니겠죠? 저도 마음이 괴로워 미치겠어요. 태어나서 이렇게 마음이 괴로운 적은 처음입니다. 저에게 해명할 기회라도 줘야 하는 거 아닌가요? 형님, 요코가 왜 저러죠? 제가 얼마 만에 돌아왔는데 말이에요. 전쟁 때문에 이렇게 된 거잖아요. 전쟁 때문에……."

두 형제는 천천히 걸었다. 그러다 보니 어느새 안뜰에 도착했다. 심록애가 죽은 이후로 항씨네 사람들은 아무도 이곳에 오지 않았다. 이곳에 있는 물독만 보면 비참하게 죽은 심록애 생각이 떠올랐기 때문이었다. 뿐만 아니라 사람들은 항씨네 마당에 원귀가 출몰한다는 헛소문을 일부러 퍼뜨렸다. 덕분에 일본군과 한간들이 항씨네 집을 들락거리면서 괴롭히는 일도 뜸해졌다. 이 사실을 모르는 가평은 가화가 문득 걸음을 멈추자 따라 멈추면서 감탄을 금치 못했다.

"이 물독들은 여전히 자리를 지키고 있군요. 예전 그대로예요. 예전 그대로……."

가화가 갑자기 물독 하나를 끌어안았다. 이어 대성통곡을 했다. 어둠 속에서 그 소리는 마치 귀신의 울부짖음처럼 섬뜩했다. 가평은 화들짝 놀랐다. 술이 다 깨는 것 같았다. 형님이 갑자기 왜 이러지? 평생 저런 모습은 본 적이 없는데……. 오랜만에 동생을 만나서 너무 기뻐서 이러는 건가? 가평도 코끝이 찡해지는 것 같은 기분을 느꼈다. 하지만 그가 위로의 말을 꺼내기도 전에 가화가 먼저 울부짖듯이 말했다.

"자네만 전쟁의 피해자인가? 우리는 전쟁의 피해자가 아닌가?"

"당연히 우리 모두가 전쟁의 피해자죠. 제 말뜻은…… 그게 아니라……."

가평은 더듬거리면서 해명을 하려고 애썼다. 하지만 가화는 가평에게 해명할 기회를 주지 않았다.

"자네가 알기는 뭘 알아? 자네는 아무것도 모르네. 이 물독들이 예전 그대로라고? 자네가 뭘 알아? 예전에는 일곱 개였는데 지금은 여섯 개뿐이네. 여섯 개뿐이라고……."

"그러네요……. 여섯 개뿐이네요."

가평이 혼잣말처럼 중얼거렸다. 물독 하나가 어디로 사라졌는지 그는 알지 못했다. 물독 하나가 자신의 생모와 함께 계룡산 항씨네 선산에 묻혔다는 것을 그는 결코 알지 못했다.

제20장

청명이었다. 고보리 이치로는 작년과 마찬가지로 일찌감치 말을 타고 청파문淸波門 검문소에 도착했다. 그리고는 군복차림으로 말 잔등에 높이 앉은 채 헌병들이 성묘객들을 검사하는 것을 지켜봤다. 청명절은 중국인들의 성묘일로 일본의 오봉(불교의 명절인 우란분절. 양력 8월 15일 즈음)처럼 북적였다. 전쟁이 아직 끝나지 않았는데도 불구하고 죽은 사람을 추모도 할 겸 봄바람도 쐴 겸 시내 밖으로 나가는 사람은 예년에 비해 별반 차이가 없었다.

사람이 많으면 배짱도 커지는 걸까? 사람들은 헌병 앞에서 여느 때처럼 두려워하거나 떨지 않았다. 의례적으로 해야 하는 90도 경례도 건성건성 대충 하고 넘겼다. 간덩이가 부은 사람들은 심지어 고개를 빳빳이 쳐들고 초소를 쓱 지나쳤다. 고보리는 성묘객들의 물건을 깐깐하게 검사했다. 쑥으로 만든 청명단자淸明團子, 대추소를 넣어 만든 운병雲餅과 생강을 넣고 푹 삶아서 조려 굳힌 돼지고기 편육을 가지고 가는 사람이 많았다. 한꺼번에 많은 사람들이 몰려들어 헌병들은 진땀을 흘렸다. 상관인 고보리가 별로 눈치를 주지 않은 것이 그나마 다행이라면 다행이었다.

얼마 전 고보리는 사람을 시켜 중국 강남의 풍속을 다룬 책을 구해오게 했다. 천천히 읽다보니 명나라 말기의 문인 장대張岱의 〈도암몽억〉陶庵夢憶과 〈서호몽심〉西湖夢尋이라는 글이 퍽 마음에 들어 밑줄까지 그어가면서 여러 번 읽었다. 그중에서도 강남 일대의 성묘 풍속을 묘사한 단락이 인상 깊었다.

이날은, 외지에서 온 나그네들, 장사꾼들, 기생들, 심지어 할 일 없는 호사가들까지 구름같이 모여들었다. 볼거리와 놀거리는 헤아릴 수 없이 많았다. 말을 달리고 매를 띄우는 사람이 있는가 하면, 닭싸움이나 공차기를 하는 사람도 있었다. 악기를 연주하는 사람도 있고, 씨름을 하는 사람도 있었다. 어린아이들은 종이로 연을 만들어 날렸다. 노승들은 사람들에게 인과응보의 도리를 설파하고 장님 서생은 사람들을 모아놓고 야담을 했다. 저녁때가 되자 모든 놀이가 끝나고 성안으로 돌아가는 차와 말의 행렬이 30리에 달했다……

정복자의 고압적인 자세로 이른바 '지나 천민'들을 내려다보는 고보리가 속으로 무슨 생각을 하고 있는지 아는 사람은 없었다. 사실 그는 명나라 말기 중국 강남의 왁자지껄한 청명절 풍속을 머릿속으로 상상하고 있었다. 물론 혼자서 속으로 상상만 할 뿐이지 다른 사람에게는 전혀 내색을 하지 않았다. 마치 그가 자신의 출생의 비밀을 애써 숨기는 것처럼 말이다. 이 같은 혼자만의 은밀한 상상은 중독성이 강했다.

다인_4

또 에게해의 요정 세이렌의 노랫소리처럼 치명적인 매력을 가지고 있었다. 다만 고보리는 오디세우스처럼 돛대에 자신의 몸을 꽁꽁 묶어두는 짓은 하지 않았다.

'지나 천민'들도 일본사람들처럼 황색 피부와 검은 머리카락, 검은 눈을 가지고 있었다. 고보리는 다들 비슷비슷하게 생긴 사람들을 하나하나 깐깐하게 훑어보면서 한인漢人과 기인旗人(만주족)을 구분하려고 애썼다. 항주에서는 1월에 등롱을 내거는 풍습이 있었다. 또 2월에는 새매를 띄우고, 3월에 성묘를 갔다. 고보리는 이비황을 시켜 항주 지서志書를 몇 권 가져오게 했다. 책 속에는 항주 사람들의 청명절 풍속이 기록돼 있었다. 기록에 의하면 청명절에 가난한 사람들은 성묘음식을 바리바리 싸들고 걸어서 선산으로 가고, 부자들은 배나 가마를 타고 갔다고 한다. 부잣집들의 선산은 대부분 조금 더 먼 곳에 있었다. 또 새 며느리는 이날 알록달록한 예쁜 옷차림에 요란하게 치장을 하고 성묘하러 가는 풍습이 있었다. 이를 일러 "꽃무덤에 오른다."라고 했다. 이 밖에 지서에는 "항주 사람들이 성벽에 붙어 서서 성묘 가는 기인 여자들을 구경했다."는 기록도 있었다. 고보리는 특히 기인들에게 관심이 많았다. 가끔씩 자기도 모르게 수백 년 전 한족을 정복했던 유목민족과 현재의 야마토 민족을 동일시할 때도 있었다.

심록촌이 탄 차가 고보리 앞에 멈춰 섰다. 그는 하얀 장갑을 낀 손을 내밀어 웃으면서 고보리에게 인사를 했다. 심록촌은 여동생 심록애의 산소를 찾아가는 길이었다. 고보리가 뼛속까지 증오했던 심록애는 항씨 집안사람에 의해 비참한 죽임을 당했다. 물론 심록애 죽음의 배후 주모자는 고보리였지만 여우처럼 교활한 심록촌은 이 사실을 알면서도 모르는 척하고 고보리 앞에서 전혀 내색하지 않았다. 심록촌처럼 군대도 가지 않고 무사도 정신이라고는 눈 씻고도 찾아볼 수 없는 늙은 여우같은 문관들은 언제 어디서든 있는 법이었다. 고보리는 경멸하는 마음을 애써 감추고 미소를 지으면서 그를 향해 손을 흔들었다.

이비황은 박식하긴 하나 시운을 만나지 못한 재수 없는 인간이었다. 이것이 이비황에 대한 고보리의 생각이었다. 물론 이비황 역시 여느 사람들과 마찬가지로 고보리가 무슨 생각을 하는지 알지 못했다. 그는 고보리가 기인에 관해 자기에게 묻자 뛸 듯이 기뻤다. 드디어 얘기가 통하는 상대를 만났다고 착각했던 것이다. 더 정확하게 말하면 고보리에게 인정받았다는 사실이 그에게 안도감을 줬다고 할 수 있었다. 그가 청산유수처럼 얘기보따리를 풀어냈다.

"고보리 태군은 과연 한학에 조예가 깊으시군요. 청나라 순치順治 5년부터 기인들이 항주에 입성해 만주족, 몽고족, 한족의 혼거 국면이 형성됐습니다. 한인들 중에도 기적旗籍에 편입된 사람이 적지 않지요. 훨씬 오래전부터 만주족에게 귀순한 장강長江 이북의 한인들에게만 기적 편입 자격이 주어졌습니다. 항주의 기인은 3개의 신분층으로 나뉘었습니다. 제1신분은 왕공귀족, 제2신분은 중하급 문무관원, 제3신분은 일반 병사들이었지요. 기인들은 용감하고 싸움을 잘했습니다. 귀국의 사무라이들처럼 무사도 정신을 가지고 있었다고 할까요."

이비황은 얘기하는 틈틈이 고보리의 눈치를 살폈다. 고보리의 표정이 밝은 것을 보고는 안심하고 말을 이었다.

"기인들은 아이를 낳으면 찬물로 머리를 감긴답니다. 또 살아 있는 전갈을 즐겨 먹지요. 이런 행동을 용감하고 결단력 있는 행동으로 생각합니다. 〈만국공보〉萬國公報를 창간한 영국인 티모시 리처드Timothy Richard 는 항주 기인들의 특징을 '충군忠君, 애국, 합군合群, 보종保種, 죽음을 두려위하지 않는 것, 물욕이 없는 것, 약자를 괴롭히지 않고 강자를 두려워하지 않는 것, 권세에 빌붙지 않는 것, 호선^{好善}, 신도^{信道}' 등 열 가지로 정리했지요."

고보리가 갑자기 폭소를 터뜨렸다.

"이 교수는 과연 소문대로 박식하군. 내가 관심을 가질 법한 내용들을 잘도 기억했네그려. 기인들이 항주에 입성해 한인들과 어울려 살았다면서 나중에 기인들의 특징을 정리한 사람이 생뚱맞게 영국인이라니 말이 될 소리인가? 항주의 한인들은 뭐 눈 감고 귀 막고 입 닫고 살았는가?"

이비황이 재빨리 설명을 했다.

"영국인의 입에서 나온 말이지만 하나도 틀린 것이 없습니다. 다른 건 차치하고 우리 교육계만 봐도 그렇습니다. 청대 말엽에 과이가혜흥^{瓜爾佳惠興}이라는 기인 여자가 학교를 세우기 위해 부잣집 마님들을 상대로 모금 운동을 펼쳤지요. 드디어 학교를 세웠는데 기부금을 주기로 약속한 사람들이 약속을 지키지 않은 겁니다. 막다른 지경에 몰린 과이가혜흥은 사람들의 양심에 호소하는 유서를 남기고 자결을 택했답니다. 죽음도 두려워하지 않다니, 참으로 대단한 여자가 아닙니까? 현재 항주의 혜흥로^{惠興路}는 바로 이 과이가혜흥의 이름에서 따온 것이랍니다."

고보리가 피식 냉소를 흘렸다.

"음, 죽음을 두려워하지 않는 기인 여자라? 나도 그런 여자 한 명을 알고 있는데 말해볼까? 귀국의 민국 초년 〈신보〉^{申報}에 항주 기인들의 고달픈 처지를 다룬 글이 실렸어. 유^劉씨 성을 가진 기인 여자가 죽을 나눠주는 곳에 갔다가 사람들에게 치여 머리를 다치고 하나밖에 없는 그릇까지 깨졌지. 분노한 여자는 두 딸을 칼로 찔러죽이고 어린 아들을 강에 던진 다음 칼로 목을 그어 자결했어. 이 여자도 죽음을 두려워하지 않았으니 칭송받아 마땅하지 않을까?"

이비황이 엄지손가락을 추켜들었다.

"태군은 기억력도 좋으십니다. 태군이 아니었더라면 저는 그런 역사적 사실이 있었다는 걸 까맣게 잊었을 겁니다."

고보리의 표정이 돌변했다.

"이 교수는 기인들의 말로에 대해 잘 아시는 것 같군. 만주족은 입관入關(산해관을 넘어 북경을 점령) 후 예외 없이 비참한 최후를 맞이했다, 이 말을 하고 싶은 건가?"

이비황은 고보리의 살기등등한 표정을 보면서 문득 깨달은 사실이 있었다.

'일본은 만주에 만주국을 세우고 부의溥儀를 만주국 황제로 올렸어. 고보리는 중국을 침략한 일본을 중원 침략에 나선 만주족에 빗댄 것이 아닐까? 나는 그것도 모르고 비참한 최후니 뭐니 쓸데없는 말을 했으니 이를 어쩐다?'

이비황은 갑자기 등골이 오싹해졌다.

얼마 전, 이비황은 일본어학교를 세웠다. 고보리가 학교 시찰을 온 날, 두 사람은 학교 운동장에 기념수를 심었다. 그리고 기념수 위에 '영류장청'永留長靑이라고 쓴 목패를 걸었다. 또 '대일본제국의 고보리 이치로 명예교장 기념수'라고 특별한 표기를 했다. 고보리는 사실 비굴한 아첨꾼이라면 질색을 하는 사람이었다. 하지만 이번에는 웬일로 이비황에게 반감이 생기지 않았다. 먼 조상인 고보리 엔슈처럼 인류 문화사에 길이길이 이름을 남기게 된다니 내심 싫지 않았던 것이다. 그 며칠 동안 이비황을 대하는 고보리의 태도는 많이 부드러워졌다. 하지만 좋은 날은

다인_4

오래 가지 않는다고 변덕스러운 고보리가 또 예고 없이 태도가 돌변할 줄 누가 알았겠는가.

항씨네 묘소를 찾아가는 두 번째 성묘객들이 검문소를 통과했다. 오승과 그의 양자 가교였다. 이들은 소차小茶의 산소를 찾아가는 길이었다.

가교는 항주에 있을 때 해마다 잊지 않고 생모의 산소를 찾았었다. 가교가 없을 때에는 오승이 꼭 다녀왔다. 하지만 지난해에는 생모의 산소에 가지 않았다. 그 이유는 항씨네 사람들이 죽은 심록애와 가초를 위해 성대한 제사를 지냈기 때문이었다. 가교는 지금까지 살아오면서 두려움이 무엇인지 몰랐다. 적어도 심록애가 죽기 전까지는 그랬다. 하지만 심록애가 물독에 갇혀 죽은 이후로 그는 때때로 극심한 두려움에 휩싸였다. 온몸의 뼈가 아픈 이상한 증세가 나타난 것도 그가 일본군을 따라 항주에 입성한 이후부터였다. 뼈가 부서지고 살이 찢어지는 듯한 통증이 점점 심해졌다. 그는 처음에는 오승의 '인과응보론'을 황당한 미신이라고 치부하고 비웃었다. 하지만 날이 갈수록 오승의 말이 옳을지도 모른다는 두려움이 엄습했다. 그는 자신은 심록애의 죽음에 아무런 책임이 없다고 스스로 최면을 걸고 합리화했다. 이 때문에 그와 오유의 사이는 극도로 나빠져 오승 앞에서 서로 심록애 죽음의 책임을 떠넘기기에 바빴다.

오승은 외롭고 쓸쓸했다. 아무도 그의 진심을 이해해주지 않았다. 항씨와 오씨 두 집안의 원한 관계를 잘 아는 사람들은 오승을 곱게 보지 않았다. 오승이 가교를 가족으로 거둬준 이유가 줄을 길게 늘여 대어를 낚기 위한 속임수였다고 수군거렸다. 오승은 억울하기 짝이 없었다. 버선목이라 뒤집어 보이지도 못하고 자신이 진심으로 가교를 친아 들처럼 아낀다는 것을 어떻게 설득시킨다는 말인가.

어둠이 내려앉고 있었다. 오산 원동문을 나온 오승은 비틀거리면서 중화中河 강가로 향했다. 마음이 괴롭고 외로웠다. 왜 그가 사랑하는 사람은 그를 사랑하지 않고, 그가 기대를 걸었던 사람은 실망만 안겨주는지 그저 안타까울 뿐이었다.

오승의 가교에 대한 감정도 예전과 많이 달라졌다. 인정하기 싫지만 그는 언제부턴가 가교를 미워하고 있었다. 그는 자신이 누군가를 향한 증오의 씨앗을 또다시 품게 되는 것이 싫고 무서웠다. 지금까지 그가 미워하고 증오한 사람이 얼마나 많았던가. 그러나 평생을 증오심에 싸여 살 수는 없지 않은가. 그에게도 애정이 필요했다. 예전에는 가교가 그의 마음속 '사랑의 씨앗'이었다. 하지만 이 씨앗은 싹트고 자라서 꽃을 피우기도 전에 곰팡이가 슬어버렸다. 썩어가는 것을 무슨 방법으로 되살린다는 말인가?

오승은 고개를 돌렸다. 소차를 꼭 닮은 눈동자가 그를 마주보고 있었다. 둘은 망선교望仙橋 옆에서 걸음을 멈췄다.

오승이 지팡이로 강을 가리키면서 말했다.

"예전에는 여기에 너를 자주 데리고 왔었지."

"여기를 지나면 양패두 항씨네 집이 보이니까요."

가교의 목소리는 차분했다. 요즘 그는 오승이 지어준 탕약을 먹고 통증이 한결 덜했다.

"기억나는 것이 그것밖에 없느냐?"

오승의 눈에 노기가 서렸다. 가교가 한참 멍해 있다가 다시 입을 열었다.

"아, 맞다. 또 저더러 이 강 위에 있는 다리 이름을 외우게 했지요. 육부교六部橋, 상창교上倉橋, 계접골교稽接骨橋, 그리고 여기 망선교……."

"망선교라……."

오승이 긴 탄식을 발했다. 날은 완전히 어두워졌다.

"아버지, 어디 편찮으세요?"

가교가 걱정스럽게 물었다. 오승이 지팡이로 가교를 찌르면서 발을 굴렀다.

"내가 죽은 뒤 사람들이 내 무덤에 침을 뱉을까봐 두렵다. '진회(남송 초기의 정치가, 간신)의 아비'라고 손가락질 당할까봐 두렵다는 말이다. 다 늙어서 이게 무슨 망신이냐? 나도 좀 세상에 얼굴을 들고 살고 싶구나. 오씨 가문에 이 무슨 날벼락인고……."

"아버지, 지금 무슨 말씀을 하시는 거예요? 노망 나셨어요?"

가교의 얼굴이 백짓장처럼 해쓱해졌다. 옛날 진회의 관아가 망선교에 있었다는 것이 기억났던 것이다. 또 송나라 때 시전施全이라는 사람이 이곳에서 진회를 암살하려고 칼을 휘둘렀다는 얘기도 아버지에게 들었었다. 그건 그렇다 치고 아닌 밤중에 홍두깨처럼 '얼굴' 타령이라니, 아버지는 대체 무슨 말을 하려는 걸까? 그런 생각이 들자 가교는 버럭 화를 냈다.

"그만하면 충분한 거 아닌가요? 얼굴을 얼마나 높게 쳐들고 다니시려고 그래요?"

가교의 말투와 태도는 점점 더 불손해졌다. 그럴수록 오승의 미움은 더욱 커졌다. 그는 이 모든 사태가 가교의 '한간' 짓거리 때문이라고 생각했다. 가교가 일본놈들에게 빌붙어 눈에 뵈는 게 없는 '망나니'가 된 때문이라고도 생각했다.

'인간은 누구나 다 노예근성이 있지 않던가. 안 그런 사람 있으면 나와 보라고 그래!'

속으로 호기를 부리던 오승은 갑자기 가슴이 조여들고 숨이 막히는 것 같았다. 권세에 빌붙지 않는 사람이 문득 떠오른 것이다. 적어도 항천취와 조기객이 그런 사람이었다. 그들은 누구 앞에서나 당당하게 얼굴을 쳐들 수 있는 사람이었다. 사람에게 얼굴은 얼마나 중요한가?

오승은 한숨을 내쉬고 강변을 따라 되돌아 걸었다. 이어 가교에게 말했다.

"가교, 그건 '얼굴'이 아니란다."

"얼굴이 아니면 무엇인가요?"

가교가 얼굴을 벌겋게 붉히면서 억지를 부렸다.

"설마 제 생부 같은 파락호가 부러워서 그러시는 건 아니죠?"

오승이 고개를 저었다. 가교와 오유는 똑같은 부류였다. 남들이 뭐라고 하든 남들의 시선이 어떻든 전혀 신경 쓰지 않는 사람들이었다. 이들은 이 세상에 오차청 같은 사람도 있다는 것을 영원히 깨닫지 못한 채 살아갈 것이었다.

오승이 몸을 돌렸다. 그리고는 팔을 뻗어 가교의 뼈가 앙상한 목과 어깨, 등, 팔을 어루만지면서 물었다.

"이제 좀 괜찮아졌느냐?"

가교가 미간을 찌푸리면서 고개를 끄덕였다.

"좋아졌다 나빠졌다 해요. 양의도, 중의도 정확한 진단을 못 내리고 통풍이니, 관절염이니 말이 다 달라요. 아버지가 지어주신 약이 그나마 효과가 있습니다."

오승은 처음부터 아들의 통증이 '인과응보'에 의한 것이라고 못 박

왔었다. 그가 가교의 앙상한 뼈를 어루만지면서 말했다.

"가초는 왜놈들의 총에 맞아 온몸이 벌집이 된 채 죽었다더구나."

가교는 갑자기 온몸을 바늘로 찌르는 듯한 통증이 느껴졌다. 그가 황급히 오승의 입을 막았다.

"아버지, 그만하세요. 그 아이의 이름만 들어도 온몸을 칼로 도려내는 것처럼 아파요."

오승이 또 한숨을 내쉬었다.

"그러게 말이다. 왜 하필이면 쌍둥이가 돼가지고……."

가교는 오승의 말에 모골이 송연해졌다. "쌍둥이는 많은 것을 공유한다."는 속설을 알고 있기 때문이었다. 그때는 그런 얘기를 믿지 않았다. 그러나 지금은 그런 속설이 사실일지도 모른다는 불안감이 자꾸 엄습하고 있었다. 가교는 불안감을 떨쳐내려고 일부러 고집스럽게 말했다.

"걔는 걔고 저는 저예요. 태어날 때부터 완전히 다른 두 사람이에요."

"휴우, 너는 아직 어려서 잘 몰라. 너와 가초는 어머니 배 속에서 원래 한 몸이었단다. 나중에 둘로 갈라진 거야. 가초의 고통이 고스란히 너에게 전해지는 것은 당연한 일이야. 통증이 언제부터 시작됐는지 잘 생각해 봐라."

가교의 안색이 하얗게 변했다. 그는 마치 끝이 보이지 않는 심연 속으로 가라앉는 것처럼 눈앞이 아득해지는 기분을 느꼈다. 갑자기 온몸이 사시나무 떨듯 덜덜 떨렸다. 그는 어릴 때부터 성격이 괴팍하고 제멋대로였다. 게다가 벼락부자가 된 오승네 집에서 온 가족의 총애를 듬뿍 받으면서 자라다보니 교양과 학식을 제대로 갖추지 못했다. 친형제인 가화와는 전혀 딴판이었다. 일본어를 할 줄 알고 차 무역도 해봤다지만 전문가 수준은 못 됐다. 어른이 된 후에도 충동적이고 얄팍한 본성은 그대로였다. 사람들에게 이용당하기 딱 좋은 성격이었다. 그런 사람이 당장 죽을지도 모른다는 말을 들으니 얼마나 당황하고 무섭겠는가? 가교가 눈물을 뚝뚝 흘리면서 오승의 소매를 잡았다.

"아버지, 제 병을 고칠 수 있을까요?"

"글쎄, 장담은 못하겠다만 한번 해보자."

오승이 후, 하고 안도의 숨을 내쉬었다.

그렇게 해서 이번 청명절에는 오승과 가교가 함께 항씨네 선산을 찾게 된 것이었다. 오승은 소차와 항천취뿐만 아니라 심록애, 임생과 가초의 무덤에도 향을 올려야 한다고 가교에게 말했다. 결혼 전의 총각은 아직 어른이라고 할 수 없으니 귀신들도 사정을 봐줄 거라고도 했다. 가교는 오승이 시키는 대로 다 하겠다고 선선히 대답했다. 심지어 병을 핑계로 서서히 일본인을 멀리 하겠다는 맹세도 했다.

고보리는 꽤 여러 날 동안 그의 통역관을 보지 못했다. 그리고 오늘 성문에서 다시 만난 가교는 중병에 걸린 사람처럼 몸이 비쩍 마르고 얼굴이 핼쑥했다. 미꾸라지처럼 약아빠진 오승이 그런 가교의 옆에 바싹 붙어 있었다. 고보리는 두 사람을 향해 무표정하게 고개만 까딱했다. 가교가 고보리가 탄 말 옆에 마차를 세우더니 다 죽어가는 소리로 말했다.

"고보리 태군, 저도 어쩔 수 없는 속물이군요. 조상 무덤에 참배하고 병이 낫기를 빌기 위해 가는 길입니다."

고보리는 머리부터 발끝까지 가교를 깐깐하게 훑어봤다. 그는 원체 의심이 많은 성격이었다. 어떤 말에도 일단 의심부터 하고 봤다. 그런데 그가 보기에도 가교는 병색이 완연했다. 일부러 앓는 시늉을 하는 것 같지는 않았다. 고보리는 오승에게 시선을 옮기다 말고 미간을 살짝 찌푸렸다. 오승은 보면 볼수록 눈에 거슬린다는 표현이 딱 어울렸다. 고보리는 항주에 온 후 현지의 비속어를 많이 배웠다. 그중에는 간사하고 교활한 사람을 가리켜 '기름에 지진 비파씨'라고 표현하곤 했다. 고보리는 오승을 보고는 비록 많이 쪼글쪼글해졌으나 여전히 남들의 손에 쉽게 잡히지 않는 '기름에 지진 비파씨'를 떠올렸다.

"속물이라니, 천만의 말씀이지."

고보리가 예의바르게 고개를 끄덕여 보이고 말했다.

"성묘는 충효절제忠孝節悌요, 인륜지정人倫之情이라네. 어서 가보게. 몸이 안 좋으면 집에서 푹 쉬도록 하게. 내 걱정은 안 해도 되네. 중국어라면 내가 자네보다 훨씬 낫지 않은가."

하지만 오승과 가교가 탄 마차가 지나가자마자 고보리의 눈빛은 싸늘하게 변했다. 오승의 얼굴에 언뜻 나타났다 사라진 한 조각의 웃음을 순간적으로 포착했던 것이다. 그러자 더럭 의심이 들었다. 가교가 진짜 아픈 것이 맞는지, 혹시 일본사람들과 멀어지기 위해 일부러 꾀병을 부리는 건 아닌지 의심스러웠다. 왠지 불길한 예감이 들었다.

'지나인들은 음흉하고 엉큼한 족속들이다. 사람들에게 알려진 것보다 훨씬 더 정복하기 어려운 종자들이다. 지난 수천 년 동안 많은 이민족들은 자신들이 이들을 정복한 줄 착각하고 살아왔다. 하지만 이들은 아무에게도 정복되지 않았다. 이들의 청명, 단오, 중양절, 동지 등 명절 풍습은 여전히 지켜지고 있다. 지나인들은 결코 만만한 상대가 아니다. 항상 조심하고 경계해야 한다. 설마 오늘 무슨 일이 생기는 건 아니겠지? 오늘⋯⋯?'

항씨네 선산으로 향하는 세 번째 성묘객 행렬이 나타났다. 이번 행렬은 먼저 간 사람들과는 비교도 안 될 만큼 규모가 크고 기세가 등등한 대오였다. 고보리는 항씨네 둘째가 젊은 부인을 데리고 돌아왔다는 정보를 훨씬 이전에 입수했다. 공식적인 가평의 신분은 북평北平과 상해 등지에서 대對일본 무역에 종사하는 '거상'巨商으로 돼 있었다. 여러모로 조사를 해봐도 이상한 점을 발견할 수 없었다. 달리 말하면 가평은 고보리가 함부로 건드릴 수 없는 상대였다. 하지만 그럴수록 고보리의 승부욕은 불타올랐다. 그는 가평이 조기객의 양자이자 형제들 중에서도 조기객의 총애를 한 몸에 받던 사람이라는 사실을 가교에게 전해 들었었다. 이 말을 듣고 그는 가평에게 주체할 수 없는 질투심과 함께 강한 호기심을 느꼈다. 얼마나 잘난 사람인지 직접 만나보고 싶었다.

성묘객 대오의 맨 앞에 선 사람은 가화였다. 항씨 가문의 오랜 하인 소촬이 가화의 옆에서 걷고 있었다. 두 사람의 뒤로 마차 한 대가 보였다. 방금 지나간 가교의 마차와는 달리 이 마차에는 휘장이 드리워져 있었다. 채를 잡고 마차를 '호위'하는 사람은 일본 헌병의 따귀를 때린 겁 없는 '하룻강아지' 항한이었다. 고보리는 손에 든 채찍을 들어올렸다. 철컥, 철컥…… 두 헌병이 번쩍번쩍 빛나는 총검을 X자로 교차한 채 사람들의 길을 막았다. 성묘객들이 그 자리에 멈췄다.

소촬이 재빠르게 앞으로 나가더니 호주머니에서 담배 몇 갑을 꺼냈다. 이어 헌병들을 향해 공손하게 90도 경례를 하고는 한 손으로는 담배, 다른 손으로는 담뱃불을 받쳐 올렸다. 헌병들은 잠깐 멍해 있다가 고보리의 눈치를 슬쩍 살폈다. 고보리가 없었다면 담배를 받고 통과시켰을 것이었다. 고보리는 아무 반응도 없었다. 헌병들은 머뭇머뭇하면서 총검을 내리고 다시 고보리를 눈치를 살폈다. 고보리는 여전히 무표정했다. 헌병들은 살기등등한 표정을 지으면서 총검을 다시 올렸다.

고보리의 냉담한 시선은 마차 옆에 서 있는 항한을 향하고 있었다. 보는 듯 안 보는 듯 고압적인 눈빛이 무언의 메시지를 던지고 있었다. 항한은 고보리의 눈빛이 무엇을 의미하는지 알 수 있었다. 하지만 그는 더 이상 종루에서 무모하게 행패를 부리던 충동적인 소년이 아니었다. 이제는 많은 사람들이 보는 앞에서도 서슴없이 '고귀한' 머리를 숙일 수 있었다. 그는 천천히 앞으로 다가갔다. 소촬의 손에서 담배와 라이터도 받아들었다. 그리고 두 헌병을 향해 깊숙이 허리를 숙였다. 그의 태도는 소촬보다 더 공손하면 했지 덜하지 않았다. 이어 온 얼굴에 웃음을 가득 머금고 담배를 내밀었다. 헌병들은 당혹스러운 표정을 감추지 못했다. 종루에서 체포될 때는 볼 수 없었던 항한의 비굴한 모습이 무척 낯설었던 것이다.

헌병들은 또다시 고보리에게 시선을 옮겼다. 고보리가 채찍을 내린 것을 보고 헌병들도 총검을 내렸다. 고보리는 득의양양한 표정을 지었다. 승자의 희열이 솟구쳐 올랐다.

'네놈이 아무리 발버둥쳐봤자 내 손바닥 안이야.'

항한이 허리를 숙인 그 순간 고보리는 지난번에 항한을 풀어주기를 잘했다는 생각을 했다. 비록 그 당시에는 오늘 같은 날이 올 줄 예상 못했지만 말이다. 고보리는 속으로 이를 갈았다.

'네놈은 자신의 혈통조차 인정하지 않으려고 했어. 그래봤자 네가 싫어하는 고귀한 혈통 앞에 머리를 숙이지 않고 버틸 것 같더냐? 개자식, 죽음이 그리도 무섭더냐? 네놈은 나를 실망시켰어. 개자식, 오늘은 그냥 보내주지만 나중에 반드시 된맛을 보여줄 거야. 두고 봐.'

가화, 소촬과 항한이 지나가고 휘장이 드리워진 마차가 다가오자 고보리는 또 채찍을 올렸다. 헌병들도 황급히 총검을 치켜들었다. 말 두 필이 끄는 마차가 멈춰 섰다. 휘장이 살랑살랑 흔들렸다. 청명날 봄바람은 밝고 시원하고 평화로웠다…….

봄바람에 살랑살랑 흔들리던 휘장이 소리 없이 한쪽으로 젖혀졌다. 순간 당나라 미인도에서 튀어나온 듯한 여인이 모습을 드러냈다. 길고 미끈한 목, 가녀린 어깨, 병적인 홍조가 살짝 도는 창백한 얼굴, 곧게 뻗은 코, 뾰족한 턱, 가로로 길게 째진 눈, 잠자리 날개처럼 파르르 떠는 긴 속눈썹, 꿈꾸듯 몽롱한 눈빛……. 일본 우키요에浮世繪 속 미인을 닮은 여인 앞에서 고보리의 눈빛도 따라서 몽롱해졌다. 여인이 입은 옷 색깔은 짙은 녹색 같기도 하고 갈색 같기도 하고 또 자색 같기도 했다. 윗세대의 옷을 물려 입은 듯 많이 낡은 옷이었다. 그래서인지 여인은 마치 시간을 뛰어넘어 온 옛날 사람처럼 보였다. 여인은 소리 없이 마차에서 내렸다. 입을 꼭 다물고 고보리도 마주 봤다. 고보리는 '어여쁘고 얌전한 아가씨'라는《시경》詩經의 한 구절을 떠올렸다. 휘장이 또 열렸다. 이번에는 요코가 모습을 드러냈다. 요코는 고보리를 알아보지 못하는 것 같았다. 고보리는 어릴 때 하네다의 집에서 요코를 본 적이 있었다. 그때가 엊그제 같은데 어느새 세월이 흘러 요코는 중국인 남편에게 버림받은 여자가 돼 있었다. 고보리가 손을 저었다. 헌병들은 총검을 내렸다. 항분은 다시 소리 없이 마차에 올랐다. 구경꾼들은 눈을 휘둥그레 뜨고 시선을 뗄 줄 몰랐다. 마차는 삐걱거리면서 검문소를 통과했다. 항분과 요코가 깔고 앉은 깔개 아래에는 공자묘에서 가져온 제사용 악기들이 숨겨져 있었다.

고보리 이치로가 그토록 바라던 가평과의 정면 대면은 이뤄지지 못했다. 그것은 전적으로 우연이라고밖에 말할 수 없었다. 고보리는 가마 두 대가 천천히 다가오는 것까지는 봤다. 첫 번째 가마에 탄 사람은 귀부인이었다. 양복차림을 하고 양 갈래 수염을 기른 가평은 두 번째 가마에 앉아 있었다.

항씨네 둘째는 항씨네 첫째나 셋째보다 훨씬 활기차 보였다. 가마에 앉은 키는 말을 탄 고보리와 비슷했다. 고보리는 이를 악물었다.

'그래, 네놈이 언제까지 기고만장할 수 있는지 보자. 기다려, 1초 후에는 순순히 가마에서 기어 내려오게 해줄 테니.'

하지만 고보리가 기대한 1초 후는 오지 않았다. 마침 그때 공자묘에서 황급한 전갈이 왔던 것이다.

대성전 보수공사는 왕오권 무리가 책임지기로 했다. 말이 '보수공사'이지 그냥 허무는 것이었다. 어쨌거나 왕오권은 몇 번씩이나 인부들을 데리고 갔으나 번번이 목적을 달성하지 못하고 돌아서야 했다. 조기객이 죽음을 불사하고 대성전 안에 버티고 있었기 때문이었다. "대성전을 허물려면 나를 먼저 죽이라."는 식이었다. 이날도 왕오권은 석비 앞에 서 있는 조기객을 끌어내리려고 했으나 실패하고 말았다. 건장한 사내 몇 명이 조기객의 외팔을 당해내지 못하고 속절없이 나가떨어졌기 때문이었다. 일본사람들도 조기객을 함부로 대하지 못한다는 것을 잘 아는 왕오권은 속수무책으로 발만 동동 구를 수밖에 없었다. 그러다 결국 오유를 고보리에게 보내 상황을 보고하게 했다.

오유는 항주 시내의 크고 작은 싸움판에는 다 끼어드는 소문난 망나니였다. 물론 이길 때도 있고 큰코다칠 때도 있었다. 이번에도 그는 앞장서서 조기객에게 달려들었다가 조기객의 솜털 하나 건드리지 못한 채 얻어맞아 코피가 터졌다. 안 그래도 조기객을 눈엣가시처럼 생각해

온 오유는 고보리를 보자마자 고래고래 침까지 튀기면서 조기객에게 욕을 해댔다. 오유는 본디 둔하고 눈치가 무딘 사람이었다. 또 조기객과 고보리 두 사람의 관계를 모르다보니 할 말 안 할 말을 가리지 않았다. 게다가 언변까지 좋지 못하다보니 요점을 짚어 설명하는 대신 '외팔이' 가 어쩌고저쩌고 장황하게 늘어놓기만 했다. 오유의 장광설을 듣던 고보리는 당장이라도 총으로 쏴 죽이고 싶은 충동을 느꼈다. 그는 항주에 온 이후로 다른 사람들이 조기객에 대해 험담하는 꼴을 용납하지 못했다. 조기객을 욕하든, 때리든, 풀어주든, 아니면 조기객 앞에 무릎을 꿇고 낳아주신 은혜에 고마움을 표시하든, 모두 그만이 할 수 있고 그만이 해야 하는 일이었다. 다른 사람들에게는 그럴 자격이 없었다. 고보리는 오유를 보고 속이 부글부글 끓었으나 많은 사람들 앞이라 애써 화를 억눌렀다. 하지만 오유는 이 일 때문에 고보리에게 미운 털이 단단히 박혔고 결국 얼마 못 가 고보리에게 죽임을 당하고 만다.

고보리는 말고삐를 조이면서 가평을 향해 원한 섞인 눈빛을 보내는 것을 잊지 않았다. 그러나 가평은 담담했다. 표정을 읽을 수 없는 얼굴로 고보리의 앞을 지나갔다.

총을 든 헌병들은 고보리가 채찍을 올리기만 기다렸다. 가마에서 내리지도 않은 채 고개를 빳빳이 쳐들고 지나가는 두 남녀에게 호된 맛을 보여주려고 단단히 벼르고 있었던 것이다. 하지만 고보리가 탄 말은 어느덧 시내를 향해 질주하고 있었다. 시내에서 큰일이 터진 것 같았다. 헌병들이 그렇게 머뭇거리는 사이에 가마 두 대는 검문소를 통과했다. 망할 놈의 지나인들, 교활한 지나인들, 청명절도 평안하게 보내지 못하게 하다니……. 갑자기 두 어깨가 무거워지는 것을 느낀 헌병들은 꽥 소리를 지르면서 모녀 사이로 보이는 두 여자의 앞을 가로막았다. 방금 전의 실수를 만회하려는 듯 눈빛에 살기가 가득했다.

늙은 차나무와 어린 차나무들이 어깨를 나란히 하고 무덤들을 지
키는 계룡산 항씨네 선산에 오래간만에 많은 사람들이 모였다. 그중에
는 같은 하늘을 이고 살 수 없는 원수들도 있었다. 배신한 사람과 배신
당한 사람도 있었다. 누군가를 사랑하는 사람과 누군가의 사랑을 잃은
사람도 있었다. 무감각해진 사람과 예민해진 사람도 있었다. 비열한 사
람과 고귀한 사람도 있었다. 구차스럽게 삶을 연명하는 사람과 정의를
위해 죽음을 불사하는 사람도 있었다. 각각의 사연을 가진 사람들은 새
파랗게 물이 오른 용정차 나무 아래에서 목을 놓아 울기 시작했다…….
그중에서도 오승의 울음소리가 제일 요란했다. 죽은 소차와 살아
있는 자신의 처지를 생각하니 감정이 북받친 듯 연신 눈물, 콧물을 닦
아냈다. 이번 생은 이미 글러먹었다. 이제 더 발버둥 쳐봤자 무덤 속에
누워 있는 평생의 앙숙을 이기기는 글렀다. 게다가 요 몇 년 동안 차 장
사도 점점 힘들어졌다. 10년 전 망우차장의 발뒤꿈치도 따라가기 힘들
정도였다. 어찌어찌해서 항주 차업계에서는 부동의 1인자로 입지를 견
고히 다졌으나 서양인들을 당해낼 수는 없었다. 인도와 실론(스리랑카)
도 위협적인 경쟁 상대였다. 게다가 일본도 있었다. 일본인들은 중국의
차시장뿐 아니라 중국의 차밭까지 다 점령했다. 오승의 자식들은 모두
한간이 됐다. 그들은 결국 제명에 못 죽고 죽어서도 편히 잠들 곳이 없
게 될 터였다. 오승은 울면서 생각했다.

'나는 정말 지지리도 복이 없구나. 죽어서도 항주 용정산에 묻힐 수
없다니. 마누라를 시켜 휘주徽州에 묏자리를 알아보라고 해야겠다. 덜 떨
어진 자식놈들 때문에 나까지 죽어서 들판의 들개 밥이 되는 불상사는

막아야겠지.'

오승은 생각할수록 설움이 복받쳐 올랐다. 그예 입에서 엉뚱한 말이 터져 나왔다.

"항천취, 나는 분하고 억울하네. 나는 왜 오차청 어른처럼 지상의 천당 항주에 누워 쉴 수가 없는가? 나는 억울하네. 내가 키운 한간 아들은 자네의 친아들이 아닌가. 자네처럼 성이 항씨가 아닌가? 그런데 왜 나만 몹쓸 놈 소리를 들어야 하는가? 항천취, 자네는 왜 죽어서까지 나를 가만두지 않는가? 자네, 너무하네. 정말 너무하네. 나는 미치도록 후회되네……."

심록촌은 사람들 앞에서 좀처럼 눈물을 보이지 않는 사람이었다. 그런 그가 여동생 무덤 앞에서 눈물을 보인 것은 해가 서쪽에서 뜰 일이라고 해도 좋았다. 금테 안경을 천천히 벗고 새하얀 손수건으로 눈시울을 꾹꾹 눌러 찍어낸 것은 분명히 눈물이었다. 비록 양은 많지 않지만 그가 눈물을 흘린 것은 분명한 사실이었다. 새파란 차나무 밭이 추억을 떠올리게 한 것일까, 그는 여동생의 어릴 적 귀여운 모습을 떠올리면서 자기도 모르게 눈물 몇 방울을 흘렸다. 이미 반세기도 더 지난 옛날 추억이었다. 아마 여기에 오지 않았더라면 생각나지 않았을지도 모르는 일이었다. 사람은 모두 언젠가는 죽게 돼 있다. 여동생이 오빠보다 먼저 죽는 것도 별로 이상한 일이 아니다. 따라서 심록촌은 여동생의 죽음 자체에 대해서는 별로 애석한 느낌이 없었다. 문제는 여동생이 극도로 비참하게 죽임을 당했다는 것이었다. 가교는 심록애의 죽음이 우연이라고 끝까지 우겼다. 심록애가 자결을 한 것이라고 우겼다. 능구렁이처럼 약은 심록촌은 당연히 가교의 말을 믿지 않았다. 그는 여동생이 어떤 상황에서 어떻게 죽었는지 단번에 짐작했다. 그는 여동생의 강직

한 성격을 누구보다 잘 알고 있었다. 그렇기 때문에 오빠인 그 역시 여동생의 죽음에 명백한 책임이 있었다. 여동생의 성격을 잘 아는 그가 조금 더 일찍 귀띔해 주었더라면 여동생은 죽지 않았을지도 몰랐다. 그는 오빠로서 여동생을 보호해야 하는 책임을 저버렸다. 주보항에 있는 심씨네 저택과 상해 남경로에 있는 포목점을 잘 지킨 것처럼 여동생도 지켰어야 했는데 그러지 못했다. 그러나 이제 와서 후회한들 무슨 소용이 있겠는가. 그가 금싸라기 같은 눈물을 펑펑 쏟은들 죽은 여동생이 다시 살아날 수는 없는 것이다. 결국 따지고 보면 심록촌도 오승과 마찬가지로 제 설움에 겨워 운 것이었다.

가교가 운 이유는 오승처럼 그렇게 복잡하지 않았다. 그는 육신의 아픔이 무섭고 죽음이 두려워서 울었다. 그리고 예전에는 생모인 소차의 무덤에만 향을 올렸지만 이번에는 오승의 권유를 받아들여 항씨네 선산에 있는 모든 무덤과 무덤 앞에 심은 차나무에 향을 올렸다. 그는 나름 경건하고 정성스러운 모습을 보여주려고 애썼으나 다른 사람의 눈에는 가식으로밖에 보이지 않았다. 그는 절을 하면서 묵묵히 기도했다. 온몸의 뼈가 더 이상 아프지 않기를, 건강하게 오래 살 수 있기를 기도했다. 그는 아직 젊었다. 지금까지 죽음에 대해 생각해본 적이 없었다. 이번에 조상들 무덤 앞에서 처음으로 죽음에 대해 생각해봤다.

'나도 언젠가는 여기에 묻히게 되겠지? 한 그루의 차나무 아래에 눕게 되겠지? 내가 이곳에 묻히는 것을 이 사람들이 동의할까? 그렇지 않으면 나는 어디에……?'

갑자기 두려움이 엄습해왔다. 가슴도 옥죄어왔다. 가교는 급기야 목이 터져라 소리 높여 울기 시작했다. 그의 울음소리는 마치 물에 빠진 사람이 지푸라기를 찾는 것처럼 공포와 절망으로 가득찼다. 그러던 그가 놀란 거위처럼 눈을 둥그렇게 뜨고 목을 길게 빼들었다. 온 산을 파랗게 물들인 차나무들은 그의 두려움과 슬픔 따위에는 아무런 관심도 없다는 듯 자기네들끼리 소곤소곤 귓속말을 하고 있었다. 가끔 귓전을 스치는 봄바람은 부드럽고 다감했다. 그는 휴우, 한숨을 내쉬고 맥없이 주저앉았다. 하지만 엉덩이가 땅에 닿기도 전에 누군가가 그의 멱살을 잡아 일으켰다. 둘째 형님 가평이었다.

가평은 계룡산에 도착하기도 전에 가마에서 내렸다. 이어 일행을 멀리 제쳐두고 혼자 나는 듯이 걸음을 재촉했다.

그는 어머니와 여동생의 죽음의 경위를 얼마 전에 아들의 입을 통해 들었다. 예쁜 여동생이 옥천의 커다란 물고기를 꼭 끌어안은 채 온몸이 벌집이 돼서 죽었다는 것과, 아름다운 어머니가 물독에 갇혀 숨을 거두었다는 말을 듣는 순간 그는 이성을 잃었다. 식칼을 들고 밖으로 뛰쳐나갔다. 오산 원동문에 있는 가교를 죽여버리겠다고 날뛰었다. 가화, 항분과 나초경 셋이 달려들었으나 광기를 부리는 그를 당해낼 수 없었다. 객기가 치밀어 오르니 평소의 느긋하고 성숙한 중년남자의 모습은 온 데 간 데 없이 사라졌다. 그가 목숨처럼 중요하게 생각하는 정치적 야망도 끓어오르는 분노를 잠재우기에는 역부족이었다. 피는 못 속인다고, 심록애의 아들인 그는 어머니처럼 다혈질이고 충동적이었다. 머리를 풀어헤치고 두 눈이 시뻘겋게 충혈된 채 짐승처럼 포효하는 그의 모습은 복수할 대상을 찾는 사자가 따로 없었다. 형님이 무엇 때문에 집에 불을 질렀는지, 또 무엇 때문에 물독을 보고 대성통곡을 했는지 그는 뒤늦게 알게 되었다. 분노와 상심으로 그는 제정신이 아니었다. 가화가 식칼을 빼앗으려고 다가가자 그는 고분고분 식칼을 내주기는커녕 가화의 손을 물어뜯었다. 유치하기 짝이 없는 행동이었다. 한술 더 떠서 칼을 휘두르면서 고함을 질렀다.

"당신들……, 왜 어머니를 죽게 했어? 왜 어머니를 죽게 했어? 왜 죽게 했느냐고?"

가화는 동생의 힐난에 말문이 막혀 멍해졌다. 생각해보니 그랬다. 왜 어머니를 죽게 했을까? 왜 어머니가 비참하게 죽도록 내버려뒀을까? 왜 피난 갈 때 어머니를 모시고 가지 않았을까? 왜 그랬을까? 친어머니가 아니라서 화를 내면서까지 억지로 모시고 가지 못했던 걸까? 아니면 어머니와 조기객 어르신에게 둘만의 오붓한 시간을 드리기 위해서였을까? 가화는 입을 반쯤 벌리고 멍청히 서 있었다. 그의 생애에 이토록 잔혹한 전쟁은 처음이었다. 그는 성격이 부드러웠다. 어떤 경우든 각각의 경우를 빈틈없이 고려하고 세상만물의 조화를 우선순위에 놓았다. 그의 이런 성격이 가족의 죽음이라는 참혹한 대가를 치르게 한 것이었다.

가화는 두 팔을 축 늘어뜨렸다. 가평에게 물린 손가락에서 피가 뚝뚝 떨어졌다. 줄곧 얌전하게 서 있던 요코가 이때 앞으로 나왔다. 그녀는 가평을 말리는 대신 항한의 팔을 잡아끌고 둘이서 가화의 앞에 털썩 무릎을 꿇었다. 그리고 빠르게 말했다.

"아이 아빠의 무례를 용서해주세요. 아이 아빠가 방금 한 말을 잊어주세요. 아마 자신이 무슨 말을 하고, 무슨 짓을 하고 있는지도 모를 거예요. 아이 아빠를 용서해주세요. 본성이 비열한 사람은 아니에요……"

가화는 깜짝 놀랐으나 이내 진정하고 쭈그리고 앉아 항한에게 말했다.

"어머니를 안으로 모셔가거라."

요코가 일어나지 않고 고집스럽게 말했다.

"용서해주실 거죠? 아이 아빠를 용서해주실 거죠? 이 아이를 위해 제가 대신 용서를 빕니다……."

"용서는 필요 없소. 나는 화가 나지 않았소."

가화는 요코 모자가 방으로 들어가기를 기다려 목석처럼 그 자리에 굳어져버린 가평을 향해 말했다.

"잠깐만 기다리게."

잠시 후 가화가 커다란 쇠망치를 들고 왔다.

"아우가 돌아오기만을 기다렸네. 우리 함께 이 독들을 깨버리자고."

두 형제가 분노를 담아 휘두르는 망치질에 마당의 물독들은 산산이 부서졌다. 지나가던 행인들이 무너진 담벼락 뒤에 겹겹이 모여서서 구경을 하기 시작했다. 수군거리는 사람도, 박수갈채를 보내는 사람도 없었다. 다들 그저 묵묵히 구경하기만 했다. 이후 물독을 덮어 사람을 죽인 무서운 얘기는 부풀릴 대로 부풀려져 항주 시내의 남녀노소를 불문하고 모르는 사람이 없게 되었다.

가평은 꼬박 이틀 동안 침대에서 일어나지 못했다. 그리고 셋째 날이 되자 아무 일도 없었던 것처럼 자리를 차고 일어났다. 목이 약간 쉰 것 말고는 별다른 이상은 없어 보였다. 바깥출입도 하기 시작했다. 먼저 공자묘에 갔다가 창승차행에 들렀다. 가화가 직접 동생과 동행했다. 그는 식칼을 들고 날뛰는 짓은 그날 이후 두 번 다시 하지 않았다. 그리고 항씨네 선산에서 드디어 '철천지원수' 가교를 만난 것이다.

뒤따라가는 요코는 마음이 급해 종종걸음을 쳤다. 가평이 홧김에 무슨 짓이라도 저지를까봐 불안하고 걱정이 됐던 것이다. 반면에 나초경은 침착하고 태연했다. 그녀는 요코를 끌어당기면서 조용히 귀엣말을 했다.

"걱정 마세요. 아무 일도 없을 거예요. 안심하세요."

두 여자는 발꿈치를 들어올렸다. 차나무 꼭대기의 여린 가지 너머로 무덤 앞에 서 있는 가평이 보였다. 가평이 몸을 숙였다가 허리를 펴고 일어섰다. 그 순간 두 여인은 하마터면 비명을 지를 뻔했다. 가평에게 멱살을 잡혀 일어난 것은 다름 아닌 가교였기 때문이었다. 요코와 나초경 모두 이곳에서 가교를 볼 줄은 꿈에도 생각 못했다. 저런 인간도 조상을 찾아오는 걸까? 가화가 가평과 가교 사이를 막아섰다. 세 형제는 한참 동안 팽팽하게 대치했다. 결국 가평이 멱살 잡은 손을 풀었다. 요코를 비롯한 여자들이 도착했을 때 가평은 무덤 흙에 열손가락을 깊숙이 박고 오열하고 있었다.

세 번 무릎을 꿇고 여섯 번 절을 하는 삼궤육고三跪六叩의 예를 차례로 마치고 나자 사람들의 곡소리도 거의 잦아들었다. 세 팀의 성묘객들은 각자의 진영을 고수한 채 아무도 먼저 자리를 뜨려고 하지 않았다. 물론 서로 소 닭 보듯 적정 거리를 유지한 채였다.

남자들 중에서 제일 침착하고 담담한 사람은 가화였다. 가화가 옆에 앉아 있는 항한에게 뭐라고 귀엣말을 했다. 그러자 항한이 벌떡 일어나더니 어머니 요코에게 차엽단을 몇 개 달라고 했다. 요코의 옆에 앉아 있던 나초경이 항한을 힐끗 보고 말했다.

"이리 오세요. 제가 큰 걸로 몇 개 골라드릴게요."

이는 두 사람이 미리 짠 행동 개시 암호였다. 항한의 임무는 두 가지였다. 하나는 심록촌을 암살하는 것이었다. 다른 하나는 심록촌을 다른 곳으로 유인하는 것이었다. 공자묘에서 가져온 제기용 악기들을 항씨네 선산에 파묻기 위해서였다. 항한이 이런 임무를 수행해야 한다는 것을 아는 사람은 아무도 없었다. 항한이 차엽단을 들고 차밭의 경치를 구경하고 있는 심록촌에게 다가갔다. 이어 공손한 어투로 말을 걸었다.

"외종조부, 차엽단 좀 드세요. 큰아버님이 갖다 드리라고 하셨어요."

심록촌은 전혀 뜻밖이라는 표정을 지었다. '범 무서운 줄 모르는 하룻강아지 같은 종손자가 갑자기 예의를 차리다니. 가화가 잘 가르친 보람이 있군. 친생질인 가평보다 피 한 방울 안 섞인 가화가 사리가 밝군.'이라고 생각하는 듯했다. 심록촌이 차엽단을 받으면서 말했다.

"네가 한이 맞지? 아주 어릴 때 본 기억이 있는데 눈 깜짝할 사이에 벌써 이렇게 컸구나. 나는 항씨네 선산의 풍수를 살펴보는 중이란다. 저기를 보거라. 적경산積慶山과 오로봉五老峰이 각각 앞뒤로 옹위하고 있지 않느냐. 동쪽으로 2리쯤 가면 서호가 있고, 차나무가 온 산을 덮고 있으니 말 그대로 최고의 명당이야……. 나도 언젠가 저 세상으로 가게 되면 이런 명당자리에 묻히고 싶구나, 휴우."

심록촌은 슬픔에서 완전히 헤어난 듯했다. 항한을 물끄러미 보던 그는 문득 항한이 '절반 일본인'이라는 사실을 떠올렸다. 언젠가 이용가치가 있을 법도 했다. 항한이 두 손을 드리우고 설설 기는 시늉을 했다.

"맞습니다. 집안 어르신들이 그러시더군요. 조상의 덕을 봤기에 제가 이번에 큰 재난을 겪고도 살아날 수 있었다고요."

심록촌은 항한의 어깨를 툭툭 쳤다.

"너희들은 아직 어려서 세상물정을 잘 몰라. 조상의 덕이 아무리 크기로서니 산 사람의 은혜에 비할까. 이 작은 외할아버지가 지금까지 열심히 살면서 명성을 꽤 얻고 이번에 너를 위해 음으로 양으로 힘을 썼기에 네가 살 수 있었던 거야. 안 그러면 너는 진작 이곳에 묻혔을 거다."

"그야 당연하죠. 안 그래도 직접 찾아뵙고 감사인사를 드리려던 참에 오늘 여기서 만나뵙게 됐네요."

항한은 자연스럽게 심록촌을 끌고 산자락에 있는 시냇가로 향했다. 두 사람은 쭈그리고 앉아 시냇물에 손을 씻었다. 푸른 하늘 아래 온 산을 가득 채운 연초록빛 신록이 겹겹이 층을 이뤄 아름다움을 발산하고 있었다. 공기는 상쾌하고 향기로웠다. 물속에서 수초들이 나른하게 흐느적거리고 숲속에서는 꾀꼬리의 노랫소리가 들려왔다. 딱딱하고 무미건조한 심록촌도 오랜만에 맛보는 아름다운 봄 경치 앞에서 감상에 빠져들었다. 목소리도 부드러워졌다.

"작은 외할아버지에게 놀러 오너라. 언제든 괜찮다. 나도 너에게 해주고 싶은 말이 많구나."

항한이 발 씻는 시늉을 하다가 불쑥 놀란 소리를 질렀다.

"작은 외할아버지, 구덩이에서 기포가 올라오고 있어요. 드렁허리가 있는 것 같아요. 잠깐만 기다려주세요. 제가 한 마리 잡아오겠습니다."

항한이 말을 마치기도 전에 바짓가랑이를 걷어 올리고 물에 첨벙 뛰어들었다.

심록촌은 내일은 남경으로 돌아갈 예정이었다. 서둘러 외조카들과 작별인사를 하려고 했는데 항한이 드렁허리 타령을 하는 바람에 그만 시냇가에 발이 묶이고 말았다.

"너는 상처가 아직 다 회복되지도 않았다면서? 물이 닿으면 덧날 수 있어. 또 나중에 뼈가 아플 수도 있고. 드렁허리는 시장에도 파는 게 많지 않으냐. 게다가 나는 사흘이 멀다 하고 술자리가 있기에 드렁허리가 별로 먹고 싶지 않단다. 어서 올라오너라. 어서……."

항한은 물속에 손을 넣어 더듬으며 말했다.

"그건 잘 모르고 하시는 말씀이세요. 이 고장의 드렁허리는 맛이 일품이랍니다. 강서의 드렁허리는 흙냄새가 나고 강소성의 것이 그나마 먹을 만하지요. 영파, 소흥과 항주의 드렁허리가 제일 맛있답니다. 쉿! 한 마리 잡았어요……."

항한이 큼직한 드렁허리 한 마리를 심록촌 앞에 휙 던졌다. 그리고 물에서 올라오더니 꿈틀대는 드렁허리를 손에 쥐고 말했다.

"작은 외할아버지, 잘 보세요. 이 고장의 드렁허리는 강서에서 자라는 것보다 무늬가 옅고 배의 색깔이 더 노랗습니다. 맛도 당연히 많이 다르지요. 잠깐만요, 또 기포가 올라오는군요, 이참에 제가 몇 마리 더 잡아드리겠습니다."

항한은 다시 첨벙, 하고 물에 뛰어들었다. 심록촌은 고개를 절레절레 저었다.

'고보리 이치로는 이 녀석을 과대평가한 게 틀림없어. 투지와 혈기는 눈 씻고도 볼 수 없는 녀석 같으니라고. 어쩌면 저렇게 항천취를 빼다 박았을까. 쯧쯧, 저런 녀석이 일본 헌병의 따귀를 때렸다니 말도 안 돼.'

심록촌은 종손자를 훈계할 요량으로 지팡이로 바닥을 툭툭 치면서 의미심장하게 말했다.

"한아, 작은 외할아버지의 말을 기분 나쁘게 생각하지 말고 들어라. 너는 너의 할아버지를 닮으면 절대 안 된다, 알겠느냐? 놀음만 탐하다가는 큰코다치게 되느니라. 사람은 정치의식이 있어야 한다. 너 삼민주의가 무엇인지 아느냐?"

항한이 여전히 물속을 휘적대면서 말했다.

"작은 외할아버지도 참, 시국이 어느 때인데 아직도 삼민주의를 거론해요? 지금 일본사람들이 추진하는 건 대동아공영권이라고요."

"거봐, 너는 정말 아무것도 모르는구나. 일본사람들이 왔다고 삼민주의가 시대에 뒤떨어진다고 누가 그러더냐? 나부터도 '삼민주의'를 매일 입에 달고 사는걸. 오늘날 삼민주의의 핵심이 무엇인지 아느냐? 바로 중국 국민들을 각성시켜 구미 열강들의 제재와 압박에서 벗어나 중국의 독립을 쟁취하는 것이란다. 일본의 메이지 유신은 중국 혁명의 첫걸음이고, 중국 혁명은 일본 메이지 유신의 두 번째 걸음이야. 양자 모두 동아시아의 낡은 질서를 타파하고 새로운 질서를 확립하는 것을 목적으로 하고 있지. 따라서 동아시아연맹의 네 가지 원칙은 '정치적 독립, 군사동맹, 경제협력, 문화교류'란다. 이는 동아시아 각국이 함께 생존하고 발전할 기본원칙이지. 알겠느냐?"

항한이 심록애를 쏙 빼닮은 눈을 크게 뜨고 말했다.

"처음 듣는 얘기네요. 재미있어요. 작은 외할아버지, 조금 더 자세하게 말씀해주실래요? 저도 깨어 있는 사람이 되고 싶어요."

심록촌이 한숨을 푸욱 내쉬었다.

"나는 내일이면 남경으로 돌아간단다. 오늘 밤 주보항으로 오겠느냐? 너에게 보여주고 싶은 책이 몇 권 있다. 너도 참, 그 나이에 드렁허리나 잡고 있으니…… 네가 일본 헌병의 따귀를 때렸다는 것이 믿어지지 않는구나. 일본사람들은 너를 공산당으로 여기고 잔뜩 촉각을 곤두세웠다지? 너희 항씨 가문에는 정신이 똑바로 박힌 사람이 하나도 없구나, 쯧쯧."

항한이 헤식은 웃음을 지었다. 심록촌은 항한이 쑥스러워서 웃는 줄 알았다. 고개를 돌려보니 오승, 가교와 가평이 얘기를 나누면서 산을 내려오고 있었다. 심록촌은 안도의 한숨을 내쉬었다. 아무리 싸우고 어 쩌고 해도 혈연은 끊을 수 없다는 생각이 들었다.

항씨네 선산에 남은 사람은 가화, 요코, 항분과 소촬뿐이었다. 이들 이 지금 무슨 일을 하고 있는지 심록촌은 죽었다 깨어나도 모를 터였다.

제21장

공자묘에서는 당장이라도 큰일이 벌어질 것처럼 아슬아슬한 긴장
감이 흐르고 있었다. 고보리 이치로가 전갈을 받고 부랴부랴 달려왔으
나 양측의 살벌한 대치 국면은 쉬이 사그라들 기미를 보이지 않았다. 왕
오권 일당은 마치 구세주라도 만난 것처럼 고보리에게 달려왔다. 막 입
을 열려고 하는 그들을 고보리가 손짓으로 제지했다. 은빛 수염을 가슴
까지 드리운 조기객은 대성전 입구에 떡 버티고 서서 늙은 수사자가 포
효하듯 고함을 질렀다.

"올 테면 와 봐. 어느 개자식이 감히 이곳의 대들보를 훔쳐가는지
내 이 두 눈으로 똑바로 지켜볼 테다."

왕오권이 고보리의 눈치를 슬쩍 살피더니 조심스럽게 말했다.

"조 넷째 어르신, 벌써 몇 번이나 말씀드렸잖아요. 우리는 명을 받고
대성전을 수리하러 온 거라고요. 오직 성인들을 본받아 조상님을 공경
하려는 마음뿐입니다. 다른 뜻은 일절 없으니 오해하지 마십시오."

조기객이 손사래를 쳤다.

"개소리 그만해. 네놈들이 성인이 뭔지 아느냐? 지하에 계신 공부자께서 네놈들의 도둑놈 상판을 보면 스스로 당신의 두 눈을 파버리려고 하실 게다."

왕오권이 능글맞게 응수했다.

"조 넷째 어르신도 참 억지를 잘 부리시네요. 모르는 사람이 들으면 천하에 조 넷째 어르신만 공자를 공경하는 줄로 알겠습니다. 저의 기억이 틀리지 않는다면 20년 전 항주 시내에 '공자 타도' 운동이 성행했을 때 조 넷째 어르신이 맨 앞장에 섰을 텐데요."

조기객의 치부라면 치부를 건드린 말이었다. 하지만 그는 말문이 막히기는커녕 껄껄 웃음을 터뜨렸다.

"어이구, 어련하겠나. 20년 전에 나는 공가점孔家店 타도 운동의 선봉장이었지. 앞으로 10년 후에도 내가 살아 있는 한 공자 타도에 앞장설 거네. 그래서 어쩌라고? 나는 지금 이 순간만큼은 하필이면 공자묘의 '수호신'이 되고 싶은걸. 내가 여기 있는 한 아무도 공자묘의 털끝 하나 건드리지 못할 것이다."

왕오권이 얼굴이 벌겋게 달아올라 고보리에게 하소연했다.

"태군, 보셨죠? 저희가 태군의 명령을 거역한 것이 아닙니다. 이 사람이 지독히도 말을 안 들어요. 힘으로 끌어낼 수도 없고……, 참으로 고약한 인간입니다."

왕오권이 이어 목소리를 한껏 낮춰 고보리에게 귀엣말을 했다.

"태군, 며칠 전 청향淸鄕에서 유격대에게 맞아죽은 귀국 병사들 시신도 관널이 없어 아직 매장을 못했다죠? 태군께서도 잘 아시겠지만 지금은 옛날과 다릅니다. 예전에는 항주성 남쪽 채타교柴垛橋 일대에 크고 작은 목재상이 스무 개가 넘었지요. 그런데 지금은 절동浙東에서 목재 운송을 금지하고 있습니다. 그 후로 항주 시내에서는 불 때는 나무토막 몇 개도 구하기 어려운 형편입니다. 관널은 말할 나위도 없지요. 저희들은 이곳의 녹나무 목재를 가져다가 귀국의 순군 황군들의 마지막 가는 길에 조금이나마 성의를 표시하려고 하는데 고집불통 조기객이 저리 나오니, 참……. 벌써 사흘째입니다, 사흘째라고요. 듣자하니 저쪽 황군들의 시신은 벌써……."

왕오권이 고보리의 눈치를 살피면서 말을 흐렸다. 고보리가 눈을 부릅뜨고 노려보자 그제야 조심스럽게 말을 맺었다.

"듣자하니 벌써 냄새가 나기 시작했다는군요."

고보리는 어두운 얼굴로 한마디 말도 하지 않았다. 고보리와 왕오권은 소속이 달랐다. 비록 둘 다 일본군 군사특무기관이라지만 고보리는 매기관梅機關 소속, 왕오권은 항주 일본주둔군의 최고 정치권력기관인 '항주특무기관' 소속이었다. 파벌이 다르다보니 알력이 생기는 것은 당연한 일이었다. 게다가 들리는 소문에 의하면 특무기관 내부에서도 고보리와 조기객의 관계에 대해 수군대는 모양이었다. 고보리가 불필요한 관용을 베풀지 않았더라면 그의 목숨이 열 개였어도 모자랐을 것이라는 소문도 돌았다.

솔직히 고보리는 대성전을 허무는 일에 그다지 적극적이지 않았다. 그의 조상들 중에는 《논어》, 《맹자》, 《몽구》蒙求 등의 한학 경전을 공부한 사람이 적지 않았다. 그 자신은 더 말할 것도 없었다. 심지어 대성전에 있는, 《사서오경》이 새겨진 석경들을 보고도 전혀 이질감을 느끼지 못할 정도였다. 이제 곧 야마토민족이 중국을 정복할 것이고, 중국에 있는 모든 것은 일본의 소유가 될 것이다. 그때가 되면 중국의 공자도 일본의

'공자'로 바뀔 것이고, 중국의 공자묘도 일본의 '공자묘'로 바뀔 것이다. 이미 죽은 병사들이야 군인의 직분을 다한 것이니 시신이 황야에 버려지든 강물에 수장되든 뭐가 다를 게 있겠는가. 더구나 지나치게 형식에 치우친 장례식은 사무라이 정신에도 위배되는 것이 아니던가. 물론 고보리는 왕오권에게 이런 속내를 털어놓지 않았다. 이따위 소인배들은 일본이 중국을 완전히 손아귀에 넣은 이후에 처리해도 늦지 않을 터였다.

고보리는 어쩐지 조기객의 눈빛이 무척 낯설게 느껴졌다. 고보리를 쏘아보는 조기객의 눈빛이 예전에는 분노로 차 있었다면 오늘은 분노 대신 멸시가 가득 담겨져 있었다. 고보리는 문득 말로 표현할 수 없는 두려움이 엄습하는 것을 느꼈다. 그가 눈짓을 하자 왕오권은 일당들을 데리고 멀찌감치 물러났다.

고보리는 그제야 만면에 웃음을 지으며 몇 발자국 앞으로 나섰다. 그리고 중국식으로 읍을 하면서 말했다.

"조 선생은 청명절에 어인 일로 이리 화를 내시는지요? 다들 성묘하러 가던데 조 선생도 저와 함께 조상묘에 제사나 지내러 가시는 게 어떨까요?"

조기객은 바퀴벌레처럼 밉살스러운 자들이 물러간 것을 보고 안도의 숨을 내쉬면서 대성전 문턱에 걸터앉았다.

"자네와 나는 물과 불처럼 서로를 용납할 수 없는 사이거늘 같은 사람의 제사를 지낸다는 건 있을 수 없는 일이네. 자네는 공부깨나 하고 나름 고명한 강도로 꼽히는 사람인데 어찌 나를 상대할 때면 언제나 이렇듯 아둔한 말밖에 하지 않는 건가?"

고보리가 잠깐 멍해 있다가 혼잣말하듯 중얼거렸다.

"중국에는 내가 제사를 지낼 사람이 한 명도 없다는 말입니까?"

조기객도 멍해 있다가 외팔을 흔들었다.

"당연히 없지. 앞으로도 없을 거네."

두 사람 다 말문이 막힌 듯 한참 동안 침묵을 지켰다. 이윽고 고보리가 다시 활짝 웃는 얼굴로 말했다.

"한 사람 생각났어요. 조 선생도 잘 아시는 사람입니다."

조기객이 일어서면서 말했다.

"그래, 그 사람이 누군지 궁금하군. 나와 자네가 기꺼이 영웅의 눈물을 흩뿌리면서 함께 절을 올릴 수 있는 사람이라 이건가?"

고보리의 입에서 '소만수'蘇曼殊라는 이름이 나왔다.

고보리의 예상은 적중했다. 조기객은 이 이름을 듣고 깜짝 놀라는 눈치였다. 사실 서호 호숫가에 소만수가 묻혀 있다는 사실을 고보리가 아는 것은 별로 이상한 일도 아니었다. 조기객이 긴 한숨을 내쉬며 말했다.

"자네는 그에게 엎드려 절할 자격이 없네. 자네 같은 물건은 그의 이름을 거론할 자격도 없네."

'물건'이라는 험한 욕을 듣고도 고보리는 전혀 화난 기색이 없었다. 조기객이 입으로는 뭐라고 욕하든 그와 함께 같은 사람의 무덤에 제사를 지내러 갈 것임을 알기 때문이었다.

고보리는 고산孤山 자락에 있는 소만수의 묘를 자주 찾았다. 들리는 바에 의하면 손문 선생이 이곳에 묏자리를 특별히 허가했다고 한다. 고보리는 무덤 속에 누워 있는 사람의 신세가 자신과 비슷했다는 이유 하나만으로도 다분히 관심이 있었다.

'시승'詩僧 소만수는 중국인과 일본인들에게 꽤 널리 알려진 사람이었다. 하지만 그가 어떤 사람인지 제대로 아는 사람은 많지 않았다. 그의 부친은 중국인 상인, 모친은 일본인 하녀였다. 그의 본명은 현영玄瑛, 자는 삼랑三郞이었다. 열두 살에 속세의 덧없음을 깨닫고 광주 장수사長壽寺에 들어가 승려가 됐다. 그때 받은 법명은 '박경'博經, 호는 '만수'였다. 시와 회화에 재능이 있었고 서양어와 범어梵語에 정통했다. 각지를 두루 다니면서 벗들을 널리 사귀었고, 남사南社에 들어가 단장斷腸의 글도 많이 지었다. 평생 정절을 지키고 여자를 가까이 하지 않았으나 애끓는 문장으로 수많은 여인들을 눈물짓게 만들었다. 그의 대표작으로는 〈단홍영안기〉斷鴻零雁記와 〈천애홍루기〉天涯紅淚記를 꼽을 수 있다. 조기객과 소만수는 신해혁명을 계기로 급속히 가까워졌다. 두 사람은 함께 의용대義勇隊에 가입했고 나중에는 함께 백운암에 우거했다. 그는 입을 꾹 다물고 조용히 있다가도 갑자기 격앙된 모습을 보이곤 했다. 또 혁명에 대해 조기객과 토론할 때면 흐르는 눈물을 주체하지 못하고 엉엉 울기도 했다. 그는 향년 34세의 나이로 세상을 떴고 고산 자락에 매장됐다. 조기객, 유아자柳亞子, 진거병陳去病 등 항주의 유명인사들이 함께 소만수의 장례식을 치른 것이 벌써 20년 전의 일이었다.

소만수와 인연이 있는 두 사람은 가는 길 내내 서로 말이 없었다. 소만수의 묘 앞에 이르니 무덤 주변에 핀 꽃들이 비단에 놓은 수처럼 울긋불긋 아름다웠다. 서호의 물결은 잔잔하고 깨끗하게 반짝거리고 있었다. 서호 제방에 심은 벚꽃들이 어느새 활짝 피어 있었다. 두 사람은 그 자리에 선 채로 한참 동안 침묵을 지켰다. 이윽고 고보리가 무거운 침묵을 깼다.

"소만수는 죽은 뒤에 이곳에 묻혔으니 가히 가치 있는 죽음이라고 할 수 있겠어요.”

“위인偉人들이 강산江山을 세우는 법이라네. 저기 보게, 건너편에는 추근秋瑾의 추우추풍정秋雨秋風亭이 있고 한쪽에는 유곡원俞曲園의 유루俞樓가 있지. 언덕 위에는 서령인사西泠印社가 있고, 그 옆에는 매화나무를 심고 학을 날리던 임화정林和靖 임처사林處士 무덤이 있지. 이 밖에 서석린徐錫麟, 도성장陶成章을 비롯한 신해 의사들의 무덤이 많다네. 이들은 생전에 나 조기객의 좋은 벗들이었다네. 그리고 저기 서령교西泠橋를 지나 100미터쯤 더 가면 악왕묘가 있지. 사람은 어차피 죽을 몸, 죽은 뒤에 이런 곳에 묻힐 수 있다면 기분 좋은 일이지. 소만수도 영웅호걸들과 같은 산, 같은 호수를 누리게 됐으니 죽어도 여한이 없을 걸세.”

고보리와 조기객이 이렇듯 차분하게 이야기를 하기는 처음이었다. 비록 조기객의 말속에 날카로운 가시가 숨어 있기는 했으나 어쨌든 대화다운 대화를 나누는 것임에는 틀림없었다. 고보리가 벅차오르는 감정을 애써 죽이면서 말했다.

“소만수가 일본에서 쓴 〈억서호〉憶西湖라는 시가 생각나는군요. ‘샤쿠하치尺八로 〈춘우〉春雨 곡을 연주하는 이는 누구인고, 어느 때라야 고국으로 돌아가 절강의 조수潮水를 보게 될까. 짚신에 깨진 바리때를 든 나를 아는 이 없으니, 벚꽃을 밟으면서 나는 몇 개의 다리를 건넜는고.’ 일본과 중국의 문화와 정서를 절묘하게 결합시킨 명시이지요. 샤쿠하치는 일본의 악기이고, 절강은 중국 땅입니다. 짚신과 깨진 바리때는 중국에서 건너간 것이고, 벚꽃은 일본의 상징입니다. 제가 듣기로 소만수는 매우 특이한 사람이었다고 합니다. 낮에는 자고, 밤이면 짧은 홑겹 윗옷만 달랑 걸치고 맨발에 나막신을 끌면서 소제蘇堤와 백제白堤를 따라 산책을 했다죠. 이른 나이에 세상을 뜬 것이 참으로 안타깝습니다. 지금까지 살아계신다고 해도 기껏해야 55세 정도니까요. 그분이 살아계셨다면 지금 이 자리에는 그분과 함께 셋이 서 있겠죠. 어쩌면 밤마다 그분이 나막신을 신고 달그락달그락 소리를 내면서 산책하는 모습을 볼 수 있을지도 모릅니다……."

조기객이 큰 소리로 껄껄 웃었다. 그의 웃음소리는 박력 있고 호탕했다. 또 날카롭고 냉정했다. 그래서 듣는 이로 하여금 묘한 매력과 함께 반감도 자아냈다. 고보리는 조기객이 이렇게 웃고 나면 틀림없이 인정사정없는 독설을 퍼부을 것임을 알고 있었다. 그의 짐작은 틀리지 않았다. 조기객이 웃음을 딱 그치더니 정색을 하고 입을 열었다.

"고보리 이치로 선생, 선생은 칼을 든 무사네. 게다가 선생의 칼에는 우리 중국인들의 피가 잔뜩 묻어 있지. 그런 사람이 어찌 풍류를 노래하는 시인 흉내를 낸다는 말인가? 소만수가 지금까지 살아 있었다면 밤마다 달그락달그락하는 나막신 소리를 들을 수 있었을 거라고? 그 뒷이야기가 어떨 것 같나? 탕탕, 하는 총소리가 뒤따랐겠지. 자네 일본인들은 우리 중국의 서호를 중국인 통행금지구역으로 정했네. 소만수가 목숨이 열 개라도 소제와 백제를 따라 산책하는 일은 없었겠지."

고보리의 표정이 딱딱하게 굳어졌다. 목소리도 착 가라앉았다.

"잊지 마세요. 소만수는 일반 중국인과는 다릅니다."

"빙빙 둘러 결국 하고 싶은 말은 소만수가 일본 여인의 소생이다 이건가? 나는 운 좋게 그와 교제한 적이 있었지. 하지만 자신이 중국인이 아니라는 사실에 회의를 느낀다는 말은 한 번도 들어본 적이 없네. 중국인의 피가 흐르는 몇몇 미꾸라지 같은 자들이 오히려 일본 강도떼의 앞잡이가 되고 싶어 난리지."

고보리가 무서운 눈빛으로 조기객을 응시했다. 그러면서 목소리를 한껏 깔았다.

"허튼소리 하지 마세요. 이비황이나 오유 같은 자들이 일본인의 앞잡이지 나 고보리 이치로는 아닙니다. 나는 엄연한 일본인입니다. 대일본제국의 무사라고요. 나는 일본인입니다. 일본인, 일본인이라고요."

아픈 곳을 제대로 찔린 고보리는 정신이 나간 사람처럼 히스테리를 부렸다. 얼굴이 시뻘겋게 달아오르고 오관이 보기 싫게 일그러졌다. 조기객이 그런 고보리를 보면서 조소와 멸시를 쏟아냈다.

"소리는 왜 지르고 난리인가? 자네가 일본인이 아니라고 누가 그러던가? 자네의 몸에 중국인의 피가 흐른다고 누가 그러던가? 자네는 중국인이라고 자처할 자격도 없네."

두 사람은 소만수의 묘 앞에서 팽팽하게 대치했다. 두 사람은 같은 하늘을 이고 살 수 없는 철천지원수였다. 하지만 서로 닮았다는 것을 부정할 수도 없었다. 키, 곱슬머리, 콧날, 턱, 심지어 오늘 입은 중국식 두루마기마저 똑같았다. 불같이 화를 낼 때의 행동과 표정도 똑같았다. 둘 다 두 눈썹이 맞붙어 일직선이 되도록 미간을 잔뜩 찌푸리고 주먹을 꽉 쥔 채 이를 갈았다. 다른 점이 있다면 고보리는 두 주먹을 부르쥔 반면에 조기객은 한 주먹을 꽉 쥔 것뿐이었다.

고보리는 가슴께로 주먹을 천천히 들어올렸다. 하지만 조기객은 어느새 주먹을 풀었다. 고보리가 억지웃음을 지으면서 말했다.

"당신은 나를 미워할 이유가 없어요. 중국인들이 이 지경이 된 것이 일본인 탓이 아닌 것처럼 말입니다. 나는 당신의 가르침을 받아야 할 시기에 버림을 받았습니다. 이것은 내 잘못이 아니에요. 나는 당신의 상상 이상으로 잘 지냈답니다. 나는 중국의 역사와 인물들에게 굉장히 관심이 많답니다. 이를테면 칭기스칸 같은 사람이지요. 나의 장인은 무사이

신데 그분도 중국의 역사와 인물들에 관심이 많지요. 내가 중국으로 오기 전 그분은 칭기스칸의 명언을 들려줬습니다. '인생의 가장 큰 즐거움은 적을 쓰러뜨리고 그들의 소유물을 차지해 그들의 울부짖는 소리를 듣는 것이다. 그들의 말을 빼앗아 타고 그들의 여자들의 몸을 침대와 베개 삼아 노는 것, 이것이 인생의 가장 큰 행복이다.'라는 명언을 말입니다. 강자의 어록이라고나 할까요? 혹시 들어보신 적 있습니까?"

"내가 그런 말을 들어봤는지 못 들어봤는지는 중요하지 않네. 그 따위 소리를 지껄인 자가 중국인이건, 외국인이건 나는 관심이 없네. 듣기만 해도 구역질이 나는군. 자네에게 묻겠네, 자네는 그의 말대로 했는가? 내가 대신 대답해주지. 자네는 그의 말대로 했네. 하나도 빠뜨리지 않고 말이네. 그래서 자네는 즐거운가? 우리 중국인들을 학살하고, 그들의 소유물을 빼앗고, 그들의 말을 빼앗아 타고, 그들의 울부짖는 소리를 듣고, 그들의 여자들을 유린하니 즐겁던가?"

고보리의 안색이 하얗게 변했다.

"내가 즐겁지 않은 것은 그것과 상관없습니다."

고보리가 이를 갈면서 주먹을 휘둘렀다.

"나는 어릴 때부터 행복하지 않았습니다. 당신도 알잖아요. 어릴 때부터 '잡종'이라고 손가락질을 받으면서 살았습니다. 이제 어엿한 성인이 됐으니 불행한 과거 따위는 깡그리 잊으라는 말은 사양합니다. 그게 말처럼 쉽습니까? 나에게는 당신을 증오할 권리가 있습니다."

"자네는 나를 죽일 수도 있네."

조기객의 목소리에 슬픔이 짙게 배었다.

"자네가 나를 죽여서 마음속 응어리를 풀 수 있다면, 그리고 더 이상 중국인을 죽이지 않는다면 나는 기꺼이 죽을 용의가 있다네."

고보리가 팔을 내리고 말했다.

"나는 당신과 다릅니다. 나는 당신을 죽일 생각은 해본 적이 없습니다. 하지만 당신은, 당신은 여기 대다수의 항주 사람들과 마찬가지로 내가 죽기를 바라지요."

"사람은 태어나서 죽을 때까지 아무것도 하지 않아도 되네. 하지만 세상에 짐승새끼를 남겨놓아서는 안 되지. 나 조기객은 자네 때문에 부끄럽고 수치스러워 얼굴을 들지 못하겠네."

"지금은 전쟁 중이라는 사실을 잊지 마십시오. 저는 대일본제국의 군인입니다. 천황에게 충성을 다 하는 것은 군인의 본분입니다."

고보리가 애써 변명 아닌 변명을 했다.

"자네는 군인이 아니야. 군인은 전쟁터에서만 사람을 죽이지. 진정한 군인은 여자와 아이들을 죽이지 않는다네."

고보리는 조기객의 이글거리는 시선을 피하면서 황급히 변명했다.

"나를 탓하시면 안 됩니다. 나는 그녀를 죽이라고 명령한 적이 없습니다⋯⋯."

"닥쳐!"

조기객이 주먹으로 무덤을 내리쳤다.

"그 입 다물게. 자네 이빨 사이사이에도 우리 중국인들의 피가 묻어 있네."

이를 앙다문 조기객의 얼굴은 험상궂기 이를 데 없었다. 그는 심록애와 가초가 어떻게 죽었는지 몰랐다가 이번에 가평에게서 전해 들었다. 여자들이 참혹한 죽임을 당하는 동안 그는 아무런 도움도 주지 못했다. 그래놓고 자신은 지금까지 멀쩡하게 살아 있다는 사실이 미치도록 저주스러웠다. 예전만 해도 그는 더 많은 사람들을 보호하기 위해서 어떻게든 살아남아야 한다고 생각했었다. 하지만 지금은 생각이 완전히 바뀌었다.

고보리는 고개를 돌려 호숫가에서 한들거리는 수양버들을 바라봤다. 깊은 절망감이 엄습했다. 팔이 하나밖에 없는 이 사람의 마음을 얻기는 이제 완전히 글렀다. 하지만 다시 생각해보니 이 사람의 마음을 얻는 것이 무슨 대수인가 하는 생각도 들었다. 아무도 다른 사람의 마음을 강요하지 못하는 법이다. 마치 그가 하필이면 폐병 환자인 중국 아가씨를 좋아하는 것처럼 말이다. 지금 그에게 가장 중요한 일은 천황에게 충성하는 일뿐이다.

하늘은 맑았다. 하지만 그의 기분은 어둡기만 했다. 조기객의 말은 하나도 틀리지 않았다. 그는 살인, 방화, 약탈, 강간 등 자기가 하고 싶은 짓을 제멋대로 자행했으나 결코 즐겁지 않았다. 행복하지 않았다. 오히려 점점 더 머리가 혼란스럽기만 했다.

고보리가 허탈하게 웃으면서 무덤 옆 돌계단에 앉았다.

"우리 다른 사람 말은 하지 맙시다. 나는 당신이 나를 어떻게 생각하는지가 무척 궁금합니다. 나 고보리 이치로 같은 사람은 나중에 어떤 말로를 맞이하게 될까요? 죽어서도 묻힐 곳이 없는 신세가 될까요?"

조기객도 건너편 돌계단에 앉았다. 뜻밖이었다. 그는 고보리가 죽음에 대해 물어보리라고는 생각지도 못했다. 그는 처음부터 끝까지 고보리를 경계했다. 혹시 속임수나 음모가 아닌지 고보리의 말 한마디, 행동 하나도 허투루 지나치지 않았다. 조기객은 예의 비웃는 말투로 고보리를 몰아붙였다.

"글쎄, 자네 같은 사람의 말로라? 우선, 자네는 일본으로 돌아가지 못하겠지. 이곳에서 죽을 거네. 여기 중국에서 말이야. 이어서 어떻게

다인_4

죽을 건가 하는 것인데, 당연히 천수를 누리지 못할 테지. 비명횡사할 거네. 전쟁터에서 총에 맞아 죽거나, 궁지에 몰려 스스로 삶을 마감하거나 둘 중 하나겠지. 아무튼 다른 선택은 없을 거네."

구름 사이로 태양이 얼굴을 내밀었다. 무덤 위의 매화나무 잎사귀가 햇빛을 받아 반짝거렸다. 고보리가 우울한 표정으로 일어섰다.

"역시 우리는 통하는 점이 있군요. 당신은 내가 평소에 생각해왔던 것들을 족집게처럼 콕 집어서 말했습니다. 다만 어떻게 스스로의 삶을 마감할지에 대해서는 조금 더 생각해봐야겠습니다. 우리 일본인들의 전통에 따라 할복자살할까요?"

고보리가 웃으면서 칼로 배를 찌르는 시늉을 했다. 조기객도 일어섰다.

"나와 자네 사이에 인연이 조금이라도 있다고 생각한다면 칼로 자신의 배를 가르는 짓은 하지 말게. 차라리 저기 서호에 뛰어드는 편이 낫겠네."

조기객이 건너편 호수를 가리키면서 같은 말을 반복했다.

"차라리 저기 서호에 뛰어드는 편이 낫겠네. 그리 하면 죽어서도 묻힐 곳이 없는 신세는 면할 수 있겠지."

고보리는 자신을 바라보는 조기객의 눈빛에서 지금까지 보지 못한 색다른 것을 발견했다. '아들을 향한 나름의 부성애인 걸까?' 고보리는 고개를 절레절레 저었다. 그리고 무표정한 얼굴로 앞장서서 걸었다.

차가 세워진 곳에 거의 이르렀을 때 고보리가 스쳐지나가는 말로 슬쩍 물었다.

"어머니의 말씀에 따르면 당신은 저희 모자를 찾아 일본에 왔었다면서요? 그런데 왜 우리를 중국으로 데려오지 않은 겁니까? 아무리 생각해도 이해할 수 없습니다."

조기객의 미간이 잔뜩 찌푸려졌다. 하지만 표정은 편안해보였다.

"그건 자네 모친에게 물어볼 일이네."

"그분은 도쿄대지진 때 세상을 떴습니다. 무너진 건물에 깔려 죽었어요."

"그녀는 예기의 삶을 정리할 생각이 없었네. 자네에게 말해주지 않던가? 일본의 예기들은 관습상 결혼을 하지 않네. 하지만 부자 손님들과 가까이 지내면서 후원을 받는 일은 종종 있지. 자네 모친도 예외가 아니었네. 그녀는 그곳 생활을 정리할 생각이 없다고 했네. 적어도 그 당시에는 말이네……."

그리고 무거운 침묵이 흘렀다. 고보리가 차문을 열려다 말고 몸을 돌렸다. 이어 윗옷 호주머니에서 봉투 하나를 꺼냈다. 봉투 속 사진을 꺼내서는 조기객에게 건넸다. 조기객이 받지 않자 입을 열었다.

"제 딸입니다. 어제 받은 사진입니다."

조기객은 그제야 사진을 받아들었다. 열예닐곱쯤 돼 보이는 처녀였다. 비록 기모노 차림을 하고 있었으나 눈에 띄는 곱슬머리와 큰 눈은 영락없는 조趙씨네 후손이었다. 고보리가 말했다.

"고코우小鸥라고 합니다. 여자대학에서 공부하고 있어요."

조기객은 사진을 잠깐 더 보고는 돌려주려고 손을 내밀었다. 고보리는 차에 시동을 거느라 못 본 듯했다. 아니면 일부러 못 본 척했는지도 몰랐다. 조기객은 사진을 자신의 호주머니에 넣었다. 한동안 무거운 침묵이 흘렀다. 고보리는 시동을 꺼버렸다. 둘 다 각자의 생각에 빠진 채 차안에 그렇게 앉아 있었다. 차창 밖 버드나무 위에서 작은 새 한 마리가 즐겁게 봄노래를 부르고 있었다. 고보리는 입술을 떨면서 조심스럽게 물었다.

"제가 언젠가…… 저 호수에 뛰어들겠다고…… 약속한다면…… 저를 조금 덜…… 미워하실 수…… 있습니까?"

조기객은 입을 꾹 다문 채 묵묵부답이었다. 이윽고 다시 고보리 쪽으로 고개를 돌린 그의 얼굴에 놀라는 기색이 스쳤다. 고보리가 눈물을 흘리고 있었던 것이다. 고보리의 눈물을 보니 따라서 목이 메고 눈앞이 뿌옇게 흐렸다. 그는 눈물을 흘리지 않으려고 이를 꽉 깨물었다. 그리고 외팔로 고보리의 어깨를 꽉 잡고 낮은 소리로 으르렁거렸다.

"자네! 더 이상 중국인들을 죽이지 말게! 더 이상 중국인들을 죽여서는 안 되네……."

고보리는 조기객의 손을 두 손으로 덥석 잡았다. 세 개의 손은 한참 동안 엎치락뒤치락했다.

둘 다 더 이상 할 말이 없었다.

심록촌이 탄 차는 계룡산 항씨네 선산에서 점점 멀어져갔다. 항한이 잔뜩 아쉬운 표정으로 손을 흔드는 모습이 차창 밖으로 빠르게 스쳐지나갔다. 차나무 밭 사이로 난 길을 따라 가평 일행이 산을 내려오고 있었다. 가교, 오승 그리고 이 둘 사이에 낀 가평은 마치 한 가족처럼 단란하게 얘기를 나누고 있었다.

"누가 그 나물에 그 밥 아니랄까봐……. 피는 못 속여, 쯧쯧."

심록촌은 불만을 담아 깊은 한숨을 토해냈다. 솔직히 그는 가평과 가교 두 형제가 원수지간이 되기를 바라지는 않았다. 그렇지만 사이가 안 좋던 두 사람이 이리 쉽게 화해해 서로 친한 척하는 것은 더욱 꼴 보기 싫었다. 어쨌든 여동생 심록애가 가교의 손에 죽은 것은 사실이었다.

양심도 없는 종자들 같으니라고!

며칠 전 가화와 가평은 함께 창승차행을 찾았다. 물론 심록촌은 모르는 일이었다. 오승은 불쑥 찾아온 항씨네 형제를 보고 놀라면서도 기쁜 기색을 감추지 못했다. 좋은 차를 꺼낸다, 다과를 가져온다 하면서 어쩔 줄 몰라 했다. 하지만 가평이 거두절미하고 본론을 끄집어내자 늙은 여우처럼 교활한 눈을 반들거리면서 난색을 표했다.

"두 분 도련님이 내 아픈 곳을 건드리는구면. 지금은 옛날과 다르다네. 일본놈들이 들어오기 전까지 수십 년 동안은 장사가 잘 되든 못 되든 굶어죽을 지경은 아니었지. 지금 용정산에 가보게, 차나무 밭은 다 묵어버리고 차상茶商들은 죽는 소리만 한다네. 자네들도 알겠지만 용정차가 예전에는 한 근에 16원씩을 해도 없어서 못 팔았는데 지금은 20전에도 팔리지 않는다네. 아니 할 말로 다 굶어죽게 생겼는데 차 마실 여유가 어디 있겠나? 우리 찻집도 당장 거미줄 치게 생겼네. 두 분처럼 세상물정에 밝은 사람들이 어쩐 일로 전쟁통에 차 장사를 하려고 하는가?"

가평은 오승의 하소연을 참을성 있게 다 들어주고 나서 천천히 입을 열었다.

"오 사장, 지나친 겸사이십니다. 차 장사가 예전만 많이 못해진 것은 사실입니다만 아직도 하는 사람이 있지 않습니까. 중국의 수출품목은 예로부터 생사生絲, 동유桐油와 차가 주를 이루었지요. 항일전쟁 발발 이후 중국의 차 산업은 불황에 빠졌어요. 하지만 차 무역은 중단되지 않았습니다. 심지어 국난을 틈타 떼돈을 번 차상들도 있습니다. 일부 상인들은 상해 암시장에서 중국의 차를 헐값에 일본인들에게 넘겨주는 파렴치한 짓도 하고 있지요. 오 사장의 맏아들 오유도 오 사장이 힘들게 들여온 차를 일본인들에게 팔고 있다면서요? 일본인들은 헐값에 사들인 중국차를 고가로 외국에 수출해 떼돈을 벌고 그 돈으로 무기를 사들여 중국인을 학살하고 있습니다. 오 사장도 설마 그걸 모르시는 건 아니겠죠?"

오승이 화들짝 놀라면서 연신 손사래를 쳤다.

"오유가 차를 상해로 운송한다는 건 알고 있네. 하지만 일본인들에게 차를 판다는 얘기는 금시초문이네. 나는 정말 모르는 일이네."

그러자 가화가 담담하게 말했다.

"오 사장이야 그렇다 쳐도 가교는 알고 있을 겁니다. 그 일은 가교가 중간에서 알선해줬으니까요."

오승은 그제야 알겠다는 듯 고개를 끄덕였다.

"어쩐지 그 녀석이 요즘 바쁘게 돌아다니더라니, 직접 산에 가서 차를 수매하고 말이네. 나는 또 한꺼번에 그렇게 많은 차를 가져다 어떻게 다 팔까 하고 괜한 걱정을 했지 뭔가. 나는 늙었네, 자식놈들이 무슨 짓을 하고 다니는지도 모르고 말이네. 하지만 나까지 싸잡아 욕하지는 말아줬으면 좋겠네. 나는 그래도 일말의 양심은 남아 있는 사람이네. 굶어 죽는 한이 있더라도 우리 중국차를 일본인들에게 넘기는 짓 따위는 안 하네. 나도 젊었을 때는 일본놈들과 싸웠었네……."

오승은 주절주절 무용담을 늘어놓기 시작했다. 가화와 가평은 끼어들 틈이 없었다. 오승은 사실 오유가 일본인들과 거래하고 있다는 것을 눈치채고 있었다. 다만 아는 체하거나 만류하지 않았을 뿐이었다. 그는 이 장사에 뛰어든 사람들이 쥐도 새도 모르게 암살당한다는 소문을 많이 들었다. 그래서 "일본인들과 거래하면 이문은 적게 남으면서 언제 목숨을 잃을지 모른다."고 아들을 불러 따끔하게 얘기하려던 참이었다.

가화가 가볍게 고개를 저으면서 슬쩍 끼어들었다.

"당연히 알죠. 오 사장이 그럴 사람이 아니라는 걸 말입니다. 그래서 이렇게 일부러 찾아온 거 아닙니까. 오 사장 창고에 아직 팔지 못한 주차朱茶가 꽤 있는 걸로 아는데 저희에게 넘기면 어떻겠습니까? 저희라면 적어도 일본인들에게 팔지는 않을 테니까요."

"글쎄, 그거라면 조금 더 생각해봐야 할 것 같네. 요즘은 차 장사가 좀 위험해야지. 자칫 목숨까지 잃을 수 있다고 하더군······."

오승이 머뭇거리면서 말끝을 흐렸다.

그때 장사에 대해서는 잘 알지 못하는 가평이 성급하게 뭐라고 한마디 하려고 했다. 그러자 가화가 슬쩍 제지하고 나섰다. 가화의 차 장사 경력은 10년도 더 됐다. 그동안 별의별 사람을 다 겪어봤다고 해도 과언이 아니었다. 그는 오승의 말속에 숨은 뜻을 제꺽 알아차렸다. 이 세상에 돈을 싫어하는 장사꾼은 없는 법이다. 아무리 빙빙 에둘러 말해봤자 결국 값을 높게 쳐달라는 뜻이 아니고 무엇인가? 가화가 손바닥으로 가볍게 탁자를 두드리면서 말했다.

"오 사장, 안심하고 저희에게 넘겨주세요. 저에게도 물량이 얼마간 있으니 한꺼번에 팔면 될 겁니다. 가격은 섭섭지 않게 쳐드리겠습니다. 원래 팔던 가격에 1할 더 얹어드리겠습니다. 물론 모든 뒷감당은 제가 하지요. 어떻습니까?"

"글쎄, 조금 더 생각을 해 봐야······."

오승은 두 손을 비비면서 시원하게 대답하지 않았다. 오승의 의중을 짐작조차 할 수 없는 가평은 가화의 눈치만 살폈다. 가화가 자리에서 일어나면서 말했다.

"그러면 이만 가보겠습니다. 조금 있다 계약금을 가져다 드리죠. 물건을 어디로 운송해야 하는지는 사람을 시켜 통지하겠습니다."

가평은 뭐가 뭔지 몰라 얼떨떨하기만 했다. 돌아오는 길에 가화가 동생에게 차근차근 설명을 해주었다.

"오유가 차 장사를 하고 있다는 걸 전혀 몰랐다는 저 늙은이의 말을 믿나? 오승은 진작부터 알고 있었네. 어쩌면 오승이 배후에서 도와주고 있는지도 모르지. 다만 아들이 일본인들에게 차를 넘겨주고 있다는 것은 몰랐을 수도 있네. 내가 이참에 더 높은 가격에 차를 팔아주고 모든 위험부담을 지겠다는데 저 늙은이의 입장에서는 굳이 마다할 까닭이 없지."

"그러면 우리가 손해를……."

"그건 염려 안 해도 되네. 우리가 손해를 보는 일은 없을 테니까. 내가 알아본 바에 의하면 오유는 지 아비의 물건을 사면서도 값을 시세보다 1할이나 후려쳤다더군. 인간도 아니지. 우리는 그 따위 부당 이익을 탐내지만 않으면 되네."

가평이 한참 지나서 겨우 입을 열었다.

"형님이 오각농 선생의 조수로 일했으면 더 좋았을걸 그랬습니다."

가평은 이번에 중요한 임무를 맡고 항주로 돌아왔다. 물론 성묘는 핑계였다. 전화戰火가 도처에 번진 기간 동안 중국의 차 산업은 쇠락과 진흥을 반복하면서 몸살을 앓았다. 오각농은 1938년 초에 소련 측과 "차와 무기를 바꾼다"는 내용의 첫 번째 물물교환 계약을 체결했었다. 비록 계약 물량을 확보하는데 난항을 겪기는 했으나 그런대로 순조롭게 진행되었다. 곧이어 6월에는 〈재정부 무역위원회가 중국의 차 수출을 일괄 관리하는 방법 대강〉이 출범했다. 정부 차원의 차 일괄구매 및 판매 정책인 셈이었다. 오각농은 또 의기투합한 차 업계 동료들과 함께 무역위원회를 대표해 중국의 주요 차 생산지에 '차 관리처'를 세웠다.

지난달, 가평은 절강 영강永康에서 바로 이 유차면사油茶棉絲 관리처에 가입해 소임을 부여받은 후 차를 수매하러 고향으로 돌아왔던 것이다.

차 관리처의 직권은 네 가지였다. 우선 차 가공업체를 등록하고 대출을 제공하는 것이었다. 차 품질 개선을 위한 기술지도 제공, 관련 인원을 차 가공공장에 상주시켜 품질을 검사하고 완제품 합격과 출고허가증 발급 등의 업무 권한도 가지고 있었다. 현지 차 수매 및 평가 등은 더 말할 나위도 없었다.

가평은 뜨거운 열정으로 다인들의 집단행동에 동참했다. 그러나 누가 뭐래도 '늦깎이 다인'에 불과했다. 그의 적성에 맞는 일은 신문, 선전, 교육 분야였다. 따라서 가평은 오각농이 추진 중인 수많은 사업들 중에서 복단復旦대학에 차학茶學 전공을 개설하는 일이 더 흥미로웠다. 나름대로 야무진 계획도 가지고 있었으니 이번에 중경으로 돌아갈 때 항한을 데리고 가서 중국의 1세대 차학 전공 대학생으로 키우겠다는 것이었다.

그는 이 밖에 다른 계획도 가지고 있었다. 그것은 형님 가화를 설득해 오각농의 조수 역할을 하도록 하는 계획이었다. 그는 형님이야말로 재능, 학문, 실천경험 등 어느 면에서도 빠지지 않는 진정한 '다인'이라고 믿어 의심치 않았다. 중국차 업계를 통틀어 몇 명 안 되는, 유능한 인재라고 생각했다. 가평은 형님의 의중을 슬쩍 떠보았었다. 하지만 가화는 그의 제안에 별로 관심이 없는 듯했다. 심지어 한 술 더 떠서 성묘일에 동생에게 한 가지 부탁을 했다. 혹여 선산에서 가교 일행을 만나게 되면 눈치 못 채게 따돌리라는 것이었다. 그 이유에 대해 가화는 '소촬과 함께 선산 차나무 밭에 제기들을 파묻기 위해서'라고 했다.

가평은 이들이 제사용 악기를 감추는 일 따위에 무엇 하러 목숨을 거는지 도무지 이해가 가지 않았다. 형님이 항주 시내에만 갇혀 있다 보니 시야가 좁아지고 자질구레한 일에 목을 맨다고 생각했다. 가평이 자신의 생각을 직설적으로 털어놓자 가화는 한참 있더니 한마디만 했다.

"자네도 조 선생을 뵙고 왔잖은가."

가평은 이내 입을 다물었다. 가화의 말은 이 모든 행동의 배후 지휘자가 조 선생이니 입 닥치고 시키는 대로 하라는 것이었다. 조기객은 우리에 갇힌 야수 신세가 돼버렸다. 그런 그가 할 수 있는 최대한은 이런 일일 터였다. 가평과 조기객이 오랜만에 만난 자리에서 가평은 필요한 정보를 조기객에게 전달한 외에 대부분의 시간을 그를 설득하는데 할애했다. 공자묘에 틀어박혀 헛된 시간을 보내지 말고 함께 항주를 뜨자고 입이 닳도록 말했다.

"우선 공자묘에서 나와 집으로 오십시오. 그 다음은 제가 알아서 조 어르신을 항주 밖으로 모실 것입니다. 고보리가 지금까지는 어르신의 털끝 하나 건드리지 않고 있지만 언제 돌변할지 모릅니다. 그자의 속을 누가 알겠어요? 여기는 너무 위험합니다. 어르신이 생사를 도외시한 분이라는 것은 알고 있습니다. 하지만 무의미한 희생을 자초할 필요는 없지 않습니까? 항일을 계속 하려면 어떻게든 살아남아야 합니다."

"자네는 이게 무의미한 희생처럼 보이는가?"

조기객이 말했다.

"비록 몸은 공자묘에 갇혀 있으나 내 일거수일투족을 항주 사람들이 모두 보고 있다네. 내가 일본인들 앞에서 머리를 꼿꼿이 쳐들고 있는 동안 항주 사람들은 나를 보면서 마음이 든든하고 힘이 날 걸세. 자네는 아마도 내가 늙어서 젊은 시절의 패기와 웅심을 잃은 것이라고 생각하나본데 나는 30년 전이나 지금이나 달라진 게 없네. 자랑은 아니지만, 못 믿겠으면 지나가는 사람을 붙들고 물어보게. 아직도 항주의 으뜸 호한好漢이 누구인지."

조기객은 원래 이런 사람이 아니었다. 다른 사람의 시선 따위는 아랑곳하지 않는 사람이었다. 그랬던 사람이 나이를 먹고 평판에 연연하는 모습을 보였다. 가평은 어떻게든 조기객의 마음을 돌리기 위해 '마지막 카드'를 꺼냈다. 어머니와 여동생의 참혹한 죽음의 경위를 털어놓은 것이다. 그리고는 이렇게 덧붙였다.

"제가 어르신을 중경으로 모셔가겠습니다. 그곳에서 어르신의 옛 동료들과 함께 항일을 하십시오. 저는 어르신이 제 어머니와 여동생처럼 죽게 되는 것을 원하지 않습니다."

조기객은 눈을 감은 채 긴 이야기를 듣고만 있었다. 그가 무슨 생각을 하는지 가평은 알지 못했다. 이윽고 조기객이 긴 한숨을 내쉬면서 말했다.

"자네 모친이 그렇게 간 줄은 몰랐네. 나 조기객은 자네 모친 같은 사람을 만난 것만으로도 인생을 헛살지 않았네."

조기객은 죽음을 결심한 것 같았다. 가평의 눈에서 참았던 눈물이 주르륵 흘러내렸다. 조기객이 담담하게 말했다.

"나 때문에 울지 말게. 울고 싶으면 자네 형님을 위해 울게. 자네 형님이 얼마나 힘들게 지금까지 버텨왔는지 자네는 모를 거네. 자네가 모셔가야 할 사람은 내가 아니라 자네 형님일세. 그리고 요코……, 자네 여자에게 잘해줘야 하네. 나중에 후회해봤자 아무 소용없어. 나도 하고 싶은 말이 참 많네. 저승에 가서 자네 모친에게 해줄 말이……."

이 말을 끝으로 조기객은 입을 다물었다. 그리고 넋이 나간 표정으로 멍하니 앉아 있기만 했다. 가평이 작별인사를 하자 힐끗 보고 고개만 끄덕여 보였다. 가평은 조기객의 부스스한 머리와 수염을 보면서 탄식을 터트렸다.

'전쟁이 모든 것을 변화시켰다. 조 넷째 어르신 같은 사람도 피해가지 못했어.'

가교는 산을 내려오는 동안 전전긍긍 하면서 가평의 눈치만 살폈다. 성격이 불같은 둘째 형님이 언제 버럭 화를 낼지 몰라 그저 두렵기만 했던 것이다. 그럼에도 불구하고 그는 "망우차장의 차 무역선이 전당강 봉쇄선을 무사히 통과할 수 있도록 통행증을 끊어 달라."는 양부와 둘째 형님의 요구를 선뜻 들어주지 못했다. 그럴 만한 이유가 있는 것이 가평이 돌아오자마자 고보리의 비밀특무요원들은 행동을 개시했다. 그들은 가평, 나초경과 관련된 정보를 사면팔방으로 수소문했다. 다행히 지금까지는 이렇다 할 흠을 잡지 못했다. 이제 국민당 통치구역으로 파견한 특무까지 돌아와서 아무 문제없다고 보고하면 고보리도 시름을 놓을 터였다. 그럼에도 불구하고 고보리는 "흙탕물에 물들지 않도록 조심하라"고 가교에게 특별히 경고했다. 이런 상황에서 가교가 어찌 함부로 이들에게 통행증을 끊어줄 수 있겠는가.

가교가 잠자코 있는 것을 보고 오승은 애가 타는지 잔소리를 늘어놓으며 닦달했다.

"이런 일 한두 번 해보냐? 지난번 오유의 무역 건도 네가 주선해줬지 않느냐? 이 아비는 다 알고 있다. 늙은 게 주책 떤다는 말이 듣기 싫어서 모른 척하고 있을 뿐이지."

가교가 난처한 표정을 지었다.

"둘째 형님은 괜히 긁어 부스럼 만들지 말고 조용히 돌아가시는 게 좋을 것 같습니다. 밤이 길면 꿈이 많게 마련입니다. 언제 무슨 사달이 터질지 모른다니까요."

가평이 잠시 망설이다가 입을 열었다.

"가교, 너는 속죄가 필요해. 더 미루다가는 죽을 때가 머지않을 거다……."

가평은 입을 딱 벌린 채 굳어진 가교를 내버려두고 혼자 앞장서서 종종걸음을 옮겼다. 가교가 멀어지는 가평의 뒷모습을 물끄러미 바라보다가 목청을 높여 불렀다.

"둘째 형!"

가평이 고개를 돌리자 가교가 큰 소리로 외쳤다.

"어머니는 제가 죽인 게 아니에요. 믿어주세요, 정말이에요."

가평의 손이 덜덜 떨렸다. 마음 같아서는 한달음에 달려가 가교의 가느다란 모가지를 조르고 싶었으나 안간힘을 다해 꾹 참았다.

아아, 20년 전으로 돌아갈 수 있다면 얼마나 좋을까? 그때 가평과 가화는 한 사람이 "청도를 돌려 달라!"라고 외치면 다른 하나가 "우리 주권을 돌려 달라!"라고 장단을 맞추면서 환상의 호흡을 자랑했었다. 하지만 20년이 지난 오늘 가평은 형이 그때와 많이 달라진 것을 느꼈다. 어쩌면 형은 처음부터 동생과 생각이 달랐으면서 그런 내색을 하지 않았는지도 몰랐다. 가평은 지금까지 만인대회에서 항일을 고취하는 연설을 수도 없이 했었다. 심금을 울리는 그의 연설이 끝나면 아무리 지독한 구두쇠라도 항일 지원 물자를 내놓지 않고는 못 배겼다. 예컨대 여인들은 반지와 귀걸이를 빼서 "약소하다"며 수줍게 내놓았다. 또 혈기 왕성한 젊은이들은 가평의 집까지 따라와서 최전선에 보내달라고 졸라댔다.

그런 가평이 친형님 앞에서는 고전을 면치 못하고 있었다.

'형님이 항일구국과 중국차 산업의 기사회생을 위한 일에 열정을 보이지 않는 이유가 대체 무엇일까? 어떻게 형님도 조 어르신과 똑같아졌을까? 고보리와 함께 항주 시내에 있는 것은 너무 위험하다. 그자가 언제 어떻게 변덕을 부릴지 누가 알겠는가.'

가평이 조용히 중얼거렸다. 얼마 후 두 형제는 드디어 조상 무덤 앞 차나무 아래에서 단둘이 얘기를 나눌 기회를 가지게 되었다.

가평은 대화를 할 때 대구법을 즐겨 사용했다. 장황하게 늘어놓기보다 요점들을 정리해 몇 가지로 설명하면 상대의 기를 쉽게 꺾어놓을 수 있기 때문이었다. 이번에도 예외가 아니었다.

"형님은 여기 동남 모퉁이에 오래 계셔서 중국과 세계 정세를 잘 모르시는 것 같습니다. 전쟁이 갓 발발했을 때 중국의 기존 경제기구는 거의 대부분 파괴됐습니다. 중국의 차 산업도 정체기에 이은 쇠퇴기에 빠져들었죠. 지난해 봄부터 차 산업을 진흥시키기 위한 움직임이 시작됐습니다. 그 당시 세운 목표는 다음의 네 가지였습니다. 첫 번째는 물질적 자산을 확보하는 것, 두 번째는 금융을 발전시키는 것, 세 번째는 농촌을 안정시키는 것, 네 번째는 차 산업을 개조하는 것이었습니다. 이 네 가지 중에서 첫 번째와 두 번째는 저희들이 어떻게든 노력해보겠지만 세 번째와 네 번째는 형님 같은 인재의 도움이 없이는 불가능합니다. 제가 오각농 선생에게 형님을 특별히 천거했습니다. 시간이 많지 않으니 빨리 결정하십시오. 저와 함께 가십시다."

해가 높이 떴다. 가평의 얼굴에 땀이 맺혔다. 그는 가화의 대답을 기다렸다. 하지만 가화는 찻잎을 질근질근 씹으면서 한마디도 하지 않았다. 가평은 고집스럽게 형님의 입을 바라봤다. 가화는 이번에는 늙은 찻잎으로 손가락에 낀 흙을 닦기 시작했다. 꼼꼼하게 열손가락을 다 닦고 난 가화가 입을 열었다.

"오각농 선생은 차에 대해 잘 아시는 분 같구먼."

가화가 가평을 마주보면서 느릿느릿 말을 이었다.

"내가 이곳 동남 모퉁이에 박혀 있어 중국과 세계 정세를 잘 모르는 우물 안 개구리임을 인정하네. 하지만 자네처럼 천마가 하늘을 날 듯, 말 타고 꽃구경하듯 보고 들은 것은 많지만 실속은 없는 속 빈 강정은 아니라네……."

가화가 동생의 표정을 살피면서 덧붙였다.

"자네가 듣고 싶지 않다면 더 말하지 않겠네."

"천만에요. 형님은 항상 몇 걸음 물러나 있다가 나중에 상대를 제압하는 성격이죠. 이 아우에게 가르침을 주십시오. 형님이 저를 본체만체 하지 않은 것만으로도 얼마나 다행인지 모릅니다."

가화가 슬쩍 웃고 나서 말했다.

"그러게 말이네. 나는 한치 앞도 못 보는 근시안이 아닌데 말이지. 나라고 오각농 선생을 비롯한 다인들의 깊은 뜻을 어찌 모르겠나? 나도 전쟁 전까지 10년 넘게 차 장사를 했던 사람이네. 하지만 중국의 차 산업은 계속 이대로 가다가는 조만간 망하고 말 걸세. 전쟁과 상관없이 말이네."

"그게 무슨 말입니까?"

"내 말 좀 들어보게. 우선, 중국의 차 산업은 너무 낙후됐네. 용정산에 있는 우리 차밭만 봐도 알 수 있지 않은가. 중국에서는 가난한 농민들이 부업 삼아 차를 재배하는 것이 보편적이네. 인도나 실론의 대규모 차 농장과는 비교할 수 없지. 또, 차를 따서 애벌 가공한 모차毛茶를 내다 팔기 때문에 어떤 때는 원가도 건지지 못한다네. 물론 이건 차농茶農들을 탓할 일이 아니지. 가난한 차농들은 해마다 가을과 겨울이면 부족한 식량을 얻기 위해 현지의 부자상인들과 거래를 한다네. 이듬해 시세의 3분의 1 가격이라도 모차를 팔아 양식을 꾸는 거지. 게다가 차상茶商들이 원산지 시장을 장악하고 있어 차농들은 울며 겨자 먹기로 시가의 절반도 안 되는 헐값에 물건을 넘길 수밖에 없다네. 이어서 차 가공공장 혹은 차상들은 원산지에서 차를 수매할 때 차농들에게 대금의 일부만 지급한다네. 잔금은 차를 다 팔고 나서 결제하지. 만약 차 가공공장이 도산하거나 차상이 파산하게 되면 차농들은 돈을 떼이고도 어디 가서 하소연할 데가 없다네. 자네는 모르겠지만 4, 5년 전에 차농들이 파산한 차상들과 함께 자결했다는 소문이 심심찮게 들렸네. 소흥 평수에 나도 잘 아는 차농이 있었는데 얼마 전에 온 가족이 자결했다더군. 자네도 생각 좀 해보게, 차농들이 죽지 못해 겨우 살아가는데 기술 개량이 웬 말이고 생산 확대가 웬 말인가? 중국 차 산업이 현재 이 모양이 꼴로 어떻게 국제시장에서 경쟁력을 얻는다는 말인가?"

가평이 불쑥 끼어들었다.

"우리 망우차장은 외지에서도 좋은 평판이 자자하더군요. 가격을 후려치지 않고 차농들과 외상 거래를 하지 않는다고요."

가화가 하늘을 쳐다보면서 길게 탄식했다.

"아무리 평판이 좋은들 무슨 소용이 있나? 한 손바닥으로는 소리가 나지 않는 법이라네. 우리 항씨 가문은 다른 사람에게 해를 끼치지 않는 대신 집안 식구들이 고생을 하고 있다네. 조상들이 물려주신 얼마 안 되는 가산이 우리 대에 이르러 거덜이 나게 생겼네. 막말로 정 막다른 골목에 내몰리게 되면 이 망우저택을 팔아야 할지도 모르네."

가평은 적잖이 놀랐다. 집안 형편이 이토록 어려울 줄은 생각도 못했던 것이다.

가화는 일단 말문이 열리자 가평이 듣건 말건 하고 싶은 말을 줄줄 쏟아냈다.

"아까 어디까지 말했더라? 차농들이 힘들다는 얘기를 했지? 중국 차 산업의 두 번째 병폐는 모차 가공업에 있다네. 중국의 모차 가공공장은 대부분 소규모이기 때문에 수공업자들이 하루 벌어서 하루 먹고 사는 식이라네. 장구한 대책을 세울 수 없다는 말이네. 공장 운영에 필요한 자금은 대부분 상해에 있는 양장洋莊이나 차잔茶棧에서 빌린다네. 이율이 아주 높은 고리대금이지. 이뿐만이 아니네. 돈을 빌려준 양장이나 차잔은 가공된 차를 대리 판매하고 대금의 20%를 수수료 명목으로 뜯어간다네. 결국 차 가공공장은 쥐꼬리만 한 수익도 얻기 힘들지, 심지어 밑질 때도 많다네. 공장의 피해는 고스란히 차농들에게 전가되지. 양장과 다잔을 세운 매판 상인들은 상해의 중국차 수출양행들과 밀접한 관계를 가지고 있다네. 매판 상인들은 차 무역 대행인으로 돈이 되는 일이라면 무슨 짓이든 다 한다네. 이들은 양행에서 빌린 돈으로 차 가공공장에 고리대를 놓고 떼돈을 벌지. 또 가공된 차를 양행에 넘길 때 수십 가지 명목으로 차 가공공장과 차농들을 착취하고 수탈한다네……."

"수십 가지 명목으로요?"

가평이 놀란 소리를 질렀다.

"무게를 속이고, 이자를 덧붙이고, 검수료를 포함해 검량비와 포장비 등 터무니없는 비용을 수취하고, 리베이트까지 받는다네. 이걸 다 설명하려면 하루로도 부족할 걸세. 가장 간단한 예로 60파운드짜리 차 한 상자를 양행에 가져가면 불문곡직하고 무게에서 2.5파운드를 덜어낸다네. 아무 이유도 없다네. 그냥 규정이 그러니 무조건 따라야 한다네."

"오각농 선생이 양행을 극도로 미워한 데는 그럴 만한 이유가 있었군요."

"양행 얘기가 나왔으니 하는 말인데, 중국의 차상은 외국과의 직접적인 무역거래가 불가능하네. 양장, 차잔이나 양행을 통하지 않고서는 중국차의 대외무역이 불가능하다는 말이네. 양행은 지난 100여 년 동안 중국차 무역을 완전히 독점했네. 중국차 시세도 외국 상인들이 좌지우지하고 있지. 중국인들은 발언권이 없다네. 유구한 역사를 자랑하는 차 생산대국이 외국인들의 손에 놀아나고 있으니 중국차의 미래가 어디 있겠나?"

넋을 잃고 경청하던 가평이 궁금한 표정으로 물었다.

"형님, 그렇다면 중국차가 기사회생할 수 있는 방도는 없을까요?"

"굳이 내가 가르쳐줄 필요가 있겠나? 오각농 선생과 자네를 비롯한 여러분이 지금 중국차 산업을 살리기 위한 노력을 하고 있잖은가. 나는 비록 자네만큼 식견이 넓지 못하나 고금의 다정茶政에 대해서는 조금 알고 있다네. 중국의 차 산업은 '통일하면 흥하고, 통일하지 않으면 흩어진다'는 것이 내 생각이네. 국가 차원에서 돌보지 않고 내버려두니 외국 것들이 끼어들어 좌지우지하는 거라네……."

"참으로 절묘한 말씀이십니다!"

가평이 자신의 허벅지를 탁 치면서 감탄했다. 가화가 말을 이었다.

"내가 고안해낸 방법이 아니네. 국가에서 차의 매매를 일괄 관리하는 제도는 당나라 때부터 있었다네. 송나라 때에는 각다제榷茶制(차를 전매하는 제도)를 실시했지. 명나라 초대 황제 주원장은 차를 밀수한 사위를 공개 처형해 차 밀매업자들에게 경종을 울렸다네. 물론 '물극필반'物極必反이라고 지나치게 엄하게 통제하면 반발을 불러일으키게 마련이지. 차농이 반역을 꾀한 사례는 사서에 심심찮게 등장하네. 대표적인 인물이 우리 순안淳安현 태생인 방랍方臘이라네. 그런데 나라가 지금 이 모양이 꼴이니 차 산업이 어떻게 번창할 수 있겠는가?"

"아직 늦지 않았습니다. 우리 세대가 지금부터 시작하면 됩니다."

가평은 기회를 놓치지 않고 계속 설득했다.

"형님은 저보다 아는 게 많으니 더 말하지 않겠습니다. 거두절미하고 딱 하나만 묻겠습니다. 언제 저와 함께 여기 '범과 이리의 소굴'을 뜨시겠습니까?"

가화가 자리에서 일어났다. 이어 차나무 밭 사이 오솔길을 천천히 거닐기 시작했다. 가지치기를 하지 않아 제멋대로 웃자란 차나무 가지들이 그의 얼굴을 때렸다. 지난 며칠 동안 그에게 이곳을 떠날 것을 종용한 사람은 여럿이었다. 그중에는 가평과 가평의 가짜 '아내' 나초경도 포함돼 있었다. 가평이 제안한 행선지는 중경, 여공산당원 나초경이 제안한 목적지는 절서남浙西南(절강성 서쪽 및 남쪽 지역) 혁명근거지였다.

……

나초경과의 대화는 어젯밤에 이뤄졌다. 가화, 항한과 가평이 후원에 감춰둔 주차朱茶를 차에 싣고 있을 때 나초경이 나타났다. 나초경은 겉으로는 비쩍 말라보였으나 의외로 탄탄한 몸매였다. 시원시원하게 일을 잘하면서 말수는 적었다. 가화는 나초경이 항주의 명문귀족 가문 태생이라는 것을 알고 있었다. 뿐만 아니라 나씨 가문이 청나라 황실의 친척이라는 것도 알고 있었다. 나씨 가문에서 이런 후손이 나오다니, 가화는 속으로 적이 놀랐다.

차를 차에 다 싣고 나서 가화는 일부러 나초경을 불러 세웠다. 어둠에 적응된 눈이 서로의 실루엣을 어렴풋이 알아볼 수 있었다. 가화가 한참을 망설이다가 입을 열었다.

"나 아가씨, 실례가 안 된다면 우리 억이를 만날 수 있는지 알려주실 수 있나요? 그 아이가 아직 살아 있다는 건 알고 있어요. 하지만 너무 오랫동안 소식이 없어서요."

어둠속에서 나초경이 불안해하는 것이 느껴졌다. 가화는 조용히 대답을 기다렸다. 나초경의 대답은 거의 변명투에 가까웠다.

"아저씨, 그 사람은 아저씨에게 면목 없는 짓은 안 했어요. 결코 아저씨를 실망시키지 않을 거예요. 다만 아저씨에게 피해가 갈까봐……."

"나는 그 녀석이 뭘 하는지 알고 있어요."

한참의 침묵 끝에 나초경이 불쑥 말했다.

"그럼, 저하고 같이 가요."

"어딜 가자고요?"

가화는 많이 놀란 것 같았다. 나초경이 목소리를 한껏 낮춰 말했다.

"우리도 이제 항일근거지를 마련했어요. 아저씨를 안전한 곳으로 모셔오라는 조직의 지시도 받았고요. 저하고 같이 항일근거지로 가요."

나초경의 말투는 열정적이고 간절했다. 가화는 큰 감동을 느꼈으나 일단 대답을 미뤘다. 그가 몸에 묻은 먼지를 털면서 일부러 아무렇지 않은 척 담담하게 말했다.

"우리 항억은 장래가 불투명한 아이였지요. 적어도 내가 보기에는 그랬어요. 어릴 때부터 성격이 지나치게 예민했어요. 하지만 겉으로는 다소 경박스러워보일지 몰라도 알고 보면 순수하고 일편단심이랍니다. 그 아이는 할아버지와 아버지인 나를 많이 닮았어요. 부탁 하나만 들어줄래요? 나를 대신해 그 아이에게…… 잘 해주세요……."

가화는 말을 채 잇지 못했다. 더 말하다가는 젊은 여자 앞에서 눈물을 보일 것 같았기 때문이었다.

……

두 형제는 묵묵히 한참을 걸었다. 가화가 다시 입을 열었다.

"자네도 알겠지만 분이는 오늘부로 양패두 망우저택으로 돌아오지 않을 거네. 물론 언젠가는 돌아올 날이 있겠지. 서령은 떠나기 전에 딸을 잘 돌봐달라고 신신당부했다네. 나는 지난 10년 동안 딸 곁에 있어주지 못했네. 그러니 분이가 나를 가장 필요로 하는 이때 내가 어떻게 저 아이를 떠날 수 있겠는가?"

가평이 고개를 돌렸다. 듬성듬성한 차나무 가지 사이로 언덕에 앉아 있는 항분이 보였다. 항분과 소촬은 무언가를 소곤소곤 의논하고 있었다. 이따가 행인들이 뜸해지면 항분은 소촬을 따라 고보리가 찾을 수 없는 곳으로 떠날 것이었다. 가평은 '분이 걱정은 안 하셔도 될 것 같아요. 옆에서 보살펴주는 사람이 있잖아요.'라고 말하고 싶었으나 꾹 참았다. 그런 말을 할 자격이 없음을 스스로도 잘 알기 때문이었다.

가화가 가평의 생각을 훤히 꿰뚫은 듯한 어조로 말했다.

"분이는 그렇다 치고 요코는? 요코는 어찌할 셈인가? 요코는 자네를 따라 중경으로 갈 생각이 없다고 하잖은가? 다시 한 번 묻겠네. 요코를 설득할 자신이 있는가? 그렇다면 내가 요코를 찾아가서 잘 말해보겠네. 저기서 한이하고 얘기하는 중이군. 요코와 한이는 단 하루도 떨어져본 적이 없네. 요코는 자네가 중경으로 한이를 데려가는 걸 동의하던가?"

가평이 미간을 찌푸렸다.

"요코는 더 이상 예전의 요코가 아닙니다. 예전에는 제 말이면 두말없이 따랐는데 그동안 많이 변했어요. 하긴 그녀만 탓할 일이 아니죠. 우리는 너무 오랫동안 떨어져 지냈어요. 그리고 제가 그녀한테 미안한 것도 있고요. 하지만 그녀는 도무지 저에게 속죄할 기회를 주지 않는군요. 중경에 있는 그 여자는 제가 잘 설득하겠습니다. 사실 이번에 오기 전에 얘기가 끝났어요. 형님도 아시겠지만 저는 요코와 헤어질 생각이 없습니다. 저는 지금까지 단 하루도 요코를 잊고 산 적이 없습니다……."

가평은 요코를 '그녀'라고 불렀다가 또 중경의 여자를 '그 여자'라고 하면서 나중에는 자기가 헷갈려버렸다. 결국에는 입을 다물어버렸다. 두 형제는 조상의 무덤 앞에서 한참을 멍하니 서 있었다. 이윽고 가화가 쓴웃음을 지으면서 말했다.

"예전에 사람들은 내가 아버지를 닮았다고 했지. 지금 보면 아버지를 닮은 쪽은 내가 아니라 자네일세."

둘은 약속이나 한 듯 일제히 무덤으로 시선을 옮겼다. 그곳에는 그들의 아버지와 두 어머니가 조용히 잠들어 있었다. 둘은 심록애의 무덤 앞에 오랫동안 서 있었다. 가화가 또 입을 열었다.

"사람은 누구나 다 세상에 하나뿐인 특별한 존재라네. 그리고 누구나 다 마음속에 유일한 사랑을 품고 살기를 원하지. 어머니는 아버지보다 훨씬 참혹하게 죽었으나 평생 동안 한 사람을 사랑했네. 반면에 아버지는 두 여자를 모두 좋아했네. 하지만 그 두 여자는 아버지의 사랑을 달갑게 받아들이지 않았지. 아버지는 죽기 전에 이 도리를 깨우치고 혼자 이 무덤에 묻히겠다는 유언을 남기셨지."

"형님, 저 들으라고 하시는 말씀이죠?"

"나는 여태껏 자네에게 뭐라고 한 적이 없네……"

"형님이 어떤 사람인지는 잘 알아요."

가평의 이마에 땀이 송골송골 맺혔다.

"예전에는 굳이 제가 말하지 않아도 형님이 제 마음을 알아주실 것이라고 믿었어요. 이를테면 제가 싱가포르에서 그 여자하고 결혼하기로 마음먹었을 때 형님 생각을 했었어요. 제가……"

가평이 형님의 눈치를 보면서 한참을 망설이다가 조심스럽게 말을 이었다.

"제가 그 여자하고 결혼하면 두 사람에게도 도움이 될 거라고 생각했어요. 저 예전부터 알고 있었어요, 형님이 그녀를……"

가화가 벌겋게 얼굴을 붉히면서 가평의 말허리를 잘랐다.

"그래, 나는 그녀를 좋아했네. 자네가 그녀를 좋아하지 않았을 때부터 나는 그녀를 좋아했네. 어릴 때부터 그녀를 좋아했지……. 하지만 내가 고상하고 착해서 그녀를 자네에게 양보했다고 착각하지 말게."

가평은 입을 딱 벌린 채 아무 말도 못했다. 이윽고 그가 조심스럽게 물었다.

"형님의 말씀은 요코가 지금도 저를 사랑하고 있다는 말인가요?"

"모르겠네. 그녀에게 직접 물어보게."

"하지만 그녀는 형님이 가는 곳은 어디든 따라갈 거라고 말했어요."

가평도 흥분했다. 자신의 잘못은 까맣게 잊은 채 질투의 화신으로 돌변했다. 요코의 태도가 달라졌다고 가화의 눈을 똑바로 보면서 버럭 소리를 질렀다.

"형님 때문에 그녀가 항주를 떠나지 않는 거예요. 형님도 그녀 때문에 이곳을 떠나지 않는 거고요. 그렇죠?"

흥분한 동생을 상대하는 가화의 말투에 짜증이 묻어났다.

"자네가 나에 대해 뭘 아나? 자네는 나를 모르네. 내가 항주를 떠나기로 마음먹었다면 벌써 그녀를 데리고 떠났을 거네. 자네가 예전에 그랬던 것처럼 말이네. 입 다물게, 내 말 마저 듣게. 지금 내가 말하고 있잖은가. 자네는 내가 지금 왜 화가 났는지 아는가? 자네가 말한 그 여자 때문이 아니네. 자네는 지금까지 조 선생에 대해 한마디도 언급하지 않았네. 그분은 지금 공자묘에 연금돼 있지. 자네도 뵙고 왔잖은가. 그런데도 내가 왜 항주를 떠나지 않는지 모르겠는가? 그분이 여기 계시는 한 나는 이곳을 떠날 수 없네. 나는 우리들의 개인적인 일에 대해 자네가 먼저 말을 꺼내기를 기다렸네. 하지만 자네는 하루 종일 국내외 정세니 뭐니 거창한 얘기만 늘어놓았지 우리 가족이나 자네의 구체적인 계획에 대해서는 한마디도 하지 않았네. 유럽에 언제 제2의 전장이 만들어질 것인지에 대해서는 나는 관심이 없네. 연약한 여인이 긴긴 오늘밤을 어떻게 새울지, 어떻게 하면 노인이 끝까지 포기하지 않고 살아남을 수 있을지 나는 그것이 걱정될 뿐이네. 어떻게든 그들을 부축하고 이끌어 이 지옥 같은 세상에서 벗어나고 싶은 마음뿐이네. 하지만 자네는 자꾸만 나에게 날아가자고 하지. 창공을 날고 있는 자네 때문에 남아 있는 우리가 바닥을 기고 있다는 걸 정녕 모르겠는가? 닥치게, 내가 말할 때 끼어들지 말라고. 마지막으로 한마디만 하겠네. 나는 땅에 뿌리를 박을 거네. 나는 차와 같은 운명을 가졌네. 해마다 새싹을 틔워 다른 사람에

게 내주는 운명 말이네. 나는 땅이 좋으니 나에게 날개를 달아줄 생각
은 집어치우게. 나는 20년 전에 벌써 깨우쳤네, 자네는 내 대신 창공을
날아가게."

가평은 가화가 말하는 동안 몇 번 끼어들려고 했으나 한마디도 못
했다. 정작 가화가 말을 끝내고 얘기할 기회가 주어졌을 때는 아무 말
도 생각나지 않았다. 가화의 말에는 틀린 곳이 하나도 없었다. 그는 형
님을 잘 알지 못했다. 요코도 잘 알지 못했다. 심지어 비슷한 점이 많다
고 생각했던 조기객에 대해서도 잘 알지 못했다. 그들이 살고 있는 세계
와 그의 세상은 달라도 너무 달랐다. 그가 넓은 세상을 활보하고 다니
는 동안 항주에 있는 가족들은 그와 서서히 멀어지고 있었다. 그들 사
이에 '항일'을 제외하고 공통의 화제가 있기는 한 걸까?

가평은 잔뜩 신경질적으로 변한 형을 보면서 마구 소리 지르고 싶
은 충동을 겨우 참았다. 그에게는 그럴 자격이 없었다. 그는 주저앉아
주먹으로 어머니의 무덤을 내리쳤다. 싯누런 흙먼지가 자욱하게 피어올
랐다. 가화가 동생이 진정하기를 기다려 입을 열었다.

"이렇게 하면 어떨까? 자네는 돌아가서 저쪽 일을 확실하게 매듭짓
게. 그 여자가 돌아가면 좋겠지만 돌아가지 않아도 어쩔 수 없지. 그 여
자의 뜻을 최대한 존중하고 돈 문제도 확실하게 처리하게. 요코 쪽은 내
가 설득해보겠네. 자네만 마음을 돌린다면 요코도 더 이상 고집을 부리
지 않을 걸세."

가평도 평온한 기색을 되찾았다.

"형님, 정말 모르시는 겁니까? 아니면 일부러 모르는 척하시는 겁니
까? 요코는 형님이 가는 곳은 어디든 따라갈 것이라고 말했다고요. 그
리고, 저는 저쪽을 내칠 수 없습니다. 저 하나만 바라보고 불원천리 따

라온 사람입니다. 그렇다고 제가 오산 원동문에 그 여자의 거처를 마련해줄 수도 없잖아요. 아무래도 요코는 우리 어머니가 아니니까요. 형님, 이 얘기는 그만합시다. 형님이 뭐라고 하시든 저는 할 말을 해야겠습니다. 저하고 같이 가실 거죠? 조 어르신도 저더러 형님을 설득하라고 하셨습니다. 우리들에게 정해진 숙명이란 건 없습니다. 형님도 반드시 땅에서만 기라는 법도 없습니다. 우리 같이 하늘을 납시다. 우리 모두 다 같이 떠납시다. 솔직히 저는 요코를 항주에 두는 것이 마음이 놓이지 않습니다."

가화는 주변을 둘러봤다. 비탈 가득 자란 차나무들이 마치 가평의 말에 수긍하듯 바람에 고개를 끄덕이고 있었다. 시원한 바람이 이마를 스치면서 머리가 맑아지는 기분이 들었다. 오랫동안 잊고 살았던 젊은 날의 기억과 열정이 새록새록 되살아났다. 그가 무겁게 입을 열었다.

"조 선생과 의논해보겠네……."

이날 밤, 고보리 이치로의 정신을 쏙 빼놓는 큰 사건들이 연달아 터졌다. 고보리는 마음의 평정을 찾기 힘들면 기방을 찾는 버릇이 있었다. 발가벗은 창녀를 가죽채찍으로 찰싹찰싹 때리고 나면 기분이 한결 나아지곤 했다. 이날도 낮에 조기객을 만나고 심란한 마음에 해가 떨어지기 무섭게 '육삼정클럽'을 찾았다. 그의 버릇을 익히 알고 있는 기녀들은 슬금슬금 달아나버렸다. 고보리는 기생어멈 오주吳珠를 붙잡고 사정없이 채찍을 휘둘렀다. 그가 돼지처럼 뚱뚱한 중국 여자의 등에 불그죽죽 핏자국을 내면서 쾌감에 떨고 있을 때 문틈으로 비밀쪽지가 들어왔다. 쪽지를 펼치던 그의 표정이 이내 굳어졌다. 그는 채찍을 내려놓고 군복을 입자마자 부하를 데리고 곧장 양패두 항씨네 집으로 달려갔다. 비밀쪽지에 의하면 가평의 아내로 분장한 여자는 중요한 지위에 있는 공산당 지하공작원이라고 했다. 그냥 부잣집 마님이겠거니 여기고 처음부터 그녀를 별로 눈여겨보지 않은 것이 고보리의 치명적인 실수였다. 예상대로 항씨네 집에는 아무도 없었다. 고보리는 보기 좋게 허탕을 쳤다. 그가 마음에 품고 있던 병든 미인 항분도 보이지 않았다. 고보리가 분통을 터뜨리기도 전에 또 다른 급전이 날아들었다. 남경 특파원 심록촌이 갑자기 실종됐다는 소식이었다. 고보리는 항씨네 집을 나와 다급히 주보항珠寶巷으로 향했다. 몇 걸음 가지 않았는데 어둠속에서 오유가 그를 가로막고 숨넘어가듯 소리를 질렀다.

"태군! 태군, 큰일 났습니다! 조기객, 조 넷째 어르신이 죽었습니다……"

고보리는 하마터면 말 잔등에서 굴러 떨어질 뻔했다. 오유가 떠듬떠듬 설명한 바에 의하면 조기객은 외출했다 돌아온 뒤 공자묘 대성전이 헐린 것을 발견하고 석경 앞에 오래도록 앉아 있었다. 그리고 날이 어두워질 무렵 석경에 머리를 박았다. 시간이 한참 흘러 사람들에게 발견됐을 때는 이미 싸늘한 주검으로 변해 있었다.

"네놈이 대성전을 허문 것이냐?"

"왕, 왕, 왕오권이 시켜서……. 태, 태, 태군의…… 명령이라고……. 조, 조기객을…… 쫓아내라고……."

고보리는 말없이 총을 빼들었다. 탕! 어둠속에서 무거운 총소리가 울렸다. 인근에 사는 진읍회가 대문 틈으로 고개를 내밀었다. 한간 오유는 이미 숨이 끊어져 있었다.

제22장

항기초가 사랑하는 사람과 재회하게 된 것은 순전히 한 낯선 사람의 '도움' 덕분이었다.

1938년 여름의 어느 오후, 기초는 양진楊眞을 처음 만났다. 그때 풀더미 속에서 엉금엉금 기어 나온 양진의 몰골은 영락없는 거지꼴이었다. 그는 다 해진 적삼에 본래 색깔을 알아볼 수도 없는 바지를 입고 소가죽 구두를 신고 있었다. 게다가 어울리지도 않게 넥타이를 매고 있어 더욱 우스꽝스러웠다. 얼굴은 흙빛이 돼가지고 온몸을 덜덜 떠는 것이 의술을 배운 기초의 눈에 그는 학질을 앓는 것이 분명했다.

남자는 몸 상태가 안 좋음에도 불구하고 표정이 매우 밝았다. 그가 기초를 보고 손을 흔들면서 말했다.

"……무, 무, 무서워하지 마십시오. 나, 나, 나는…… 나쁜 사람이…… 아닙니다……. 너, 너무 추워서 그러니…… 물, 물 좀 갖다 주시면 안 될까요……."

남자는 호주머니를 뒤적거리더니 지폐 한 장을 꺼냈다. 그리고는 쑥스러운 표정으로 말했다.

"미, 미안······. 이, 이것밖에 없습니다······."

기초는 푸, 하고 웃음을 터뜨렸다. 남자도 따라 웃었다. 그리고 다시 풀더미 위로 쓰러졌다. 기초는 마침 가지고 있던 퀴닌(학질 치료제)을 남자에게 건넸다.

기초는 앓는 환자를 차마 버려두고 갈 수 없어 병이 나을 때까지 동행하기로 했다. 남자는 자신의 이름이 양진이고 상해대학 학생이라고 소개했다. 양진의 말에 따르면 다른 학생들과 함께 먼 곳으로 떠나기 위해 이 근처에서 집결하기로 했다고 했다. 하지만 공교롭게도 상해를 벗어나자마자 그는 학질에 걸렸고 이곳 시골마을을 헤맨 지 벌써 며칠째라는 것이었다. 몸에 지니고 있던 물건들은 말할 것도 없고 심지어 양복도 다 빼앗기고 남은 것은 책 한 권뿐이라고 했다. 그가 베개 삼아 베고 있던 두꺼운 책을 가리키면서 말했다.

"다, 다행히······ 이, 이 책은······ 아무도 가져가지 않았어요······. 나도 다, 다른 건 다 필요 없고 이 책만 있으면 돼요······."

호기심이 생긴 기초는 책 표지를 봤다. 영문판 《자본론》이었다. 기초는 이 책을 읽어보진 못했으나 알고는 있었다.

"이 책은 공산당이 보는 책이라고 하더군요."

병을 앓느라 생기를 잃은 양진의 눈이 반짝 빛났다. 기초가 준 약을 먹고 몸 상태가 좋아졌는지 그가 누운 채로 기초를 가르치려고 들었다.

"객관적이고 과학적으로 말하면 이 책은 마르크스주의자들을 위해 쓴 책입니다."

"나는 당신이 어떤 '주의자'인지에 대해서는 관심이 없어요. 그래서 앞으로 어떻게 할 계획인가요?"

"나도 모르겠어요."

양진이 풀이 죽은 소리로 말했다.

"내가 누구를 만나려고 하는지 아가씨에게 말해봤자 어차피 모를 겁니다."

"누구긴 누구겠어요? 공산당이겠죠. 누가 그걸 몰라요?"

"아, 아가씨가 어떻게 공산당을 알아요? 아가씨도…… 공산당을 알아요?"

양진이 놀란 듯 기초를 뚫어지게 응시했다.

"그게 뭐 그리 대단해요? 우리 집에는 공산당이 한 트럭도 넘게 있어요."

기초가 웃으면서 농담을 했다. 하지만 고지식한 책벌레 양진은 기초의 농담을 진담으로 받아들였다. 그가 두 눈이 휘둥그레지더니 다짜고짜 기초의 손을 덥석 잡았다. 그리고는 한껏 목소리를 낮춰 말했다.

"동지, 드디어 찾았군요……."

기초는 너무 우스워서 배를 잡고 웃었다. 공산당이 어느 집 강아지 이름인가? 아무나 공산당이 되고 싶다고 다 되는 건가? 나초경이라면 몰라도 보통 사람은 공산당이 될 수 없는 것이다. 양진은 깔깔대는 기초의 모습을 보고 그제야 농담인 것을 알아차리고 억지웃음을 웃었다. 초롱초롱하던 눈빛이 대번에 어두워졌다. 기초는 그런 양진이 어쩐지 안쓰러워 웃음을 그치고 부드럽게 위로했다.

"너무 걱정하지 말아요. 당신이 찾는 사람은 금화金華에 가면 찾을 수 있을 거예요."

"아, 아가씨가 그걸 어떻게 알아요? 아가씨도…… 그들을 본 적이 있어요? 아가씨네 가족 중에 정말 공산당이 있어요?"

"제가 금화에 갔다 왔잖아요. 금화에는 문화인이 정말 많아요. 대부분 신문이나 잡지를 꾸리는 사람들이죠. 〈전시생활〉戰時生活, 〈절강조〉浙江潮, 〈동남전선〉東南戰線, 〈문화전사〉文化戰士 등등 종류도 엄청 많아요. 제 조카도 공산당을 도와 일하고 있어요. '국공합작, 공동항전'이 시작된 이후 지하에 있던 공산당들이 수면 위로 올라와서 곳곳에서 활동하고 있으니 쉽게 찾게 될 거예요."

양진이 덜덜 떨면서 말했다.

"우, 우리 조상은 대만 사람입니다. 우, 우리 아버지가 상, 상해에서 장사를 크게 하면서 가족들을 데, 데려왔어요. 나, 나는 상해에서 고등학교와 대학을 다녀서 저, 절강의 상황은 잘, 잘 몰라요."

"공산당은 모두들 영리하고 눈치가 빨라요. 당신 같은 사람을 공산당 조직에서 받아들일지 의문이네요."

기초가 제법 노련한 어투로 말했다.

"갑시다. 공산당을 만나게 해줄 테니 따라와요."

양진은 피난이라는 걸 처음 해 보는 것 같았다. 기초의 도움이 없었더라면 적기의 폭격에 맞을 뻔한 위험천만한 순간이 몇 번이나 있었다. 둘은 산을 넘고 강을 건너면서 고난의 이동을 계속했다. 어떤 때는 다른 피난민 무리에 끼여 함께 움직이기도 했다. 기초는 두툼한 《자본론》 책에 받혀 온몸이 시퍼렇게 멍이 들었다. 한번은 둘이 얼굴이 닿을락 말락 한 상태로 다른 사람들과 함께 낡은 차에 붙어 앉은 적이 있었다. 양진은 그때 정신이 반짝 드는지 또 장황한 연설을 시작했다. 아담

스미스니, 리카도(영국의 경제학자)니 기초가 당최 알아듣지 못할 말을 길게 늘어놓았다.

"아가씨는 마르크스가 얼마나 위대한 인물인지 모르죠? 마르크스는 리카도의 이론을 가차 없이 비판했답니다. 리카도는 '사유재산은 신성불가침한 것'이라고 주장했으나 마르크스는 '사적 소유는 절도'라고 반박했죠. 마르크스는 또 리카도와 달리 '최초의 자본은 정복, 노역, 강탈과 살인을 통해 생성된 것'이라고 주장했어요. 한마디로 무력을 통해 만들어진 것이라는……. 당신, 지금 뭐, 뭐 하는 짓이오? 책, 책, 내 책……."

양진의 얼굴이 사색이 됐다. 기초가 홧김에 양진의 책을 차창 밖으로 내던진 것이다. 안 그래도 두꺼운 책에 받혀 온몸이 아파죽겠는데 눈치 없는 양진이 쉴 새 없이 떠들어대니 짜증이 치밀어 올랐던 것이다. 기초는 말하기를 좋아하는 사람이었다. 지금까지는 사람들과 있을 때 그녀가 재잘재잘 말을 하고 상대는 경청하는 식이었다. 그런데 이번에 진짜 상대를 만나고 보니 그녀는 적응이 되지 않았다. 양진은 목숨처럼 소중한 책이 길바닥에 나뒹구는 것을 보고 잠깐 멍해 있더니 주저없이 뛰어내렸다. 골골 앓던 환자가 어디서 그런 힘이 생겼는지 모를 일이었다. 다행히 차가 많이 낡아서 벌벌 기다시피 달렸기 때문에 크게 다친 것 같지는 않았다. 기초는 몇 번 구르다 일어서는 양진을 보면서 차안에서 큰 소리로 외쳤다.

"어머, 어떡해! 차 세워요! 얼른요. 당장 차 세워요!"

운전사는 욕지거리를 하면서 차를 세웠다. 차 안의 사람들도 "미친놈!"이라고 욕설을 퍼부었다. 그럴 법도 한 것이 전시 차량은 엔진이 낡아서 한번 시동이 꺼지면 다시 켜기가 너무 힘들기 때문이었다. 기초는 남들이 욕을 하건 말건 차에서 내려 허둥지둥 오던 길을 되돌아 달렸다. 저 멀리서 양진이 손을 흔들면서 고함을 지르는 소리가 들렸다.

"괜찮아요. 찾았어요. 책을 찾았어요……."

'미안하다.'고 하려고 다가간 기초는 양진의 어린아이처럼 순진한 모습을 보고 또 웃음을 터뜨렸다.

"나 원 참, 책을 너무 많이 읽어서 사람이 이상해진 거 같아요."

양진이 정색을 하고 말했다.

"아가씨 잘못이 아니에요. 아가씨를 보니 예전의 내 모습을 보는 것 같아요. 하지만 책은 잘못이 없습니다. 이 책 속의 내용은 모두 진리예요. 우리를 새사람으로 거듭나게 해주는 진리죠."

기초는 이제 몰골이 꾀죄죄한 '샌님'을 더 이상 비웃을 수 없었다. 지금까지 양진을 막 대한 것도 못내 미안하고 부끄러웠다. 그녀는 양진을 만나고 나서야 자신이 멍청했다는 사실을 깨달았다. 둘은 이렇게 해서 좋은 친구 사이가 됐다. 그 후로 둘 사이에는 대화가 끊이지 않았다. 물론 대부분의 경우 기초는 입을 다물고 양진의 끝없는 말을 조용히 경청했다. 그녀는 남의 말을 귀담아듣는 즐거움을 태어나서 처음 느껴봤다. 물론 양진이 학질이 발작해 힘들어할 때는 자신과 가족에 대한 이야기를 조잘조잘 늘어놓을 수 있었다. 약혼자 나력에 대한 이야기와 비밀스러운 내용도 숨기지 않았다. 양진의 눈망울은 사슴처럼 크고 선했다. 성격도 낙천적이고 구김살이 없었으며 다방면에서 알고 있는 지식도 많았다. 특히 기초를 깜짝 놀라게 한 것은 양진이 스스로 '진리의 추종자'라고 공공연히 선언한 것이었다. 그녀는 이런 사람은 처음 봤다.

기초가 다시 나력에 대해 말하기 시작하자 양진이 진지한 표정으로 한참을 듣더니 불쑥 말을 가로챘다.

"그 사람과 함께 있을 때 한 줄기 빛이 가슴속에 들어오는 느낌이 들던가요? 온갖 역경을 헤치고 드디어 원하던 바를 이룬 성취감이 느껴지던가요? 마음이 하늘처럼 넓고 달처럼 깨끗해지는 느낌이 들던가요?"

"지금 무슨 말을 하는 거예요? 당신 꼭 목사 같아요."

기초는 진심으로 놀란 표정을 지었다.

"사랑을 할 때의 느낌을 말하는 거요."

"연애…… 해봤어요?"

양진이 고개를 저었다.

"하지만 나는 진리에 가까워질 때의 느낌을 알고 있어요. 마치 내가 《자본론》을 읽고 잉여가치가 무엇인지 문득 깨우친 것처럼 사랑도 아마 그것과 비슷한 느낌일 거라 생각해요. 사랑도 진리 아닌가요?"

"당신은 진리 중독자로군요."

양진은 기초가 지어준 별명이 무척 마음에 드는 듯 덜덜 떨면서 누더기 속을 파고들었다. 둘이 묵은 곳은 지붕에 구멍이 숭숭 뚫린 작고 낡은 여인숙이었다. 포화의 불길과 연기가 하늘을 덮는 나날이 이어질 때는 맑게 갠 밤하늘을 볼 수 있다는 것만 해도 기분 좋은 일이 아닐 수 없었다. 양진이 입을 열었다.

"사람들은 누구나 다 자신만의 진리를 간직하고 있지요. 이를테면 아가씨는 사랑을 진리라고 믿고, 나력은 복수, 아가씨의 오빠는 차를 진리라고 믿는 것처럼요……."

"지금은 일본놈들을 쫓아내는 것이 우리 모두의 소원이에요……."

"그래요, 일본제국주의를 타도하는 것이 종살이를 원치 않는 모든 이들의 진리이지요."

"당신도 그렇게 생각해요?"

"당연하죠."

양진이 어둠에 반쯤 묻힌 기초의 얼굴을 홀린 듯 바라봤다. 며칠 동안 함께 다니면서 그는 그녀에 대해 아름답고 용감하면서도 순수하고 착한 여자라고 생각했다. 양진은 머릿속에 떠오르는 엉뚱한 생각을 애써 무시하면서 말을 이었다.

"하지만 일본제국주의를 타도하는 것만으로는 부족해요. 나라도 건설해야 하고 인류도 해방시켜야 해요. 마르크스가 무엇 때문에 '전 세계 프롤레타리아는 단결하라'고 했는지 알아요? 그리고 〈국제가〉 가사 첫머리가 '일어나라, 전 세계의 고통 받는 사람들이여.'인 이유를 알아요?"

"당신은 가난하고 고통 받는 사람인가요?"

기초는 누더기 속에서 머리를 내민 양진을 아래위로 훑어봤다. 비록 거지 몰골이기는 하나 아무리 봐도 고통 받는 사람 같지는 않았다.

"글쎄요, 가난한 사람이라고는 말 못하겠어요. 하지만 얼마 전까지만 해도 고통 받는 사람이었던 건 확실해요……."

"진리를 찾지 못했기 때문인가요?"

기초는 탄식을 터트리며 말했다. 그녀는 지금까지 살아오면서 이런 문제에 대해 한 번도 생각해본 적이 없었다.

"나는 새 사람이 됐어요. 이제부터는 이 세상에 대해 설명하고 이 세상을 개조하기 위한 삶을 살 거예요. 그래서 선택한 것이 경제학이었죠. 나는 알고 싶은 것이 너무 많아요. 이를테면 일본이 무엇 때문에 중국을 침략했는지……. 혹시 '히로타 3원칙'이라고 들어봤어요?"

"아니요."

"나력이라는 그분이 말해주지 않던가요?"

"그이는 군인이에요……."

"군인들은 이걸 위해서 싸우는 겁니다. 항일전쟁을 앞두고 히로타 고키廣田弘毅라는 일본인이 '배일排日 정지', '공동 방공防共', '사실상의 만주국 승인'의 3가지 원칙을 제시했지요. 이것은 누가 봐도 경제적 목적의 음모가 아닐 수 없지요. 인류사회가 생겨난 뒤로 지금까지 불합리한 현상은 계속 존재하고 있습니다. 이를테면 사람이 사람을 착취하고 계급이 계급을 지배하는 현상이지요. 국가가 국가를 압박하는 것도 마찬가지고요……."

"그래서 뭐 어쩌라고요? 오만가지 생각을 한다고 달라지는 게 뭐가 있어요? 우리 머리 위로는 여전히 일본군의 전투기가 날아다니고 나쁜 놈들은 당신의 양복을 빼앗아갔어요. 그리고 지금 당신은 학질을 앓으면서 누더기를 뒤집어쓰고 있어요."

"나는 이런 불합리한 제도를 없앨 수 있는 길을 찾고 싶어요. 그리고 그 과정에 직접 동참하고 싶어요. 단 한 번뿐인 삶에 최고의 의미를 부여하고 싶어요. 마치 밤하늘을 가르는 유성처럼 짧지만 강렬한 궤적을 남기고 싶어요. 지금 내가 허튼소리를 하는 것 같죠? 나와 같은 사람들은 흩어져 있을 때는 몽상에 빠진 것 같지만 일단 한데 모이면 그 수가 어마어마하답니다. 뜻을 같이 하기로 결심한 사람들이 지금 전국 각지에서 연안延安이라는 곳으로 모여들고 있다고 해요."

"당신도 거기 갈 건가요?"

"아가씨는요?"

"들어보니 꽤 괜찮은 곳 같군요."

"아가씨도 나와 함께 가고 싶다면……."

양진은 자리에서 일어나 앉았다. 하지만 기초는 고개를 살래살래 흔들었다.

"안 돼요. 저는 나력에게 가야 해요."

사실 기초는 자신이 나력을 얼마나 사랑하는지 처음에는 확신이 서지 않았었다. 비록 연인 사이라고는 하나 사귄 기간이 짧고 만난 횟수도 매우 적었다. 가장 애틋한 기억이라고 해봤자 달 밝은 밤 차나무 밭에서의 달콤한 밀회 정도였다. 그런데 양진을 만난 이후 나력의 얼굴이 시도 때도 없이 문득문득 떠오르기 시작했다. 어쩌면 처음 만난 이성과 이렇게 다정하게 대화를 나누고 진리에 대해 열렬하게 토론해도 되나 하는 미안한 마음 때문에 나력을 더 많이 사랑해야 한다고 스스로 세뇌하고 있는지도 모를 일이었다.

기초는 금화에 도착하자마자 양진을 데리고 〈전시생활〉 편집부를 찾아갔다. 그곳에서 당연히 조카 항억과 나초경을 만날 수 있을 것이라 생각했으나 허탕을 치고 말았다. 항억과 나초경이 어디로 갔는지는 아무도 모른다고 했다. 다행히 붙임성이 좋은 양진은 당분간 편집부에 남고 기초는 다음날 시골에 있는 보육원으로 돌아가기로 했다. 그녀가 예전에 근무했던 보육원이었다. 떠날 준비를 하는 기초에게 양진이 좋은 소식을 가져왔다. 몇 달 전에 설립된 금화보육회金華保育會에 그녀의 일자리를 구했다는 것이었다. 양진이 말했다.

"보육회에서 일하다보면 사면팔방의 소식을 다 접할 수 있어요. 그토록 찾고 싶어 하는 조카를 찾는 일에도 도움이 될 거예요."

기초는 양진의 제안을 기쁘게 받아들였다. 이때까지만 해도 그녀는 중국공산당이 그녀에게 큰 기대를 걸고 있을 뿐 아니라 절강성보육회에 당 소조가 있다는 사실을 전혀 모르고 있었다.

새해가 밝았다. 기초가 양진을 보지 못한 지도 꽤 됐다. 양진은 뭐가 그리 바쁜지 며칠씩 연락도 되지 않을 때가 많았다. 그러려니 하고 있던 기초에게 어느 날 양진으로부터 전화가 걸려왔다. 주단항^{酒壇巷} 8번지에 있는 대만의용대 본부로 오라는 양진의 말에 기초는 낮은 소리로 으르렁댔다.

"양진, 배은망덕도 유분수지 어디 갔다가 이제 왔어요? 며칠 동안 소식도 없고 무슨 사람이 그래요?"

"정말 바빴어요. 빨리 와요, 대만 동포가 가져다준 동정^{凍頂} 오룡차를 시원하게 타드릴 테니."

기초는 입을 삐쭉거렸다.

"동정 오룡차 한 잔으로 얼렁뚱땅 넘어갈 생각 마세요. 그건 포종차^{包種茶}(발효 정도가 오룡차보다 약한 반발효차의 한 종류)잖아요. 예전에 우리 망우차장에도 있었어요."

포종차는 대만의 대표적인 명차로, 대륙에서 건너간 것이었다. 100여 년 전 복건성 안계^{安溪}현의 차상 왕의정^{王義程}이 만든 것이라고 하는데, 종이로 장방형의 사각포^{四角包}를 만들고 포장의 바깥쪽에 생산자의 이름과 상표를 찍은 다음 차를 포장해서 판매했기에 '포종차'라고 부르게 됐다. 1881년 복건성 동안^{同安}현의 차상 오복원^{吳福源}은 대북^{臺北}에 원륭호^{源隆號}라는 차장을 세우고 포종차를 만들어 팔았다. 그러자 안계현의 상인 왕안정^{王安定}과 장고괴^{張古魁}도 대만에 포종차 전문 매장을 공동 설립했다. 이것이 대만 포종차의 유래이다. 포종차는 문산^{文山} 포종차, 동정 오룡차, 대만 철관음 등 여러 종류가 있었다. 기초의 오빠 가화는 명실상부한 다인으로 천하의 온갖 차를 수집하는 것이 취미였다. 그러니 그 유명한 동정 오룡차가 망우차장에 없었다면 오히려 이상한 일일 터였다.

양진이 다급한 어투로 말했다.

"빨리 와요. 사실은 나력이라는 분을 만났어요. 그리고 편지도 가지고 왔어요. 올래요, 말래요?"

기초는 가슴속에 묻어둔 시한폭탄이 펑, 하고 터진 것처럼 머리가 멍해졌다. 너무 기뻐서 아무 말도 생각나지 않고 그저 웃음만 나왔다.

양진은 공산당의 지시를 받고 금화에서 대만의용대에 입대했다. 그의 임무는 의용대 대원들에게 공산주의 사상을 선전하는 것이었다. 기초가 주단항 8번지에 도착했을 때 양진은 대만의용대 소년단 아이들에게 노래를 가르쳐주고 있었다. 골목 밖까지 아이들의 우렁찬 노랫소리가 들렸다.

......

대만은 우리의 고향, 그곳에는 향기로운 꽃 천만 송이가 있다네.

......

우리는 적들을 증오한다네, 우리는 울지 않는다네.

우리는 살아야 하네, 우리는 무너져서는 안 되네.

압박 아래 투쟁하고, 투쟁을 하면서 학습하며, 학습을 통해 성장한다네.

우리는 우리의 고향을 되찾아야 하네.

양진은 긴 머리를 휘날리며 합창 지휘를 하고 있었다. 말쑥한 학생복 차림에 체크무늬 목도리를 두른 모습이 활기차고 상쾌해 보였다. 학질이 나은 후로 온몸에 주체할 수 없는 기운이 넘쳐나는 것 같았다. 기초는 나력의 편지를 빨리 보고 싶어 양진을 향해 마구 손을 흔들었다.

하지만 양진은 못 본 척하고 지휘에만 열중했다. 드디어 노래가 끝났다. 양진은 마당에 있는 돌 의자로 기초를 안내하고 나서 어린 아이처럼 들뜬 목소리로 말했다.

"'주은래'周恩來라고 들어봤어요?"

기초가 밉지 않게 눈을 흘겼다.

"귀貴 당의 중앙군사위원회 부주석 겸 국민정부 군사위원회 정치부 부부장副部長이죠. 지난달 18일에 금화에 오셨어요. 우리 보육회에서도 영접 나갔는걸요. 전 민족의 항일이 시작되면서 공산당이 두각을 나타내고 있어요. 금화 거리 곳곳에서 공산당의 목소리가 들리는데 설마 내가 주은래를 모를 리가 있겠어요? 참 어이없네!"

"그게 아니라 주 부부장께서 다시 돌아오셨어요. 내일 오후에 우리 의용대를 보러 오신대요. 그래서 그분을 맞이하기 위한 항일가곡 합창 연습을 하고 있는 중이랍니다."

"그분은 금화에서 천목산天目山에 있는 절서浙西행정관서로 가신다고 하지 않았나요? 내가 잘못 들었나?"

"그럴 리가요. 주 부부장께서 절서행정관서로 갔다 오신 건 사실입니다. 내가 선발대로 갔다 왔어요."

주은래는 이번에 절강을 두루 순시했다. 먼저 환남皖南 신사군新四軍 본부에 20일 머문 후 금화로 갔다. 이어 절서浙西, 분수分水, 동려桐廬, 소흥을 차례로 거친 후 다시 금화로 돌아왔다. 양진은 선발대의 일원으로 절서로 떠났다가 우연히 기초의 약혼자 나력을 만났던 것이다.

"편지는요? 편지부터 빨리 줘요."

기초가 발을 동동 구르면서 손을 내밀었다. 편지는 방안 책상 서랍에 있었다. 기초는 양진이 편지를 가지러 가려고 몸을 일으키는 것을 보고 의심쩍은 듯 불안하게 물었다.

"그 사람이 나력이라는 걸 어떻게 알았어요? 한 번도 본 적이 없잖아요."

"온몸이 하얀 아이와 함께 있는 걸 보고 알았죠. 안 그러면 코앞에 데려다놓아도 알아보지 못했을 겁니다."

기초가 양진의 소매를 덥석 잡았다.

"우리 망우를 만났어요?"

"그리고 월이도요."

급기야 기초가 양진의 어깨에 기댄 채 엉엉 울음을 터뜨렸다.

"지금 나 기분 좋으라고 거짓말 하는 거죠? 당신이 망우를 만났다니 믿을 수가 없어요. 어떻게 그렇게 공교로울 수 있어요? 내가 발이 부르트도록 찾아다녀도 못 찾았는데 당신이 어떻게……? 믿을 수가 없어요……."

양진은 미친 여자처럼 웃다가 울다가 하는 기초를 방으로 데리고 들어가면서 말했다.

"이 모든 게 다 주 부주석님 덕분입니다. 그분이 절서浙西임시중학 개학식에 참석하셔서 연설을 하셨어요. 그분의 연설을 들으러 온 청중이 1,000명이 넘었어요. 경호원들과 함께 연단 아래를 지나가다가 큰 나무 위에 앉아 있는 소년을 발견했죠. 온몸이 눈처럼 새하얀 아이였어요. 문득 아가씨에게 들었던 '망우'라는 아이가 생각나더군요. 아가씨는 그때 천목산에서 망우를 잃었다고 했었죠. 세상에 이런 우연이 있을까 반신반의하면서 아이가 내려오기만 기다렸죠. 아이의 이름을 물어보려고요. 그런데 아이가 나무에서 내려오기도 전에 국군 차림의 젊은 장교가 다가왔어요. 나는 주 부주석을 수행하는 국민당 절강성 주석 황소횡의 경호원인 줄 알고 별로 신경 쓰지 않았죠. 그런데 갑자기 젊은 장교가 '무슨 짓을 하려고 나무 아래를 어슬렁거리는 거냐?'고 나에게 따지더군요. 나는 얼떨결에 '망우'라는 두 글자를 내뱉었어요. 알고 보니 무과 스님이 아이들을 천목산 선원사禪源寺로 데려갔고 거기서 우연히 나력을 만났다고 하더군요……."

기초는 의자에 앉아 또 울음을 터뜨렸다.

"그이는 왜 같이 오지 않았어요? 그이는 왜 오지 않았어요?"

양진이 조심스럽게 대답했다.

"갔어요……."

기초는 울음을 그쳤다. 표정도 담담하게 변했다.

"편지 주세요."

양진은 얇은 편지봉투를 기초에게 건넨 다음 보온병을 들고 방을 나갔다. 그는 나력의 소식을 듣고 일희일비하는 기초가 솔직히 이해되지 않았다. 조금 놀랍기까지 했다. 그가 천목산에서 만난 동북 남자 나력은 기초처럼 열광적인 반응이 아니었다. 뜨뜻미지근하다 못해 심지어 냉랭한 느낌까지 들 정도였다. 대놓고 말하지는 않았으나 나력은 양진을 경계한 것이 틀림없었다. 소속 진영陣營이 달라서 그랬는지 아니면 기초 때문에 그랬던 것인지 양진은 아무리 생각해봐도 알 수 없었다.

양진이 보온병에 뜨거운 물을 담아가지고 돌아왔을 때 기초는 완전히 딴사람이 돼 있었다. 얼굴에 생글생글 웃음이 떠나지 않고 당장이라도 날아갈 것처럼 잠시도 가만히 있지 못하고 방안을 서성이고 있었다. 이어 나른하게 기지개를 켜더니 남자친구에게 응석부리는 소녀처럼 애교 섞인 목소리로 양진에게 말했다.

"동정 오룡차는요? 동정 오룡차는요? 대만에서 제일 유명한 차를 맛보게 해준다고 하지 않았어요? 빨리 줘요, 빨리요."

양진은 말없이 기초를 바라봤다. 이처럼 사랑스러운 여자를 여자 친구로 둔 나력이 부럽기만 했다. 그가 미소를 지으면서 말했다.

"사랑의 힘이란 참으로 위대하군요. 연애편지 한 통에 완전히 딴사람이 됐어요."

기초도 따라 웃으면서 양진에게 편지를 쑥 내밀었다.

"한번 읽어보세요, 이게 무슨 연애편지예요?"

공책을 한 장 찢어 앞뒷면에 큼직하게 박아 쓴 편지는 내용만 봐서는 사랑하는 여자에게 보낸 연애편지라고 믿기 어려웠다.

기초,

당신의 근황에 대해 들었어. 길게 못 쓰니 이해해줘. 시간도 없고, 편지 쓰기가 아직 익숙지 않아. 망우는 선원사에서 안전하게 지내고 있으니 걱정하지 않아도 돼. 당신이 보고 싶지만 당분간 보러 갈 수 없어. 미안해. 나는 전선 부대에 편입됐어. 곧 떠나게 될 거야. 먼저 중경으로 가서 구체적인 이동 배치에 따르게 될 거야. '양병은 천일이요, 용병은 한때.'라고 했어. 나는 조국을 위해 목숨을 바칠 준비가 돼 있어. 일본놈들을 깡그리 몰아내기 전에는 절대 고향으로 돌아가지 않을 거야. 기초, 나를 기다려달라는 말은 안 할게. 기다려주지 않아도 돼. 당신 마음이 가는 대로 해. 내 마음은 말하지 않아도 당신이 알 거라 믿어. 황 주석이 어제 주 부부장과 함께 천목산에 올라 지은 시 한 수를 보낼 테니 내 마음이라고 여기고 받아줘.

뒷면에는 황소횡의 시 〈만강홍〉滿江紅이 적혀 있었다.

천목산에 다시 올라 동쪽 끝을 바라보니

지강之江(전당강) 푸른 물결 굽이쳐 흐르는구나.

육교六橋의 듬성듬성한 버드나무, 서호의 잔잔한 물결,

아련한 기억으로 떠오르니,

달이 뜬 늦은 밤 악비 무덤 앞에서

영웅은 충성을 맹세하며 눈물을 흘리네.

국토를 보위하겠노라 굳은 결심 다진 지가 어언 몇 년인가

사는 것이 죽는 것 만큼 괴롭구나.

예사로운 연애편지는 아니었다. 하지만 솔직하고 소박하게 자신의 마음을 표현한 진실된 편지였다. 양진은 편지에 대해 가타부타 평가를 하지 않았다. 말없이 기초에게 진한 차를 한 잔 권했을 뿐이었다. 동정 오룡차의 찻잎은 굵고 길었으며 둥그렇게 잘 말려 있었다. 색깔은 진한 초록색으로 윤기가 있었고 청개구리 피부처럼 회백색 반점이 있었다. 뜨거운 물을 붓자 짙은 향기가 코를 찌르고 진한 황록색의 차가 잘 우러났다. 천천히 차를 음미하는 기초의 눈에서 맑은 눈물이 소리 없이 흘러내렸다.

양진이 문을 닫고 기초와 마주앉았다. 두 손으로 찻잔을 받쳐 들고는 마치 남의 얘기를 하듯 담담하게 말했다.

"나는 떠나요."

"……"

"내가 어디로 가는지는 알죠?"

"……"

"가능하다면 나와 같이 가주면 안 될까요?"

"……"

"보육회에서 일부 아이들을 내지로 보낼 계획이더군요. 아, 중경으로요. 당신이 원한다면 그 임무를 맡아 나하고 성도成都까지 동행할 수 있어요. 내 진짜 신분을 감추는 데 도움도 줄 겸 어때요?"

기초가 잠깐 멍해 있다가 벌떡 일어나면서 말했다.

"지금 당장 보육회로 가겠어요……."

그러자 양진이 말했다.

"이미 그쪽과는 의논이 끝났어요……."

작별의 날이 왔다. 이른 아침, 사천四川성 중부 지역에는 안개가 짙게 끼었다. 기초와 양진은 성도의 작은 찻집에 마주 앉았다. 양진의 얼굴에 기이한 광채가 번뜩였다. 기초는 양진이 마치 짙은 안개 속에 감춰졌다 형체를 드러내는 한줄기 햇살 같다는 생각을 잠깐 했다. 기초가 먼저 입을 열었다.

"이제 됐죠? 내 임무는 다 끝났어요. 남은 길 조심히 가세요."

기초가 애써 아무렇지 않은 척 웃음을 지었다.

양진의 표정은 어두웠다. 말투도 퉁명스러웠다.

"그러게 말입니다. 하긴 처음부터 위장이었으니……."

말하기 좋아하는 기초도 입을 다물었다. 어쩐지 양진에게 약간 미안한 마음이 들었다. 사실 둘은 출발하기 전에 이미 약속을 했었다. 성도까지 동행한 다음 한 사람은 중경, 다른 한 사람은 연안으로 각자 제 갈 길을 가기로 했었다. 하지만 정작 헤어질 순간이 다가오니 기초는 무언가 양진에게 빚을 진 것 같은 느낌이 들었다.

양진은 예의 쾌활하고 자신감 있는 모습을 빠르게 되찾았다. 그가 기초의 눈을 똑바로 보면서 또박또박 말했다.

"언젠가 그곳에 가고 싶다면 내 이름을 대세요. 내가 보증을 서줄게요."

기초는 양진이 말한 '그곳'이 어디인지 알고 있었다. 그녀는 흔들리는 마음을 다잡으려는 듯 가슴에 두 손을 얹고 맹세하듯 빠르게 말했다.

"나력을 만나면 둘이 같이 그곳으로 갈게요. 꼭 갈 거예요."

양진이 웃음을 터뜨렸다. 이어 기초의 손을 힘주어 꽉 잡고 말했다.

"나력이 말을 들을까요? 내가 천목산에서 만난 나력은 신앙에는 별로 관심 없는 사람 같았어요. 더구나 당신이 나력을 찾을 거라는 보장도 없잖아요. 정 찾지 못하면 혼자라도 찾아오세요."

기초가 무심결에 툭 내뱉었다.

"기왕 성도까지 온 김에 차라리 나를 중경으로 데려다주세요. 일단 나력을 찾고 나서 같이 가면 되잖아요?"

양진은 그녀의 대답에 약간 놀란 듯했다. 이어 난색을 표하면서 말했다.

"나도 그러고 싶지만 그게……, 나는 떠나야 할 사람이라서……."

"알아요. 당신의 주의主義와 진리眞理는 나보다 더 중요하니까요."

기초는 충동적으로 말을 내뱉고는 이내 후회했다. 하지만 자신의 의지와는 상관없이 그녀의 입에서는 또 엉뚱한 말이 흘러나왔다.

"나도 알아요, 내가 당신에게 이래라 저래라 할 입장이 안 된다는 것을. 당신은 누가 뭐래도 나력이 아니니까요."

"나력이 아가씨에게 중요한 사람이라는 건 나도 알아요. 매우 중요한 사람이죠. 나도 알아요……."

양진은 두서없이 대답하고 혼자 생각에 잠겼다.

기초는 눈을 크게 뜨고 양진을 응시했다. 이제는 아프지도 않은 양진의 얼굴이 벌겋게 달아올라 있었다. 찻잔을 든 손도 미세하게 떨리고 있었다. 얼떨결에 눈빛이 마주친 둘은 동시에 얼굴을 붉히면서 고개를 숙였다. 그리고 각자 찻잔 뚜껑으로 둥둥 뜬 찻잎을 밀어냈다.

"우리 다시 만날 수 있을까요?"

기초의 목소리는 우울했다. 그녀는 자신이 어느 순간부터 이 남자도 좋아하고 있다는 사실을 인정하지 않을 수 없었다. 그녀의 짐작이 틀리지 않는다면 양진은 틀림없이 "당연하죠. 우리는 꼭 다시 만날 거예요."라고 대답할 것이었다. 양진은 열정이 있고 낙천적이면서 단순한 사람이었다. 그래서 기초는 그가 다음에 무슨 말을 할지 항상 정확하게 예측할 수 있었다. 기초의 짐작은 빗나가지 않았다. 양진은 이렇게 말했다.

"물론이죠. 우리는 꼭 다시 만날 거예요."

기초가 밝은 표정으로 조잘거렸다.

"그때가 되면 우리 서호로 가서 차를 음미하면서 당신이 좋아하는 '주의'主義에 대해 마음껏 토론해요. 일본놈들을 몰아내고나면 시간은 얼마든지 있을 테니까요. 아아, 어떤 사람은 시를 읊고, 어떤 사람은 노래를 하고, 또 어떤 사람은 차를 마시고……, 생각만 해도 너무 행복해요."

"또 어떤 사람은《자본론》을 읽고 있겠죠?"

양진이 농담을 했다. 둘은 마주 보고 웃음을 터트렸다. 곧이어 양진이 몸을 일으켰다.

"안녕!"

양진은 짤막한 작별인사를 끝으로 성큼성큼 짙은 안개 속으로 사라졌다. 기초는 가슴 한구석이 텅 빈 것처럼 먹먹했다. 예전에 나력을 떠나보낼 때에도 이런 느낌은 없었다. 나력과 함께 한 시간이 너무 짧아서일까, 나력과의 사랑이 너무 갑작스럽게 찾아왔기 때문일까? 아니면 동고동락하면서 먼 길을 동행한 양진에게 정이 든 것일까? 그녀는 자신의 마음을 알 수 없었다. 다만 한 가지 분명한 것은 양진과는 이제 정말 작별이라는 사실이었다. 그렇지 않으면 그녀가 이곳에 온 목적을 잃어버릴지도 모르기 때문이었다…….

제23장

안개의 도시 중경의 12월은 강남 못지않게 추웠다. 오늘은 복단대학의 개교기념일이었다. 방금 학부 주임 오각농 선생이 〈푸단 다인茶人의 사명〉이라는 제목으로 강연을 했다. 강연이 끝난 후 항한은 오 선생의 연설 원문을 들고 학교 앞에 있는 찻집으로 향했다. 그곳에서 중요한 사람과 만나기로 약속이 돼 있었다. 항한의 지금 신분은 중경으로 이전한 복단대학 제1기 차茶葉학과 졸업을 앞둔 대학생이었다. 여느 학우들과 마찬가지로 그 역시 여가시간에는 찻집을 찾는 취미가 있었다.

항한은 그동안 많이 변했다. 멀리 강남에 있는 항씨 가족들을 만나면 첫눈에 알아보지 못할 정도로 달라졌다. 우선 외모부터가 그의 아버지 가평처럼 얼굴에 구레나룻이 무성했고 굵고 진한 눈썹이 강한 남자의 느낌을 물씬 풍겼다. 피부는 거칠고 거무스레했다. 턱은 시멘트로 빚은 것처럼 네모반듯했다. 하지만 성격은 어머니 요코를 닮아 내성적이고 과묵해졌다.

그에게 따뜻하고 습한 강남은 이제 아련한 기억으로 남았다. 항씨 망우차장의 차세대 젊은 다인 항한이 아버지를 따라 장강長江 상류에 자리한 '제2의 항일근거지' 중경에 온 지도 어언 2년이 지났다.

항한은 중국 내지는 처음이었다. 당연히 천중川中(사천분지 중부지역의 약칭)에 대해 아는 것이 별로 없었다. 하지만 옛날 파촉巴蜀 지역이 차 탄생의 '온상'이었다는 말은 예전에 조 어르신(조기객)에게 들은 적이 있었다. 다만 중경에 실제로 와보니 찻집이 생각보다 훨씬 많아서 놀랐을 뿐이었다. 중경은 항주와 달리 지세가 험했다. 과장을 조금 보태자면 집 대문 밖을 나서기만 해도 가파른 산비탈이 이어진다고 해도 과언이 아니었다. 지세뿐만 아니라 이곳 사람들의 혀 꼬부라진 방언도 처음에는 알아듣기가 무척 힘들었다. 항한이 이곳 생활에 적응하기 전부터 좋아한 것이 있다면 도처에 즐비한 찻집이었다. 사평파沙坪壩의 중앙대학과 북배北碚의 복단대학 앞에 찻집이 특히 많았다. 대학생들의 찻집을 즐겨 찾는 취미를 잘 아는 점주들의 장사수완 역시 만만치 않았다.

항한은 학우들을 따라 처음 찻집에 갔을 때 대청 가득 줄지어 있는 침대식 의자와 그 사이에 놓여 있는 차탁을 보고 눈이 휘둥그레져 탄성을 금치 못했다.

'항주에 계시는 큰아버님이 보시면 얼마나 기뻐하실까?'

그러자 기숙사를 같이 쓰는 성도 태생의 학우가 픽, 코웃음을 쳤다.

"참, 별것도 아닌 걸로 놀라기는. 네가 아직 보고 들은 것이 적어서 그래. '사천의 찻집은 천하의 으뜸이고 성도의 찻집은 사천에서 으뜸'이라는 말이 있어. 네가 우리 성도의 찻집에 가보면 아마 너무 놀라서 까무러칠걸? 앉은뱅이 탁자와 대나무 의자를 놓은 찻집이 몇 걸음에 하나씩 보이거든. 옆에는 공중변소도 있어. 지난번에 내가 한번 세어봤더니 공중변소가 1,000개가 넘더군. 그러니 찻집도 1,000개가 넘는다는 얘기지. 물론 요 근래 중경에도 찻집이 많이 늘긴 했어. 어때, 아기자기한 강남 찻집보다 이곳 찻집이 더 호방하고 대범한 것 같지 않아?"

항한이 가볍게 웃으면서 말했다.

"각기 장점이 있는 거지 뭐."

항한은 이곳의 찻집들이 마음에 들었다. 그러나 나고 자란 고향의 찻집을 폄훼하고 싶은 마음은 눈곱만큼도 없었다.

항한은 이제 혼자서 대학 앞에 있는 찻집에서 노천차露天茶를 마실 때도 많았다. 다른 학우들처럼 자연스럽게 의자에 편안하게 누워 차박사를 부르는 것도 익숙해졌다.

"여기 유리玻璃차 한 잔이~."

그는 처음에 '유리차'가 무엇인지 몰랐다. 유리를 우려 마신다니 신기하기만 했다. 성도 태생의 학우가 항한의 궁금증을 풀어주기 위해 유리차 한 잔을 주문했다. 유리로 된 개완蓋碗 뚜껑을 연 순간 항한은 껄껄 웃음을 터뜨렸다. 이른바 '유리차'는 끓인 맹물이었던 것이다. 그는 이 지역 사람들의 독특한 유머에 탄복하지 않을 수 없었다.

항한은 사촌형 항억처럼 언어적 재능이 뛰어나지는 못했다. 중경에 온 지 2년이 지나도록 이곳 언어로 완전한 문장을 만드는 것이 여전히 힘들었다. 이곳 방언은 그의 귀에 노래처럼 들렸다. 언제인가 그의 옆 의자에 누운 늙은 다객이 차박사를 불렀다.

"요사幺師(종업원을 부르는 호칭)~. 나갈홍래拿葛紅來(갈홍 좀 가져와)~."

항한은 한참을 생각한 끝에 '갈홍'이 담뱃불을 의미한다는 것을 알았다. 게다가 어조가 밋밋하지 않고 4분의 2박자 노래처럼 높낮이가 있어서 귀에 쏙쏙 들어왔다. 항한은 이 말을 묵묵히 외워두었다. 언제인가 사촌형 항억을 만나게 되면 노래를 부르듯이 박자에 맞춰 "나갈홍래"를 들려줄 생각이었다. 이 말을 듣고 배꼽 빠지게 웃을 사촌형의 모습을 떠올리면 슬며시 미소가 떠오르곤 했다.

항한의 눈을 번쩍 뜨게 한 것은 또 있었다. 그것은 찻집 입구 양쪽에 붙인 대련이었다. "공습空襲이 무상無常하니, 손님, 찻값은 선불이외다. 위에서 명령을 내렸으니, 국방비밀은 입 밖에 내지 마시오."라는 내용이었다. 항주를 비롯한 피점령 지구에서는 언감생심 꿈도 못 꿀 과격한 문구였다. 가끔 공습경보가 울릴 때면 안전한 곳으로 대피하는 사람들의 노랫소리도 들을 수 있었다.

저녁바람이 불어오니 날씨가 건조하고,
동쪽 골목의 찻집은 오늘도 떠들썩하네.
위층, 아래층 모두 손님들로 꽉 찼으니,
심부름꾼 목소리 한번 요란하구나.

학생들은 그 노랫소리가 들릴 때면 방공호를 향해 달려가면서 합창하듯 따라 불렀다.

……
국사國事를 언급하면 시름만 늘고,
말썽을 일으키면 우리 모두 큰코다친다네.
……

항한은 이곳 생활이 재미있고 마음에 들었다.

항일 전쟁이 시작되자 사면팔방에서 사람들이 이곳 '제2의 항일근거지'로 몰려들었다. 덕분에 찻집들도 호황을 이루었다. 사시사철 손님들로 북적이지 않는 날이 없었다. 로마에 가면 로마법을 따르라고 했던가, 촌티가 좔좔 흐르는 시골사람이나 말쑥한 도시사람을 막론하고 일단 찻집에 들어오면 모두 자연스럽게 대나무 의자에 편안하게 앉거나 침대식 의자에 편안하게 눕는 것이 예사였다. 손님들이 어느 정도 차면 심부름꾼이 곡예사처럼 짠하고 등장했다. 그가 오른손에 들고 있는 번쩍번쩍 윤이 나는 적동색 찻주전자는 주둥이가 붓대처럼 가늘고 족히 1미터는 넘어 보였다. 그는 왼손 손가락에 백자 다완茶碗과 은색 다완 받침을 한 무더기 걸고 손님들 사이를 누비고 다녔다. 심부름꾼이 차탁 옆에 오기도 전에 왼손을 가볍게 내젓는가 싶더니 다완 받침이 탁자 위로 와르르 쏟아져 내렸다. 이어 달그락달그락 귀맛 좋은 소리를 내면서 비행접시처럼 제자리를 뱅글뱅글 돌다가 손님들 각자의 앞에 정확하게 하나씩 착지했다. 그러는가 싶더니 심부름꾼의 손가락에 걸려 있던 다완들도 짤랑짤랑 소리와 함께 눈 깜짝할 사이에 다완 받침 위에 자리잡았다. 손님들이 무슨 일인지 미처 알아차리기도 전에 심부름꾼은 1미터 밖으로 물러서서 자세를 잡고 오른팔을 높이 들어올렸다. 그러면 가늘고 긴 주전자 주둥이에서 마치 은하수가 구천에서 떨어지듯 뜨거운 물이 다완 위로 쏟아져 내렸다. 찻잔 바닥에 가라앉아 있던 찻잎들이 소용돌이치면서 위로 솟아올랐다. 손님들이 무슨 차인지 자세히 볼 사이도 없이 심부름꾼이 앞으로 성큼 다가갔다. 그런 다음 새끼손가락으로 뚜껑을 톡 치자 뚜껑들은 마치 살아 있는 생명체처럼 번개 같은 속도로 하나씩 뛰어올라 다완 위로 살포시 내려앉았다. 그제야 제정신을 차린 손님들이 탄성을 지르기도 전에 심부름꾼은 어느새 다른 손님들

다인_4

상으로 옮겨가고 없었다.

강남의 다풍茶風이 여유롭고 느긋하다면 이곳의 다풍은 열렬하고 화끈했다. 항주 사람들은 차를 마실 때 찻주전자와 찻잔을 많이 사용했다. 물론 개완차를 즐겨 마시는 사람도 있었다. 하지만 이곳 사람들처럼 정통적이지는 않았다. 옛날에는 원래 다완만 있고 다완 받침은 없었다고 한다. 전설에 의하면 당나라 때 성도成都의 최영崔寧이라는 관원의 딸이 화상을 방지하기 위해 개완 받침을 발명했다고 한다. 청나라 때에 이르러 뚜껑, 잔, 받침 3개의 부분으로 된 한 세트가 완성됐다고 한다.

항한은 평소에는 현지인들처럼 호방하게 개완차를 마시고는 했다. 하지만 오늘은 기다리는 사람이 아직 오지 않은 터라 개완차 대신 '유리차'를 먼저 마시면서 오각농 선생의 연설문을 펼쳐들었다.

본교는 오남헌吳南軒 총장 이하 학우 여러분의 노력에 힘입어 사립대에서 국립대로 바뀌었습니다. 전체 교수와 학생들에게 참으로 기쁜 소식이 아닐 수 없습니다. 지난 세월을 돌아보면 매 순간 어려움의 연속이었습니다. 몇 년 사이에 우리 총장님의 머리에 하얗게 내린 서리가 그동안의 노고를 짐작케 합니다.

우리 선조들이 수천 년 동안 힘들게 일궈온 중국의 차 산업은 지식이 없고 빈한한 소농小農과 이익과 착취에 눈이 먼 상인들의 수중에 넘어가면서 몰락의 길로 들어섰습니다. 하지만 항일전쟁 발발 이후로 사영私營 산업에서 국영國營 산업으로 탈바꿈했습니다. 당연히 우리 복단대학도 사립대에서 국립대로 바뀌어야지요. 중국의 차 산업도 우리 복단대학처럼 밝은 미래가 올 것이라 믿어 의심치 않습니다.

차 산업은 중국의 제반 산업 중에서도 전망이 가장 밝은 산업입니다. 물론 차를 생산하는 국가는 중국 말고도 많지요. 하지만 중국은 전 세계 유일의 차 생산 '모국'母國입니다. 차 재배면적, 생산하는 차의 종류, 수출 대상국, 품질 등의 면에서 다른 차 생산국들은 감히 넘볼 수 없는 우위 를 가지고 있습니다. 하지만 과학기술과 인재가 부족한 단점도 있는 것 역시 사실입니다.

과거에 중국의 차 산업이 몰락할 수밖에 없었던 이유는 다른 차 생산국 들이 산업 개조와 품종 개량에 매진할 때 중국은 전혀 노력하지 않았기 때문입니다. 이를테면 인도, 실론과 자바국(인도네시아)은 각자 영국인과 네덜란드인의 도움을 받아 차 품종 개량 연구를 진행했고 일본은 자체 노력으로 차 산업을 개조했습니다. 하지만 중국에서는 여전히 과학이 무 엇인지도 모르고 일개미처럼 묵묵히 일밖에 할 줄 모르는 백성들이 차 재배와 경영을 책임졌습니다. 이는 아무리 용맹스러운 장수도 칼만으로 탱크를 상대할 수 없고, 백발백중의 명사수도 새총으로 전투기를 상대 할 수 없는 이치와 다를 바 없습니다.

본교 차학과 학생수는 70~80명에 달합니다. 그중에는 생물학이나 화학 에 흥미가 있는 학생도 있고 회계와 무역에 능한 학생도 있습니다. 또 진 로를 재배업과 제조업으로 잡은 학생들도 있습니다. 물론 다른 학과 졸 업생과 재학생들도 저마다 장점을 가지고 있지요. 앞으로 10년, 길어봤 자 20년 후만 되어도 중국의 차 과학은 크게 발전할 것입니다. 그리하여 중국의 차 산업 진흥에 기여하고 더 나아가서 전 세계의 차 생산자와 소 비자들에게 큰 도움이 될 것입니다. 항일 전쟁이 종식되면 국민의 문화 수준이 향상되고 차 품질도 개선될 것이니 차 내수판매량, 수출량과 소 비량도 기하급수적으로 증가할 것은 두말할 나위도 없죠.

지금은 일제 침략자들이 해상을 봉쇄하고 교통문제가 심각해 차 판매가 원활하게 이뤄지지 못하고 있습니다. 이는 전시戰時와 과도기에 나타나는 필연적인 현상입니다. 나중에 학우 여러분이 사회로 진출해 중책을 맡게 되면 전반적인 사회도 개조할 수 있거늘 이깟 어려움이 문제겠습니까? 더구나 우리에게는 '복단復旦 정신'이라는 '보물'도 있습니다. 모든 것은 학우들의 노력에 달렸습니다.

......

항한은 문득 인기척을 느끼고 고개를 들었다. 7, 8자 길이의 수연통水煙筒(물담뱃대. 담배 연기가 물을 거쳐 나오도록 되어 있음) 몇 개를 겨드랑이에 낀 남루한 차림의 남자가 대나무 의자 사이에서 우왕좌왕하고 있었다. 얼굴이 누렇게 뜨고 피골이 상접한 남자는 원래 색깔을 알아볼 수 없는 낡은 두건을 머리에 두른 채 무언가에 쫓기듯 불안하고 두려운 눈빛을 하고 있었다. 골초들의 담배 시중을 드는 사람이었다. 담배를 요구하는 사람이 있으면 수연통을 건네주고 꿇어앉아 담뱃불을 붙여주면서 약간의 봉사료를 받는 식이었다. 이런 사람들은 눈치가 굉장히 빨랐다. 사내는 항한의 동정어린 눈빛을 보는 순간 '오늘 봉 잡았다'는 만족스러운 표정을 지으면서 곧바로 이쪽으로 다가왔다. 그리고는 항한 앞에 털썩 주저앉더니 다짜고짜 담뱃대를 쑥 내밀었다.

항한은 깜짝 놀라 벌떡 일어났다. 이어 황급히 손사래를 치면서 말했다.

"죄송하지만 저 담배 안 피워요. 죄송합니다, 저 담배 안 피워요."

남자는 무표정한 얼굴로 항한의 발 옆에 바싹 달라붙어 일어날 생각을 하지 않았다. 멍한 듯, 원한에 찬 듯한 눈빛은 '담배를 피우든 안 피우든 무조건 사라'는 무언의 시위 같았다. 항한이 어찌할 바를 모르고 쩔쩔매고 있을 때 옆에서 은방울 굴리는 듯한 웃음소리가 들려왔다.

"호호, 놀란 것 좀 봐. 그깟 담배 피울 줄 모르는 게 뭐가 문제야?"

항한이 반색을 하면서 말했다.

"작은고모, 오셨군요. 오늘 못 오시는 줄 알았어요."

오랜만에 다시 만난 기초는 하나도 변하지 않았다. 마치 전쟁을 비껴간 사람처럼 외모도, 밝은 기운도 예전 그대로였다. 그녀가 재빨리 주머니에서 동전 몇 개를 꺼내 항한에게 던져줬다. 그리고 담뱃대를 들고 앉아 있는 남자를 향해 턱짓을 했다. 눈치를 챈 항한이 "저에게도 있어요."라고 말하고 주머니에서 동전 몇 개를 더 꺼내 남자에게 건네줬다. 남자는 거듭 사례를 하고는 가버렸다. 기초가 남자의 뒷모습을 보면서 말했다.

"한아, 저런 담배는 절대 피우면 안 돼. 듣자하니 저 사람들은 담배에 아편을 섞는다더구나. 인이 박히면 큰일 나."

항한이 웃으면서 다시 자리에 앉았다. 몇 년 만에 다시 만나는 작은고모가 고모랍시고 다 자란 조카에게 잔소리를 하는 모습이 귀엽고 재미있었다.

기초와 항한은 안개의 도시 중경의 찻집에서 마주 앉았다. 기초가 먼저 담담하게 입을 열었다.

"너도 참, 하고 많은 찻집 중에서 하필이면 여기야? 너희 학교에서는 가깝지만 내가 있는 보육원에서는 엄청 멀잖아."

"제가 정한 것이 아니에요. 아버지가 꼭 여기서 고모를 만나라고 하셨어요. 사실, 아버지 집은 학교에서 멀지 않아요. 아직 가보지는 못했지만."

"그래도 남 눈치 안 보고 얘기할 수 있는 곳이어야지, 이게 뭐야? 어휴, 나는 하고 싶은 말을 참으면 입에 가시가 돋치는 성격이야. 아, 몰라. 공습이고, 국방이고 뭐고 상관 안 할 거야……."

그것은 문밖의 대련을 두고 하는 말이었다. 항한은 말없이 웃기만 했다.

기초는 그러다 정색을 한 채 말했다.

"아 참, 네 아빠는 왜 가릉嘉陵강가에 있는 찻집으로 우리를 부르지 않았을까?"

기초가 말을 마치고는 바로 낮은 소리로 흥얼거리기 시작했다.

……

그날 적들이 우리 마을에 쳐들어왔어요,

나는 집과 밭, 사랑하는 가족과 소와 양들을 모두 잃었죠.

나는 지금 가릉강가를 배회하고 있어요,

고향의 구수한 흙냄새가 풍겨오는 것 같네요

……

기초가 부른 노래는 유명한 항일가곡 〈가릉강嘉陵江 위에서〉라는 노래였다. 많은 사람들에게 굉장히 익숙한 노래였다. 아무리 그렇다고 해도 항한은 고모가 사람 많은 찻집에서 안하무인으로 노래를 부를 줄은 몰랐다.

기초가 말했다.

"가릉강 주위의 찻집에는 더 기가 막힌 대련이 있어. '집 밖에 펼쳐진 500리 가릉강은 오도자吳道子(당나라 때 화가)가 아니면 붓 하나로 다

그려낼 수 없고, 노동盧仝(당나라 때 시인)의 차 일곱 잔으로 가슴에 간직한 수천 년 역사를 끌어내네.'라는 거야. 어때?"

"좋아요!"

"뭐가 좋아?"

"고모가 말씀해보세요."

"찻집 창문 너머로 도도하게 흐르는 가릉강을 보면서 가릉강의 500리 산수를 하루 만에 그려냈다는 오도자를 연상하는 것은 자연스러운 일 아니겠니?"

보아하니 본격적인 수다가 곧 시작될 낌새였다. 기초는 여전히 말이 많았다. 항한을 만날 때마다 거의 혼자 떠들어댔다. 반면 항한은 점점 말수가 줄어들었다. 그는 심록애와 가초가 어떻게 죽었는지 작은고모에게 아직 말하지 않았다. 큰아버지와 아버지의 의견에 따라 이 비보를 다른 가족에게는 절대 비밀로 하기로 했던 것이다. 그래서 기초는 어머니와 언니가 이미 죽었다는 사실을 전혀 모르고 있었다. 항주에서 여전히 잘 지내고 있다고만 알고 있었다.

그뿐 아니라 항한은 작은고모를 만날 때 뭔가 묘하게 복잡한 심정이었다. 특히 작은고모가 고집스러운 표정을 한 채 청산유수로 늘어놓는 장광설을 듣고 있으면 한 사람의 얼굴이 눈앞에 떠오르곤 했다.

2년 전의 청명절 밤, 항한과 나초경은 주보항 자택에 있던 심록촌을 밖으로 꾀어내 차에 밀어 넣는 데 성공했다. 입에 수건을 물리기 전에 심록촌이 마지막으로 한 말은 항한의 기억 속에 생생하게 남아 영원히 사라지지 않을 것 같았다.

"한아, 나는 네 작은 외할아버지야."

항한은 심록촌이 죽어 마땅한 사람이라는 것을 단 한 번도 의심해 본 적이 없었다. 오늘은 운 좋게 살아남는다고 쳐도 ―물론 그럴 일은 없겠지만― 틀림없이 남경의 왕정위汪精衛 정부에서 요직을 맡을 것이고 그러면 언젠가 비명횡사할 것은 불 보듯 뻔한 일이었다. 당시는 태평양 전쟁이 발발하고 전 세계가 전쟁의 소용돌이에 휘말려들고 있던 시기였다. 파시스트 도당과 그들의 앞잡이들이 멸망할 날이 머지않은 때였다. 그때 항한 역시 여느 급진적인 젊은이들과 똑같은 생각을 하고 있었다. 다만 항한을 당황스럽게 만든 것은 마지막으로 본 심록촌의 얼굴이 심록애와 많이 닮았다는 사실이었다. 어둠속에서 항한은 고개를 돌려버렸다. 일그러진 그의 얼굴을 두 번 다시 보고 싶지 않았다. 심록촌이 이날 밤 살아남을 확률은 거의 없었다. 심록촌의 실수라면 항한을 초대해 극진히 차 대접을 하고 거의 두 시간 동안 공들여 삼민주의 이론을 설파한 뒤 친히 대문 밖까지 배웅한 것이었다. 하지만 돌이킬 방법은 없었다. 심록촌은 본인이 매국노인 것도 모자라 매국이론 전파에 앞장서고 있다는 점에서 오유 따위보다 훨씬 죄질이 무겁다고 할 수 있었다. 그러니 더욱 일찍 죽어줘야 할 인간이었다.

항한은 나초경이 심록촌을 어떻게 죽이는지 보지 않았다. 어둠속에서 한참을 달린 차는 어딘지 모를 곳에 멈췄고 나초경과 그녀의 동지들이 심록촌을 차에서 끌어내렸다. 그것이 끝이었다. 어떤 수단으로 심록촌을 처단할까 오랫동안 고민했던 항한은 그의 솜털 하나 건드리지 못했다. 나초경이 차에서 내리려는 항한을 막은 것이었다.

"당신은 차 안에 있는 것이 좋겠어요."

얼마 지나지 않아 나초경은 다시 차에 올랐다. 차가 한참을 달려서 도착한 곳은 큰 화물선이 정박해 있는 부두였다. 항한은 배에서 뜻밖에 아버지 가평을 만났다. 배에는 차 상자가 잔뜩 쌓여 있었다. 전당강에서 출발해 육로로 영파에 도착한 다음 다시 홍콩으로 운송된 후 부화富華 회사의 물물교환에 사용될 귀한 차들이었다.

항한과 나초경은 영파에서 작별인사를 나눴다. 회색 눈동자를 가진 나초경이 무척 아쉬운 어투로 말했다.

"당신을 데리고 가고 싶었는데 그럴 수 없어서 아쉽네요. 여기서 조금만 더 가면 우리 근거지예요. 당신의 아버지와 큰아버지는 당신이 중경으로 가서 차학茶學을 전공하기를 바라더군요. 당신의 큰아버지는 이렇게 말씀하셨어요. '사람을 죽이는 일은 내 아들 하나만으로 족하오. 내 조카는 남아서 건설을 하게 해주시오.'라고요. 당신 생각은 어때요?"

항한이 잠깐 생각하고는 물었다.

"큰아버님이 정말 그렇게 말씀하셨어요?"

나초경이 고개를 끄덕였다.

"당신의 큰아버님은 탁월한 식견과 통찰력을 가진 분이에요."

항한이 머뭇거리다가 조심스럽게 물었다.

"……그분이 그 일을 알고 계신가요?"

나초경의 표정이 근엄해졌다.

"갑자기 왜 이래요? 그 일은 극비사항이라고 제가 말했잖아요. 계획에 참여한 사람을 제외한 그 누구에게도 발설해서는 안 돼요. 이는 조직의 기율입니다. 아, 혹시 우리 조직을 믿지 못해 그러는 건가요?"

항한은 고개를 숙였다. 그는 항억과 성격이 달랐다. 겉으로는 항억보다 모범적이고 고분고분해 보였으나 의외로 기율이 엄한 조직생활에 적응하기 힘든 면이 있었다. 심지어 방금 전 나초경의 말투도 은근히 귀에 거슬렸다. 예쁘고 부드러운 여자의 입에서 어떻게 저렇듯 얼음장처

다인_4

럼 차갑고 딱딱한 말이 나올 수 있을까? 혹시 수없이 많은 피와 불의 세례를 받고 몸에 철갑을 두른 '사내대장부'로 변해 소녀다운 모습을 잃은 걸까?

나초경이 뭔가 눈치를 챈 듯 미안한 표정을 지으면서 웃었다.

"아무튼 당신네 두 형제 모두 우리와 함께했으면 좋겠어요."

항한은 그녀가 무슨 말을 하는지 잘 알고 있었다. 하지만 그는 자신의 주장을 굽히고 싶지 않았다. 그가 주저하다가 물었다.

"혹시 '과학구국'科學救國도 공산주의와 같은 건가요?"

그 어떤 '주의'主義에 대해서도 아는 게 별로 없으니 질문이 조심스러울 수밖에 없었다.

"글쎄요, 같기도 하고 다르기도 하죠."

나초경이 생각에 잠긴 표정으로 말했다.

"누가 형제 아니랄까봐……, 항억도 비슷한 말을 했어요. 그는 '자유', '평등', '박애'가 공산주의와 비슷하다고 했어요. 하지만 엄밀하게 말하면 공산주의는 유일무이한 사상이에요. 어떤 것도 공산주의와 비교될 수 없어요."

항한의 입에서 엉뚱한 질문이 불쑥 튀어나왔다.

"당신은 억이 형을 좋아해요?"

기습적인 질문에 나초경이 한참을 멍해 있다가 살며시 미소를 지었다. 그렇게 웃을 때면 더없이 부드러운 여자였다. 그녀가 마치 누나가 친동생에게 하듯 항한의 볼을 톡톡 두드리면서 말했다.

"나는 당신과 항억 둘 다 좋아요."

항한도 시원하게 웃음을 터뜨렸다. 나초경 앞에서 처음으로 웃음을 보인 것이다.

"그럴 줄 알았어요. 당신이 억이 형을 좋아한다는 걸 알고 있었어요. 이제 중경에 도착하면 편지를 형에게 보낼게요. 내 생각은 변함없어요. 아버지를 따라 중경으로 가겠어요."

항한 일행은 무한을 경유해 중경으로 갔다. 당시 복단대학 차학과는 아직 개설 전이었다. 항한은 오각농과 가평이 몸담은 무역위원회에서 수출용 차 검사 보조업무를 맡았다. 그러면서 오각농과 아버지를 따라 중경, 홍콩과 여러 차 생산지를 전전하면서 바쁘게 보냈다. 도로상황이 열악하다보니 교통사고도 잦았다. 한번은 오각농을 따라 귀양貴陽으로 갔을 때였다. '조사암'吊死岩이라는 산모퉁이에서 차가 뒤집힌 적이 있었다. 천만다행으로 차가 거대한 바위에 걸려 낭떠러지로 떨어지지 않았기에 목숨을 부지할 수 있었다.

항한은 사고를 당했다는 말을 아무에게도 하지 않았다. 심지어 아버지가 소식을 듣고 캐물었을 때에도 자세한 경위를 말하지 않고 대충 얼버무렸다. 항한은 아버지가 조금 낯설고 이상하게 느껴졌다. 아버지가 곁에 없던 예전에도 힘든 일을 수없이 겪고 심지어 죽을 고비도 여러 번 넘기면서 지금까지 멀쩡하게 살아왔다. 그런데 아버지는 이깟 일로 마치 세상이 무너진 것처럼 난리법석을 피우고 있지 않은가. 아버지와 큰아버지는 성격이 완전히 달랐다. 아버지는 재능이 출중하고 과장되게 표현하는 사람이었다. 남들이 보기에 별일 아닌 것도 아버지에게는 경우에 따라 세계대전급으로 중차대한 사안이 될 수 있었다. 가평은 아들의 사고소식을 듣자마자 득달같이 장거리 전화를 걸어 다친 곳이 없는지 묻고 또 물었다. 그리고 "아버지 집에 머물면서 상처를 치료하라."고 거듭 당부했다. 솔직히 항한은 아버지의 지나친 관심과 친절이 부담스러웠다. 딱히 이유를 모르겠으나 오랜만에 다시 만났다고 해서 부자

관계가 친밀해지지 않는 것 만큼은 분명했다.

항한은 멀리 강남에 있는 가족들에게 쓴 편지에서도 사고 소식을 언급하지 않았다. 원래는 그저 가벼운 안부인사만 전하려고 했으나 적다 보니 차에 관한 얘기만 잔뜩 늘어놓게 됐다. 그는 중경에 오기 전까지는 큰아버지의 말씀을 따라 '건설'이 자신의 천직이라고 생각했다. 하지만 중경에 와서 새로운 세상을 접하고 들끓는 항일 열기를 피부로 체험하면서부터는 더 뜨거운 꿈을 갖게 됐다.

존경하는 큰아버님, 사랑하는 어머니.

이 편지가 무사히 두 분께 전해질지 모르겠어요. 직접 보내지 못하고 여러 손을 거쳐야 하니까요. 아마 꽤 오랜 시간이 걸려 편지를 받으실 것 같아요.

제가 무슨 일을 하는지 먼저 알려드리겠어요. 차와 관련된 업무입니다. 큰아버님께서 관심을 가지실 거라 생각해요. 제가 알기로 우리 사업은 숱한 역경 속에서도 획기적인 진척을 보이고 있습니다. 이를테면 우리는 1938년에 절강과 안휘 2개 성에서만 10만 상자가 넘는 차를 수매했습니다. 전쟁으로 모든 것이 만신창이가 된 열악한 환경 속에서 사상 최고의 수매량을 기록하다니 참으로 대단한 일이 아닐 수 없습니다. '항일전쟁이 곧 건설'이라는 아버지의 관점이 사실로 입증된 셈이지요.

우리는 1939년에도 승승장구하면서 모든 지표에서 목표를 초과달성하는 기염을 토했습니다.

지난 2년 동안 우리는 대對소련 수출 목표를 초과달성한 것은 물론이고 홍차와 녹차를 영국, 프랑스, 미국, 네덜란드 등의 국가로 수출해 적지 않은 무기와 외화를 벌어들였습니다. 아울러 중국차의 국제적 위상을 드높이고 차농茶農과 차상茶商들에게도 전쟁 전보다 훨씬 많은 수익을 안 겨줬습니다…….

항한이 보낸 편지는 반년이 지난 후에야 강남에 도착했다. 물론 항한이 받은 답신도 마찬가지였다. 가화는 동생 가평에게 보내는 편지에 항한에게 보내는 편지를 동봉해서 보냈다. 이 무렵 복단대학 차학과는 모든 준비를 마치고 '탄생'만 앞두고 있었다.

복단대학의 차학과 개설은 중대한 역사적 의의를 지닌 사건이었다.
오각농은 꽤 오래전부터 동료, 제자들에게 차학과 개설의 중요성을 지속적으로 주장해왔다. 이 과정에 가평이 대부분의 실무적인 역할을 맡아 수행했다. 1939년, 오각농은 홍콩에서 복단대학 교수, 교무주임 겸 법학대학원 원장인 손한빙孫寒氷 선생을 만났다. 의기투합한 두 사람은 곧바로 중국의 차 산업 진흥을 위해 전문 과학기술인재 양산이 필수적이라는 데 의견을 같이 했다. 손한빙 선생은 오남헌 복단대학 총장에게 즉각 보고서를 올렸다. 이리하여 오남헌, 손한빙, 수경위壽景偉(당시 중국다엽공사 사장), 오각농(당시 무역위원회 다엽처茶葉處 처장 겸 중국다엽공사 부책임자 겸 총기술자) 등으로 구성된 차교육위원회가 발족됐다. 회의를 거쳐 복단대학에 차학과와 차학 단기 연수반을 개설하고 오각농을 차학과 학과장에 임명했다. 이어 1940년 가을부터 학생을 모집하기로 결정했다. 복단대학 차학과는 중국 대학 중 최초로 개설된 차학 전문 학과로 중국의 차 산업 발전 및 차학 전공 전문 인재 양성에 크게 기여했다.
'근수누대近水樓台(물가에 있는 누대에 제일 먼저 달빛이 비친다는 뜻. 가까운 사람이 덕을 본다는 의미)'라고 했다. 항한은 복단대학 차학과가 설립되기 전부터 자신이 곧 청년 다인 행렬에 동참하게 될 것임을 알고 있었다. 그의 아버지와 가까운 사이인 손한빙 선생을 통해 미리 접한 소식이었다. 하지만 손한빙 선생은 정작 차학과 개학식에는 참가하지 못했다. 일본군 전투기가 복단대학을 무차별 폭격할 때 불행히도 목숨을 잃었던 것이다. 중국에서 가장 먼저 대학 내에 차학과 개설을 제안한 사람은 이렇게 향년 37세의 꽃다운 나이에 생을 마감했다.

가평은 손한빙 선생의 빈소에서 아들을 만났다. 때는 1940년 가을, 항한이 복단대학 차학과 입학을 막 앞두고 있을 때였다. 장례가 끝난 뒤 가평은 항주에서 온 편지를 아들에게 전했다. 큰아버지 가화의 편지는 그리 길지 않았다. 하지만 항한은 그 속에서 많은 내용을 읽을 수 있었다.

……

곧 다시 만날 거라 생각했는데 상황을 보아하니 아직 조금 더 기다려야 할 것 같구나. 다행히 나는 반평생을 기다리는 일에 바친 사람이니 조금 더 기다리는 것쯤은 아무렇지 않다. 유일한 바람이라면 나의 아들과 조카 세대는 원하고 바라는 것을 이루는 삶을 살았으면 하는 것이다. 네가 차학 전공을 선택했다니 매우 기쁘구나. 중도에 포기하지 않고 꼭 끝까지 잘해내리라 믿는다. 집 걱정은 하지 말거라. '불변不變으로 만변萬變에 대응'하면 되니까. 네 어머니는 네가 잘 지내고 있고 전도유망한 학업을 택했다는 소식을 듣고 "집 걱정 말고 열심히 공부하라."는 말을 너에게 꼭 전해달라고 했다. 몇 년 전의 어느 날 밤 영은산靈隱山 취미정翠微亭에서 나눴던 얘기들이 기억나느냐? 그때 말한 것들이 드디어 결실을 맺은 것 같아 기쁘구나. 우리 사이에 비록 천산만수가 가로놓여 있으나 큰아비와 조카로서 각자 자기 자리에서 한 점 부끄러움이 없는 삶을 살자꾸나.
그리고 억이에게 듣자하니 둘이 만났다면서. 또 뜻밖의 사고를 당할 뻔
했다는데 맞느냐? 비록 우발적이기는 하나 하마터면 큰일 날 뻔했다고
들었다. 많이 놀랐다. 부디 매사에 조심하여라. 다시 만날 날을 기다리면
서. 이만 끊는다.

......

가평이 항한이 편지를 다 읽기를 기다렸다가 황급히 물었다.

"지난번에 절강에 갔을 때 억이를 만났다면서? 왜 나에게 말해주지
않았느냐?"

"억이 형을 만났다고 말씀드렸잖아요."

가평이 미간을 찌푸렸다.

"그게 아니잖아! 나도 네 큰아버지가 보낸 편지를 읽고 알았다. 네
가 하마터면 억이에게 생매장당할 뻔했다며? 그게 사실이냐?"

항한이 잠깐 멍해 있다가 대답했다.

"아버지, 모두 오해예요. 억이 형의 부하들이 저를 일본놈 앞잡이로
오해하고 그랬던 거예요. 그런데 큰아버지는 그 일을 어떻게 아셨대요?"

"네가 말하지 않으면 모를 줄 알았더냐?"

항한은 입을 다물었다. 그는 지난번 그 일이 그와 항억 둘만의 영원
한 비밀이 될 줄 알았었다.

항한이 말한 것처럼 그때의 일은 순전히 해프닝이었다. 그 당시 항
한은 차를 실은 배에 앉아 항가호평원의 하천을 지나고 있었다. 달도 없
는 칠흑 같은 밤이었다. 그런데 자정 무렵 갑자기 어디서 나타났는지 시

커먼 괴한들이 배를 막고 배에 있는 사람들을 끌어내렸다. 항한은 처음에는 강도를 만난 줄 알았다. 하지만 괴한들은 말 한마디 없이 항한 일행에게 삽 하나씩을 주고 강가에 구덩이를 파라고 눈짓을 했다. 커다란 구덩이가 만들어지자 이번에는 구덩이에 뛰어들라고 강요했다. 항한 일행이 영문을 알아차리기도 전에 눅눅한 흙이 그들의 몸으로 쏟아졌다. 항한이 그제야 다급한 소리를 질렀다.

"뭐하는 짓이오?"

"아직도 모르겠어? 개 같은 한간놈들을 저승으로 보내주는 거다."

나지막하게 으르렁대는 소리는 뜻밖에도 여자였다.

항한은 안도의 숨을 내쉬면서 연신 말했다.

"오해요, 오해. 우리는 한간이 아니오. 말로 합시다."

"말로 하는 거 좋아하네. 네놈들하고는 할 말 없다. 보아하니 네놈이 우두머리구나. 네놈들, 중국차를 상해로 운반해 일본놈들에게 팔아넘기려고 하지? 우리가 모를 줄 알았나? 우리 대장님께서 말씀하셨어. 네놈들 같은 매국노는 깡그리 잡아 파묻어 씨를 말려야 한다고."

흙이 허리까지 차올랐다. 항한은 숨이 막히기 시작했다. 참으로 웃지도 울지도 못할 상황이었다. 항한 일행은 가평이 수매한 차를 상해로 운반하는 길이었다. 일본 헌병들이 지키는 검문소를 통과하기 위해 부득이하게 한간들과 일본인 통역관으로 위장한 것인데 여기까지 무사히 와놓고 오히려 자기편에 의해 목숨을 위협받게 될 줄이야.

흙이 점점 차오르고 있었다. 자칫하면 이곳에서 불귀의 원혼이 될 위험천만한 상황이었다. 궁하면 통한다고 했던가. 안절부절못하던 항한이 문득 사촌형님 항억을 떠올렸다.

'그래, 방금 저 여자가 대장을 언급했어. 억이 형도 유격대 대장이라고 했지 않은가. 어쩌면 저 사람들도 항억이라는 이름을 한두 번쯤 들어봤을 수 있어. 일단 오해를 풀어야 한다.'

항한이 헐떡거리면서 큰 소리로 말했다.

"잠깐만, 우리가 한간이 아니라는 걸 증명해줄 사람이 있소. '항억'이라는 이름 들어봤소? 수향水鄕 유격대 대장 항억 말이오."

한 사람이 그러자 손에 든 등불로 항한의 얼굴을 비추면서 말했다.

"그 사람을 어떻게 알아?"

"내 형님이오. 당연히 잘 알지."

삽질하던 사람들이 일제히 동작을 멈췄다. 그리고는 둥그렇게 모여 섰다. 아마 어떻게 해야 할지 의논하는 것 같았다. '다녀'茶女로 불리는 여인이 작은 소리로 말했다.

"대장을 불러올까요? 이자가 거짓말을 하는지 안 하는지 확인한 다음 죽여도 늦지 않잖아요."

항한은 일행이 위험에 처해 있다는 사실도 잊은 채 하마터면 기뻐서 펄쩍 뛸 뻔했다. 사촌형 항억을 이런 곳에서 만나게 될 줄이야.

아니나 다를까 잠시 후 모습을 드러낸 사람은 다름 아닌 항억이었다. 그는 흙속에 반쯤 묻힌 동생을 보고 큰 소리로 웃음을 터뜨렸다. 한 손으로 동생의 어깨를 툭툭 치면서 말했다.

"이거 참 자기편도 몰라보고 큰 실수를 했구면. 한간을 잡는다는 것이 하마터면 내 동생을 잡을 뻔했네. 다녀, 얼른 파내지 않고 뭘 해요?"

다녀는 깜짝 놀란 얼굴이었다.

"대장님 아우 맞아요? 어떻게 대장하고 닮은 구석이 하나도 없어요? 게다가 줄곧 일본말만 하기에 저는 또……. 미안해요, 얼른 구해줄게요."

항한이 몸에 묻은 흙을 털어내다가 부르르 떨면서 말했다.

"정말 위험했어요. 형 이름을 대지 않았더라면 이곳에서 원귀가 됐을 거예요. 당신들은 사람을 제대로 확인도 하지 않고 막 묻어요? 설사 한간이라고 해도 생매장은 좀 너무한 거 아니오?"

"항일은 시를 짓는 것과는 달라. 이것저것 따질 여유가 없어. 실수로 자기편을 다치게 하는 일도 간혹 생기지. 누가 너더러 일본인보다 더 일본인같이 하고 다니라고 했냐. 우리는 이틀 전부터 너희 일행을 주시했어. 네가 정말로 여기에서 죽는다고 해도 그건 어쩔 수 없는 일이야. 항일을 위해 희생하는 거지 뭐."

항억이 성큼성큼 앞서 걸으면서 대수롭지 않게 말했다. 전혀 미안하거나 놀란 기색이 없었다.

그날 밤, 두 형제는 밤을 새워 얘기를 나누었다. 항억은 자신이 이 길을 걷게 된 경위와 수향유격대에 대해 동생에게 소개했다. 처음 사람을 죽였을 때 느꼈던 기분도 가감 없이 솔직하게 털어놓았다. 어둠속에서 그가 침대에 누워 위로 두 손을 쭉 뻗으면서 말했다.

"이거 봐, 내 손에는 피가 잔뜩 묻었어. 죄다 파시스트의 피야."

항한이 잠시 뜸을 들이다 말했다.

"나도 사람을 죽였어요!"

"알아."

항한이 튕기듯 벌떡 일어나면서 말했다.

"나초경이 말하던가요?"

어둠속에서 항억의 표정은 보이지 않았다. 하지만 말투가 바뀐 것은 알 수 있었다.

"나에게 말해줬다면 그녀가 아니지. 그녀가 항주로 갔다 온 건 알

아. 너희들이 죽인 사람이 누구야?"

"말할 수 없어요."

"누구인지 알 것 같아."

"말하지 말아요!"

누웠던 항한이 도로 튀어 일어났다.

"좋아, 말하지 않을게. 너 사람을 많이 안 죽였구나. 초짜 티가 난다."

"큰아버님이 말씀하시기를 사람 죽이는 일은 형 하나만으로 족하다고 하셨어요. 저는 건설을 맡으라고 하셨어요."

항억이 잠시 동안 침묵하더니 다시 입을 열었다.

"그저 선량하고 온화한 '군자'인 줄로만 알았던 아버지가 그런 말씀을 하시다니 놀랍군."

항한이 고개를 돌려 저쪽 침대에 누운 항억을 바라봤다. 촛불 아래의 항억의 옆모습은 양패두에 계시는 큰아버님과 놀라울 만큼 비슷했다. 항한이 흠칫 놀라면서 손으로 가슴을 부여잡았다.

"조 어르신이 세상을 떴다는 소식 들었어······."

항억이 누운 채로 권총을 위로 던졌다 받으면서 말했다.

"원래는 큰아버님과 어머니도 함께 나오기로 했는데 조 어르신의 장례를 치르기 위해 남았다가 연금 당했죠. 지금은 항주 밖으로 나올 수가 없대요."

"알아."

항억이 짧게 대답했다.

"항주 쪽의 일은 다 알고 있어."

항한은 등골이 오싹해졌다. 자신도 모르게 '설마 할머니와 큰고모 일도 알고 있어요?'라는 말이 나올 뻔했다.

불안한 예감은 적중했다. 항억의 입에서 짐승의 그것을 연상케 하는 포효가 터져 나왔다.

"할머니와 큰고모 일을 왜 말해주지 않았어?"

항한은 숨을 죽였다. 항억은 모든 것을 알고 있었다. 이제 어쩌지? 항한이 멍해 있는 사이 항억이 벌떡 일어나더니 밖으로 뛰쳐나갔다. 항한도 부랴부랴 쫓아나갔다. 문 밖에는 강이 있었다. 물고기 비린내와 풀 냄새가 코를 찔렀다. 가끔 물결이 출렁이는 곳에서 물고기가 뛰어 오르는 소리가 들렸다. 풀숲에서 이름 모를 새가 구구구, 지저귀고 있었다. 항억은 쭈그리고 앉은 채 멍하니 강물을 바라보고 있었다. 항한은 무슨 말을 해야 할지 몰라 항억의 주변을 서성댔다. 이윽고 항억이 침묵을 깼다.

"한아, 물속에 뭐가 보여?"

항한은 한참 물속을 들여다보다 고개를 저었다.

"너무 어두워서 안 보여요. 형은 뭐가 보여요?"

"피가 보여."

둘은 서로 고개를 돌렸다. 붉어진 눈시울을 들키고 싶지 않았던 것이다.

둘 다 마음이 가라앉았을 때는 자정이 지나 있었다. 잠이 오지 않았다. 항한이 일부러 가벼운 화제를 꺼냈다.

"그 여자는 자주 와요?"

"응, 자주 와."

"형은 그 여자의 지도를 받아요?"

"아니, 내 상부는 나야."

"그런데도 자주 와요?"

"나를 설득하러 오지. 자신의 수하로 들어오라고 말이야."

"그러면 형은 뭐라고 대답해요?"

항억이 푸, 하고 웃음을 터뜨렸다.

"별거 없어. 가끔 들어주고 듣기 싫을 때는 안 듣는 거지 뭐."

"항일근거지로 같이 가자면서 나를 설득하더군요."

"나에게도 같은 말을 했었어. 심지어 섬북陝北(섬서성 북부)으로 가자는 말도 했어."

"왜 안 갔어요?"

"아직 왜놈들을 충분히 죽이지 못했으니까."

가벼운 말투가 오히려 더 섬뜩하게 느껴졌다.

"그런데도 자꾸 찾아와요?"

"조직을 대표해서 오는 거야. 나는 '단결 가능한 모든 항일 역량' 중의 하나니까. 그 여자의 조직에서는 나를 설득하는 임무를 그 사람에게 맡겼어."

"그러면 둘이 만날 때마다 다투겠네요?"

"꼭 그렇지는 않아."

"공산주의에 대해 얘기하던가요?"

"두말하면 잔소리지. 올 때마다 그 얘기를 해. 하지만 나는 공산주의와 항일이 서로 별개의 문제라고 생각해. 공산주의는 신앙이야. 너도 〈공산당선언〉 읽어봤어?"

"아뇨."

"그들에게는 《성경》이나 다름없는 문서지. 나는 단지 그 여자를 좋아한다는 이유만으로 그 사람의 조직에 가담하고 싶지는 않아. 아직 그들의 이념을 제대로 알지 못하고 있으니까."

"형님이 이렇게 침착한 사람인 줄 몰랐어요."

"다른 사람들에게 목숨을 빚졌으니까."

항억의 목소리는 음울했다.

"그게 무슨 말이에요?"

"우리 다른 얘기 하자. 너, 여자 친구 있어?"

"형님도 참, 다 알면서 그래요? 형님은요? 형님이 그 여자를 좋아한다는 걸 그 사람이 알아요?"

"왜 모르겠어? 올 때마다 같이 자는걸."

"뭐라고요?"

항한은 자기도 모르게 벌떡 일어섰다. 이어 어둠속에서 시커먼 색깔을 띤 강물을 한참 멍하니 보더니 더듬더듬 입을 열었다.

"어, 어, 어떻게……? 그 여자, 그 여자하고……."

항한은 '같이 잘 수 있느냐.'라는 말은 차마 입 밖으로 꺼내지 못했다.

"안 그러면 어쩔 건데? 예전처럼 시를 써서 바칠까?"

항한은 아무 말도 하지 않았다. 항억이 일어서면서 말했다.

"아우, 내가 변해서 놀랐나보군. 여기 사람들이 나를 뭐라고 부르는지 알아? '잔혹한 킬러'라고 해. 하지만 그 여자는 여전히 나를 예전의 어린 아이로 취급하지."

항한이 그제야 입을 열었다.

"그 여자가 형님을 좋아한다는 건 저도 알아요. 처음부터 형님을 좋아했죠. 형님이 하얗고 매끈한 손가락으로 붓을 잡고 시를 쓴 그때부터 그 여자는 형님을 좋아했어요. 하지만……."

항한이 한숨을 쉬고 말을 이었다.

"그렇다고 함부로 그 여자하고……."

항한은 여전히 '같이 자면 안 되죠.'라는 말을 입 밖으로 내지 못했다.

"그 여자는 생각이 너무 많아요. 속을 알 수 없어요."

항억이 한참을 침묵한 끝에 말했다.

"한아, 너는 여전하구나. 어떤 건 네가 아직 겪어보지 않아서 잘 몰라. 나는 그 여자를 떠날 수 없어. 그 여자는 나하고 단 둘이 있을 때는 완전히 다른 사람이 돼. 마치 부드러운 봄바람 같다고나 할까, 아니면 새로 움을 틔우는 차나무 같다고 할까? 너는 아직 몰라, 너는 아직 어려……."

"그 여자를 사랑해요?"

"사랑해. 스스로 내 머리에 총을 쏘고 싶을 만큼 미치도록 사랑해……."

항억은 이를 악물고 마지막 말을 내뱉었다. 그리고는 동생의 어깨에 손을 얹고 강가를 걸었다. 날이 밝아오고 있었다. 오랜만에 다시 만난 두 형제는 여전히 할 얘기가 많았다.

항한은 그렇게 항억을 만나고 돌아온 이후 강남으로 가지 못했다. 하지만 가족들에게 종종 편지를 보내는 일은 잊지 않았다. 이곳의 여러 가지 일들도 편지로 가족들에게 전했다. 그중에는 작은고모 기초를 중경에서 우연히 만난 일도 포함돼 있었다.

오늘의 만남도 기초가 일부러 마련한 것이었다. 항한은 옆에 있는 대나무 의자를 빼서 작은고모에게 자리를 권했다. 맞은편 의자 둘은 아직 비어 있었다. 기초가 미간을 찌푸리면서 말했다.

"나는 보육원에서 당직을 서다가 부랴부랴 달려왔어. 지각하는 건 예의가 아닌 것 같아서 말이야. 그런데 이게 뭐야? 둘째오빠는 왜 아직도 안 오는 거야? 그 여자가 일부러 꾸물대는 거 아니야?"

항한은 고개를 설레설레 저었다. 작은고모의 머릿속에는 엉뚱한 생각만 들어 있는 것이 분명했다. 예전에 항주에서 살 때 친척들은 "임우초林藕初와 심록애를 합친 것이 항기초"라고 말하고는 했다. 항한은 속으로 혀를 찼다. 나는 먼저 와서 한참을 앉아 있으면서도 그 생각을 못했는데 작은고모는 어떻게 그런 생각을 다 했을까?

항한은 연애를 못해봤다. 여자에 대해서는 전혀 몰랐다. 특히 지금 아버지하고 같이 사는 계모에 대해서는 아는 것이 더 없었다. 그가 중경에 온 지도 2년이 넘었다. 하지만 남양 갑부의 딸이자 화가라는 계모는 아직 한 번도 만난 적이 없었다. 심지어 아버지 집에도 가보지 못했다. 계모 모녀의 사진은 본 적이 있었다. 기초는 항한을 만날 때마다 물었다.

"예뻐? 그 여자 말이야. 얼마나 예뻐? 네 엄마 요코보다 더 예뻐? 아니면 나보다 더 예뻐?"

그럴 때마다 항한은 대답이 궁했다. 솔직히 그의 눈에는 누가 더 예쁜지 구별이 되지 않았다. 다들 엇비슷했다. 아마 어릴 때부터 미인이 많은 가문에서 자라온 탓도 있으리라. 그는 사촌형 항억처럼 조숙하지 못했다. 아직 여자에게는 관심이 없었다. 결국 그는 고모의 질문에 이렇게 얼버무릴 수밖에 없었다.

"그분의 딸이 예쁜 것 같아요."

이는 항한이 아무렇게나 내뱉은 말이었다. 사진 속의 여자 아이는 큰 눈을 동그랗게 뜬 것이 예쁘다기보다는 귀여운 인상이었다. 또 멍한 표정을 짓고 있어 그다지 영리해 보이지도 않았다. 항씨 가문의 귀신 뺨치게 영리한 여인들과는 비교가 안 됐다.

기초가 항한의 말을 듣고 웃으면서 말했다.

"이 바보야, 그 아이는 아직 어리잖아. 그런데 그 아이는 그 여자가 데려온 딸이라면서? 네 아버지 친딸이 아니라면서? 그게 사실이야?"

"친딸이건 아니건 그게 무슨 상관인가요? 그 아이가 제 아버지를 '아빠'라고 부르면 된 거죠. 휴우~, 이런 말은 그만하죠. 고모, 차 좀 드세요. 조금 있다 직접 보시면 되잖아요. 오늘은 셋이 같이 올 거라고 아버지가 말했어요."

"무슨 말 하는 거야? 네 아버지가 아니라 내가 제안한 거였어."

기초는 득의양양하게 말했다.

"네 아버지는 참 이상해. 자꾸 나더러 자기 집에 가서 그 여자를 만나라고 하지 않겠니? 내가 거기를 왜 가? 물론 그 여자도 우리 집에 올 일이 없겠지. 그래서 내가 제안한 거야. 중립지대인 찻집에서 만나자고 말이야. 어때? 그럴듯하지 않아?"

그들이 앉은 곳은 반쯤 밖으로 노출된 복도였다. 항한이 찻집 내부를 획 둘러봤다. 안쪽 끝에는 조그마한 연극무대가 있었다. 다객들은 무대 위 이야기꾼의 얘기를 열심히 경청하고 있었다. 귀를 기울여보니 강남 찻집에서 자주 들었던, 화본話本을 개편한 야담이었다. 이야기꾼의 말투로 미뤄볼 때 강남 일대에서 이곳으로 흘러들어온 예인藝人이 틀림없었다. 이야기꾼은 간드러진 여자 목소리로 〈청평산당화본·쾌취이취련기〉淸平山堂話本·快嘴李翠蓮記의 한 대목을 들려주고 있었다.

아버님, 어머님, 차 드세요,

큰아버님, 큰어머님도 드세요.

아가씨와 도련님 차는 부엌에 있으니

직접 가져다 드세요.

둘이 찻잔을 들고 천천히 걷네,

뜨거운 잔에 손가락이 빠져 잉잉 우네.

이 차는 '아파차'阿婆茶라 하오니,

이름은 촌스러워도 맛은 일품이랍니다.

갓 구운 노란 밤 두 알, 갓 볶은 참깨 반 냥,

껍질과 씨가 붙은 강남의 감람(올리브),

껍질을 벗긴 새북塞北(중국 만리장성 이북) 호두,

두 분 어르신 천천히 드세요, 자칫 이가 나갈라.

……

기초와 항한은 서로 마주보면서 빙그레 웃었다. 얼마 만에 들어보는 익숙한 고향의 말인가. 이곳에서 고향 말을 들을 수 있다니. 기초는 손으로 입을 가리고 쿡쿡 웃었다.

"어릴 때 큰오빠가 나를 '쾌취이취련'이라면서 많이 놀렸어. 그때는 이취련이 어떤 사람인지 잘 몰랐지. 이 먼 곳에 와서 이 대목을 들으니 이취련이 어떤 인물인지 알겠어."

항한이 그제야 조심스럽게 말했다.

"그냥 고모만 나오시면 되지 저까지 부르실 건 뭔가요? 전 할 일이 산더미 같아요. 며칠 전에도 부두에서 하마터면 공孔씨네 패거리와 싸움이 붙을 뻔했다니까요. 무뢰한이 따로 없었어요."

"네가 뭘 알아? 내가 나를 위해 그 사람들하고 약속을 잡은 줄 아니? 다 너를 위해서야. 나도 엄청 바쁜 사람이라고."

기초가 토라진 표정을 지었다.

"그 여자가 믿어도 되는 사람인지, 너를 아들처럼 생각하는지 꼭 확인해야겠어. 네 아버지는 역마살이 붙은 양반이라 평생 떠돌이생활을 할 거고 이제 나까지 가버리면 너는 여기서 의지할 곳이 없는 외톨이가 돼. 고모는 혼자 남겨질 네가 걱정돼서 그러는 거야."

항한이 적잖이 놀란 표정을 지었다.

"가신다고요? 보육원 일은 그만두셨어요? 만난 지 얼마나 됐다고 또 어딜 가요? 제 아버지만 역마살이 붙은 게 아니었어요. 고모도 똑같아요."

기초가 두 팔을 벌려 보이면서 쓴웃음을 지었다.

"나는 네 아버지와는 달라. 네 아버지가 무엇을 위해 떠돌이생활을 하고 내가 누구를 위해 이곳을 떠나는지 너도 잘 알잖아."

항한이 잠깐 멍해 있다가 물었다.

"나력 형님 소식을 들었어요?"

아이러니하게도 항억과 항한은 기초는 '고모'라고 부르면서 기초보다 나이가 많은 나력은 '형님'이라고 부르고 있었다. 아마 잠재의식 속에 기초를 '누나'로 여기고 있는지도 모르는 일이었다.

나력 얘기가 나오자 기초는 신이 났다. 그녀가 입수한 소식에 의하면 나력은 태평양전쟁 발발 후 중국-미얀마 변방으로 전출돼 갔다. 그곳에서 막 돌아온 사람이 전한 소식이라 거짓 정보는 아닐 터였다. 나력을 직접 만났다고 하는 그 사람은 나력이 운수대 대장을 맡아 밤낮으로 전선에 군수물자를 나르고 있다고 전해주었다. 예전의 작전참모가

운수대 대장이라니, 아마 운전에 능하기 때문에 그렇게 배치된 것이리라.

"여기서 중국-미얀마 국경까지 간다고요? 미쳤어요?"

항한이 조급한 마음에 옆에 앉은 여자가 고모라는 사실도 잊은 채 냅다 소리를 질렀다.

"거기가 어디라고 가요? 일본군과 영국군, 인도군, 미얀마군, 중국군 사이에 대규모 접전이 벌어질 것이라는 소문도 못 들었어요? 그곳에서 나력 형님을 찾는다는 건 바닷가에서 바늘 찾기나 다름없어요. 설사 둘이 만났다고 해도 그 다음에는 어쩔 건데요? 고모가 나력 형님에게 무슨 도움을 줄 수 있어요? 방해나 안 되면 다행이게요."

기초는 대수롭지 않은 표정을 지었다.

"그래, 나 미쳤어. 우리 집 여자들은 하나같이 다 미친 사람들이야. 가초 언니가 미쳤었다는 건 너도 알고 있지? 하지만 그 당시 나도 미쳤었어. 나력 보러 가지 말라고 할 거면 입 다물어. 그 사람을 찾지 못하면 죽어버릴 거야. 아마 그 사람을 만나더라도 죽게 될 테지. 어차피 죽을 건데 차라리 그 사람을 만나고 죽는 편이 나을 것 같아……. 너는 아직 어려. 미칠 것 같은 내 심정을 이해하지 못하겠지. 휴우~, 내가 이런 아이하고 무슨 말을 하겠어? 너는 잠자코 있다가 나중에 이라와디강Irrawaddy River(미얀마 최대의 강)에서 미친 여자의 시체나 건져내. 됐어, 이런 얘기는 그만하고 차나 마시자. 서진西晉 문학가 장재張載의 〈등성도백토루〉登成都白兔樓 기억나? 향기로운 차 육청 중 으뜸이고, 넘치는 맛은 나라에 퍼지니, 사람 삶이 진실로 안락할진대, 이 땅도 즐길 만하구나……. 이런 내용이지. 자, 우리도 옛사람들을 본받아 풍류 좀 즐겨보자. 여기 주문이오."

멀지 않은 곳에 있던 종업원이 기초가 손을 드는 것을 보고 몇 걸음 다가왔다. 그러다 그 자리에 뚝 멈췄다. 항한이 기초의 쳐든 손을 붙잡아 내렸던 것이다. 종업원은 눈치 빠르게 물러갔다. 이때 열두어 살쯤 돼 보이는 여자아이가 허둥지둥 찻집으로 뛰어 들어왔다. 이어 눈물범벅이 된 얼굴을 손으로 문지르며 주위를 두리번거렸다. 그 모습이 누군가를 찾는 것 같았다. 항한이 여자아이에게 다가가 몇 마디 물어보더니 다급히 자리로 돌아와 기초에게 귀엣말을 했다. 기초의 입에서 비명이 터져나왔다. 찻집 손님들이 모두 고개를 돌렸다. 누가 뭐라고 하기도 전에 기초 일행 셋은 밖으로 나가고 없었다. 호사가들은 종업원을 둘러싸고 궁금한 표정을 지었다.

"무슨 일이 생긴 거요?"

종업원이 고개를 저었다.

"나도 자세한 건 모르오. 아마도 여자아이의 가족이 다쳤다는 것 같던데, 제대로 듣지 못했소. 뭐 이상할 것도 없소, 요즘 세월에 사람 다치는 일이야 비일비재하지……."

제24장

가평은 아안雅安(사천성 서부 도시)에서 중경으로 돌아가는 길이었다. 차는 그가 직접 운전하고 그의 화가 아내 황나黃娜는 뒷좌석에 타고 있었다. 황나는 긴 여정에 노독이 쌓여 화구가방을 들 힘도 없었다. 지프가 덜컹거리면 고개를 번쩍 들었다가 다시 고개를 떨어뜨리고 꾸벅꾸벅 졸곤 했다. 그나마 위안 삼을 것이 있다면 제일 험한 길을 통과했다는 사실이었다. 둘은 어제 하루 종일 촉도蜀道(사천성 촉 지방으로 통하는 험난한 길)를 빙빙 돌았다. 그리고 오늘 드디어 사천분지의 구릉지대에 진입했다.

짙은 자색의 혈암층으로 형성된 산언덕들이 차창 밖으로 보였다. 층층이 겹쳐진 계단식 밭이 산꼭대기까지 쭉 이어져 있었다. 황나는 아안으로 가는 길에 처음 보는 장관에 넋을 빼앗겼다. "너무 멋있다"고 감탄사를 연발하면서 열심히 스케치를 했었다. 하지만 돌아올 때에는 열정이 완전히 식었다. 설사 열정이 남아 있다고 한들 연필 들 힘도 남아 있지 않았다. 평원과 구릉 사이에는 벌거숭이 뽕나무밭과 아직 수확 전인 사탕수수밭이 있었다. 가평은 각지를 편력한 경험으로 아무리 신기한 것을 봐도 별로 감흥이 일지 않았다. 더구나 자주 보는 혈암층 산언덕이야 중경 찻집에서 기다리고 있을 기초와 향한 생각을 하면 마음이 조급해 눈에 들어오지도 않았다. 그리고 기숙학교에 '버려두고' 온 딸 초풍蕉風도 걱정이 됐다. 제대로 쉬지도 못하고 새벽 댓바람부터 길을 재촉한 것도 이런 이유 때문이었다. 그는 졸음을 쫓기 위해 머리와 이마에 수시로 청량유淸凉油(시원한 느낌을 주는 연고)를 발랐다. 또 현지 주민들에게서 얻은 찻물을 벌컥벌컥 들이켰다. 다 식은 차였으나 갈증을 없애고 가슴속 화기를 가라앉히는 데는 제격이었다.

세상에는 인정이 많고 정의감이 강하면서 세상 모든 일을 자신의 소임으로 간주하는 사람이 있다. 세상만사에 관심이 많을 뿐 아니라 부당한 일을 보면 그냥 지나치지 못하고 오지랖 넓게 끝까지 참견한다. 이런 사람들을 일컬어 '시대의 투사'라고 한다. 항씨 집안에서는 가평이 그런 사람이었다.

차茶에 대해서는 별 관심이 없었던 가평은 우연한 계기로 차의 세계에 입문한 뒤 완전히 푹 빠져버렸다. 원래 그는 제일 먼저 사람부터 보는 성격이었다. 사람과 사람 사이의 관계를 분석해 그 사람과 뭉칠 것인지 아니면 투쟁할 것인지 결정했다.

어떤 사람은 일 때문에 울며 겨자 먹기로 부득불 다른 사람과 투쟁하지 않으면 안 된다. 하지만 가평은 달랐다. 그는 태어나면서부터 싸우기를 즐겼다. 그런 그가 오각농 선생과 같이 일을 하면서 그냥 지나쳐서는 절대 안 되는 '투쟁 대상'과 '투쟁 사안'을 발견했다. 그가 상대해야 할 투쟁 대상은 바로 중앙신탁국中央信托局이었다. 더 정확하게 말하면 그의 궁극적인 투쟁 대상은 일개 기관이 아닌 하나의 가문이었다. 어마어마한 배경을 가지고 있는 이 가문은 바로 '중국의 4대 가족'으로 불린 공상희孔祥熙 가문이었다. 공씨 가문이 중앙신탁국을 철저히 통제하고 있었던 것이다. 물론 공씨 가문의 야심은 여기에서 그치지 않았다. '차 일괄 수매, 일괄 판매' 정책이 거액의 외화를 벌어들이는 실질적인 효과를 내기 시작하자 여기저기서 차 사업에 잔뜩 눈독을 들이기 시작했다. 중앙신탁국은 여러 부처들 가운데에서 가장 경쟁력이 강했다.

가평은 지나치게 순수한 다인들이 답답하게 느껴질 때가 많았다. 다인들은 거의 대부분 정치에는 문외한이었다. 어쩌면 정치를 싫어한 탓에 일부러 정치와 담을 쌓으려고 애를 쓰는 건지도 몰랐다. 그렇다면 그들은 정치가 경제를 대변한다는 사실을 정말 모른다는 말인가? 또 차茶가 무기 교역에 사용되는 한낱 식물 이상의 의미라는 사실도 모른다는 말인가? 차는 일종의 '권력'이 될 수 있다. 가평은 문인들의 다과 모임에 자주 참석했다. 물론 그는 굳이 문인들을 비하하고 싶은 마음은 없었다. 하지만 문인들이 우아하게 차를 홀짝거리면서 《홍루몽》에 등장하는 보옥寶玉이 어떠네, 묘옥妙玉이 어떠네 하면서 한가롭게 품평이나 하고 있는 것을 볼 때면 욱, 하고 성질이 날 때가 한두 번이 아니었다. 그가 알고 있는 차는 문인들의 입에 한가롭게 오르내리는 가녀리고 연약한 존재가 아니었다. 엄혹하고 엄숙하면서 또한 매우 중요한 존재였다. 작고 파란 잎사귀 뒤에 공명정대한 진리가 숨어 있을 수도 있고 더럽고 추악한 음모가 도사리고 있을 수도 있었다. 화조풍월 따위나 읊조리고 앉아 있는 문인들 때문에 중국차가 점점 가벼운 존재로 인식된다는 것이 그의 생각이었다.

그는 자신이 진심으로 존경하는 다인 선배들에게 자신의 생각을 솔직하게 털어놓았다. 그것도 한두 번도 아니고 틈만 나면 그들을 설득하려고 애썼다. 그들은 가평의 말을 잘 들어줬다. 진지한 표정으로 공감도 해줬다. 심지어 가끔 가평과 함께 책상을 주먹으로 치면서 분노를 토하기도 했다. 하지만 그게 다였다. 창랑^{滄浪}의 물이 맑을 때는 기꺼이 갓끈을 씻지만, 창랑의 물이 흐려지면 결코 발을 담그려 하지 않는 것, 그것이 그들의 한계였다.

가평은 차 사업에 점점 깊이 빠져들었다. 처음에는 단지 오각농 선생을 돕는다는 생각으로 가볍게 시작한 일이었다. 오각농의 사업이 본궤도에 오르면 다시 본업으로 돌아갈 생각이었다. 하지만 일이란 것이 생각처럼 순조롭지 않았다. 그는 자기도 모르는 사이에 나약한 다인들을 대신해 대중 앞에 나서는 일이 잦아졌다.

중국다엽공사는 중앙신탁국의 후원을 등에 업고 전시^{戰時} 중국의 차 수매와 판매 사업을 야금야금 잠식하고 있었다. 중국다엽공사는 명의상 무역위원회 산하 기업이었다. 하지만 덩치가 커지고 힘이 세지면서 나중에는 홍콩무역공사의 차 수출업무까지 빼앗아 경영하는 지경에 이르렀다. 오각농은 중경 중앙무역위원회에서는 차관리처 처장의 신분으로 그나마 자신의 목소리를 낼 수 있었지만 중국다엽공사에서는 말이 통하지 않았다. 중국다엽공사 총기사^{總技師}, 부책임자, 기술처장 등 그가 겸임한 직무는 빛 좋은 개살구처럼 유명무실했다.

결국 정면 투쟁의 사명은 가평에게 자연스럽게 맡겨졌다. 당시 유학자 스타일의 다인^{茶人} 오각농 선생은 중국다엽총공사 기술처의 대다수 동료와 제자들을 데리고 1000리 밖 절강성 구주^{衢州}시 만천^{萬川}으로 돌아갔다. 그리고는 그곳에 중국차연구소의 전신인 '동남다엽개량총장'^{東南茶葉改良總場}을 세웠다. 그가 데리고 간 사람들 중에는 훗날 중국차 업계의 튼튼한 버팀목이 돼준 주강부朱剛夫, 장만방莊晚芳, 전량錢梁, 장임莊任, 허유기許裕圻, 진관창陳觀滄, 방군강方君强, 여소송餘小宋, 임희수林熙修 등 중견 인물들도 포함돼 있었다.

귤나무가 숲을 이루고 맑은 냇물이 돌돌돌 흐르는 아름다운 산장에서 오각농과 가평은 오래도록 대화를 나누었다. 오각농은 "자신에게는 엄하고 남에게는 관대하게 대하라. 자신은 검소하고 남을 후하게 도우라."는 등의 이야기를 늘어놓으며 마치 물가에 내놓은 아이처럼 가평을 대했다.

가평은 오 선생의 설교 아닌 설교를 들으면서 지난번 고향에 갔을 때를 떠올렸다. 그 당시 그는 "함께 이곳을 뜨자"고 형님을 설득하는 데 거의 성공했었다. 형님의 입에서 "그래, 그러자."는 한마디가 나오기 직전이었는데 마른하늘에 날벼락 같은 비보가 날아들었다. 조기객이 석비에 머리를 부딪쳐 자결했다는 것이었다. 잇따라 나초경이 긴급 통지를 보내왔다. 고보리가 두 사람의 진짜 신분을 눈치채고 잡으러 오고 있다는 것이었다. 가평에게는 조 어르신의 죽음을 슬퍼할 시간이 주어지지 않았다. 가화가 다급하게 말했다.

"빨리 가. 아직 늦지 않았어."

가화는 뒷문 쪽으로 가평을 끌었다. 가평은 문고리를 잡고 서서 버텼다. 하고픈 말은 많았으나 무슨 말을 했으면 좋을지 몰랐다. 문득 오래 전에 이 뒷문을 통해 가출하던 장면이 아련하게 떠올랐다.

"조 어르신의 후사後事는……."

요코가 힘겹게 입을 연 가평의 말을 가로챘다.

"집안일은 우리가 알아서 할 테니 아무 걱정 말고 얼른 가세요. 빨리요."

요코는 손으로 가평을 밀었다. 갑자기 울컥해진 가평이 요코의 손을 덥석 잡고 말했다.

"요코, 같이 가."

요코의 손이 허공에 굳어졌다. 어두워서 잘 보이지 않았으나 가평은 요코가 가화 쪽으로 고개를 돌리는 것을 분명히 봤다. 요코가 목소리를 낮춰 말했다.

"제가 말했잖아요. 아주버님이 안 가면 저도 안 가요."

순식간에 주위에 정적이 깃들었다. 가평은 눈앞이 하얗게 변했다. 마치 칼로 온몸을 난도질당하듯 깊은 절망감과 고통이 엄습했다. 하지만 머릿속은 어느 때보다 맑았다. 그가 침착하게 말했다.

"내 방 책상 위에 천목잔天目盞이 있어."

멋있는 작별인사를 하고 싶었으나 엉뚱한 말이 튀어나왔다.

"봉흉화길逢凶化吉(전화위복의 의미)하게 해주는 물건이라고 하니 잘 간직해."

가평은 이 말을 마지막으로 데리러 온 사람들에게 이끌려 차에 올라탔다.

가평은 위험에서 벗어난 후 가족들과 계속 연락을 시도했다. 가화는 일거수일투족을 감시당했고 항주 시내 밖으로 나가는 것도 금지되었다. 하지만 그는 온갖 방법을 동원해 가평에게 차를 보내주었다. 목숨을 건 위험한 행동이 아닐 수 없었다. 가평은 그런 형님이 걱정스러워 인편으로 말을 전했다. 가급적 빨리 항주를 떠나 오각농 선생을 찾아가라고 간곡하게 권했다. 가평은 오각농 선생에게 진정으로 필요한 사람은 자신이 아닌 형님이라는 것을 잘 알고 있었다. 어쩌면 자신은 태생적으로 진정한 다인茶人이 아니었을지도 몰랐다. 그는 중경으로 돌아갈 계획이었다. 그곳에서 일본제국주의와 파시스트에 맞서 투쟁할 생각이었다. 뿐만 아니라 국난國難을 이용해 자기들 주머니 채우기에만 혈안이 된 탐관오리들, 매국노들을 처단하고도 싶었다. 그는 원래부터 술을 좋아했으니 '온화, 선량, 공경, 절검節儉, 겸양謙讓'의 다섯 가지 덕목을 갖춘 차는 애초부터 그의 취향이 아니었다. 걷잡을 수 없이 불안한 천하에서 영웅의 진면목을 우뚝 세우는 것이 그의 삶의 목표였다.

항한은 원래 오각농을 따라 만천으로 가려고 했었다. 하지만 오각농이 그를 말렸다. 복단대학 차학과를 다닐 수 있는 좋은 기회를 포기하지 말라는 것이 첫 번째 이유였다. 두 번째 이유는 곧 설립 예정인 중국차연구소에 항한을 비롯한 젊은 후배들의 역량이 필요하다는 것이었다. 결국 항한은 중경에 눌러앉았다. 다만 당분간 마땅한 일자리를 찾지 못해 원래 하던 차 수출검사업무를 계속 하기로 했다.

중국 최초의 〈차 수출검사표준〉은 오각농이 상해상품검험국上海商品檢驗局에 근무할 당시인 1931년에 제정한 것이었다. 그는 추병문鄭秉文(농업전문가) 선생과 채무기蔡無忌(수의사 겸 학자) 선생의 도움을 받아 당시 수출용 중국차의 품질, 수분 함량, 착색, 포장 등의 분야에 걸친 문제점을 정리하고 해결책을 제시했다.

예전에는 중국차 수출검사라고 하면 선적 전 검사를 의미했다. 선적 전 검사에서 불합격 판정을 받으면 운송이 금지됐다. 따라서 수출업자들이 막대한 손실을 입는 것은 물론이고 해외 수입업자들도 불만이 많았다. 이에 오각농은 선적 전 검사에 앞서 원산지에서 미리 한 번 검사를 할 것을 수출업자들에게 요구했다.

항한의 업무는 중경 부두에서 수출 차의 2차 검사를 진행하는 것이었다. 원산지에서의 1차 검사와 중경 부두에서의 2차 검사를 통과한 차는 영파寧波에서 또 3차 검사를 받아야 했다. 사실 2차 검사는 그냥 형식에 불과했다. 파촉巴蜀 지역은 전 세계 차의 발원지였지만 당나라 중기 이후로 이 지역의 차 산업은 점점 몰락해갔다. 1869년부터 1916년까지 중국의 홍차와 녹차 수출량은 182만 담擔(1담은 100근)에서 268만 담에 달했으나 그중에 사천 차는 한 냥도 포함되지 않았다. 항일전쟁 시기에도 사천성 일대의 주요 도시들은 운남, 귀주, 호남, 호북 등지로부터 차를 가져와 음용차飲用茶의 수요를 해결했다. 일부 상인들은 이 기회를 이용해 다른 지역에서 가져온 차(주로 운남차)를 장강을 통해 해외로 수출했다. 한마디로 항한이 중경 부두에서 검사하는 차는 수출하는 차의 극히 일부분이었다.

전란의 시대에는 명철보신明哲保身(자기 자신을 잘 보호함)에 능숙한 자가 승자라고 할 수 있다. 하지만 항한은 그따위 처세술은 몰랐다. 설사 알았다고 해도 그의 성격상 유연한 일처리는 불가능했을 것이다. 그는 고지식한 사람으로 한 치의 타협도 없이 맡은 바 일을 엄정하게 처리했다. 어떤 방식이 결과적으로 더 효율적이고 가치 있는 것인지 생각해보려고도 하지 않았다.

여러 가지 검사 항목 중에서 포장과 품질 검사는 문제가 없었다. 다만 수분 함량을 검사할 때에는 각별한 주의가 필요했다. 장거리 운송 과정에 햇볕을 쬐고 비에 젖으면서 쉽게 곰팡이가 생길 수 있기 때문이었다. 다행히 원산지에서 각 성, 시의 차 전문가들에 의해 1차 검사를 통과한 제품들은 대부분 별 문제가 없었다.

중요한 것은 녹차의 착색 여부를 감별하는 것이었다.

중국인 차상茶商들 중에서 잔머리를 굴리는 부류들이 수출용 녹차에 물을 들이는 경우가 많았다. 이들이 사용한 물감 중에는 인체에 유해한 독성물질도 있었다. 그런 까닭에 프랑스는 1932년에 유색차有色茶 수입 금지령을 내렸다. 상해상품검험국도 독성 물감을 사용한 착색차 수출을 금지시켰다. 항한의 주요 업무는 착색차를 감별해내는 일이었다. 그의 딱딱하고 고지식한 성격 덕분에 "중경 부두에서의 2차 검사는 그냥 형식에 불과하다."는 편견이 점점 줄어들기 시작했다.

이날, 안개가 짙게 꼈다. 전홍차滇紅茶(운남성 홍차의 일종)를 잔뜩 실은 배 한 척이 부두에 도착했다. 항한은 관례대로 검사 준비를 했다. 전천滇川(운남성과 사천성) 변경에서 왔다고 자기소개를 한 호송인(화물 관리인)은 약삭빠르게 항한에게 담배를 권하면서 비굴한 웃음을 지었다.

"새로 개발한 전홍공부차滇紅工夫茶요. 홍차는 착색 염려가 없으니 번거롭게 검사 안 해도 될 거요."

'전홍공부차'라는 말에 항한의 눈과 귀가 번쩍 뜨였다. 이 차는 역사가 고작 2년밖에 안 되었지만 명성이 자자했다. 항한을 비롯한 젊은 다인들도 귀에 못이 박히도록 이름을 들어본 차였다. 1938년 갓 설립된 운남다엽무역공사는 순녕順寧, 불해佛海 등지에 사람을 파견해 대엽종 공부홍차工夫紅茶를 시험 제조하게 했다. 이 차는 외형이 튼실하고 금호金毫가 확연하게 보이면서 맛과 향이 진했다. 처음 생산된 500담의 물량은 홍콩 부화공사를 통해 영국 런던으로 수출됐다. 판매가가 파운드당 800펜스에 달해 일거에 유명해졌다. 소문에 의하면 영국 여왕은 이 차를 마시지 않고 유리병에 담아 관상용으로 '모셔'뒀다고 한다. 항한은 원래는 녹차만 마셨으나 가평이 오각농 선생을 통해 보내온 전홍차를 마셔보고 홍차에 반했다. 오각농은 공과 사가 분명한 사람이었다. 절대로 공적인 물건에 손대는 일이 없었다. 하지만 이번만은 전례를 깨뜨리고 가평이 보낸 차를 나눠 마셨다. 이 차는 새로 제조한 전홍차 견본품으로 등급 판정을 받기 위하여 보내온 것이었다. 항한은 이때부터 홍차에 맛을 들였지만 전홍차는 시중에서 구하기 어려운 귀한 차였다. 거의 대부분이 외국으로 수출되기 때문이었다. 그런데 오늘 우연찮게 전홍차를 한가득 싣고 온 배를 만났으니 반갑지 않을 수 없었다. 그는 속으로 중얼거렸다.

'평소에는 그렇게 보기 힘들더니 오늘은 한 배 가득 싣고 왔네?'

사내는 꾸물거리는 품이 차 상자를 열어서 검사받기를 꺼리는 것 같았다. 그 모습에 의심스러워진 항한이 딱딱하게 말했다.

"배에 올라가서 검사하겠소. 앞장서서 상자를 개봉하시오."

사내가 슬쩍 손을 내밀었다. 항한은 갑자기 호주머니가 무거워진 느낌에 고개를 숙였다. 두툼한 돈다발이 호주머니 위로 삐죽 고개를 내밀고 있었다. 항한이 사내의 주머니에 돈다발을 도로 넣으면서 말했다.

"물건에 문제가 없으면 바로 통과시킬 것이오."

사내가 웃으면서 항한의 어깨를 툭툭 쳤다.

"에이, 보아하니 산전수전 다 겪은 사람 같구만. 우리끼리 이러기요? 아우, 앞으로 만날 일이 많을 터이니 한 번만 봐주시구려."

항한이 그래도 배에 오르려고 하자 사내가 항한의 눈을 똑바로 보면서 표정을 굳혔다.

"꼭 이래야만 하겠소?"

항한이 웃으면서 어깨에 슬쩍 힘을 가했다. 항한의 어깨를 잡고 있던 손이 조금 놀란 듯 흠칫하더니 이내 떨어져 나갔다.

"마음대로 하시오."

항한은 배 위에 있는 상자 하나를 열었다. 훅 풍겨 나오는 냄새만으로도 이것이 진짜 전홍차가 아니라는 것을 알 수 있었다. 그는 차를 조금 집어 잔에 담고 뜨거운 물을 부었다. 탕색湯色이 우중충하고 혼탁한 것이 질 나쁜 차임에 틀림없었다. 항한이 사내에게 물었다.

"주인장은 어디 있소?

사내가 대답했다.

"내가 주인장이오."

"그렇다면 당신의 이번 장사는 망했소."

"그게 무슨 말이오?"

"이 차는 전홍차가 아니오."

사내가 그러자 코웃음을 쳤다.

"그게 이마에 피도 안 마른 애송이 외지인이 할 말이오? 자네가 차에 대해 뭘 아는가? 차 장사를 한 번이라도 해봤소?"

사내는 슬슬 본색을 드러내고 있었다. 항한이 담담하게 웃으면서 말했다.

"차 장사는 안 해봤지만 세상에 존재하는 웬만한 차는 두루 섭렵했다고 감히 장담할 수 있소. 이 전홍차로 말할 것 같으면 아직 사람들에게 널리 알려지지 않은 신품종이오. 하지만 몇 가지 특징이 있소. 우선 형태가 두툼하고 튼실하오. 또 담황색이나 금황색 솜털이 무성하게 덮여 있지. 뜨거운 물로 우린 탕색을 보면 맑고 산뜻하면서 진한 꽃향이나 과일향이 나지. 당신이 가져온 이걸 보시오, 색깔이 시커멓고 우중충한 데다 무성한 솜털도 없지 않소? 이런 걸 가져다 전홍차라고 속이려 들다니 너무한 거 아니오? 이게 진짜 전홍차라면 내가 목을 내놓겠소."

사내는 조금 의외라는 표정을 지었다. 아무것도 모르는 애송이인 줄 알았는데 차에 대한 해박한 지식을 자랑하는 것이 놀라웠던 것이다.
사내가 예의 비굴한 웃음을 지으면서 말했다.

"아이고, 말로 합시다, 말로 해요. 사실 나는 차에 대해 잘 모르오.
이 차도 다른 사람의 부탁을 받고 이리로 운송해온 거요. 이미 검사를
통과한 것이니 걱정 말고 수출하라고 그분이 큰소리를 치기에 아무 의
심도 하지 않았소. 사례비까지 다 받은 마당에 여기서 걸려버렸으니 나
더러 어쩌라는 말이오?"

"어쩌기는 뭘 어쩌겠소? 당신에게 부탁한 그 사람을 찾아가서 모든
책임을 지라고 하면 되지."

항한의 입에서 그 말이 나오기만 기다렸던 사내가 교활하게 웃으면
서 냉큼 말했다.

"아우, 아우 입에서 그 말이 나왔으니 하는 말인데 이 차의 수출 의
뢰인이 누구인지 아시오?"

사내가 항한의 귀에 대고 한 사람의 이름을 말했다.

항한도 들어본 적이 있는 이름이었다. 어쩌면 어디선가 얼굴을 봤
을지도 몰랐다. 하지만 그는 '중국다엽공사 모 처處의 처장'이니, '공상희
가문의 측근'이니 하는 지칭이 무엇을 의미하는지 몰랐다. 정치와 경제
의 복잡한 관계 따위에는 애당초 관심도 없었던 것이다. 항한은 사내의
정색한 표정을 보고 웃음이 터져 나왔다.

"그래서? 그리 대단한 사람이면 직접 와서 이 차를 보고 여기에 서
명하라고 하시오. 여기에서는 내가 책임자요. 내가 안 된다면 안 되는
줄 아시오."

사내는 어안이 벙벙했다. 천하의 공상희 이름으로도 안 되는 일이
있다니, 혹시 돈을 더 내놓으라는 말인가? 사내가 주저주저하다가 주

머니에서 돈다발을 하나 더 꺼냈다. 이어 방금 전 돌려받은 돈다발까지 두 개를 항한의 손에 쥐어주면서 너스레를 떨었다.

"아유, 다 알 만한 사람들끼리 왜 이러실까? 이 정도면 충분하지 않소? 나도 장사 하루 이틀 한 사람이 아니오. 하지만 부두에서 이렇게 큰 액수를 내보기는 처음이오. 이쯤에서 사정을 봐주지 않는다면 아우도 욕심이 지나친 거요."

항한의 얼굴이 보기 싫게 일그러졌다. 도저히 계속 듣고 있을 수가 없었다. 그가 돈다발을 사내의 얼굴에 냅다 던지면서 고함을 질렀다.

"이게 무슨 짓이오? 나를 뭘로 보고? 내가 당신의 돈을 한 푼이라도 바란다면 지금 이 자리에서 벼락 맞아 죽을 거요."

사내도 인상을 험악하게 구겼다.

"대체 원하는 게 뭐요? 이 어르신은 정계와 암흑가에서 반평생을 보낸 사람이오. 원하는 게 뭔지 말해보시오. 내가 다 구해다줄 테니."

그야말로 조폭이 따로 없었다. 하지만 조폭 따위의 위협에 눈 하나 깜짝할 항한이 아니었다. 일본 헌병의 따귀를 때리고도 살아남았던 그가 아니던가.

"원하는 것? 나는 다른 건 다 필요 없고 진짜 전홍차를 원하오. 진짜 전홍차를 보여주면 통과시킬 것이오. 여기 이 가짜 차는 버리든지 아니면 도로 가지고 가든지 마음대로 하시오."

"진짜 전홍차 맞다니까 그러네. 여기 검사증명서도 있소. 불필요한 잡음을 줄이려고 기껏 고개를 숙여줬더니 누구를 바보로 아나? 나 참 어이가 없어서."

사내는 종잇장을 휙 내밀었다. 항한은 곁눈질로 힐끗 보고 속으로 적잖이 놀랐다. 그가 손에 쥐고 있는 검사증명서와 똑같았기 때문이었다. 이 작자들은 사전에 완벽하고 철저한 준비를 갖춘 후 대놓고 부정행위를 저지른 것이었다. 서명란에는 공씨네 측근이라는 인간의 이름이 떡하니 표기돼 있었다. 항한은 화가 나서 참을 수가 없었다. 그는 가짜 검사증명서를 마구 구겨서 강에 버리려다가 가까스로 참았다. 문득 무역위원회에 근무하는 아버지 가평이 떠올랐다. 오각농 선생은 많은 일을 아버지에게 맡겼다. 아버지라면 이런 상황에서 어떻게 해야 하는지 방도를 알려줄 것 같았다. 그는 끓어오르는 분노를 참으면서 사내 일행에게 말했다.

"여기서 기다리시오. 상부에 보고하고 그 지시에 따를 거요."

사내는 속으로 코웃음을 쳤다. 속으로는 조용히 항한을 비웃었다.

'상부 좋아하고 있네, 장蔣 위원장(장개석)이라도 모셔올 셈인가? 공씨, 장씨 두 가문이 어떤 관계인데? 버르장머리 없는 애송이 같으니라고! 네 녀석은 전홍차의 솜털 색깔이 담황색, 금황색이라는 것만 알지 공씨 가문이 얼마나 대단한지는 모르지? 공씨네가 검은 것을 희다고 하면 그건 흰 것이 되는 거야. 네 녀석이 순순히 우리를 통과시키지 않고는 못 배길걸.'

가평은 항한의 전화를 받자마자 불같이 화를 냈다.

"세상에 이런 무법천지가 어디 있어? 너 거기서 기다려. 내가 당장 갈 테니."

잠시 후 가평이 차를 타고 부두에 왔다. 그는 아들을 한쪽으로 끌고 가서 작은 소리로 물었다.

"한아, 네가 두 눈으로 똑똑하게 본 거 맞지? 저 차, 가짜 전홍차 확실하지?"

항한은 발을 굴렀다.

"못 믿겠으면 직접 확인해보세요, 전홍차가 어떤 차인데 그걸 헷갈리겠어요? 지나가는 사람이 봐도 가짜인 걸 대번에 알겠어요."

가평은 흥분한 표정으로 두 손바닥을 비비면서 부두를 서성였다.

"잘 됐다, 잘 됐어. 이건 하늘이 우리에게 준 기회야."

오리무중에 빠진 항한이 가슴을 치면서 말했다.

"배에 한 가득 실은 저 차가 다 전홍차라면 얼마나 좋겠어요? 거액의 외화를 벌어들일 수 있을 텐데."

가평이 아들의 어깨를 툭툭 쳤다.

"얘야, 돈도 물론 중요하지만 이건 돈 문제가 아니란다. 이 화물선 배후의 세력을 어떻게 상대해야 할지 잘 생각해봐야 해."

그때 짐꾼 같은 사람들이 우르르 달려왔다. 가평이 배를 가리키면서 말했다.

"전부 옮기게. 한 상자라도 남겨서는 안 되네."

가평은 의아해하는 아들에게 설명했다.

"항일전쟁 기간에 권력을 이용해 사사로운 이익을 챙기는 것은 중죄에 해당하지. 게다가 가짜를 진짜처럼 속여 수출하려고 했겠다, 이는 국가 이미지에 먹칠을 한 거나 다름없어. 일단 차를 압류한 다음 배후에서 어떤 인물이 나오는지 지켜보자."

짐꾼들이 차 상자를 나르기 시작했다. 호송인은 막아보려고 이리 뛰고 저리 뛰고 했으나 허사였다. 가평이 얼마나 대단한 인물인지 모르는 상황에서 섣불리 행동할 수도 없었다. 그는 가평의 뒤를 졸졸 따라다니면서 '장관님'을 연발했다. 하지만 가평은 그를 외눈으로도 보지 않았다. 마치 그림자 대하듯 철저하게 무시해버렸다. 호송인이 들이미는

궐련도 손으로 쳐내버렸다. 황급히 담배를 꺼내던 호송인의 손이 그대로 굳어져버렸다. 그러나 그것도 잠시였다. 그의 얼굴에 구원병을 발견한 듯 화색이 돌았다. 그는 짐꾼들을 향해 고함을 질렀다.

"멈춰! 당장 내려놔! 내 차에 손을 대는 자는 가만 안 둘 거야."

사내는 가평에게 주려고 꺼내던 담배를 손에 그대로 쥔 채 몸을 휙 돌렸다. 그리고는 막 도착한 다엽공사의 '처장'인지 뭔지 하는 자를 향해 달려갔다.

양측은 팽팽한 대치상태에 빠졌다. 짐꾼들은 어찌할 바를 몰라 가평을 바라봤다. '처장'이라는 작자는 가평을 거들떠보지도 않고 호송인을 향해 냅다 고함을 질렀다.

"뭐가 문제인가? 필요한 서류도 다 있잖은가? 같잖은 인간들과 승강이 그만하고 얼른 도로 실어!"

사내가 부하들에게 맞장구쳤다.

"도로 실어! 도로 실어!"

사내의 부하들은 그러나 머뭇거리며 달려들지 못했다. 그러자 사내가 직접 나섰다. 그가 부두에 놓인 차 상자를 향해 걸어가는 것을 보고 가평이 항한에게 슬쩍 눈짓을 했다. 항한이 사내의 앞을 막아서면서 말했다.

"이 상자에 감히 손을 대면 일이 시끄러워질 거요."

사내가 동작을 멈췄다. 이어 고개를 돌려 도움을 바라는 눈빛을 '처장'에게 보냈다. 이쯤 되자 '처장'도 가만히 있을 수 없었다. 그가 항한의 얼굴에 삿대질을 하면서 협박조로 말했다.

"당신, 뭐하는 사람이야? 감히 국가대사를 훼방 놓다니? 하라는 검사나 똑바로 할 것이지 누가 여기서 말썽을 피우라고 했어? 저리 썩 꺼져!"

항한은 화가 나서 얼굴이 시뻘게졌다. 그가 뭐라고 한마디 쏘아붙이려는데 아버지 가평이 앞에 나섰다. 그가 기세등등하게 '처장'에게 다가가더니 사정없이 욕설을 퍼부었다.

"어디서 온 개새끼가 주제도 모르고 짖고 난리야?"

가평의 성격은 가화와 달랐다. 가화가 매사에 격식과 체면을 따지는 사람이라면 가평은 물불을 가리지 않고 속에 있는 것을 다 토해내는 성격이었다. 목적을 위해서라면 극단적인 표현방식도 서슴지 않았다. 그래서 만인대회에서도 격앙된 어조로 자신의 의견을 피력하고 거리에서도 거리낌없이 남을 지탄하는 것이 가능했던 것이다. 사실 그는 지금의 사태를 최악의 상황으로 몰고 가기 위해 일부러 심한 욕을 한 것이었다. 상황이 악화돼 몸싸움으로까지 번진다면 더할 나위 없이 좋을 터였다.

'개새끼'라는 욕은 그야말로 절묘한 한수였다. '처장'이라는 자가 공씨 가문의 '개'인 것은 분명한 사실이었으니까. 하지만 지금까지 면전에서 대놓고 '개'라고 욕한 사람은 없었다. 일개 촌놈에게 험한 욕을 먹은 '처장'은 한동안 멍해 있다가 급기야 이성을 잃고 펄펄 뛰었다. 다짜고짜 가평의 멱살을 잡으려고 달려드는 그의 앞을 항한이 막아섰다. 가평을 놓치고 겨우 항한의 옷자락 끝을 붙잡은 그가 부들부들 떨면서 분노를 토해냈다.

"네…… 네놈은 뭐하는 놈이야? 내 말…… 말 한마디면 네놈은 이 바닥에서 끝…… 끝장인 줄 알아. 내…… 내가 가만 안 둘 거야!"

항한이 가만히 선 채로 무릎을 살짝 구부렸다. 모두 어안이 벙벙한 와중에 '처장'이라는 자는 잡았던 옷자락을 놓고 어이없이 뒤로 나동그라졌다. 하마터면 가릉강에 풍덩 빠질 뻔했다. 분노로 부들부들 떨며 일어난 그는 체면이고 뭐고 잊어버린 채 발을 구르면서 소리를 질렀다.

"달려들지 않고 뭣들 해? 잡아서 경찰서로 끌고 가란 말이야! 아이고, 나 죽는다……."

드디어 부두에서 패싸움이 벌어졌다. 가평과 항한은 무예에 능한데다가 머릿수로도 우세했다. 가짜 전홍차를 수출하기 위해 만반의 준비를 하고 온 일당들은 중경 부두에서 일개 검사원에게 걸려 이런 곤욕을 치르게 될 줄은 꿈에도 생각 못했다. 지금까지의 고생이 헛수고로 돌아가는 것은 둘째 치고 묵사발이 되도록 얻어맞기까지 했다.

'처장' 일당은 가평 일행의 상대가 되지 못했다. 걸음아 나 살려라 하고 도망가는 와중에 '처장'은 피가 흐르는 코를 감싸 쥔 채 악에 받친 소리를 질렀다.

"항가평, 두고 봐. 내가 가만 안 둔다. 네놈이 공비들과 내통하고 있는 걸 내가 모를 줄 알아? 감방 갈 준비나 하고 있어."

가평이 큰 소리로 웃었다.

"네놈은 일본놈들하고 내통하고 있지 않느냐? 암암리에 일본놈들과 장사를 하고 있는 걸 다 알고 있다. 내가 고발하면 네놈은 사형감이다."

한참을 서로 욕설이 오고간 후 '처장' 무리들은 부두를 떠났다.

가평은 상대를 완벽하게 제압하기는 했으나 상태가 말이 아니었다. 넥타이가 비뚤어지고 양복 단추도 몇 개나 떨어져나가 있었다. 적지 않은 나이에도 여전히 숱 많고 새까만 머리카락은 부스스하게 흐트러져 있었다. 항한은 아버지의 우스꽝스러운 몰골을 보고는 푸, 하고 웃음을 터뜨렸다. 가평도 따라 웃으면서 말했다.

"어때? 통쾌하지?"

"아버지가 싸움을 이렇게 잘하실 줄 몰랐어요."

"나도 늙었구나. 젊었을 때는 말 그대로 펄펄 날아다녔었는데. 그때는 가는 나라들마다 싸움을 적지 않게 했단다."

"이 차들은 어떻게 할까요?"

항한의 근심 가득한 표정과 달리 가평은 별로 걱정하는 기색이 없었다.

"사람을 시켜 창고로 운반한 다음 열쇠를 잠그면 돼. 나중에 무기하고 바꿀 수도 있어."

가평은 아들의 어깨를 잡고 부두 밖에 있는 작은 술집으로 향했다. 속담에 "아버지와 아들이 오래 같이 있으면 형제 같은 사이가 된다."고 했다. 가평과 항한은 비록 부자지간이라고는 하나 떨어져 있었던 시간이 길다 보니 서로에게 모래알처럼 서걱서걱한 느낌이 없지 않아 있었다. 하지만 오늘 부자가 연합해 나쁜 놈들을 상대하면서 서먹함이 많이 없어졌다. 가평은 원래 잘 생긴 데다 나이보다 훨씬 젊어 보였다. 오히려 아들인 항한이 구레나룻이 덥수룩한 것이 겉늙어 보였다. 그래서 둘이 어깨동무하고 거리를 활보하는 모습은 부자지간이 아닌 다정한 형제 같았다.

가평 부자는 창가 쪽 자리에 앉았다. 주문한 음식을 기다리는데 갑자기 가평의 코에서 피가 주르륵 흘렀다. 가평이 황급히 머리를 쳐들고 휴지로 콧구멍을 틀어막았다. 그리고 코맹맹이 소리로 말했다.

"괜찮아, 아까 부주의로 그자들의 주먹에 슬쩍 스쳤어. 다행히 그 개자식들한테는 들키지 않았어."

항한은 아버지의 얼굴에 묻은 피를 닦아주면서 속으로 생각했다.

'벌써 사십이 넘은 분의 말이나 행동이 젊은이 못지않게 혈기왕성해. 누구하고 닮은 것 같은데? 아, 맞다. 할머니하고 꼭 닮았어.'

항한이 무심코 창밖을 내다보는데 술집 건너편의 보육원 간판이 눈에 들어왔다. 그가 아버지에게 말했다.

"아버지, 건너편에 보육원이 있어요. 웬만한 의약품은 구비돼 있을 거예요. 치료하러 갈까요?"

가평이 연신 손사래를 쳤다.

"가기는 어딜 가? 곧 괜찮아질 거야. 오늘은 코가 비뚤어질 때까지 마셔야지."

항한은 가평의 만류에도 불구하고 그를 혼자 남겨두고 밖으로 나왔다. 보육원에 가서 약솜이라도 얻어올 요량이었다.

가평은 얼굴을 하늘로 향한 자세로 아들이 계단을 내려가는 소리를 듣고 있었다. 아들, 아들이 아니면 누가 저렇게 의약품을 구하러 달려가겠는가? 가평은 소리없이 한숨을 내쉬었다. 그는 항한이 중경에 온 이후로 아들에게 새 아내를 소개시켜주려고 몇 번이나 시도했었다. 하지만 일은 생각처럼 쉽지 않았다. 아내의 태도는 뜨뜻미지근하니 그의 기대만큼 적극적이지 않았다. 아들 역시 고분고분 말을 듣지 않았다.

항주에서 돌아온 후 가평과 황나 둘 사이에는 미묘한 기류가 흐르기 시작했다. 황나는 영국에서 유학하면서 서양식 교육을 받은 여성이었다. 그런 이유로 가평은 황나가 요코와 항한의 존재를 무리없이 포용하고 받아들일 줄 알았다. 귀국에 앞서 두 사람은 이 문제에 대해 대화를 나누었는데 그때 황나는 묘하게 말했다.

"달링, 이건 당신의 일이에요. 당신이 알아서 잘 처리할 거라고 믿어요."

말투는 부드러웠으나 뉘앙스는 분명했다. 황나는 가평이 이 일에 대해 언급하는 것을 싫어했다. 가평의 바람처럼 요코와 항한을 포용할 생각도 없어 보였다. 사실 가평은 처음부터 요코에 대한 얘기를 황나에게 하지 못했다. 아이러니하게도 지금까지 사귀었던 다른 여자들에게는 요코에 대한 얘기를 스스럼없이 했으나 황나 앞에서는 몇 마디 하지 못했다. 어쩌면 그래서 황나가 '가평의 아내'가 되었는지도 모른다. 가평은 결혼 후에도 요코와 항한, 큰형님 가화에 대해 말해주고 싶어 몇 번이나 기회를 엿보았었다. 하지만 어찌된 영문인지 그 기회는 쉽게 오지 않았다. 가평과 황나는 평소에 대화가 잘 통했다. 둘이 함께 있을 때면 대화가 끊이지 않았다. 루즈벨트니, 처칠이니 하는 세계적인 유명 인사부터 시작해 인생, 신앙, 종교, 식민지, 인종박해에 이르기까지 화제가 무궁무진했다. 심지어 그림의 색채, 반 고흐, 피카소 등 황나의 전공인 회화에 대해 얘기를 나눌 때도 있었다. 아무튼 가평의 사생활과 별 관계가 없는 일이라면 흥미진진하게 대화를 이어나갈 수 있었다. 가끔 분위기가 괜찮다 싶을 때 항주와 양패두, 망우차장의 이야기를 슬쩍 꺼내기도 했다. 그럴 때마다 황나는 사람 좋은 웃음을 지으면서 가평에게 커피를 건네고 느릿느릿 말하고는 했다.

"달링, 어떤 때 보면 당신은 '반역'과는 거리가 먼 사람 같아요."

지난 몇 년 동안 가평과 황나는 차에 대해서도 제대로 얘기를 나눠본 적이 없었다.

이제는 가평도 알아차렸다. 황나는 요코를 받아들일 생각이 전혀 없었다. 가평이 요코와의 추억을 가슴속에 묻어두는 것도 원하지 않았다. 심지어 가평이 어린 시절의 기억과 고향의 모든 것을 사랑하는 마음을 간직하는 것도 허용하지 않았다. 황나는 그 누구보다 적극적으로 가평의 항일활동을 지지하는 사람이었다. 그런 그녀가 가평의 차 사업을 한사코 반대한 것은 이 같은 이유 때문이었다. 그녀는 남편 앞에서 목소리를 높인 적이 없었다. 무슨 말을 하더라도 항상 '달링'이라는 호칭을 입버릇처럼 붙였다. 그녀는 항한이 중경에 왔다는 소식을 듣고 나서도 기분 나쁜 티를 전혀 내지 않았다. 평소처럼 생글생글 웃으면서 가평에게 말했다.

"달링, 런던에 계시는 아버지에게서 전보가 왔어요. 저더러 영국으로 와서 아버지 사업을 도와주면 좋겠다고 하셨어요. 아 참, 우리 딸 초풍도 데리고 오면 안 되느냐고 물으시더군요. 아무래도 그쪽의 여자 기숙학교가 여기보다는 훨씬 낫겠죠?"

이것이 황나의 대답이었다. 가평은 딱히 반박할 말이 없었다. 따지고 보면 황나가 잘못한 것은 없었다. 황나는 중경에 오자마자 외국인항일전쟁동맹회를 세우고 열성적으로 항일을 지원했다. 또 자신이 그린 그림과 금귀고리도 항일 지원 바자회에 내놓았다. 그녀는 또 정력이 왕성했다. 밤마다 온갖 요염한 자태로 적극 부부관계에 임해 가평을 만족시켜줬다. 그녀는 그녀가 나고 자란 열대 고향처럼 뜨거웠다. 또 외국물을 먹은 신식 여성답게 개방적이고 호방했다. 가평은 여자로서의 그녀의 매력을 거부할 수 없었다. 물론 강남에서 동방의 다도를 연구하고 있는 일본 여인 요코도 나름의 매력이 있는 여자였다. 하지만 함축적이고 따뜻하고 부드러운 매력은 가까이 있지 않으면 느낄 수 없는 것들이었다.

차라리 전쟁터에 나가 적들과 싸우는 편이 더 나을 것 같았다. 가평은 집안일만 생각하면 머리가 지끈지끈 아팠다. 그런 와중에 오늘 아들 항한이 도움을 요청해왔고 부두에서 패싸움이 벌어졌던 것이다. 어쩌면 가평에게는 절호의 기회인지도 몰랐다. 한편으로는 중국다엽공사 탐관오리들의 추악한 행태를 낱낱이 백일하에 까발릴 수 있고, 다른 한편으로는 자연스럽게 아들 항한을 집으로 데리고 갈 수 있게 되었기 때문이었다. 일단 집으로 데리고 가기만 하면 황나가 대놓고 난처하게 굴일은 없을 터였다. 황나는 교양 있고 체면을 중시하는 여자였다. 물론이는 가평 혼자만의 생각이었다.

계단 아래에서 익숙한 발자국 소리가 들려왔다. 자세히 들어보니 두 사람의 발소리였다. 이따금 울음기 섞인 여자의 목소리도 섞여 들려왔다. 여자의 말투는 빠르고 급했다.

'어디서 많이 들어본 목소리와 말투인데……'

하지만 기억이 나지 않았다. 가평은 실소를 지었다.

'이거 원, 내가 코피 몇 방울 흘렸다고 저렇게 질질 짜는 여자가 있다니. 나 가평은 어떻게 해도 여자하고 엮이는 운명인가?'

가평은 고개를 저으며 눈을 감았다. 그때 뜨거운 기운이 갑자기 얼굴을 확 덮쳤다. 그가 눈을 뜨기도 전에 여자의 두 팔이 그의 목을 와락 껴안았다. 여자의 울음소리가 높아졌다. 크고 굵은 눈물이 마치 빗방울처럼 그의 얼굴로 쏟아져 내렸다.

"둘째오빠, 죽으면 안 돼요. 몇 년 만에 오빠를 만났는데 이렇게 죽으면 안 돼요……."

가평은 눈을 떴다. 좀처럼 눈물을 보이지 않는 그의 눈에서도 눈물이 주르르 흘러내렸다.

"죽기는 누가 죽어? 이깟 코피 때문에 안 죽어. 허허, 여기서 기초를 만나다니, 참으로 꿈만 같구나. 울지 마라, 네가 우니 코피가 흘러내리잖아."

"오빠, 여기 약솜이 있어요. 제가 응급 처치약하고 옥도정기도 가져왔어요. 오빠, 이게 꿈은 아니겠죠? 맙소사, 그렇게 돌아다녔어도 보고 싶은 사람을 한 명도 찾지 못했는데 오늘 여기서 한꺼번에 두 명이나 만나다니, 흑흑……"

기초는 약솜으로 가평의 코를 틀어막으면서 훌쩍거렸다. 그러다가 감격을 참지 못하고 급기야 옆에 있는 의자에 앉아 얼굴을 싸쥐고 큰 소리로 울기 시작했다.

가평은 고개를 돌려 기초를 바라보다 아들 항한의 눈물 머금은 눈과 시선이 마주쳤다. 아들은 그를 보면서 힘껏 눈짓을 하고 있었다. 가평은 콧마루가 찡해지면서 황급히 손으로 코를 잡았다. 아들의 눈짓의 의미를 알 것 같았다. 아무것도 모르는 기초에게 항씨 가문의 참극을 알려주지 말라는 것이었다. 가평이 고개를 끄덕여 보이고는 일부러 다른 말로 화제를 돌렸다.

"너희들은 어떻게 만난 거냐? 보육원에서 우연히 만난 거냐? 오늘 싸우기를 참 잘했구나, 코피도 때맞춰 나와 주고 말이야……"

"저도 정말 놀랐어요. 보육원 사무실에 들어가니 한 사람이 고개를 숙이고 가방 정리를 하고 있었어요. 제가 물어보자 그분이 고개를 드는데 너무 놀라서 숨이 멎는 줄 알았어요. 거기서 작은고모를 만날 줄이야……"

"조금만 늦었어도 못 만났을 거예요. 막 퇴근하려던 참이었거든요."

기초가 눈물범벅이 된 채로 빠르게 말을 시작했다.

"원래 오늘 당직은 제가 아니었어요. 동료의 사정으로 갑자기 교대하게 됐죠. 마치 오빠 가족을 만나게 하기 위해 하나님이 일부러 이렇게 만든 것처럼 말이에요."

기초는 항주 방언으로 숨도 쉬지 않고 말했다.

"한이가 부르는 소리를 듣고 조금 놀랐어요. 익숙한 절강 말투였거든요. 그래서 '항주 사람이면 좋겠다, 혹여 집소식이라도 들을 수 있지 않을까?' 이런 생각을 잠깐 했었어요. 집을 떠난 지 몇 년이 지나도록 가족의 소식을 전혀 몰랐으니까요. 고개를 든 순간 맙소사, 너무 놀라서 하마터면 기절할 뻔했지 뭐예요. 세상에 이럴 수가, 세상에 이럴 수가! 저는 저도 모르게 말까지 더듬었어요. '당신, 당신, 당신은 누구예요? 어떻게 내 조카와 똑같이 생겼죠?' 그 사람도 한참을 멍해 있더니 가까스로 한마디 하더군요. '아버지가 위층에 계세요.' 그래서 제가 말했죠. '누가요? 누가 위층에 있어요?' 그러자 그 사람이 말했어요. '아버지가 위층에 계세요. 싸우다가 다치셔서 코피가 났어요. 작은고모, 여기 약솜 있죠?' 그 사람이 '작은고모'라고 부르는 소리를 듣고 저는 하마터면 뒤로 넘어갈 뻔했어요. 다리가 후들후들 떨려서 제대로 서 있기도 힘들더군요. '다시 한 번 말해 봐요. 내가 당신의 작은고모 맞아요?' '작은고모, 왜 이러세요? 저 항한, 한이에요.' '한아, 너 얼굴이 왜 이렇게 변했어? 네가 어떻게 여기 있니?' '아버지가 건너편 술집 위층에 계세요. 지금 코피를 흘리고 있어요.' '네 아버지? 싱가포르로 간 후로 소식이 없는 둘째오빠 말이냐?' '네, 맞아요, 그분 맞아요.' 이런 대화들을 나눴지요. 아휴, 이렇게 오빠하고 마주앉게 될 줄은 꿈에도 생각 못했어요. 잠깐만요, 피가 많이 흐르네요. 앉아계세요, 그대로 앉아계세요, 제가 약솜을 갈아드릴게요. 움직이지 마세요, 제가 할게요……."

가평은 눈시울이 뜨거워졌다. 또 눈물이 나오려는 것을 억지로 참았다. 기초는 그의 기억 속 어머니 심록애와 많이 닮아 있었다.

세 사람은 서로 붙들고 한바탕 울음을 쏟아냈다. 가평은 기초가 재회의 기쁨에 빠져 제 정신이 아닌 틈을 타서 "우리 집으로 가자"고 넌지시 말을 꺼냈다. 밤거리에는 행인이 별로 없었다. 가평은 기초와 항한을 옆구리에 하나씩 끼고 기분 좋게 귀갓길에 올랐다. 술은 마시지 않았으나 얼근하게 취한 것처럼 하늘을 둥둥 떠다니는 기분이었다. 기초는 쉴 새 없이 이것저것 물었다. 그녀가 그동안 겪은 일에 대해서도 간간이 말해줬다. 가평 부자는 망우가 무사히 살아 있다는 말에 크게 안도했다. 기초가 망우와 함께 구조된 남자아이 이월에 대해 얘기하자 항한이 미간을 찌푸리고 한참을 생각하더니 말했다.

"아마 그 아이는 큰어머니께서 이비황에게 개가한 후 낳은 아들일 거예요."

기초의 눈이 휘둥그레졌다. 그렇지 않아도 망우가 처음부터 이월을 친동생처럼 따뜻하게 대해주는 것을 보면서 이상하다고 생각했던 그녀였다.

"망우는 참 특이한 아이예요. 예지력이 있다고나 할까요, 아니면 육감이 발달했다고 할까요? 천목산에서 글쎄 그 아이 자신의 '혼'을 찾았지 뭐에요. 눈처럼 새하얀 차나무 말이에요."

"와, 진짜예요? 저는 지난해 안휘에서 분홍색 차나무꽃을 봤어요."

항한은 차 얘기가 나오자 눈빛이 초롱초롱해졌다. 하지만 기초는 오랜만에 만난 가족들에게 궁금한 점이 많았다. 그녀가 어스레한 가로등 아래 아직도 솜으로 틀어막고 있는 가평의 코를 보면서 걱정스럽게 물었다.

"오빠, 아직도 싸움을 하고 다니세요? 나이 생각도 하셔야죠. 사십도 넘었구면. 오빠는 볼 때마다 점점 더 낯설게 느껴져요. 요코 형님은 오빠를 알아봐요?"

가평이 코를 막고 쿡쿡 웃으면서 낮에 부두에서 있었던 일을 여동생에게 들려줬다. 그러자 기초가 말했다.

"참 어이없네. 중경의 차를 운남 전홍차로 속이다니요. 하긴 이곳 중경에 좋은 차가 없긴 하죠. 이곳 찻집에서 파는 차는 우리 항주 차에 비하면 차라고 부르기도 민망할 정도예요. 예전에 조기객 어르신이 사천 차가 대단하다고 입에 침이 마르도록 칭찬하셨었죠. 아버지도 생전에 우리에게 《다경》을 외우게 하셨고요. 여기에 '차는 남방의 아름다운 나무이다. 한 자, 두 자 내지 수십 자에 이른다. 파산巴山과 협천峽川에 두 명이 함께 안아야 하는 것이 있다……'라는 내용이 나오죠. 저는 그때 '천부지국'天府之國(사천성의 별칭)에 가서 두 사람이 함께 안아야 할 정도로 큰 차나무를 구경하는 것이 소원이었어요. 하지만 정작 와보니 실망하지 않을 수 없었어요. 이 고장에는 좋은 차가 없어요. 쓰고 떫은 시퍼런 잎사귀를 어찌 우리 용정차에 비하겠어요?"

항한이 말했다.

"그건 잘 모르고 하시는 말이에요, 작은고모. 사천사람들이 들으면 억울해서 죽으려고 할 거예요. 사천성은 차 역사가 유구할 뿐만 아니라 명차 생산지도 많아요. 제가 세어봤는데 육우의 《다경》에 기록된 명차 생산지만 해도 여덟 곳이 있었어요. 팽주彭州, 면주綿州, 촉주蜀州, 공주邛州, 미주眉州, 아주雅州, 한주漢州와 노주瀘州, 이렇게 여덟 곳이에요. 그리고 이곳에도 좋은 차가 있어요. 작은고모가 아직 맛보지 못했을 뿐이죠. 이를테면 몽산蒙山의 몽정차蒙頂茶, 아미산峨眉山의 백아차白芽茶, 관현灌縣의 청성차青城茶와 사평차沙坪茶, 악산樂山의 능운산차凌雲山茶, 창명차昌明茶, 수목차獸目茶, 신천차神泉茶……"

"세상에, '선비는 헤어져서 사흘 만에 만나게 되면 눈을 씻고 다시 보아야 한다'더니 우리 한이가 많이 달라졌구나. 네가 말한 차들은 하나도 마셔보지 못했어. 하지만 네 설명을 들으니 좋은 차일 것 같아. 우리는 오랜만에 만난 데다 내가 항렬이 높으니 나중에 네가 이 고장의 유명한 차들을 나에게 대접해야 한다. 알겠어?"

기초가 웃으면서 농담을 했다. 그때 가평이 엄숙한 표정을 한 채 대화에 끼어들었다.

"사천 차가 어떻게 몰락했는지는 민요 두 곡을 들으면 알 수 있단다. 내가 불러볼게. '힘들게 심었더니 완전 똥값이네. 이 고생은 언제쯤 끝이 보일까? 차나무 밭을 버리고 살길 찾아 떠나네. 산과 들에는 황무지뿐이라네.', '보배 같던 차, 지금은 잡풀 취급을 받누나. 쌀값은 매일 치솟으니, 이제 무엇을 먹고 살아야 하나?' 이 두 곡이지. 너희들, 이 민요를 듣고 무엇을 느꼈느냐? 차농들의 어려움? 틀린 말은 아니다만 꼭 그렇지만은 않단다. 우리는 이 민요 속에서 착취자들의 추악한 그림자를 발견할 수 있어야 한다. 오늘 우리에게 흠씬 두들겨 맞은 개 같은 인간들처럼 말이야."

"오빠도 마르크스주의를 따르세요?"

기초가 흥분한 목소리로 물었다. 생뚱맞게 양진의 얼굴이 떠올랐다.

"오, 너도 아는 게 적지 않구나."

가평이 여동생을 칭찬했다.

"칼 마르크스, 당연히 알지요, 《자본론》과 잉여가치 이론을 만드신 분이잖아요."

"허, 네가 《자본론》도 알아?"

"'히로타 3원칙'에 대해서도 알고 있어요. '세상에는 불합리한 현상이 계속 존재한다. 사람이 사람을 착취하고 계급이 계급을 지배하고 국가가 국가를 압박하는 등의 현상이 이에 포함된다.' 이런 내용이죠? 지금도 일본이 우리 중국을 압박, 착취하고 있잖아요."

"그래, 그래, 네 말이 맞다. 물론 이런 압박과 착취는 하루아침에 생겨난 현상이 아니지."

가평이 또 열변을 토하기 시작했다.

"당나라 중기 이후부터 조정에서 다세茶稅를 징수하기 시작했어. 세금이 점점 늘어나고 관리들의 횡포가 심해지면서 송宋대에 이르러 급기야 차상茶商 왕소파王小波와 이순李順이 청성青城현에서 농민봉기를 일으켰지. 명청 시대에도 차농들에 대한 압박과 착취는 심하면 심했지 줄지는 않았단다. 민국 시대에 이르러 크고 작은 군벌들이 사천성에 할거하면서 차 산업도 쇠퇴일로를 걷게 됐지. 지금 사천 차는 수출은 둘째 치고 국내 공급도 만족시키기 어려운 지경에 이르렀단다."

오각농에게 배운 지식을 여동생과 아들에게 설파하던 가평이 문득 걸음을 멈췄다.

"다 왔다. 여기가 우리 집이야. 황나, 손님이 왔소."

기초가 어리둥절한 표정으로 항한에게 물었다.

"황나? 황나가 누구야? 너도 아는 사람이야?"

항한이 얼굴을 붉히면서 얼버무렸다.

"두 분은 들어가세요. 저는 학교로 돌아가겠어요."

"이게 어찌된 일이야? 너는 여기서 아버지랑 같이 안 살아? 황나는 누구야? 네 아내야?"

항한이 퉁명스럽게 대답했다.

"제 아내 아니에요."

"그러면 누구 아내야? 혹시 오빠의 부인?"

기초가 그럴 리가 없다는 말투로 우스개를 던졌다.

"우리 요코 형님은 어디다 버렸어요?"

가평은 애써 대범한 모습을 보이려고 했으나 표정 관리가 잘 되지 않았다.

"자, 들어가자. 일단 만나봐. 언젠가는 봐야 할 사람이잖니?"

"오빠, 지금 농담하는 거 맞죠?"

기초의 눈이 휘둥그레졌다. 안 그래도 큰 눈을 크게 뜨니 얼굴에 눈만 보였다.

"네가 왜 난리냐? 네 형님도 뭐라고 하지 않는데……."

"형님요? 어느 형님 말이에요?"

기초가 발을 굴렀다. 그녀가 화가 날 때면 습관적으로 하는 동작이었다. 두 남매는 몇 년 만에 만나서 불과 몇 분전까지 마르크스와《자본론》에 대해 열띤 대화를 나누었었다. 그런데 순식간에 분위기가 얼어붙었다.

항한은 몸을 돌려 뒤도 안 돌아보고 가버렸다. 기초가 그런 항한을 뒤쫓아 가면서 소리를 질렀다.

"기다려, 한아! 이게 어찌된 일이야? 황나가 누구야? 어디서 튀어나온 여자야?"

황나가 위층에서 내려왔다. 방금 전의 대화를 전부 다 엿들은 듯했다. 그녀가 가평을 힐끗 보면서 말했다.

"우리가 결혼한 지 10년은 되었죠?"

가평은 아무 말도 없이 돌아서서 집안으로 들어갔다. 황나가 뒤따라 들어오면서 말했다.

"당신은 아직도 전처와 이혼 수속을 밟지 않았죠? 하나님은 이중 결혼을 허락하지 않아요."

가평이 몸을 홱 돌렸다. 이어 눈을 부릅뜨고 성난 목소리로 일갈했다.

"그만하오. 한마디만 더 하면……."

가평은 말을 채 맺지 못하고 고개를 꺾었다. 황나가 비명을 질렀다.

"가평, 괜찮아요? 코피가 나요. 대체 무슨 일이 있었어요?"

황나는 혼수상태에서 깨어나지 못했다. 아안에서 중경으로 돌아오는 길에 차 사고가 났던 것이다. 가평은 운이 나빴다. 오각농이나 항한처럼 액운을 비껴가지 못했다. 가평과 황나는 차 산지 조사차 아안으로 갔었다. 그것은 가평의 업무이지 황나와는 관계없는 일이었다. 그럼에도 불구하고 그녀는 여행 스케치를 핑계로 부득부득 따라갔다. 그녀는 며칠 내내 굳어진 표정으로 그녀를 본체만체하는 가평의 기분을 풀어주고 싶었던 것이다. 그녀는 그를 사랑했다. 그리고 그동안 무시하고 있던 '요코'라는 여자의 존재를 최근 들어 실감한 것도 있었다. 그녀는 '요코'라는 여자 때문에 사랑하는 남편과의 관계가 틀어지는 것을 원치 않았다.

둘은 어젯밤에 다투고 처음으로 각방을 썼다. 황나는 서둘러 중경으로 돌아가려고 하는 가평을 이해하지 못했다. 더욱이 "여동생을 만나보라"는 가평의 말에 반감이 생겼다. 그녀는 아무리 부부라고 해도 반드시 상대방의 가족들과 엮일 필요는 없다고 생각했다.

"달링, 그리 급하게 돌아가지 않아도 되잖아요? 우리는 아직 몽산蒙

山에도 가보지 못했어요. 몽산의 차는 '양쯔강의 물, 몽산의 차'라는 말이 있을 정도로 유명하잖아요. 차에 문외한인 저도 몽산 꼭대기에 감로선사甘露禪師 오리진吳理眞(한대漢代에 처음 몽산에 일곱 그루의 차나무를 심은 사람)의 유적이 있다는 걸 알고 있어요. 무엇 때문에 오리진은 중국 역사상 최초로 차나무를 재배한 사람으로 회자되고 있을까요? 그분이 몽산에 일곱 그루의 차나무를 심었기 때문일까요? 전설에 의하면 백호 한 마리가 일곱 그루의 차나무를 지키고 있다면서요? 이거 흥미롭지 않아요?"

"우리는 항일을 위해 온 거요. 놀러온 게 아니오."

가평이 면도를 하면서 퉁명스럽게 말했다.

"달링, 당신 가족들을 만나는 것보다 몽산 구경이 훨씬 나을 것 같은데 아닌가요? 나는 우리가 왜 서둘러 돌아가야 하는지 이유를 모르겠어요. 솔직하게 말할게요. 나는 항주에서 오는 소식이 반갑지 않아요. 아니, 싫어요."

"항주는 내 고향이오. 나의 삶과 떼려야 뗄 수 없는 관계요."

"뗄 수 있어요. 제가 도와드리겠어요. 우리 지금까지 잘 지내왔잖아요."

"아니, 불가능하오. 괜찮았다면 내가 굳이 귀국할 이유도 없었소."

가평이 수염을 정리한 얼굴을 거울에 비춰보면서 말했다. 황나가 한참의 침묵 끝에 억지웃음을 지었다.

"전 세계가 파시스트와 전쟁을 하고 있어요. 당신과 함께 중국으로 돌아온 것이 내 실수였어요. 내가 내 인생을 망쳤어요."

가평이 황나에게 다가가 어깨를 끌어안았다.

"그렇게 심각할 것까지야."

황나가 그러자 발딱 일어섰다.

"굿나잇!"

황나는 습관처럼 부르던 '달링'이라는 호칭을 생략한 채 다른 방으로 가버렸다.

가평은 다음날 황나와 잘 얘기해보려고 생각했다. 하지만 그의 계획은 보기 좋게 무산됐다. 그렇게 밤새 잠을 이루지 못한 데다 길이 험하다 보니 중경으로 돌아오는 길에 차가 그만 뒤집혔던 것이다. 다행히 그는 목숨이 질긴 덕분에 큰 부상을 입지 않고 살아남았다. 가평과 황나는 현지인들의 도움을 받아 중경병원으로 이송됐다. 가평은 문병을 온 아들에게 농담조로 말했다.

"개 같은 탐관오리들이 기어이 가짜 전홍차를 영파 부두로 실어갔다는구나. 그쪽 사람들이 우리처럼 싸움을 잘하는지 모르겠다."

가평은 또 기초에게 속마음을 털어놓았다.

"나는 내가 아버지나 형님과는 다르다고 줄곧 생각해왔는데 이번에 크게 깨달았어. 피는 못 속인다는 걸 말이야. 나도 어쩔 수 없이 항씨네 아들이야……."

기초가 가평의 손을 잡았다.

"어떻게 다를 수가 있겠어요? 둘째오빠도 아내가 두 명이고 아버지도 아내가 두 명이었죠. 나중에 큰오빠가 재혼하면 역시 아내가 두 명이 되는 거네요. 쓸데없는 생각 말고 몸이나 잘 챙겨요. 회복되는 대로 오빠네 집에 놀러갈 테니까. 새 형님이 우려 주는 차를 마시고 싶어요……."

가평이 빙그레 웃었다. 일부러 딴전을 피우면서 말꼬리를 돌리는 것은 항씨네 사람들 고유의 화해 방식이었다. 가평은 주변을 두리번거렸다. 항한이 재빨리 다가갔다. 가평의 눈빛은 계속 뭔가를 찾고 있었다. 항한이 초풍을 앞으로 데리고 갔다. 가평이 물었다.

"엄마는 좀 괜찮더냐?"

황나는 의식을 회복했다. 하지만 몸을 움직일 수가 없었다. 그녀의 부상은 남편보다 훨씬 심각했다. 그녀는 1인실에 입원해 있었다. 가평이 보러 가자 그녀는 딱 한마디만 했다.

"달링, 이제 싸우지 않아도 되겠죠?"

가평은 마음속 깊이 가책을 느꼈다. 입에서 무의식적으로 혼잣말이 흘러나왔다.

"그래, 항주는 너무 멀어. 여기서도 아직 할 일이 많아."

초풍이 가평의 질문에 바로 대답했다.

"엄마는 많이 좋아지셨어요. 방금 작은고모하고 얘기를 나누셨어요."

"둘이서 무슨 얘기를 나눴느냐?"

기초가 즉각 대답했다.

"차 공부가 의외로 재미있다고 하더군요. 또 초풍에게도 한이처럼 차 공부를 시키겠다고 했어요."

"너와 함께 보육원에 가겠다는 말은 없더냐?"

"휴우……."

기초가 긴 한숨을 내쉬었다.

"오빠 때문에 깜짝 놀랐잖아요. 아무튼 이만하길 다행이에요. 저도 이제 가봐야 해요. 시간이 많이 지체됐어요. 나력은 지금 어디에 있는지……."

제25장

황나의 딸 초풍은 가평과는 아무 관계가 아니었다. 성씨도 어머니를 따라서 '황'씨였다. 초풍은 열대지역에서 나서 자라다보니 중경에 오기 전까지는 눈 구경을 한 적이 한 번도 없었다. 그런 그녀가 중경에 온지도 어느새 2년이 지났다. 중국 내륙에 자리한 중경은 겨울이 추웠다. 초풍은 손발에 동상이 생기고 얼굴이 퉁퉁 부었다. 급기야 예전의 '예쁜 아가씨'는 오간 데 없이 사라지고 그야말로 퉁퉁한 시골 계집아이가 돼버렸다.

1942년 1월의 어느 날, 초풍은 이제 겨우 낯을 익힌 오빠 항한과 고모 기초와 함께 공항에서 어머니를 배웅했다. 그녀의 어머니 황나가 요양을 하기 위해 영국으로 떠나기로 한 것이다. 며칠 뒤 그녀는 섬북陝北 참관을 떠나는 계부와도 작별인사를 나눴다. 그리고 오빠 항한의 손을 잡고 중경 부두에서 기선에 올랐다. 오빠 항한이 그녀에게 말했다.

"양자강을 따라 쭉 내려가면 아주아주 먼 곳에 아버지의 고향이 있단다. 그곳에도 산이 있지만 사천의 산처럼 높지는 않아. 그 산에는 차나무 밭이 많은데 사천의 차보다 여리고 부드럽지. 그곳에 만천萬川이라는 작은 마을이 있단다. 대나무 숲, 귤나무 숲과 차나무 숲으로 둘러싸이고 맑은 냇물이 마을 앞을 흐르는 아름다운 마을이란다."

항한과 초풍은 오각농 선생의 요청으로 만천으로 떠나는 길이었다.

기초는 멀어져가는 기선을 향해 손을 흔들었다. 그녀도 곧 길을 떠나야 했다. 그녀의 목적지는 중국 운남성과 버마의 국경지대였다. 칸나가 아름답게 피어 있는 그곳으로 가서 사랑하는 사람을 찾아야 했다. 기초는 섬북에 도착하면 양진이라는 젊은이를 꼭 찾아보라고 둘째오빠 가평에게 거듭 당부했다.

《자본론》을 목숨처럼 여기는 사람을 찾으면 틀림없을 거예요. 그렇게 특이한 사람은 더 없을 테니까요."

"살아 있다면 찾는 거야 어렵지 않지. 만나서 뭐라고 하면 되냐?"

"뭐라고 할 것도 없어요. 이 퀴닌(학질치료제) 몇 병을 전해주면 돼요. 아마 저를 기억하고 있을 거예요."

가평이 손으로 자신의 이마를 탁 쳤다.

"아, 어쩐지 네가 마르크스 이론을 아는 것이 이상하더라니."

"그게 뭐 어때서요? 배워두면 나중에 쓸모가 있겠죠."

"그렇다면 오빠하고 같이 섬북으로 갈래?"

"정말요?"

기초가 펄쩍 뛸 듯이 기뻐했다.

"당연히 정말이지."

가평은 여동생의 반짝이는 눈을 보면서 아차 싶었다. 다행히 기초는 이내 고개를 저었다.

"안 돼요, 나력이 저를 기다리고 있어요."

기초의 눈빛이 어두워졌다. 가평이 잠깐 생각하다가 물었다.

"나력만 아니라면 나하고 같이 갈 거냐?"

기초는 대답 대신 가평에게 질문을 던졌다.

"아직도 형님 생각을 해요?"

기초가 말한 '형님'은 요코를 가리키는 것이었다. 가평이 한참을 멍하니 있다가 무거운 목소리로 대답했다.

"단 하루도 잊어본 적이 없어."

두 사람은 혹여 초풍이 들을까봐 목소리를 한껏 낮췄다.

초풍은 열한두 살쯤 된 소녀로 성격이 털털하고 사교성이 좋았다. 주변 일에는 별로 관심이 없이 매일 생글생글 웃고 다녔다. 키가 기초만큼 크고 얼굴도 처녀티가 나기 시작했으나 하는 행동은 아직도 영락없는 어린아이였다. 가평과 황나가 차 사고를 당한 후 처음 며칠 동안은 너무 놀라서 조금 주눅이 드는 듯하더니 얼마 못 가서 다시 낙천적인 모습을 회복했다. 초풍은 예전의 유모 집에서 살다가 어머니 황나를 따라 중국으로 왔다. 중경으로 온 뒤에도 기숙학교에서 지냈다. 황나는 이번에 영국으로 가면서 딸을 계부에게 맡겼다. 계부 가평은 섬북으로 떠나면서 항한에게 딸을 맡겼다. 초풍은 짐짝처럼 이사람 저사람에게 떠맡겨지는 생활에 익숙한 듯 별로 불만이 없었다. 심지어 무엇 때문에 어머니가 자신을 영국으로 데리고 가지 않는지에 대해서도 깊이 생각하지 않았다. 오히려 영리한 기초가 황나의 속셈을 눈치채고 항한에게 말했다.

"이 아이의 엄마는 둘째오빠하고 헤어질 생각이 없나봐. 하나밖에 없는 딸을 볼모로 두고 가잖아."

거기까지는 미처 생각지 못한 항한은 그저 놀랄 수밖에 없었다. 여자들이란 참 알다가도 모를 존재라는 생각이 들었다. 또 아무것도 모른 채 마냥 천진난만하고 해맑은 초풍을 보니 비록 친동생은 아니지만 안쓰럽고 불쌍했다. 초풍을 데리고 가겠다는 말은 항한이 먼저 꺼냈다. 안 그래도 가평은 초풍을 기숙학교에 두고 갈 수도, 섬북으로 데리고 갈 수도 없어서 걱정이 태산이던 참이었다. 항한이 초풍을 데리고 절강 만천으로 가겠다는 말을 꺼내자 가평은 기쁜 기색을 감추지 못했다.

"그래, 그래. 참 좋은 생각이다. 차 사업은 나라에 도움이 되는 좋은 일이지. 초풍이 너하고 같이 차 공부를 하면 나중에 크게 유용할 거다."

항한은 아버지가 자신의 제안을 흔쾌히 수락할 것임을 어느 정도 예상했었다. 아버지는 자유로운 삶을 지향하는 사람이었다. 아무리 사랑하는 가족이라지만 그의 독왕독래獨往獨來에 걸림돌이 된다면 부담스러워했다. 게다가 항일전쟁 종식 이후의 신중국 건설을 위해 차 산업 인재를 양성한다는 자긍심도 없지 않아 있을 터였다. 항한은 큰아버지와 아버지의 차이점을 이제는 알 것 같았다. 또 큰아버지의 무거운 성격과 아버지의 가벼운 성격이 어떻게 형성된 것인지도 알 것 같았다.

세상물정을 모르는 초풍은 어른들의 대화가 무엇을 의미하는지 알지 못했다. 하지만 이제부터 오빠 항한이 자신에게 제일 중요한 사람이 될 거라는 것은 어렴풋이 알 수 있었다. 항한과 초풍은 그동안 많이 친해졌다. 태어나서 처음으로 남매간의 정을 느껴본 초풍은 그림자처럼 항한의 뒤를 졸졸 따라다녔다. 항한의 손을 잡거나, 항한의 옷자락을 잡거나 그마저도 여의치 않으면 항한의 그림자를 밟으며 그가 가는 곳은 어디든 따라다녔다. 배 위에서는 심지어 화장실까지 따라가 문밖에서 기다렸다. 그녀는 밤이 오는 것을 두려워했다. 오빠와 떨어져 자야 하기 때문이었다. 그래서 항한은 침대 머리맡에 앉아 그녀의 어깨를 토닥이면서 잠이 들 때까지 고향얘기를 들려줬다. 이따금 그녀는 "만천, 만천!" 하고 잠꼬대를 하고는 했다. '다인들의 낙원'으로 불리는 만천이라는 고장이 무척이나 궁금했던 모양이었다.

만천은 절강 서부 구주衢州에 있는 작은 마을이었다. 초풍은 구주에 도착하자마자 처음 보는 광경에 놀라 눈을 휘둥그렇게 떴다. 목재와 대나무를 어깨에 멘 사람들이 눈 덮인 거리를 종종걸음으로 이동하고 있었다. 수많은 사람들 무리 중에는 여자도 있고 남자도 있었다. 사람들의 머리와 목재 위에 흰 눈이 소복하게 내려앉아 있었다. 밤이 됐건만 공사장은 대낮같이 밝았다. 항한이 말했다.

"지금 이곳에서는 비행장을 짓고 있단다. 비행장을 짓는데 360만 개의 나무토막과 90만 개의 대나무가 필요하지. 이 목재들은 북쪽의 임안臨安, 순안淳安, 건덕建德과 동려桐廬, 동쪽의 무의武義, 영강永康과 진운縉雲, 남쪽의 수창遂昌과 송양松陽 등 여러 곳에서 운반해온 것이란다. 인근 지역은 두말할 필요도 없지."

초풍이 물었다.

"만천 대나무도 있어요?"

"당연하지. 만천은 여기서 별로 멀지 않아. 우리는 이제부터 걸어서 거기까지 갈 거야. 걸을 수 있겠어?"

초풍이 묻는 말에는 대답하지 않고 엉뚱한 질문을 했다.

"무엇 때문에 여기에 비행장을 짓죠? 여기서도 전쟁을 해요?"

항한이 대답했다.

"태평양전쟁이 발발했어. 미국이 세계대전에 전면적으로 참전했지. 파시스트가 멸망할 날이 머지않았단다. 미군은 곧 중국에 전투기를 파견할 계획이야. 우리 절강성 구주는 일본 본토를 폭격할 수 있는 최적의 공군기지지. 그래서 반년 안으로 비행장을 완공해야 해."

"결국은 여기에서 전쟁을 한다는 말이네요."

초풍이 나지막이 한숨을 내쉬었다.

"여기서 전쟁이 일어나면 차는 어떻게 돼요?"

항한이 놀란 눈으로 여동생을 봤다.

"너도 차 걱정을 했어?"

"저더러 오빠를 따라 차 공부를 하라고 아빠가 말씀하셨잖아요. 저는 아빠가 시키는 대로 할 거예요."

"그러면 이 오빠는? 오빠가 시키는 것도 할 거야?"

"오빠 말도 잘 들을 거예요."

초풍의 말투는 단호했다.

"왜?"

초풍의 속눈썹에 눈꽃이 내려앉았다. 항한이 초풍의 눈에 맺힌 이슬을 닦아주려고 무의식적으로 손을 내밀다가 이내 움츠렸다.

"아빠하고 오빠는 모두 항씨니까요."

항한이 참지 못하고 웃음을 터뜨렸다. 그리고 자연스럽게 손을 내밀어 여동생의 눈 주변을 살짝 닦아줬다. 비록 피를 나눈 친남매는 아니지만 그는 여동생이 점점 더 마음에 들었다. 초풍은 항씨 가문의 여자들과는 많이 달랐다. 우선 체형이 통통하고 얼굴이 동글동글 귀여웠다. 눈은 크고 맑았다. 물론 성격이 순박하고 말투도 맹하고 바보 같은 구석이 있었다. 그럼에도 항한은 열대우림에서 나고 자란 소녀가 친동

다인_4

생처럼 친근하게 느껴졌다.

　1942년 1월, 중국 절강성 서부에 자리한 구주에서는 수십만 명의 인부들이 밤낮없이 비행장 건설을 재촉하고 있었다. 항한과 여동생 초풍은 구주에 잠깐 머물렀다가 만천에 있는 '동남다엽개량총장'東南茶葉改良總場으로 출발했다. 같은 시각, 대서양 건너편에서는 미 공군이 비밀리에 일본 본토 공습계획을 세우고 있었다. 제임스 둘리틀James Harold Doolittle 중령이 이끄는 항공대도 비밀 훈련에 돌입했다. 거듭되는 연구 끝에 미군은 일본군의 레이더망을 피해 일본 해안에서 비교적 가까운 해역으로 항공모함을 출동시켜 도쿄 등 대도시를 폭격한다는 최종 방안을 확정했다. 그중에는 임무를 완성한 폭격기가 중국 구주비행장에 착륙한다는 내용도 있었다.

　'진주만 공습'이 일어난 지 100여 일이 지난 1942년 4월 2일, 항공모함 '호네트'Hornet호는 BK-25 중거리 폭격기 16대를 싣고 샌프란시스코를 떠났다. 18일 새벽, '호네트'호는 도쿄에서 650마일 떨어진 해역에 도착했다. 8시경 항공모함에서 출동한 폭격기는 4시간 뒤 일본 본토 도쿄, 나고야, 고베 등 대도시를 폭격했다. 임무를 완성한 폭격기들은 계획대로 중국 구주비행장으로 향했다.

　하지만 뜻밖의 사태가 벌어졌다. 갓 준공된 비행장에 제대로 된 항법설비가 갖춰지지 않은 데다 이상기후까지 겹쳐 미군 항공기들은 마땅히 착륙할 곳을 찾지 못하고 우왕좌왕했다. 이날 황혼 무렵 황소횡 절강성 주석은 "정체불명의 항공기 몇 대가 임해臨海, 삼문三門, 절서浙西 일대 상공을 배회하고 있다."는 긴급보고를 받았다. 그리고 밤이 되자 "연합군 비행사들이 낙하산을 타고 삼문, 수안邃安과 천목산 일대에 뛰어내렸다. 그중 대부분이 현지 군민軍民들에 의해 후방으로 이송됐다."는 추가보고가 들어왔다.

4월 19일 아침이 밝았다. 천목산은 봄기운이 완연했다. 열다섯 살 소년 망우는 검은색 승복을 입고 사찰 안마당을 비질하고 있었다. 1년 전 일본 폭격기가 선원사禪源寺를 폭격했다. 그때 무과스님이 목숨을 잃었다. 망우는 스님이 남긴 승복을 입고 동천목산東天目山 깊숙이 들어갔다. 이때부터 망우는 이 작고 초라한 절의 '주인'이 됐다. 그는 산문山門 앞뒤에 고구마와 옥수수를 심고 절 주변에 콩을 심었다. 봄이 되면서는 무과스님에게 배운 대로 햇차를 딴 다음 덖어 말려서 갈무리했다. 그는 그것을 이월과 둘이서 마시기도 하고 가끔 시장에 가지고 나가서 팔기도 했다. 천목산에도 이따금 적기들이 날아올 때가 있었다. 하지만 평원에 있을 때보다는 안전했다. 망우는 이월을 데리고 여러 곳으로 피난을 가기도 했지만 결국은 이곳으로 돌아왔다. 그동안 일본놈들이 몇 번 다녀갔으나 다 낡아빠진 절이라서 그런지 굳이 불을 지르지도 않았다. 그저 무과스님 생전에 아이들과 함께 구워낸 흑도黑陶 천목잔天目盞들만 부숴놓았다.

피난 갔다 돌아온 이월은 애지중지하던 찻잔이 산산조각난 것을 보고 바닥에 퍼질러 앉은 채 대성통곡을 했다. 사실 그럴 만한 이유가 있었다. 두 아이는 무과스님을 따라 입산한 후 각자 새로운 취미를 가졌다. 빛과 불을 싫어하는 망우는 밭일을 할 때를 제외하고는 거의 대부분의 시간을 숲속에서 보냈다. 울창한 가지와 새파란 잎의 빈틈없는 보호 아래 눈부신 햇빛을 피할 수 있는 데다 덤으로 부드럽고 따뜻한 햇살을 받을 수 있어서 좋았던 것이다. 그렇게 그는 점점 숲을 사랑하게

다인_4

됐다. 숲속의 짙푸르고 축축한 공기를 마시면 숨통이 확 트이고 기분도 상쾌해졌다. 특히 새하얀 백차나무 아래에 있으면 신기할 정도로 마음이 편안해졌다. 반면 망우보다 어린 이월은 진흙놀이를 좋아했다. 마침 사원 뒤에 오래된 도요가 있었다. 무과스님은 도요에 불을 피워 흑도 천목잔을 구워내면서 어린 이월에게 말했다.

"내가 죽고 일본 놈들을 다 몰아내고 나면 이 찻잔들을 시장에 가져다 팔아라. 내가 너희들에게 남겨주는 유산인 셈이다."

이월은 무과스님의 옆에서 흙 반죽으로 작은 동물과 사람 모양을 빚으면서 놀았다. 또 무과스님을 흉내 내 크기가 들쭉날쭉한 접시와 형태가 제각각인 다호도 잔뜩 빚었다. 재미 삼아 만든 것들이 도요에서 구워져 '작품'이 되어 나온 것을 보고 흥분을 감추지 못하면서 보물처럼 침대 아래에 잘 쌓아두었던 것이다.

어린 두 아이는 서로 의지하면서 지금까지 버텨왔다. 처음에는 어른들이 조만간 데리러 올 것이라는 막연한 희망을 가졌었다. 하지만 점점 시간이 흐르면서 희망은 실망으로 바뀌었다. 특히 천성적으로 예민한 성격인 망우는 세상에 둘만 버려진 것 같은 절망을 느꼈다.

"사람들은 우리를 잊은 게 틀림없어."

이런 생각이 들 때면 망우는 절 문 앞에 서서 멀리 백차나무 우듬지를 바라보면서 "죽을 때까지 이곳을 떠나지 않을 거야."라고 굳은 결심을 다지고는 했다.

일곱 살 난 이월이 잔뜩 긴장한 얼굴로 허둥지둥 달려왔다. 이어 망우의 품에 와락 안기면서 가쁜 숨을 내쉬더니 더듬더듬 말했다.

"저기, 백차나무 요정이 모습을 드러냈어요."

이월은 어릴 때부터 무과스님의 가르침을 받아 '생사윤회', '인과응보' 등 불교의 교리를 굳게 믿고 있었다. 하지만 망우는 달랐다. 무과스님을 처음 만났을 때 그는 이미 열 살이었다. 다른 사람의 말을 맹목적으로 믿는 나이가 지난 것이다. 게다가 항씨 가문의 예민한 유전자를 물려받아 의심이 많았다. 그래서 '백차나무 요정'이니 뭐니 하는 말은 애초부터 믿지 않았다.

망우가 빗자루를 내려놓고 말했다.

"세상에 백차나무 요정이 어디 있어? 월아, 아무 말이나 막 하면 안 돼."

"정말이에요. 제가 직접 봤어요."

이월이 발을 동동 구르면서 다급히 설명했다.

"피부가 하얗고 얼굴에 백차 솜털처럼 하얀 솜털이 있었어요. 머리카락은 노랗고 눈동자는 고양이 눈처럼 파란색이었어요. 사람 말을 안 하고 주문을 외웠어요. 지금 저기 백차나무 아래에 앉아 있어요. 그리고 줄이 가득 달려 있는 커다란 천이 차나무에 걸려 있었어요."

이월이 갑자기 뭔가 생각난 듯 품속에서 시커먼 물건을 꺼냈다.

"이걸 저에게 던져주고 먹는 시늉을 해보였어요. 웃을 줄도 알더군요. 음, 옷은 파란색이었어요……. 이게 뭘까요? 먹어도 될까요?"

이월이 가지고 온 것은 외국인들이 즐겨먹는 초콜릿이었다. 망우는 5년 전에 먹어봤던 기억을 떠올리면서 조심스럽게 한 입 베어 물었다. 그리고 동생에게 건넸다.

"외국 사탕이야. 먹어봐."

이월이 조금 떼어 입에 넣더니 이내 뱉어냈다.

"너무 써요."

망우가 빗자루를 집어던지고 앞장섰다.

"백차나무 요정을 보러 가자."

'백차나무 요정'은 그새 잠들어 있었다. 두 아이가 가까이 다가가도 깨어나지 않았다. 망우는 금발머리에 코가 크고 얼굴이 흰 솜털로 덮인 남자를 보고 작은 소리로 이월에게 말했다.

"이 사람은 백차나무 요정이 아니야. 외국인이야, 서양인."

망우는 어릴 때 밖에 나가면 종종 서양인으로 오해를 받았었다. '서양인' 같다는 말을 하도 많이 들어서 서양인에 대해 궁금증 역시 많았었다. 어쩌다 항주 거리와 서호에서 실제로 서양인을 본 적도 있었다. 그들은 키가 크고 몸 색깔이 알록달록했을 뿐 아니라 웃을 때 입이 귀밑까지 찢어지고 사람들이 알아들을 수 없는 말을 하고 다녔다. 마치 신기한 동물들을 구경하듯 사람들이 그들의 주위를 잔뜩 에워싸고 있었다. 그때 망우는 그들을 보면서 동질감과 친밀감을 느꼈었다. 그 역시 그들처럼 밖에 나오면 사람들의 구경거리가 됐기 때문이었다. 이것도 인연이라면 인연일까? 망우는 몇 년이 지난 후 천목산 깊은 숲속에서 서양인을 다시 만나게 될 줄은 생각도 못했었다.

이월은 망우와 달리 평화로운 생활에 대한 기억이 별로 없었다. 고향 서호에 대한 기억도 없었다. 서호 호숫가에서 서양인을 만난 적도 없었다. 그는 백차나무 요정이 아니라는 말을 듣고 다소 실망스러운 기색으로 망우에게 물었다.

"외국인은 뭐예요? 서양인이 뭔가요?"

"외국인은 말이야……."

망우가 잠깐 생각하더니 말했다.

"일본인이 바로 외국인이야."

'일본인'이라는 말에 이월이 화들짝 놀라면서 망우 뒤로 몸을 숨겼다. 망우가 동생을 앞으로 끌어당기면서 부드럽게 말했다.

"놀라지 마. 형아 말을 마저 들어봐. 일본인은 동양인이고 이 외국인은 서양인이야. 지금 수많은 서양인들이 우리 중국을 도와 일본과 싸우고 있다고 들었어."

이월이 몸을 바들바들 떨면서 망우의 뒤에서 고개를 내밀었다.

둘이 한참을 대화하는 동안에도 서양인은 깨어나지 않았다.

'잠이 많은 사람인가?'

망우는 그렇게 속으로 생각하면서 머리부터 발끝까지 서양인을 훑어봤다. 놀랍게도 서양인의 발에서 붉은 피가 흐르고 있었다. 부상당한 것이 틀림없었다. 망우는 쪼그리고 앉아 서양인의 어깨를 흔들었다. 하지만 남자는 여전히 눈을 뜨지 못했다. 망우가 곰곰이 생각하다가 이월에게 분부를 했다.

"가서 먹을 걸 좀 가져올래? 방금 끓여놓은 물이 있으니 그것도 한 주전자 가져와."

망우가 뒤돌아 달려가는 이월의 뒤에 대고 크게 덧붙였다.

"새로 만든 백차 좀 가지고 와. 형아가 글 쓸 때 쓰던 목탄과 목판도 가지고 와."

"백차를 마시고 백차나무 요정으로 변하면 어떡해요?"

이월이 혀를 홀랑 내밀어보이고 뛰어갔다.

'녀석, 백차를 내주기가 아까운 모양이구나.'

망우는 동생의 마음을 이해할 수 있었다. 백차를 내다 팔면 식량을 살 수 있으니 어린 마음에 아까울 수도 있을 것 같았다. 지난 몇 년 동안 그들은 봄에 따서 말려둔 차를 내다 팔아서 겨울식량을 마련하고는 했었다. 아무리 그렇다고 해도 손님을 푸대접할 수는 없지 않은가. 더구나 이 손님은 부상당한 서양인이 아닌가. 5년 동안의 산속 생활은 두 도시 아이를 완연한 산사람으로 바꿔놓았다. 망우와 이월 둘 다 현지 사투리로 막힘없이 대화할 수도 있었다.

그때 서양인이 천천히 눈을 떴다. 이어 뭐가 뭔지 모르겠다는 얼떨떨한 표정으로 망우를 물끄러미 보더니 갑자기 미소를 지었다. 망우도 따라 웃으면서 손가락으로 자신의 흰 머리카락과 상대방의 금발머리를 번갈아 가리켰다. 서양인은 힘겹게 일어나 앉았다. 그리고 알아듣지 못할 말로 뭐라고 한참을 떠들었다. 망우는 이리저리 생각한 끝에 천천히 입을 열었다.

"여기는 중국 천목산이에요."

서양인은 '중국'이라는 두 글자를 알아듣고는 흥분을 감추지 못했다.

"나는 미국, 미국, 미국……."

망우도 '미국'이라는 말을 알아들었다.

'아, 미국사람이구나. 어떻게 여길 왔지?'

망우가 궁금해 하는 와중에 이월이 물주전자와 바구니를 들고 왔다. 미국인은 두 아이를 보고 기쁜 기색을 감추지 못했다. 그가 자신의 가슴을 가리키면서 말했다.

"에이트, 에이트, 에이트."

"아, 이름이 에이트구나."

망우가 고개를 끄덕이고는 곧 자신을 소개했다.

"망우, 망우."

또 이월을 가리키면서 말했다.

"월, 월."

"망, 망, 월, 월."

에이트는 두 아이의 이름을 힘겹게 발음하고는 입을 헤벌리고 웃었다. 두 아이도 따라 웃었다.

에이트는 이월이 가져다준 말린 고구마를 허겁지겁 먹다가 끅끅, 목이 메었다. 망우가 황급히 차를 따라줬다. 커다란 다완에 하얀 찻잎이 둥둥 떴다. 에이트는 처음 보는 '음료'가 신기한지 먹어도 되냐고 손짓으로 물었다. 두 아이는 다투어 백차에 대해 설명하면서 뒤쪽에 있는 백차나무를 가리켰다. 에이트는 고개를 끄덕이며 다완을 받아들었다. 그리고 누가 말릴 틈도 없이 찻물과 찻잎을 꿀컥꿀컥 다 들이켰다. 멍하니 쳐다보던 이월이 울상을 지었다.

"형, 이 아저씨가 다 먹어버렸어요. 힝, 올해 처음 딴 건데."

샘물로 우려낸 햇차는 말로 형언할 수 없이 감미롭고 시원했다. 하물며 지치고 갈증 난 상태에서 마신 차임에랴. 연합군 조종사 에이트는 처음 잎차를 마셔보고는 바로 육우가 《다경》에 기록한 음다飮茶의 최고 경지에 이르렀다. "만약 열이 있고 갈증이 나거나, 가슴에 응어리진 고민이 있거나, 머리가 아프고 눈이 뻑뻑하고 침침하면서 사지가 나른하고 마디마디 펴지지 않을 때, 네다섯 번만 마시면 (그 효과가) 제호醍醐와 감로甘露에 견줄 만하다."라는 내용이 그에게는 진짜였던 것이다.

에이트는 다완을 쑥 내밀었다. 한 사발 더 달라는 뜻이었다. 두 아이는 황급히 또 한 사발 우려 줬다. 이번에도 벌컥벌컥 들이키려고 하는 것을 이월이 막으면서 손짓발짓을 섞어 설명했다.

"그렇게 한꺼번에 다 마시는 거 아니에요. 잘 우러나기를 기다려 차탕만 마신 다음 뜨거운 물을 더 부어서 네댓 번 더 마시는 거예요."

에이트는 이월이 가르쳐준 대로 연거푸 네 사발을 들이켰다. 이어 다완 바닥에 남아 있는 찻잎과 망우를 번갈아보면서 눈치를 살폈다. 망우는 못 말리겠다는 듯 웃으면서 손바닥을 펼쳐보였다.

"드세요, 찻잎이 그리 맛있으면 드셔도 돼요."

에이트는 손가락으로 다완 바닥을 싹싹 긁어 마지막 한 잎까지 입에 넣고 쩝쩝 맛있게 씹어 먹었다. 이어 만족스러운 표정으로 긴 한숨을 내쉬고 하늘을 향해 소리 질렀다.

"오, 마이 갓!"

두 아이는 에이트가 뭐라고 하는지 알아듣지 못했다. 다만 에이트의 표정으로 미뤄볼 때 그가 무척 기뻐하고 있다는 것을 알 수 있었다. 이월은 주머니에 있는 '외국 사탕'을 꺼내 한 입 베어 물었다. 신기하게도 맛이 아까처럼 쓰지 않았다. 에이트가 기쁜 기색으로 연신 말했다.

"초콜릿! 초콜릿! 초콜릿!"

영리한 이월은 '외국 사탕' 이름이 '초콜릿'이라는 것을 알고 그에 보답하는 의미로 등 뒤의 차나무를 가리키면서 말했다.

"차! 차! 차!"

에이트가 어리둥절한 표정을 지었다. 망우가 그러자 이월에게 말했다.

"월아, 올라가서 몇 잎 따다 드려. 중국차를 처음 보신 것 같아."

이월은 손바닥에 퉤퉤 침을 뱉더니 잽싸게 신을 벗어던졌다. 그리고는 뒤로 한 걸음 물러섰다가 앞으로 달려 나오면서 마치 고양이처럼 날렵하게 나무 위로 올라갔다. 얼마 후에는 새파란 찻잎을 한 움큼 따 가지고 나무에서 내려왔다. 에이트는 그제야 아까 마신 차가 이 나무의 잎이라는 것을 깨달았다. 그는 이월이 주는 찻잎을 사양하지 않고 전부 입에 털어 넣었다. 하지만 몇 번 씹지 않아 벌레 씹은 표정으로 급하게 퉤퉤 뱉어냈다. 그리고는 연신 "마이 갓!"을 외쳤다. 차 생잎이 그렇게 쓰고 떫을 줄은 몰랐던 것이다.

망우와 이월은 재미있다고 깔깔 웃었다. 망우는 목탄과 목판을 에이트에게 건넸다. 에이트는 망우의 뜻을 짐작하고 목판에 그림을 그리기 시작했다. 먼저 수많은 비행기를 그리고 비행기 아래에 일본놈들의 머리를 그렸다. 이어 비행기에서 일본놈들의 머리 위로 폭탄이 떨어지는 장면도 그려 넣었다. 그림을 본 아이들은 흥분을 감추지 못했다. 동시에 에이트에게 와락 달려들었다. 뒤로 벌렁 나자빠진 에이트는 부상당한 발을 아이들에게 밟히고는 너무 아파서 연신 "마이 갓!"을 불러댔다. 망우는 그제야 일본놈들을 폭격한 서양인 영웅이 부상자라는 사실을 깨닫고 황급히 깨끗한 천과 따뜻한 차를 준비했다. 두 아이는 낑낑대면서 에이트의 군화를 벗기고 찻물로 상처를 잘 소독한 다음 깨끗한 천으로 동여맸다. 에이트는 망우의 부축을 받으며 사찰로 향했다. 이월은 에이트의 커다란 군화를 등에 메고 민요를 흥얼거리면서 두 사람의 뒤를 따랐다. 에이트는 절뚝절뚝 힘겹게 걸으면서도 방금 전 차 마실 때 사용했던 천목 다완을 손에 꼭 쥐고 놓지 않았다. 도요 가까이에 이르렀을 때였다. 이월이 둘의 앞으로 달려 나오면서 한 손으로 에이트의 손을 잡고 다른 손으로 가마를 가리킨 채 말했다.

"에이트, 에이트, 당신이 쥐고 있는 그 다완은 내가 만든 거예요. 우리 무과스님하고 함께 이 가마에서 구워낸 거예요, 에이트, 에이트……."

에이트는 동천목산에서 휴양하면서 두 중국아이와 완전히 친해졌다. 이월은 성격이 내성적인 망우와는 반대로 활발하고 장난이 심했다.

에이트와는 서로 말이 통하지 않았으나 소통에는 전혀 문제가 없었다. 이월은 에이트가 곧 떠나야 한다는 말을 듣고 결국 울음을 터뜨렸다. 서천목산에 있는 절서浙西행정관서에서 에이트의 소식을 듣고 데리러 오기로 한 것이었다.

"에이트는 우리 식구야. 서천목산으로 못 보내."

이월보다는 그래도 철이 든 망우가 동생을 달랬다.

"에이트는 미국 전투기 조종사야. 그 사람의 소식을 모르는 가족들은 얼마나 가슴이 아프겠어? 우리 에이트를 미국으로 돌려보내자. 그래야 또 비행기를 몰고 와서 일본놈들을 쳐부술 거 아니야. 나중에 일본놈들이 항복하고 나면 다시 에이트하고 만나면 되잖아. 그의 비행기를 타고 미국으로 놀러갈 수도 있고. 얼마나 좋아?"

아직 어린 이월은 미국으로 놀러간다는 말에 제격 울음을 그쳤다.

"그러면 형아는? 형도 미국으로 같이 갈 거지? 형아가 안 가면 나도 아무 데도 안 가."

망우가 웃으면서 말했다.

"너는 아직 어려서 뭘 몰라. 나중에 어른이 되면 생각이 달라질걸? 사람이 갈 수 있는 곳이면 너는 어디든 다 갈 수 있어. 하지만 나는 미국에 가고 싶은 생각이 없어. 미국은 둘째 치고 항주로 돌아가고 싶은 생각도 없어. 나는 여기가 좋아. 낡고 초라한 이 사찰이 세상 그 어느 곳보다도 좋아. 나중에 일본놈들이 항복하면 나는 양패두에 계신 어머니를 여기로 모셔올 거야."

"그러면 나도 우리 엄마를 데려올 거야."

이월은 끝까지 형과 뜻을 같이 하겠다는 의지를 보여주려는 듯 이를 악물고 말하다 이내 한마디 덧붙였다.

"하지만 나는 엄마 얼굴을 몰라요. 그분이 여기 오려고 할까요? 우리 둘이 스님이 되겠다고 하면 동의할까요?"

"스님이 되겠다는 말은 안 했는데. 나는 그냥 여기가 좋아. 채소를 심고, 차를 따고, 물을 긷고, 여가시간에는 책을 읽고 얼마나 좋아?"

망우가 말했다.

"나도 채소를 심고 차를 따는 일이 좋아요. 그래도 도자기를 굽는 게 제일 좋아요."

"너는 나하고 달라. 너는 밖에 나가도 이상한 눈으로 보는 사람이 없잖아. 나는 아니야. 나는 남들과 달라. 나는 사람들의 시선이 싫어. 무과스님이 생전에 하셨던 말 기억나? 내가 산 밖으로 나가지 못하도록 너더러 잘 지키라고 하셨잖아. 남들과 다르게 생긴 나를 일본놈들이 총으로 쏴죽이면 너 혼자서는 살 수 없다고 하시면서 말이야."

이월이 울음을 터뜨렸다.

"망우 형, 우리 그냥 여기에서 살아요. 산 밖으로 나가지 말고요. 형아는 죽으면 안 돼요, 형아가 없으면 나는 어떻게 살아요? 그리고 에이트도 다친 발이 아직 낫지 않았어요. 형아, 죽으면 안 돼요."

둘의 말을 알아듣지 못하는 에이트는 옆에서 안절부절못했다. 이월은 울면서 손짓발짓을 섞어 망우의 말을 대충 설명해줬다. 그러자 에이트는 망우에게 다가가 그를 꼭 껴안았다. 그리고 망우의 소매와 자신의 소매를 걷어 둘의 팔을 보여주고는 자신의 엄지손가락을 망우의 엄지손가락에 꼭 붙였다.

"이것 봐, 우리는 피부색깔이 같아. 슬퍼하지 마, 우리는 다 똑같은 사람이야."

망우는 에이트의 말뜻을 이해할 수 있었다.

망우는 부지런히 차를 따서 말리기 시작했다. 중국차를 유난히 좋아하는 에이트를 위해서였다. 처음에는 맛이 쓰다고 오만상을 찌푸리던 이월은 초콜릿에 완전히 맛을 들였다. 에이트가 준 것은 벌써 다 먹어버리고 없었다. 이월이 에이트의 행낭을 뒤지면서 그를 향해 고함을 질렀다.

"초콜릿, 초콜릿. 에이트, 초콜릿 줘요."

에이트가 어깨를 으쓱하면서 말했다.

"쏘리Sorry! 쏘리!"

이월은 "쏘리!"가 "미안해, 없어!"라는 뜻임을 알고 있었다.

에이트도 중국차에 완전히 '중독'됐다. 결국 망우와 이월이 제조한 햇차는 얼마 못 가서 동이 나버렸다. 에이트는 빈 차통을 들고 차를 달라고 소리를 질렀다.

"차! 차!"

이월은 바로 에이트를 흉내 냈다. 손을 펼치고 어깨를 으쓱하면서 말했다.

"쏘리! 쏘리! 쏘리!"

망우가 화를 내면서 동생의 손을 탁 쳤다. 그리고 에이트에게 쏘아붙였다.

"쏘리 아니에요. 쏘리 아니야."

망우는 더 바빠졌다. 에이트가 미국에 도착할 때까지 충분히 마시려면 차를 많이 만들어야 했다. 이월은 미국이 얼마나 먼지 몰랐다. 그래서 망우에게 물었다.

"미국은 얼마나 멀어요? 항주보다 더 멀어요?"

"응, 아주 멀다고 들었어. 중국에서 미국으로 가려면 태평양을 건너야 해."

"태평양은 형아가 자주 말하는 서호보다 더 커요?"

망우도 태평양을 보지는 못했다. 하지만 '큰 바다 양洋'자가 붙었으니 작지 않을 것이라고 짐작하고 말했다.

"서호보다 작지 않을 거야."

어린 이월은 곰곰이 생각해봤다.

'태평양은 엄청 크구나. 에이트가 태평양을 건너가면 우리는 언제 다시 만날 수 있을까? 망우 형아는 에이트에게 차를 선물한다고 했어. 그러면 나는 무엇을 선물하지?'

한참을 고민한 끝에 이월은 예전에 무과스님과 함께 만든 다호를 선물하기로 했다.

이월이 에이트에게 선물한 다호는 누가 봐도 우스꽝스러운 모양새였다. 둥그렇게 부풀어야 할 몸통은 얻어맞은 것처럼 여기저기 움푹 패었고 주둥이는 짧고 넓대대했다. 뚜껑은 마치 유행 지난 모자처럼 푹 퍼져서 아무리 애써도 꼭 덮어지지 않았다. 하지만 에이트는 어린아이처럼 기뻐 어쩔 줄 몰라 했다.

그러던 어느 날, 나무 위에 앉아 있던 망우의 귀에 은은한 하모니카 소리가 들려왔다. 참으로 오랜만에 들어보는 익숙한 곡조에 그는 자기도 모르게 몸을 부르르 떨었다.

소무蘇武는 호혜胡(흉노를 의미)에 잡혀 있어도 절개를 욕되게 하지 않았네.
눈과 얼음 덮인 오랑캐 땅에서 19년을 참고 견뎠네.
목이 마르면 눈을 녹여 마셨고, 배가 고프면 담요의 털을 뜯어먹으면서,
북해北海에서 양을 쳤다네.

다인_4

......

백차나무의 무성한 가지 사이로 백의수사白衣秀士 한 명이 나는 듯 표연히 걸어오는 것이 보였다. '백의수사'는 방약무인한 자세로 차나무에 기대앉더니 다시 하모니카를 불기 시작했다. 가만히 듣고 있는 망우의 눈에서 굵은 눈물이 뚝뚝 떨어졌다. 한 곡조 끝낸 '백의수사'가 벌떡 일어서더니 낭랑한 목소리로 말했다.

"너 언제까지 거기 있을 거야?"

망우의 손이 스르르 펴졌다. 한 움큼 움켜쥐었던 은빛 찻잎들이 눈꽃처럼 백의수사의 머리 위로 우수수 떨어져 내렸다. 다음 순간 균형을 잃고 아래로 떨어지는 망우를 백의수사가 팔을 내밀어 가볍게 받아 안았다. 망우가 목이 멘 소리로 울부짖었다.

"억이 형!"

백의수사는 에이트를 데리러 온 항억이었다. 두 형제는 서로를 으스러지게 껴안았다.

천목산은 겉으로는 평온해 보였다. 심산 속에 있는 망우 무리는 바깥세상에서 피비린내 나는 잔혹한 싸움이 벌어지고 있다는 사실을 알지 못했다. 일본군은 4월 19일부터 한 달에 걸쳐 구주비행장을 59차례나 폭격했다. 투하한 폭탄만 1,341개에 달했다. 절강성과 강서성 변경지역은 완전히 불바다로 변했다.

1941년 10월 중국차연구소가 정식으로 설립됐다. 오각농은 복건성 무이산武夷山 숭안崇安 적석赤石에 있는 시범 차장茶場을 연구소 부지로 정했다. 3개월 뒤, 항씨네 다업 계승자 항한과 여동생 초풍을 포함한 동남다엽개량총장의 전원은 구주 만천에서 복건 숭안으로 이사했다.

여전히 매사에 무던한 초풍이 출발에 앞서 항한의 손을 잡으면서 물었다.

"한이 오빠, 우리는 만천을 영영 떠나는 건가요?"

"아니야, 언젠가는 다시 돌아올 거야."

"그러면 나도 오빠하고 같이 돌아올래요."

초풍은 그제야 안도의 표정을 지었다. 그녀는 만천이 좋았다. 이곳의 차가 좋았다. 이곳의 감귤도 좋았다. 이곳의 청산녹수도 좋았다. 그리고 이곳에서 새로 알게 된 중국의 우수한 다인들도 좋았다.

1942년 6월, 중국차연구소는 복건 무이산에서 업무를 시작했다. 중국의 수천 년 차 역사의 한 획을 긋는 위대한 행보는 이렇게 피와 불의 대지에서 첫발을 내디뎠다.

제26장

일주일 후 항억은 서천목산西天目山에서 평원으로 돌아갔다.

항억은 평소에 출동할 때 수행경호원 두세 명만 데리고 다녔다. 인원수가 적으면 적을수록 신출귀몰, 성동격서에 편리하기 때문이었다. 이번도 예외가 아니었다. 허리에 달랑 총 하나만 차고 하모니카만 들고 동천목산으로 온 것이었다.

항억은 서천목산에 반나절도 채 머물지 않았다. 미국인 에이트를 국민정부 절서浙西 행정관서 관리에게 인계하자마자 이내 돌아서서 평원으로 향했다.

"이번 군사행동의 최고책임자 제임스 둘리틀James Harold Doolittle 중령도 성공적으로 구조돼 천목산에 머물고 있습니다. 잠깐 외출 중이니 좀 기다렸다가 만나보고 가십시오."

항억은 며칠만 머물라는 행정관서 관리의 초청을 가볍게 물리쳤다.

'평원의 백의수사', '잔혹한 킬러'로 불리는 항억은 천목산과 사명산

四明山의 쟁탈 대상이었다. 제 아무리 자유를 좋아한다 해도 결국에는 평원을 버리고 산속으로 들어올 수밖에 없을 거라는 것이 사람들의 공통된 의견이었다. 물론 어느 산으로 올라갈 것인지는 항억의 선택에 달려 있었다.

금화, 난계蘭溪, 구주 일대는 절강성과 강서성에서도 전투가 제일 치열하고 활발한 지역들이었다. 일본 육군 사단장 사카이 나오쓰구酒井直次 중장이 난계에서 지뢰를 밟고 죽었을 정도였다. 그는 일본이 신식 군대를 만든 후 첫 번째로 중국 전장에서 목숨을 잃은 현직 육군 사단장이었다.

항억 부대의 활동 지역인 항가호평원은 절동浙東 일대에 자리했기에 상대적으로 조용했다. 망우와 이월이 머물러 있었던 동천목산 역시 그나마 안전한 곳이었다. 망우는 산속에서 사촌형 항억을 만날 줄은 꿈에도 생각 못했다. 그러나 항억은 망우가 동천목산에 있다는 사실을 알고 간 것이었다. 연락원이 "동천목산으로 가서 피부가 눈처럼 새하얀 소년을 찾으라."고 말했을 때 항억은 대번에 망우를 떠올렸다. 그런 만큼 어느 정도 마음의 준비를 하고 찾아갔다. 그럼에도 불구하고 자신의 하모니카 소리에 나무에서 뛰어내린 망우와 마주하니 만감이 교차하는 것을 어쩔 수 없었다.

망우는 그동안 몰라보게 변해 있었다. 똑같이 오랜만에 만난 사촌 동생 항한이나 둘째삼촌 가평보다 훨씬 더 많이 변했다. 망우는 태어날 때부터 온 가족의 총애를 한 몸에 받았었다. 보는 사람마다 그를 불쌍히 여기고 보호할 대상으로만 생각했다. 망우는 사람들의 무조건적인 사랑을 당연하게 받아들였다. 그럼에도 불구하고 뭐가 불만인지 새하얀 얼굴에 항상 못마땅한 표정을 짓고 있었다.

그런 망우가 애어른이 되어 있었다. 표정이 무겁고 깊은 생각에 잠겨 있는 것이 아마도 홀로 산속생활을 오래 했기 때문일 것이다. 게다가 말투도 변했다. 항주 말을 제대로 못할 정도였다.

항억은 항주에 남아 있는 가족들의 상황을 나초경에게 들어 알고 있었다. 만약 망우가 물어온다면 사실대로 얘기해줄 생각이었다. 그에게 선의의 거짓말은 있을 수 없는 일이었다. 이것이 그와 항한의 차이점이었다. 그는 피와 불의 전쟁통에 이골이 나 있었다. 매일이다시피 들려오는 대포소리와 총소리에 온몸의 피도 싸늘하게 식어버린 지 오래였다.

어린 아이처럼 천진한 미국인 에이트는 두 형제에게 재회의 기쁨을 만끽할 기회를 주지 않았다. 둘의 대화에 실없이 자꾸 끼어들었다. 에이트는 미국에 있을 때 중국어를 몇 마디 배운 적이 있었다. 중국 시사에도 관심이 있었다. 그래서 대화상대가 되는 어른을 보자 흥분을 금치 못했다. 그는 손짓 발짓을 섞어가면서 항억의 신분을 물었다. 이월이 앞질러 대답했다.

"유격대예요, 유격대. 유격대!"

에이트는 유격대에 대해 들어본 듯 조심스럽게 물었다.

"유격대? 공산당 아니면 국민당?"

항억이 하하 크게 웃었다. 그리고 영어로 간단하게 대답했다.

"나는 공산당도 아니고 국민당도 아니오. 나는 유격대요."

에이트가 알아듣고는 엄지를 척 내밀었다.

"공산당 굿Good! 국민당 굿! 유격대 굿! 일본사람 베드Bad!"

이월이 앞질러 통역했다.

"에이트는 '공산당이 좋아, 국민당이 좋아, 유격대가 좋아, 일본놈들은 제일 나빠, 다 죽여버릴 거야'라고 했어요."

아이의 의기양양한 표정을 보고 모두 웃음을 터뜨렸다. 망우도 따라 웃었다. 하지만 그것은 다른 사람들의 기분을 맞춰주기 위해 마지못해 웃는 억지웃음이었다. 적어도 항억의 눈에는 그렇게 보였다.

망우는 항억과 재회한 후 어머니 소식을 묻지 않았다. 항억도 먼저 입을 열지 않았다. 산을 내려갈 때에도 두 형제는 별로 말이 없었다. 삿갓을 쓰고 짚신을 신은 망우가 맨 앞에서 길을 안내했다. 갈대에 맺힌 이슬 때문에 안 그래도 너덜너덜해진 바짓가랑이가 볼품없이 푹 젖었다. 날카로운 풀잎이 새하얀 피부를 스쳐 선홍빛 핏자국도 생겼다. 항억은 걸음을 재촉하는 망우의 새하얀 종아리를 내려다보다가 가까이 다가가서 어깨를 껴안으면서 말했다.

"시국이 조금 안정되면 데리러 올게."

그 말에 이월이 좋아서 펄쩍 뛰었다.

"형, 저는 미국에 있는 에이트 집에 놀러가고 싶어요. 데려다줘요."

망우가 이월을 밀치면서 나무랐다.

"너, 허튼소리 자꾸 하면 에이트 배웅 못 가게 한다."

망우가 고개를 돌려 항억에게 말했다.

"괜찮아요, 저하고 월이는 산속생활에 적응이 됐어요."

항억이 한숨을 내쉬었다.

"그러게 말이야. 이 형하고 같이 있으면 언제 죽을지 모르니 산속이 더 안전하겠지."

망우가 작은 소리로 물었다.

"형은 일본놈들을 죽여 봤어요?"

"죽였지. 일본놈들과 한간들은 모조리 다 죽여야 해!"

"언제 항주로 돌아갈 수 있어요?"

항억은 가슴이 덜컹했다. 그는 숨을 죽이고 망우가 다음 말을 잇기를 기다렸다. 커다란 꽃나비 한 마리가 팔랑팔랑 날갯짓을 하면서 두 사람 앞을 날아갔다. 항억이 어렸을 때 망우와 함께 교외에서 잡아 표본을 만들었던 것과 같은 종류였다. 그때 그들은 꽃나비에게 '양산백축영대'梁山伯祝英台(중국판 로미오와 줄리엣 같은 소설)라는 이름을 지어줬었다. 항억은 햇빛을 피해 삿갓을 쓰고 눈을 찌푸린 동생을 안쓰럽게 바라봤다. 갑자기 가슴이 아려왔다. 이제 헤어지면 언제 또 만날 수 있을지, 어쩌면 이번 이별이 영원한 이별이 될지도 모른다는 생각에 헤어지기가 정말 싫었다.

망우가 다시 입을 열었다.

"형, 저에게 옥천玉泉의 물고기를 보여주신다고 했던 약속 잊지 않으셨죠?"

망우가 새끼손가락을 거는 시늉을 했다. 항억이 망우의 어깨를 두드리면서 말했다.

"전쟁이 끝나고 우리가 승리하면 너를 옥천에 보내 물고기를 기르게 할게."

"아미타불. 예전에 어머니하고 같이 봤던 그 물고기는 아니겠죠."

망우의 입에서 처음으로 '어머니'라는 말이 나왔다. 망우의 말끝에서 어머니에 대한 진한 그리움이 묻어나는 것을 항억도 느낄 수 있었다. 항억은 건너편 산등성이에서 솟아오르는 태양을 보면서 일부러 밝은 목소리로 말했다.

"그런 차림을 하고 '아미타불'을 외우니 영락없는 스님이구나. 그래, 네가 평원으로 가지 않겠다면 나도 억지로 끌고 갈 생각이 없다. 여기서 이 형을 위해 염불이나 많이 읊어다오. 옛날에 할아버지께서는 '일기일회'-期-會라고 입버릇처럼 말씀하셨지. 일생의 단 한 번의 만남이 마지막 만남이 될 수 있으니 만남의 기회를 소중히 하라는 의미였지. 너도 이제는 '일기일회'의 뜻을 완전히 이해한 것 같구나. 잘 있거라, 내 아우. 내가 너를 대신해 일본놈들을 더 많이 죽일게. 이 형 믿지? 내가 너를 대신해 일본놈들을 더 많이 죽일 거다. 잘 있거라."

항억은 동생을 와락 껴안았다. 이윽고 항억의 품에서 풀려나온 망우의 손에는 하모니카가 쥐어져 있었다. 에이트는 뒤돌아서 걸으며 차마 떨어지지 않는 발을 천천히 떼어놓으면서 망우와 이월에게 작별인사를 했다.

"망, 망……. 월, 월……."

급기야 에이트가 털이 덥수룩한 손으로 얼굴을 감싸고 엉엉 울음을 터뜨렸다.

망우가 갑자기 뭔가 생각난 듯 이월을 재촉했다.

"월아, 차는? 에이트에게 차를 줬어?"

차를 담은 종이봉지를 들고 멍하니 서 있던 이월은 그제야 퍼뜩 정신을 차렸다. 이어 항억과 에이트의 뒤를 쫓아갔다. 망우는 한참을 그 자리에 서서 눈으로 그들을 배웅했다. 그리고 오던 길로 천천히 되돌아갔다. 백차나무 아래에 이르러서는 잠깐 뭔가를 생각하더니 나무 위로 올라갔다. 떠난 사람들의 모습은 더 이상 보이지 않았다. 마치 아무 일도 없었다는 듯 숲에서는 쏴쏴, 바람소리가 요란했다. 망우는 망연히 사방을 둘러봤다. 마치 잠깐 동안 꿈을 꾼 것 같은 기분이었다. 하지만 꿈이 아니었다. 그의 손에는 하모니카가 쥐어져 있었다. 그는 갈라터진 입술에 하모니카를 가져다 댔다. 백차나무 꼭대기에서 구슬픈 하모니카 선율이 흘러나왔다.

흰 구름 저쪽은 첩첩 산,
첩첩 산 저쪽에 적들의
광기가 폭발했다네.
백발이 성성한 부모님,
언제면 내 꿈속에 돌아오시려나.
눈물 머금고 묻노라,
유랑하는 내 아들,
너는 무사하냐?
……

항주, 양패두, 망우차장, 계룡산 선산…… 드디어 모든 기억이 돌아왔다. 분명한 것은 이제 다시는 어머니를 볼 수 없다는 것이었다. 그는 무성한 나뭇가지에 얼굴을 묻고 눈물을 흘렸다. 나무 아래에서도 울음소리가 들려왔다. 이월이 외국인 친구와의 이별이 아쉬워서 울고 있었다. 눈물 젖은 백차나뭇잎들이 바람에 부르르 몸을 떨었다. 두 아이는 그렇게 나무 위와 나무 아래에서 한참을 같이 울었다…….

항역이 절서행정관서 사람들에게 급한 일이 있다고 한 것은 핑계가 아니었다. 그는 정말로 마음이 급했다. 도망치듯 빠른 걸음으로 돌아가는 그의 눈앞에 나초경의 화난 얼굴이 자꾸 떠올랐다. 며칠 전 그와 나초경은 크게 다퉜다.

항역은 나초경에게 푹 빠져버렸다. 하지만 나초경이 가끔씩 말도 안 되는 고집을 부려서 답답할 때도 있었다. 이번에 미국인 조종사 에이트를 서천목산으로 데려다주는 일만 봐도 그랬다. 호주湖州, 안길安吉 일대에서 활동하는 항억의 수상유격대가 동천목산에 있는 에이트를 호송하는 임무를 맡은 것은 누가 봐도 이상할 게 없고 당연한 일이었다. 그런데 항억이 서천목산으로 간다는 것을 알고 온 것처럼 나초경이 연락도 없이 불쑥 들이닥쳤다. 나초경을 보자 항억의 몸은 흥분으로 뜨겁게 달아올랐다. 그는 예의바르게 나초경을 안방으로 안내했다. 이어 나초경이 입을 열기도 전에 잽싸게 침대에 넘어뜨리고 뜨거운 입술로 그녀의 입을 막아버렸다. 나초경이 주먹으로 항억의 가슴을 때리면서 앙칼진 소리를 질렀다.

"이거 놔요, 이거 놔! 나쁜 놈 같으니라고……."

항억이 나초경을 꼭 껴안으면서 말했다.

"싫어, 안 놔줄 거야. 내가 놔주면 당신은 또 반나절씩이나 설교를 할 거잖아. 나도 다 아니까 잔소리 좀 그만 해……."

나초경은 마른 체형이었다. 반면에 항억은 몇 년 사이에 어깨가 딱 벌어진 튼튼한 젊은이로 성장했다. 또 정력이 왕성하고 대담하고 거리낌없이 행동했다. 매번 나초경을 만날 때마다 그의 눈은 마치 먹잇감을 발견한 맹수의 눈처럼 이글이글 불타올랐다. 지난번 항한에게도 말한 것처럼 그는 나초경을 사랑했다. 스스로 자신의 머리에 총을 쏘고 싶을 만큼 미치도록 사랑했다. 당연히 나초경이 눈에 보일 때마다 가만 놔두는 법이 없었다. 어떻게든 기회를 만들어 나초경과 진하게 사랑을 나눠야 직성이 풀렸다. 나초경 역시 그럴 때마다 처음에는 필사적으로 반항하다가 나중에는 순한 양처럼 항억에게 몸을 내주고는 했다. 이번에도 예외는 아니었다.

황홀한 운우지정이 끝나자 나른함과 졸음이 밀려왔다. 여느 때 같았으면 나초경은 침대머리에 기대 앉아 손가락으로 항억의 부스스한 머리카락을 잡아당기면서 한숨을 섞은 채 똑같은 말을 반복했을 터였다.

"나하고 같이 가요……. 같이 가요……."

그러면 항억은 거리낌없이 나초경의 허벅지를 베고 누워 하모니카로 그녀의 얼굴을 문지르면서 말했을 터였다.

"어이, 어떤 곡을 듣고 싶어?"

그러면 나초경은 흘러내려온 머리카락을 위로 쓸어 올리면서 나른하게 대답했을 것이었다.

"아무거나."

항억은 나초경의 머리를 쓸어 올리는 동작을 보는 것을 좋아했다. 다른 한편으로는 나초경의 웃음과 '아무거나'라는 말의 의미를 제대로 이해할 수 없어서 속상하기도 했다. 나초경은 쉽게 웃음을 보이는 여자가 아니었다. 또 한마디 한마디를 허투루 하는 사람이 아니었다.

"그래, 아무거나……."

나초경은 〈소무목양〉蘇武牧羊이라는 곡을 좋아했다. 그래서 항억이 매번 나초경에게 들려주는 것도 이 곡이었다. 둘은 항억의 하모니카 연주를 배경음악 삼아 작별인사도 따로 없이 묵묵히 헤어지고는 했다. 절대 서로를 설득할 수 없음을 둘 다 너무나 잘 알고 있었다.

하지만 이날은 여느 때와 달랐다. 둘이 뜨겁게 사랑을 나눈 것까지는 좋았다. 하지만 나초경은 여느 때처럼 침대머리에 기대앉지 않고 허리를 곧추 세웠다. 베고 누울 허벅지를 찾지 못한 항억도 일어나 앉았다. 나초경이 손가락으로 항억의 얼굴을 가리키면서 범인 취조하듯 딱딱하게 물었다.

"당신 서천목산으로 간다면서요?"

"그래, 아직 한 번도 가보지 못했는데 이번에 미국 병사 덕분에 가
보게 됐어."

"그를 사명산으로 데리고 가도 되잖아요. 사명산에서도 미국인 비
행사들을 여럿 구조했어요. 내가 안전한 비밀통로를 알려줄 테니 그를
사명산으로 데리고 가세요."

항억이 풋, 하고 웃음을 터트렸다.

"왜? 내가 서천목산으로 가서 돌아오지 않을까봐 걱정돼? 그냥 미
국인 병사를 호송하러 가는 거야. 나는 그곳에 머물 생각이 눈곱만큼도
없어."

나초경이 까칠한 목소리로 쏘아붙였다.

"서천목산이 어떤 곳인지 알기나 해요? 그쪽에서 당신에게 눈독을
들인 지 이미 오래 됐어요. 그들의 말을 듣지 않다가 억류되기라도 하면
어쩌려고 그래요?"

항억이 나초경의 코를 툭 건드렸다.

"으이구, 말하는 것 좀 봐. 당신네 조직도 오래전부터 나에게 눈독을
들였잖아. 만약 내가 말을 듣지 않는다면 나를 억류할 건가?"

"우리 조직에 대해 함부로 말하지 말아요."

나초경의 말에는 뾰족하게 날이 서 있었다. 둘 사이에 또다시 설전
이 시작될 불길한 조짐이었다.

항억은 어느 조직을 딱히 좋아하지도 싫어하지도 않았다. 나초경의
조직에 대해서도 마찬가지였다. 그는 나초경의 뜻에 따르려고 노력도
해봤었다. 하지만 스스로를 설득하는 데 끝내 실패했다. 그는 무언가에
구속당하는 것을 싫어했다. 특히 '기율'이라는 이름으로 자유를 속박당

다인_4

하는 것은 생각만 해도 숨이 턱턱 막혔다. 또 조직의 명으로 그에게 접근한 여자에게 포섭당했다는 말도 듣고 싶지 않았다. 어쩌면 나초경의 뜻에 따를 경우 그녀를 잃을 수도 있다는 막연한 두려움이 한몫을 했을지도 모른다. 그가 느끼기에 침대 위에서 한껏 부드럽고 섹시하고 여성스러운 나초경과 그의 위에 군림하려고 하는 나초경은 완전히 다른 두 사람이었다. 그는 여인으로서의 나초경의 신비로운 매력에 빠져들면 들수록 엄엄하고 냉정하면서 남을 지휘하는 나초경의 또 다른 면을 받아들이기 힘들었다.

나초경은 처음에는 항억에게 별로 관심이 없었다. 그저 조직에 필요한, 그래서 그녀가 반드시 포섭해야 하는 사람 정도로만 생각했다. 하지만 지금은 때때로 항억에게 화를 내고 그의 말 한마디, 행동 하나에 기분이 왔다 갔다 하는 전혀 그녀답지 않은 모습이 자주 나타났다. 만약 그녀가 아니라 다른 사람이었다면 진작 항억을 설득해 사명산으로 데리고 갔을지도 모른다. 항억이 일부러 느물거리면서 골려줄 때면 그녀는 불같이 화를 냈다. 예전의 오만하고 도도하고 진중하던 모습은 찾아볼 수 없었다.

"항억, 세상에 둘도 없는 바보 천치! 언젠가는 당신의 잘못된 선택으로 인해 톡톡한 대가를 치를 거예요."

나초경이 화가 나서 펄쩍펄쩍 뛰는데도 항억은 느긋했다. 심지어 어깨를 으쓱하면서 일부러 더 약을 올렸다.

"아이고, 우리 누이 왜 화가 났을까? 내가 뭘 잘못했나? 내가 한간이라도 됐나. 아니면 내가 온종일 세력 다툼이라도 하고 있나. 아니면 내가 나라를 팔아 자기 주머니를 챙겼나. 그것도 아니면 내가 매국노가 됐나? 대체 왜 화가 났을까? 나는 잘못한 게 없어. 일본놈들을 죽이고 한간들을 죽인 게 잘못이야? 나는 중국인들의 '영웅'이야. 이거 봐, 나는 붓을 버리고 총을 들었어. 이제는 시도 쓰지 않아. 더 이상 뭘 바래? 당신도 항주 사람이니 우리 항씨네 사람들이 어떤 성격인지 들어봤을 거야. 신해혁명 당시 우리 할아버지도 '원로공신'이 되고자 마음만 먹었더라면 충분히 될 수 있었어. 하지만 그분은 조기객 할아버지와는 완전히 다른 삶을 선택하셨지. 우리 집 사람들은 다들 그래. 당신은 나에게 변화를 강요해서는 안 돼. 이제 알겠요, 내가 세상에서 제일 사랑하는 나초경 동지? 나더러 자유를 버리라는 것은 죽으라는 거나 마찬가지야. 나는 독왕독래獨往獨來, 제멋대로 사는 것이 좋아. 이것이 내 단점이라고 한다면 할 말이 없지만 말이야."

나초경이 한참을 멍하니 있다가 겨우 한마디 내뱉었다.

"계속 그렇게 고집을 부리면 우리는 헤어질 수밖에 없어요."

"하하하!"

항억이 크게 웃으면서 나초경을 껴안고 볼에 뽀뽀 세례를 퍼부었다.

"내 그 말 나올 줄 알았어. 언젠가는 그 말이 나올 줄 알았지. 당신네 조직이 그렇게 속 좁지 않다는 것을 나는 잘 알거든. 내가 당신하고 한 배를 타지 않는다고 해서 원수 대하듯 하지 않을 것도 알아. 당신 눈에는 내가 정치 문맹 같아 보여? 사람 죽이는 것밖에 모르는 수적水賊 같아 보여? 나 대장님, 모르쇠 그만합시다. 귀 당黨의 항일노선은 이미 귀에 못이 박히도록 들었거든요. 귀 당은 나를 매우 높게 평가하는 걸로 알고 있거든요. 나를 못마땅해 하는 사람은 당신뿐이야. 당신네 조직은 나를 억지로 끌어들일 생각이 없어. 있다면 그건 당신 혼자만의 생각이겠지. 매정한 여인이여, 그대는 어이하여 나를 이리도 힘들게 하시는가.

으아악……."

느물거리던 항억이 비명을 지르면서 한쪽 발을 감싸 쥐고 갑자기 제자리 뛰기를 했다. 참다못한 나초경이 있는 힘껏 그의 발을 걷어찼던 것이다. 입에서 나오는 대로 지껄이던 말들도 쏙 들어가버렸다.

나초경의 회색빛 눈동자에 눈물이 그렁그렁 맺혔다. 입술을 덜덜 떨면서 한마디 말도 못하는 것이 화가 나도 단단히 난 것 같았다. 나초경이 분을 못 이겨 운 것은 처음이었다.

'내가 너무 심했나?'

항억은 적이 후회가 되어 나초경을 다시 껴안고 볼에 입을 맞추려고 했다. 하지만 나초경은 항억을 홱 밀쳐버리고는 고개도 돌리지 않은 채 빠른 걸음으로 나가버렸다.

항억이 절뚝거리면서 쫓아나갔다.

"나초경, 거기 서! 내 말 안 들을 거야? 잡히면 정말 가만 안 둔다. 밧줄로 묶어 집에 가둬놓기 전에 당장 돌아오지 못할까? 거기 서!"

나초경은 걸음을 멈추지 않았다. 이때 다녀가 소리 없이 항억의 앞을 가로막았다. 이어 어두운 얼굴로 항억에게 말했다.

"대장님, 이제 출발하셔야죠? 시간이 벌써 많이 지났어요."

항억은 나무에 기대 선 채 팔짱을 끼었다. 그리고는 다녀의 말이 전혀 들리지 않는 듯 멍하니 하늘을 쳐다봤다. 방금 전 나초경과 함께 있을 때 아이처럼 굴던 그 사람이 맞나 싶을 정도로 표정이 심각했다.

다녀는 항억의 변덕에 이미 습관이 돼 있었다. 그녀는 조금 전 숲속에 숨어서 한참을 울었다. 그녀는 모든 것을 알고 있었다. 심지어 항억과 나초경이 사랑을 나누면서 내는 신음소리도 여러 번 들었었다. 둘의 애정행각을 듣고 있자니 마음이 너무 괴로워서 한번은 나무에 머리를 박기까지 했다. 그리고는 머리에서 피가 줄줄 흐르는 채로 두 사람 앞에 나타났다. 나초경이 깜짝 놀라면서 말했다.

"어머, 조심 좀 하지 그랬어요?"

나초경은 자신의 손수건을 다녀에게 건넸다. 다녀는 나초경이 몸을 돌려 떠나자마자 손수건을 휙 던져버렸다. 그리고 항억 앞에서 목 놓아 울었다. 항억은 얼굴색 하나 변하지 않고 손수건을 주워 피가 흐르는 다녀의 이마를 살살 닦아줬다. 심지어 어떻게 다쳤는지, 얼마나 아픈지 물어보지도 않았다.

다녀는 매번 아무렇지 않은 척 담담하게 행동하려고 했으나 그게 생각처럼 쉽지 않았다. 항억이 그녀의 마음을 모르는 척 그녀에게 거리를 두는 이유도 이 때문이었다. 이번도 예외는 아니었다.

"그녀가 또 산으로 올라가자고 꾀던가요?"

항억은 다녀의 날선 질문에 대답하지 않았다. 대신 걸음을 빨리 하며 걸었다. 다녀가 거의 뛰다시피 쫓아오면서 바락바락 악을 썼다.

"다 들었어요. 그녀가 또 산으로 올라가자고 꾀었죠? 그녀는 저를 견제하는 거예요. 제가 당신 옆에 붙어 있는 것이 싫어서, 당신을 혼자 독차지하고 싶어서 그러는 거라고요. 그녀는 겉과 속이 완전히 달라요."

항억은 웃음이 나왔다. 다녀의 머릿속에는 항일과 남녀 간의 사랑 밖에 없는 것 같았다. 그가 미간을 찌푸리면서 다녀에게 말했다.

"그만해, 지겹지도 않아?"

다녀도 조금 과했다는 생각이 들었는지 뿌루퉁하게 내쏘았다.

"그만하긴 뭘 그만해요? 아직 할 일이 많잖아요."

"이번에는 혼자 갈 거야. 다녀는 여기 남아서 기다려."

"왜요?"

다녀가 놀란 표정을 지었다. 지금까지는 둘이 부부로 변장해 함께 임무를 완수해 왔었다. 그녀는 그래서 이번에도 당연히 그러리라고 생각했던 것이었다.

"별거 없어. 그냥 빨리 다녀오려고 그래. 서쪽에서 전투가 더욱 치열해졌다고 하니 조만간 우리 쪽에도 불똥이 튈 거야. 조심하도록."

항억이 몇 걸음 가다 말고 다시 말했다.

"즉시 나 대장에게 사람을 붙여 무사히 호송하도록 해. 뭔가 심상치 않은 느낌이 들어. 나 대장에게 안 좋은 일이 생기면 다녀에게 책임을 물을 거니 그리 알아."

'책임'이라는 두 글자에 다녀는 정신을 바짝 차렸다. 사랑타령이나 하면서 나초경을 질투할 때가 아니었다. 수상유격대의 기율은 엄정하기로 유명했다. 또 항억이 변덕이 많을 뿐 아니라 냉정한 사람이라는 사실도 대원들은 잘 알고 있었다.

나초경이 일본인들에게 잡혀갔다! 나초경을 호송하러 갔던 사람이 돌아와 하늘이 무너질 소식을 전했다. 다녀는 "책임을 묻겠다"던 항억의 얼굴을 떠올리고 몸을 부르르 떨었다. 항억은 대원들이 나초경을 어떻게 구출할지 머리를 맞대고 의논하고 있을 때 돌아왔다. 그는 다녀의 두려움에 가득찬 눈동자와 백짓장처럼 하얗게 질린 얼굴을 보고 큰일이 생겼음을 직감했다.

"나 대장에게 안 좋은 일이 생긴 건가?"

항억의 추상같은 질문에 방안의 대원들은 모두 끽소리도 못했다. 항억은 허리춤에 손을 올렸다. 모두의 예상을 깨고 항억이 꺼낸 것은 놀랍게도 총이 아닌 손수건이었다. 나초경이 다녀에게 준 손수건이었다.

그는 손수건으로 꼼꼼하게 손가락을 닦으면서 자리에 앉아 담담하게 물었다.

"당황하지 말고 천천히 말해봐. 나 대장은 지금 어디에 갇혀 있어?"

"저희들이 알아본 바로 일본놈들이 이번에 발동한 절공浙贛 전투는 구주비행장을 파괴하는 것이 목적이래요. 이미 7,000여 명의 포로들이 그쪽으로 끌려가서 비행장을 파괴하는 데 동원됐대요. 나 대장도 그쪽으로 끌려갔어요."

항억도 돌아오는 길에 구주가 이미 함락됐다는 소식을 들었었다. 일본군은 강물을 끌어다 비행장을 물에 잠기게 할 계획이었다. 또 비행장 주변에 지뢰를 잔뜩 매설해 접근을 막으려고 준비하고 있었다. 이미 수많은 중국인들이 강제노역에 동원됐다. 아무리 힘이 없고 아파도 사정을 봐주는 일이 없었다. 조금만 눈에 거슬려도 가차 없이 죽여버렸다. 소문에 의하면 비행장 안팎이 이미 피바다를 방불케 할 지경이라고 했다. 가만히 생각하던 항억이 몸을 일으키면서 말했다.

"내가 한번 가볼게."

대원들은 항억이 피도 눈물도 없는 냉혈한인 줄 알고 있었다. 때문에 그에게 무모하고 충동적인 면이 있다는 사실을 아는 사람은 많지 않았다. 다녀가 그중의 한 사람이었다.

"안 돼요, 단독행동은 안 돼요!"

"혼자 움직인다는 말은 안 했어. 먼저 가서 정찰을 해야겠어. 다녀, 다녀는 사명산으로 다녀와. 그쪽 조직에 나 대장의 소식을 전해야 해."

항억은 말을 마치자마자 다른 사람들에게는 눈길도 주지 않고 곧장 나와버렸다. 다녀가 뒤에서 외치는 소리가 들려왔다.

"어서 항 대장을 따라가요, 어서!"

포로수용소로 접근하기란 결코 쉬운 일이 아니었다. 항억의 부대는 한참을 고심한 끝에 겨우 구출 계획을 수립했다. 막 행동을 개시하려는데 새로운 소식이 날아들었다. 나초경을 비롯한 수천 명의 포로들이 다른 곳으로 끌려갔다는 것이었다. 항억은 가슴이 덜컥 내려앉았다. 놈들이 드디어 이들에게 마수를 뻗치려는 것이 틀림없었다. 하지만 다음날 밤에 또다시 전해져온 소식은 전혀 엉뚱한 것이었다. 놈들이 포로들을 모두 풀어줬다는 것이었다.

'대체 뭘 하려는 수작일까?'

항억은 한편으로 마음이 놓였다. 그러나 머릿속에서는 물음표가 가득했다.

비행장에 끌려간 포로들 중에서 석방된 사람 중에 나초경이 처음부터 운 좋게 명단에 든 것은 아니었다. 나초경은 고보리 이치로 덕분에 풀려났다. 당시 일본 군의관 차림을 한 사람이 포로들 사이를 왔다 갔다 하면서 마음에 드는 사람을 지목했다. 포로들은 군의관의 지목이 무엇을 의미하는지 몰라서 그저 불안할 뿐이었다.

군의관은 여자보다 남자들에게 더 흥미가 있는 듯했다. 그래서인지 나초경 앞을 몇 번이나 지나가면서도 그녀에게는 눈길도 주지 않았다. 그때 멀지 않은 곳에 서 있던 고보리가 문득 채찍으로 나초경을 가리키면서 군의관에게 말했다.

"당신이 하는 일에 여자도 필요하지 않을까요?"

일본 군의관이 고보리의 말을 듣고는 나초경 앞에 걸음을 멈췄다. 이어 아래위로 훑어보고 손으로 그녀의 어깨와 팔뚝을 만져본 다음 그녀의 턱을 잡고 치아 상태를 검사했다. 그리고는 흡족한 표정으로 고보리에게 오케이 사인을 보냈다. 그러자 다른 일본 병사가 나초경을 끌고 나갔다.

일본군은 따로 골라낸 사람들을 다른 공터에 집결시켰다. 이들 대다수는 신체가 건장한 남자들이었다.

'무슨 짓을 하려는 걸까? 설마 총살하려고 이러는 건가?'

나초경은 예전에도 거의 죽을 뻔한 적이 있었다. 그때도 지금도 사실 죽음은 두렵지 않았다. 고보리는 마치 그런 그녀의 마음을 읽은 것처럼 천천히 다가왔다. 이어 그녀 앞에 서서 채찍으로 바닥을 치면서 나른하게 말했다.

"나 아가씨, 그간 잘 지내셨어요?"

'망우차장의 철천지원수, 오늘은 네놈의 손아귀에서 빠져나오기 힘들겠군.'

나초경은 속으로 조용히 중얼거렸다. 죽음을 각오하니 두려운 것도 없었다. 그녀가 밝은 표정으로 낭랑하게 대답했다.

"물론이죠. 강도들에게 점령당한 항주를 벗어나 자유의 땅을 마음껏 밟고 다녔으니 당연히 잘 지냈죠."

"안타깝게도 나 아가씨는 우리 손바닥을 끝내 벗어나지는 못했군요."

"누가 승자인지는 끝까지 가봐야 알죠."

"나 아가씨는 죽음 앞에서도 태연하군요. 하지만 우리는 당신들을 쉽게 죽이지는 않을 겁니다. 당신네 지나인들을 절대 쉽게 죽이지 않을 테니 안심하세요. 어이, 안 그런가?"

고보리의 말에 흰 가운을 입은 군의관들이 웃으면서 고개를 끄덕였다.

다인_4

일본군은 2년 전인 1940년 10월과 11월, 절강성에서 세균전을 자행했었다. 영파, 양주, 금화 등지에 항공기로 페스트균을 살포한 것이다. 그리고 2년이 지난 후 일본군 731부대 사령관 이시이 시로石田四郎는 하얼빈哈爾濱에서 구주로 날아와 직접 2차 세균전을 지휘했다. 이번에 투여한 것은 페스트균, 말라리아균, 티푸스균과 탄저균이었다. 나초경을 비롯해 따로 수감된 3,000여 명의 포로들이 이번 세균전의 희생자가 됐다. 일본군은 세균을 주입한 특제 호떡을 포로들에게 하나씩 나눠줘 먹게 했다. 그리고 그들을 석방시켰다. 이런 방식으로 보균자들이 다른 민간인들에게 질병을 전염시키도록 했다.

나초경도 호떡을 하나 받았다. 하지만 그녀가 그것을 미처 먹기도 전에 고보리가 보낸 사람들이 들이닥쳤다. 그들은 나초경을 끌고 가서 깐깐하게 신체검사를 한 뒤 고보리에게 데려갔다.

고보리는 비행장 옆문에서 기다리고 있었다. 7월의 태양이 서산에 지고 있었다. 대지에서 솟아오르는 열기는 견딜 수 없을 만큼 뜨거웠다. 비행장 주변의 해자에서 심한 악취가 진동했다. 군복을 입은 고보리가 나초경을 보고 미소를 지었다.

"어때요, 나 아가씨. 내가 약속을 지켰죠? 당신네 지나인들을 이대로 죽이지는 않는다고 말했잖아요? 저기 봐요. 다 풀어줬습니다."

고보리가 채찍을 들어 비행장 대문 쪽을 가리켰다. 중국인 포로들이 삼삼오오 떼를 지어 서로를 부축하면서 비행장 밖으로 나가고 있다.

나초경이 그들의 뒷모습을 한참 보다가 무겁게 입을 열었다.

"글쎄요, 대가 없는 자유는 없겠죠?"

고보리가 눈을 크게 뜨고 감탄사를 터뜨렸다.

"항씨 가문의 사람들은 총명한 사람들하고만 가까이 한다더니 틀린 말이 아니군요. 아가씨도 총명이 과하십니다그려. 당연히 저들을 그냥 보내줄 리 없죠. 안 그래요? 혹시 아까 받은 호떡 먹었어요? 아가씨가 그걸 먹기 전에 불러내려고 했는데……. 아직 안 먹었죠?"

나초경이 고개를 저었다. 고보리의 말뜻을 알 것 같았다.

"당신들의 추악한 비밀을 나에게 말해주는 이유가 뭐죠? 전쟁이 끝난 후에 내가 군사법정에 서서 당신들의 죄악을 폭로할까봐 두렵지 않아요?"

고보리가 크게 웃었다.

"나 아가씨, 목숨을 구해준 은혜를 원수로 갚으려고요?"

"나를 구해준 이유가 뭐예요?"

"일부러 구한 건 아닙니다. 아가씨가 운 좋게 세균이 든 호떡을 먹지 않았을 뿐이죠. 나와는 상관없는 일입니다."

"그렇다면 나에게 더 할 말이 뭐가 있어요?"

고보리가 먼 산을 보면서 채찍으로 바닥을 툭툭 쳤다. 뿌연 먼지가 피어올랐다. 이윽고 그가 혼잣말하듯 작은 목소리로 중얼거렸다.

"나는 단지 전쟁이 싫어졌을 뿐이오. 이제는 싫어져서……."

나초경은 잠자코 고보리를 응시했다. 고보리가 무엇 때문에 적인 자신에게 이런 말을 하는지 이해할 수 없었다. 그녀는 고보리에 대해 아는 것이 별로 없었다. 항씨네 집에 머물 때 고보리의 출생의 비밀에 대해 얻어들은 것은 있었다. 하지만 정확하지는 않았다. 항씨네 사람들은 고보리에 대해 거론하는 것을 꺼렸다.

어둠이 내려앉기 시작했다. 간간이 피비린내가 풍겨왔다. 멀리 삼삼오오 무리를 지어 산으로 들어가는 사람들이 보였다. 나초경은 그들의 뒷모습이 보이지 않을 때까지 눈으로 배웅을 하면서 저곳이 자신의 종착지일지도 모른다는 생각을 했다.

고보리가 그중의 산 하나를 가리키면서 말했다.

"저기 저 산 보여요? 난가산爛柯山이라고 하죠. '신선놀음에 도끼자루 썩는 줄 모른다.'는 속담이 바로 저기서 유래됐다죠? 인생의 허망함을 깨우쳐주는 재미있는 전설이죠. 혹시 들어보셨어요?"

나초경이 한참을 침묵한 끝에 말했다.

"나는 허망한 얘기에는 관심이 없어요. 그것이 어디서 유래됐건 나와는 상관없어요."

"내가 말하고 싶은 것은 모든 신앙의 궁극적인 종착역이 '허망함'이라는 겁니다. 한 나무꾼이 나무를 하러 산으로 올라갔어요. 신선 둘이 앉아서 바둑을 두는 것을 발견했죠. 그는 신선들의 곁으로 다가가서 도끼를 옆에 두고 바둑 두는 것을 구경했어요. 딱 한 판만 구경하고 나서 고개를 돌려보니 도끼자루가 썩어서 부스러져 있었다죠. 산을 내려와서 집에 도착했는데 전부 처음 보는 얼굴들뿐이었대요. 산속의 며칠이 속세의 천년이라는 것을 몰랐던 거죠. 이것이 시간의 힘이랍니다. 시간의 힘은 전쟁의 힘보다 훨씬 크지요. 우리 일본이 당신네 지나인들을 정복하든 아니면 당신네 지나인들이 우리 일본사람들을 이 땅에서 몰아내든 그게 무슨 의미가 있겠습니까? 시간 앞에서는 그저 보잘것없고 허망할 뿐이죠. 나는 이제 전쟁에 염증이 났습니다……."

나초경이 날카롭게 반박했다.

"이곳, 일본이 아닌 여기 중국 땅에서 생겨난 느낌이겠죠? 곧 패배할 것이라는 불안한 예감 때문에 허망함이 느껴지는 거겠죠?"

고보리가 이맛살을 찌푸리면서 나초경을 아래위로 훑어봤다.

"신앙이 있는 사람은 '복음'을 전파하기 위해 기를 쓰지요. 심지어 죽음을 코앞에 두고도 설교를 잊지 않아요. 하지만 아가씨의 말이 귀에 거슬린다고 해서 아가씨를 죽일 생각은 없습니다. 나초경 아가씨, 임신을 축하드려요. 임신 사실은 아직 모르셨죠?"

나초경이 가만히 고개를 숙였다. 마치 아무 말도 듣지 못한 듯 조금도 반응을 보이지 않았다.

"놀랍지 않아요?"

"놀라워요. 당신이 나에게 이 소식을 전했다는 사실이 놀라워요."

어둠이 점점 짙어졌다. 고보리의 얼굴이 잘 보이지 않았다. 다만 허공에 대고 짜증스럽게 채찍질하는 소리만 들릴 뿐이었다.

"좋아요, 지금 알려드리지요. 내가 아가씨를 풀어주는 이유는 전쟁에 염증을 느껴서도, 임신한 아가씨를 동정해서도 아닙니다. 내 부친은 죽었어요……."

나초경이 잠깐 머뭇거리다가 말했다.

"아직 생각이 바뀌지 않았다면 나는 이만 갈게요……."

"가요, 가! 망할 놈의 지나인들. 꼴도 보기 싫은 족속들. 기반산棋盤山 꼭대기에 있는 당신네 무리를 찾아가요. 당신의 남자도 거기에 있을 거요. 내가 무엇을 하는 사람인지 잊지 마시오, 당신네 무리들이 은밀하게 산속을 오가는 걸 내가 모를 줄 아오? 내가 당신들을 죽이지 못할 거라고 생각하지 마시오."

고보리가 짜증스러운 표정으로 손사래를 쳤다.

"아가씨의 행운을 빌겠소. 제발 죽지 말고 전쟁이 끝난 후 어느 날 군사법정에 증인으로 서기 바라오. 나는 그곳에 없을 테지만. 안

다인_4

녕……."

말을 마친 고보리가 채찍을 질질 끌면서 느릿느릿 걸어갔다. 어둠 속에서 그의 뒷모습은 마치 재판을 받기 위해 법정에 들어서는 죄인 같았다…….

제27장

1942년의 첫날도 전시戰時 분위기가 짙었다. 나력은 전선으로 떠나는 이날에 중국, 미국, 소련, 영국 등 26개국이 워싱턴에서 공동선언에 조인했다는 소식을 라디오에서 들었다. 당시 그는 중국 원정군의 일원으로 중경에 있었다. 그동안 그는 중국-버마 국경지대와 중국 내지 사이를 빈번하게 오갔었다. 어쩌면 예전처럼 항기초와 같은 강의 둑길을 나란히 걸으면서도 운명적으로 길이 어긋나서 서로 만나지 못했을지도 모른다.

가릉강嘉陵江은 짙은 안개로 뒤덮여 있었다. 항씨네 가족들은 사천에서 또 한 번 눈물겨운 이별을 하지 않으면 안 됐다. 모든 것이 전쟁 때문이었다. 가평의 둘째 아내 황나는 비행기를 타고 부모님이 계시는 영국으로 떠났다. 가평은 다리를 절뚝거리면서 황나와 작별인사를 하고는 흥겹게 중국공산당 혁명근거지인 섬감녕陝甘寧 변구로 떠났다. 가평과 황나의 자녀인 항한과 황초풍은 오각농의 뒤를 따라 절서 만천萬川으로 향했다. 항기초가 가릉강 부두에 서서 멀어져가는 항한과 초풍을 향해 손을 흔들 때 나력은 '국군' 원정군을 따라 이미 중국−버마 국경지대에 도착해 있었다. 그리고 나력과 그의 전우들이 중국 서남 변방에서 만반의 준비를 하고 적들을 기다리고 있을 때 그의 여자 친구 기초는 마방馬幫(말에 짐을 싣고 차마고도를 오가는 상인집단)을 따라 사랑하는 사람을 찾기 위한 원정을 떠났다. 전쟁의 불길 속에서 그녀가 밟고 지나간 것은 거의 대부분이 나력의 부대가 남겨놓은 발자국이었다.

기초는 여러 곳을 돌고 돌아 우여곡절 끝에 운남성 곤명昆明에서 운남−버마 변경으로 가는 마방에 합류했다. 마방 우두머리는 포랑족布朗族(중국의 소수민족) 젊은이로, 운남−버마 변경의 대흑산大黑山 원시림에 본가가 있다고 했다. 사람들은 모두 그를 '소방외'小邦崴라고 불렀다.

기초와 소방외의 만남은 우연히 이뤄졌다. 그날 기초는 곤명의 거리를 걷고 있었다. 발길 닿는 대로 걷다가 우연히 한 골목으로 들어섰다. 곤명의 거리와 골목들은 매우 좁고 석판을 깔아서 거울처럼 매끄러웠다. 그날 마침 비까지 내린 터라 기초는 미끄러지지 않기 위해 조심조심 발걸음을 옮기고 있었다. 그때 뒤에서 노랫소리가 들려왔다.

일이삼월은 눈이 온 산을 덮고,
사오육월은 비가 주룩주룩 내린다네.
칠팔구월은 길 떠나기 딱 좋으니,
시월, 동지, 섣달은 개처럼 추위 피해 도망간다네⋯⋯

기초는 호기심에 고개를 돌렸다. 노래를 부르는 사람은 한 무리의 마방을 거느린 젊은이였다. 쩔렁쩔렁 말방울소리가 귓가에 부드럽게 부딪쳤다. 기초는 처음 보는 말에 시선을 빼앗겼다.

마방이 몰고 가는 말들은 모두 체구가 매우 작았다. 하지만 꽤 무거워 보이는 짐을 지고도 걸음은 날렵했고 힘겨워 보이지 않았다. 다인 가문의 후예인 기초는 말 잔등에 실려 있는 자루 속 물건이 대엽종 차라는 것을 한눈에 알아봤다. 그녀는 처음 보는 말이 신기해 엉겁결에 입을 열었다.

"아니, 이 말은 어떻게 이렇게 생겼지? 꼭 왜놈 같네."

젊은이가 또 노래를 불렀다.

굼뜬 말이 산 위에서 달리네,

화초花椒(산초나무 열매), 대홍포大紅袍(오룡차의 일종), 제철 채소와 과일 빠짐없이 다 있다네……

노래를 마친 젊은이가 입을 열었다.

"아가씨는 뭘 몰라도 한참 모르시는군요. 이렇게 훌륭한 기미마羈縻馬를 일본놈과 비교하다니요. 이놈은 우리 중국 한원漢源현 고려古黎주 태생의 명마랍니다. 생긴 건 땅딸막하지만 이래봬도 항일투쟁 공로가 만만치 않답니다. 지금까지 얼마나 많은 항일 물자를 실어 날랐는지 몰라요."

젊은이의 말에 기초가 반색했다.

"와, 이 말이 소문으로만 듣던 기미마로군요."

"아가씨 말투로 보아하니 강남 일대에서 오신 분 같은데, 혹시 그쪽 사람들도 기미마에 대해 알고 있나요?"

기초가 웃으면서 대답했다.

"누구나 다 아는 건 아니에요. 저는 다인 집안에서 태어났기 때문에 이 말의 유래를 들어봤던 거죠."

"아가씨 말을 들어보니 제법 전문가 티가 나는군요. 이곳에 있는 서남西南연합대학 학생들 중에서도 차와 말의 관계에 대해 모르는 사람이 태반이라니까요."

젊은이는 마방 우두머리답게 말투가 노련하고 태도가 느긋했다.

역대로 변방을 다니는 말의 종류는 두 가지였다. 하나는 군마이고 다른 하나는 바로 기미마였다. 군마는 청장靑藏고원과 감숙성 하서주랑河西走廊에서 온 것, 기미마는 운남, 귀주, 사천 일대에서 온 것이었다. 기미마는 군마로는 적합하지 않았으나 고생을 두려워하지 않고 끈기가 있었다. 또 높고 험한 산을 민첩하게 오르내릴 수 있었다. 그래서 이 일대의 마방들은 기미마를 즐겨 이용했다.

기초는 붙임성 있는 성격이고, 젊은 마방 우두머리 역시 산전수전 다 겪은 사람이었다. 둘은 몇 마디 만에 스스럼없는 사이가 됐다. 그렇게 얘기를 주고받는 사이에 어느덧 객줏집에 도착했다. 사람들이 말에 실은 짐을 부리는 소리, 말들이 울부짖는 소리로 객줏집은 삽시간에 떠들썩해졌다.

객줏집 건너편은 오래된 찻집이었다. 그곳에서는 타원형의 커다란 쇠주전자가 화로 위에서 수증기를 내뿜고 있었다. 기초는 차 마시는 손님이 있는 것을 보고 고개를 쭉 빼고 구경을 했다. 찻잔에 둥둥 떠 있는 것은 잎이 넓고 긴 운남 대엽종 차였다. 소방외가 호쾌하게 말했다.

"제가 한턱낼까요?"

기초가 손뼉을 치면서 좋아했다.

"좋아요. 버마에 가기 전에 실컷 마셔야겠어요."

소방외가 웃음을 터뜨렸다.

"마침 잘 됐군요. 저희도 그쪽으로 가는 길이니 아가씨를 호송해드리지요."

"당신들 몇 명으로는 어림도 없어요. 중도에 누가 나를 납치하면 어떡해요?"

"아가씨, 우리 운남의 마방을 얕보지 마십시오. 그리고 나도 그렇게 만만한 사람이 아니랍니다. 지금은 항일전쟁 비상시라 이 정도지만 옛날에는 우리 대오 규모가 어마어마했어요. 나는 열일곱 살에 마각자馬脚子(말몰이꾼), 열아홉에 마과두馬鍋頭가 됐어요. 그리고 눈 깜짝할 사이에 7, 8년이라는 세월이 흘렀지요. 그동안 별의별 사람을 다 만나고 별의별 일을 다 겪었어요. 아가씨는 마방이 처음이죠? 예전의 마방은 100마리, 심지어 300~400마리의 말로 구성됐답니다. 이런 마방 서너 개가 동시에 출발하면 가히 장관이었죠. 총을 메고, 사랑하는 여인을 데리고, 수천 마리의 말을 몰고 산을 넘고 물을 건널 때의 기분이란 정말이지 말로 표현이 안 될 정도죠."

기초가 혀를 내둘렀다.

"어머나, 그러면 얼마나 많은 차를 싣고 다녔어요?"

"하늘의 별처럼 많았죠."

기초는 소방외의 마방과 동행하기로 했다. 또 나력을 만나면 차마고도茶馬古道와 차마교역茶馬交易 얘기를 꼭 해주어야겠다고 다짐했다.

기초가 혈혈단신으로 나력을 찾아 운남에 왔다가 곤명에서 우연히 마방을 만난 것은 전쟁 '덕분'이라고 해도 좋았다. 하지만 그녀는 마방이 전쟁과 밀접한 관계가 있다는 것까지는 몰랐다.

최초의 차마무역은 당나라 때부터 시작됐다. 당 왕조가 실시한 다업茶業정책, 더 정확하게 말하면 치변治邊(변방을 다스림)정책이 차마무역의 효시가 됐다. 서기 8세기 당나라 중기에 '안사安史의 난'이 일어났다. 변방민족 회흘回紇(위구르족의 전신)은 당 왕조를 도와 난을 평정하는 데 큰 공을 세움으로써 사책에 기록됐다. "당 숙종肅宗은 회흘의 공을 높이 평가해 말을 조공으로 바치고 차와 교역할 수 있도록 윤허했다."는 기록이다.

차마무역을 '차를 말과 교환하는' 단순한 물물거래 무역으로 이해하면 안 된다. 회흘이 처음에 말을 주고 바꿔온 것은 주로 비단이었다. 말 한 마리로 비단 40필을 바꿀 수 있었다. 그 당시의 회흘인들은 아름답고 화려한 비단을 무척 좋아했던 것 같다. 그래서 연간 수만 마리의 말을 끌고 와서 비단과 바꿔갔다고 한다. 이 같은 상황이 오래 이어지면서 당 왕조는 뭔가 손해 보는 느낌을 받지 않을 수 없었다. 그래서 점차 비단 대신 차를 내주기 시작했다. 이로써 알 수 있는 것은 초기의 차마무역은 순수한 상업적 거래가 아니었다는 것이다. 변방민족의 공물 상납에 대한 답례 개념이었고, 시간이 흐르면서 일종의 제도로 고착된 것이다. 당 왕조는 서기 9세기 초에 이르러 차마무역 제도를 정식으로 실시했다.

당나라 때까지도 차마무역을 전담하는 부처는 없었다. 그러다 송대에 이르러 변방에서 전쟁이 빈발하면서 군마 수요가 급증했다. 이로써 마정馬政은 송 왕조의 주요 상업 활동이 됐다. 처음에는 돈을 주고 말을 사거나 비단을 말과 교환하는 방식으로 군마 수요를 충당했다. 그러다가 서기 11세기 초에 송 왕조는 변방 전쟁에서 한 차례의 승리를 거

됐다. 왕소王韶라는 장군이 하주河州를 수복한 뒤 이 고장 사람들이 차를 즐겨 마시는 것을 보고 "서인西人들은 말을 즐겨 타고 차를 즐겨 마시옵니다."라는 상소를 올렸다. 황제는 이를 받아들여 차를 말과 교환하는 차마무역을 대대적으로 추진하기 시작했다.

하주는 차가 나지 않는 고장이었다. 이에 송 신종宋神宗은 이기李杞를 촉蜀에 보내 차를 수매하도록 했다. 상업적 재능이 있었던 이기는 차 수매업무 전담부처인 매차사買茶司를 설립하고 조정에 상주해 "차를 팔아 말과 바꾸는 것은 매우 중요한 일입니다."라고 역설했다.

이때부터 차마무역은 일종의 변경무역 제도로 활용됐다. 또 차마무역 전문 관리기관과 '차마법'茶馬法도 생겨났다.

역대의 차마무역이 어떤 방식으로 진행됐는지에 대해서는 생략하고 기초가 처음 보고 신기하게 여겼던 기미마의 유래에 대해 살펴보는 것이 나을 것 같다. 놀랍게도 '기미'羈縻라는 두 글자에는 국정방침이 포함돼 있다. 당시 송 왕조가 책정한 가격에 따르면 서부지역에서 온 군마 한 마리로 명차 120근을 바꿀 수 있었다. 반면에 키가 작은 여주黎州의 말로는 명차 350근을 바꿀 수 있었다. 이로써 당시 정부의 두 가지 정책을 엿볼 수 있다. 쉽게 말하면 서부지역의 군마는 단지 군마의 용도로 사용한 반면에 운남, 귀주, 사천 일대의 키 작은 말은 일종의 민족순화정책을 구현하기 위한 것이라고 볼 수 있다. 말 그대로 "굴레를 씌워 얽어맨다."는 의미의 '기미'정책인 셈이다. 송 왕조는 이 같은 경제정책을 통해 변방의 안정을 도모했다.

'기미정책'의 효과는 확실했다. 송 왕조는 매년 여주 일대의 기미마를 2,000 내지 4,000마리씩 사들였다. 덕분에 여주 지역은 '변방민족들이 200년 동안 전란을 모르고 살' 정도로 안정을 유지했다《건염이래

계년요록》建炎以來系年要錄 권 124페이지). 한마디로 차가 '평화의 사절' 역할을 톡톡히 수행했던 것이다.

원나라는 몽골족이 말 위에서 세운 나라였다. 말이 부족하지 않았다. 그랬으니 차마무역이 따로 필요 없었고 차마무역 제도 역시 중단됐다. 명대에 이르러 다시 한인漢人이 정권을 잡았다. 차마무역은 다시 재개됐다. 조정의 엄한 통제가 있었고 상인들은 개입할 수 없었다. 차를 밀매하다가 발각된 자들은 가차 없이 목이 잘렸다. 태조 주원장의 사위 구양륜歐陽倫은 장인을 믿고 차 50수레를 공공연히 밀매하려다가 가차 없이 참수당하기까지 했다.

주원장 부마의 죽음도 명나라 때에 팽배한 정경유착의 고질병을 해결하지 못했다. 따라서 명대의 차마제도는 '관차상운'官茶商運, '상차상운'商茶商運 등 가지각색이었다. 이런 형태의 차마무역은 청나라 초기까지 한동안 지속됐다. 그러다가 강희제 때에 이르러 정권이 공고해지고 군마 공급원이 풍부해진 데다 변방민족들도 다양한 경로를 통해 차를 살 수 있게 되면서 말과 차를 교환할 필요가 없어졌다. 강희제가 서녕西寧 일대의 차마무역을 중단시킨 것도 이 같은 이유 때문이었다. 이어 1735년에는 감숙 일대의 차마무역도 중단시켰다. 이렇게 중국에서 약 천여 년 동안 실시해온 차마무역 제도는 역사의 뒤안길로 사라졌다.

차마무역에 활용된 차는 '변차'邊茶로 불렸다. 그중 섬서陝西성을 주요 차 공급지로 정하고 생산량의 거의 전량을 내몽고內蒙古, 신강新疆, 중앙아시아 등지에 공급하는 차를 '서로변차'西路邊茶라고 불렀다. '남로변차'南路邊茶는 사천 아안, 운남 서쌍판납西雙版納 일대에서 생산된 차를 서장西藏(지금의 티베트)으로 운송한 것이었다. 이처럼 차마무역 수요에 의해 중국 서남부 운남, 사천의 차 산지에서 청장고원까지 이어지는 장대하고 험준한 옛길이 형성됐는데 이것이 그 유명한 '차마고도'이다.

기초가 곧 밟게 될 이 길은 민간의 차상들이 만들어낸 무역로였다. 지난 수천 년 동안 왕조가 어떻게 교체되고 차마무역 제도가 어떻게 바뀌든 상관없이 산속의 이 오솔길에서는 말방울 소리가 끊이지 않았다. 기초는 드디어 출발했다. 운남의 곤명에서 차의 고향 서쌍판납의 원시림으로 향하는 길 위에 첫발을 내디뎠다. 그리고 원시림을 가로지르면 바로 버마였다. 그곳에는 그녀가 태어나서 한 번도 본 적이 없는 커다란 차나무가 있을 뿐 아니라 그녀의 사랑하는 연인이 차나무 아래에서 그녀를 기다리고 있을 터였다. 그녀는 태어날 때부터 가지고 있는 차에 대한 동질감과 뛰어난 직관력으로 꼭 그럴 것이라고 믿어 의심치 않았다.

소방외는 곤명을 지나 무량산無量山에 오르려고 했던 원래 계획을 수정했다. 그는 말 위에 실었던 보이차를 내리고 면사, 약재, 궐련, 영국산 담배와 서부지역에서 가지고 온 소금을 실었다. 또 말을 탈 줄 모르는 기초를 배려해 자그마한 마차를 얻어왔다. 겨우 두 사람이 비집고 앉을 정도의 크기였다.

"산길이 좁기 때문에 마차가 크면 산 아래로 떨어질 수 있어요."

소방외가 기초에게 설명해주었다. 기초가 고개를 끄덕여보이고는 엉뚱한 질문을 했다.

"처음 만났을 때 당신 옆에 여자가 있었던 걸로 기억하는데 그 여자는 왜 보이지 않나요?"

소방외가 쓴웃음을 지었다.

"다른 마과두를 따라갔어요."

기초가 펄쩍 뛰었다.

"그러면 안 되죠. 왜 그녀를 잡지 않았어요?"

"자기 발로 떠나는 사람을 내가 무슨 수로 잡아요? 그리고 우리에게는 아가씨가 있잖아요. 당신네 한인漢人들의 속담에 '한 산에 두 마리의 호랑이가 살 수 없다.'고 했어요."

기초가 발을 동동 굴렀다.

"나는 당신의 연인이 아니잖아요. 전선으로 남자친구 찾으러 가는 길인 걸요. 그녀에게 잘 설명해주지 그랬어요."

"당연히 잘 설명해줬죠. 그래도 믿지 않는 걸 별 수 있나요. 봐요, 여기 얼굴을 할퀴어서 상처가 났잖아요. 버마 여인인데 장난 아니게 질투가 많아요. 아가씨는 어떤가요?"

기초가 웃음을 터뜨렸다.

"소방외, 이 세상에 질투심이 없는 여자는 없어요. 질투심은 여자의 천성이에요. 아무리 큰 전쟁도 여자들의 천성을 바꾸지는 못해요. 이제 떠납시다."

기초는 소방외의 마차에 앉아 남쪽으로 향하면서 운남 현지의 풍경이 왠지 낯설지 않다는 느낌을 받았다. 어쩌면 고향인 강남과 비슷한 것 같다는 생각도 했다. 중경에 있을 때와는 다른 느낌이었다. 강남과 다른 점을 꼽자면 이곳의 식물들은 뭐든 다 크기가 엄청났다. 예컨대 전란箭蘭은 높이가 사람 키만 했고 칸나는 작은 세숫대야만 했다. 두견杜鵑은 높이가 10미터가 넘었고 한 무더기가 작은 숲을 이뤘다. 하늘도 강남의 하늘보다 훨씬 더 높아 보였다. 산봉우리들은 겹겹이 이어져 있고 그 위를 흰 구름이 두둥실 떠가고 있었다. 기초는 처음 보는 풍경에 넋을 잃고 호들갑스럽게 감탄을 연발했다.

그러자 소방외가 말했다.

"이제 시작인데 벌써부터 놀라고 그러면 안 되죠. '하늘에는 천당이 있고 땅에는 소주와 항주가 있다'고 하지 않았습니까? '천당'에서 온 사람이 별것 아닌 것에 그렇게 놀라서야 되겠어요?"

기초가 말했다.

"우리 항주의 경치는 당연히 '천당'에 필적할 만하지요. 하지만 이곳 운남처럼 산세가 높고 험하지 않아 신비로운 매력은 덜해요. 그리고 이 고장은 어떤 것이든 크기가 엄청나군요. 여기에 비하면 우리 강남은 소인국 같아요."

"우리 방외幫崴(운남성 보이시의 작은 마을)에 있는 차나무를 아직 못 봤죠? 그 정도는 돼야 크다는 소리를 할 수 있어요. 키가 하늘을 찌를 듯하고 둘레는 어른 여러 명이 팔을 벌려도 다 안지 못할 정도랍니다."

"아아, 다성 육우가 말한 그 나무로군요. '한 자, 두 자 내지 수십 자에 이른다. 파산巴山과 협천峽川에 두 명이 함께 안아야 하는 것이 있다⋯⋯.'"

기초가 《다경》을 읊었다.

소방외는 견문이 넓은 반면 글공부는 얼마 하지 않았다. 당연히 《다경》도 읽어보지 못했다. 그렇다고 항주 아가씨 앞에서 무식한 티를 내기는 싫었다. 그래서 슬쩍 화제를 돌렸다.

"그쪽 고장의 차나무는 키가 사람 허리 정도밖에 안 되는 앉은뱅이 나무라던데 사실인가요? 설마 이쪽의 배추보다 더 작은 건 아니겠죠?"

영리한 기초가 기미마를 가리키면서 말했다.

"아유, 여기 기미마처럼 키는 작아도 몸값이 비싸요."

소방외는 말로는 기초를 이기지 못하겠다고 생각하고 다시 화제를 돌렸다.

"강남 사람들은 모두 달변가라더니 틀린 말이 아니군요. 자, 지금 우리가 서 있는 이곳은 곡타관曲陀關이라고 합니다. 옛날 쿠빌라이 칸은 십만 대군을 이끌고 이 길을 따라 운남으로 쳐들어왔어요. 이곳 주민들 대부분은 당시 원나라 군사들의 후예들이랍니다."

"소방외, 당신은 정말 아는 게 많군요."

기초가 진심을 담아 칭찬을 했다. 소방외가 기분 좋은 표정으로 채찍을 휘둘렀다.

"내가 열아홉 살에 마과두가 됐다니까요. 자랑이 아니라 나 좋다고 따라다니는 여자들이 지금도 줄을 섰어요."

기초는 소방외가 못하는 말이 없다고 속으로 혀를 찼다. 운남성의 작은 도시 통해通海는 경치가 매우 수려했다. 특히 2000여 년의 역사를 가지고 있다고 전해지는 수산秀山은 그림처럼 아름다웠다. 고목이 울창한 숲속에 고즈넉하게 자리잡은 찻집, 찻집 앞에 한가로이 앉아 있는 노인 등의 정경은 마치 전쟁이 비껴간 것처럼 안온하고 평화로워 보였다. 거리를 오가는 합니哈尼족 여인들의 옷차림이 기초의 시선을 빼앗았다. 그녀는 섶이 넓은 저고리, 짧은 바지, 발목에 두른 검은 천, 특히 허리띠에 수놓은 꽃무늬가 너무 화려하고 예뻐서 눈을 떼지 못했다.

"가지고 싶어요? 내가 사람을 보내 한 벌 얻어올까요?"

소방외의 말에 기초가 대답했다.

"다 예쁜데 그중에서도 태傣족 여자들의 짧은 저고리와 통치마가 제일 마음에 들어요. 하지만 지금은 갖고 싶은 생각이 없어요. 옛사람들이 이르기를 '여자는 자기를 기쁘게 하는 남자를 위해 용모를 가꾼다'고 하잖아요."

"그게 무슨 말인가요?"

"말 그대로 여자는 자기가 사랑하는 사람만을 위해 용모를 가꾼다는 말이죠. 여자들이 줄을 섰다는 사람이 그것도 몰라요?"

소방외는 입을 꾹 다물었다. 이어 담배에 불을 붙여 물고 말없이 채찍질만 했다.

적막함을 견디지 못하는 기초는 소방외가 한참 동안 입을 다물고 있는 것을 보고는 목청을 높여 말했다.

"소방외, 왜 그래요? 내가 무슨 말실수라도 했어요?"

"아니에요, 말실수 안 했어요. 나는 방금 예전의 여자들 생각을 했었어요. 그 많은 여자들 중에서 나를 위해 용모를 가꾼 여자가 몇 명이나 됐는지 말이에요."

"그래서 몇 명인가요?"

"모르겠어요. 나 좋다고 울고불고 따라와 놓고 또 뭐가 기분이 나빠졌는지 얼굴을 싹 바꾸고 다른 마과두를 따라가더군요. 후유, 여자들의 마음은 알다가도 모르겠어요."

기초가 웃음을 터뜨렸다.

"그것도 몰라요? '굴러온 돌이 박힌 돌을 뺀다'고 나중에 온 여자가 먼저 있던 여자를 밀어냈나 보죠."

소방외도 따라서 웃었다.

"일리가 있어요. 다 내 잘못이에요. 여자를 너무 밝힌 내 탓이에요."

말을 마친 소방외가 또 노래를 시작했다.

4월에는 요삼령繞三靈(소수민족인 백白족의 성대한 집회),

대리大理 시내를 돈다네.

동문東門에서 한 곡조 뽑으면

서문西門에서 멈춘다네.

만교灣橋에서 잠깐 쉬고는

희주喜州에서 사랑을 속삭이네.

사당 앞에 모여서

날 샐 때까지 노래를 부른다네

……

소방외가 기초와 함께 지나고 있는 이 차마도茶馬道는 곤명에서 시작해 옥계玉溪, 통해, 아산峨山, 신평新平, 원강元江, 묵강墨江과 마흑磨黑을 거쳐 보이普洱에 이르는 길로 예로부터 '상로上路'라고 불렸다. 이 밖에 대리大理에서 시작해 외산巍山, 남동南洞, 경동景東, 진원鎭沅, 경곡景穀을 거쳐 보이에 이르는 길도 있었다. 기초는 몇 년 동안 이리저리 떠돌이생활을 하면서 어지간한 고생은 꾹 참고 견디는 내공을 쌓았다. 게다가 소방외의 세심한 배려 덕분에 험준한 길도 별로 힘들이지 않고 지나왔다. 일행은 마흑에 도착한 뒤에도 쉬지 않고 계속 걸었다. 그러던 중 눈앞에 깊은 산이 떡 버티고 있는 것을 보고 기초가 두려운 기색을 비쳤다. 그러자 소방외가 바로 안심을 시켰다.

"걱정 말아요. 저 앞에 오래된 상록수 두 그루가 보이죠? 나무 아래에 객줏집이 있어요. 거기서 쉽시다."

기초가 손뼉을 쳤다.

"'산 넘어 산, 물 건너 물, 이제 길이 없나 했더니, 버드나무 무성하고 꽃 예쁜 마을이 또 있네.'라는 옛사람들의 말이 생각나는군요."

소방외가 '마을'이라는 말을 알아듣고 말했다.

"마을까지는 아니에요. 아무튼 가보면 알아요. 오늘밤엔 사람이 많아서 북적북적할 겁니다."

아니나 다를까 앞에 보이는 평지에 등불이 번쩍거리고 사람의 말소리와 말의 투레질소리가 들려왔다. 가까이 다가가보니 객줏집 밖에 천막이 줄지어 있었다. 군데군데 모닥불도 지펴져 있었다.

소방외 일행도 말 위의 짐을 부렸다. 객줏집 주인이 여물을 먹이려고 말을 끌고 갔다. 객줏집 안주인이 그나마 깨끗한 방으로 기초를 안내하면서 물었다.

"보아하니 한족 아가씨 같은데 뭘 드실 건가요?"

기초는 한참을 생각하고 대답했다.

"운남의 과교미선過橋米線(운남 현지 특색의 쌀국수)이 맛있다고 들었어요. 가능할까요?"

"당연히 되죠. 바로 만들어올게요."

안주인이 가자 소방외도 방 밖의 공터에 모닥불을 피웠다. 남자들은 그 모닥불을 둘러싸고 담배를 피우고 술을 마셨다. 또 옛날식 주전자에 물을 끓여 보이차를 우려 마셨다.

칠흑같이 까만 하늘에 큼직큼직한 별들이 쏟아질 듯 선명하게 보였다. 멀리서 보면 모닥불과 사람들이 마치 별과 별 사이에 앉아 있는 것처럼 보일 것이었다. 탁탁 장작이 타면서 튕겨 오르는 불꽃들이 무리지어 춤을 추는 불나방을 연상케 했다. 쏴쏴 바람에 설레는 숲의 소리는 사람들에게 뭔가를 하소연하는 느낌이었다.

객줏집 안주인이 뜨끈뜨끈한 운남 과교미선을 가져왔다. 기초는 쟁반만큼 큰 사발을 보면서 산속의 어느 절을 문득 떠올렸다. 방바닥을 파서 만든 화로, 뜨끈뜨끈한 군고구마, 지금처럼 쏴쏴 바람소리가 들려오던 산과 숲, 그리고 손을 내밀면 딸 수 있을 것처럼 낮게 드리운 뭇별

들……. 갑자기 눈물이 왈칵 쏟아졌다.

'천목산이여, 천목산의 친인척들이여, 서호여, 서호의 친인척들이여, 다들 무사히 지내고 계시죠? 당신들과 너무나 멀리 떨어진 곳에 있는 나는 당신들을 떠올리기만 해도 심장이 아파요. 나는 언제쯤 집으로 다시 돌아갈 수 있을까요? 나력을 찾을 수는 있을까요? 앞을 봐도 사람이 보이지 않고, 뒤를 봐도 사람이 보이지 않는 이 길에서 나는 긴긴 밤을 홀로 버텨낼 수 있을까요? 양진楊眞, 당신은 지금 어디에 있나요? 당신이 내 옆에 있다면 나에게 힘을 실어줄 수 있을 텐데. 자꾸만 약해지려는 나를 예전처럼 거침없이 앞을 향해 매진하던 나로 돌려놓을 수 있을 텐데. 나는 이제 무서워요. 어떻게 해야 하죠? 태어나서 처음으로 무섭다는 생각이 들어요…….'

과교미선 위로 굵은 눈물이 뚝뚝 떨어졌다. 기초는 긴 한숨을 내쉬었다. 눈물이 멈추질 않았다. 그녀는 훌쩍거리면서도 국수를 먹기 시작했다. 음식은 상상 이상으로 맛이 있었다. 맛있는 음식이 배에 들어가자 슬픈 감정이 눈 녹듯 사라졌다. 그녀는 소방외와 일행이 무엇을 하는지 궁금해 두리번거리면서 주위를 살펴봤다. 소방외는 여기저기 다니면서 다른 마방 사람들과 인사를 나누고 있었다. 누군가 소방외에게 농담을 건네는 소리가 들렸다.

"소방외, 자네는 이번에 운이 좋구먼. 저 인형 같은 여학생은 어디서 데려왔는가? 먼젓번처럼 내가 저 여자를 꾀어 도망갈까봐 걱정되지 않는가?"

"자네 꾐에 빠질 여자가 아니네. 전선으로 나간 남자친구를 찾으러 불원천리 마다않고 여기까지 온 여자라네."

다른 사람이 큰 소리로 말했다.

"버마 쪽 전황이 심각하다고 들었네. 내가 이번에 싣고 가는 것이 바로 연합군 부대에 보낼 위문품이라네."

대화가 끝나자 다시 침묵이 찾아왔다. 말몰이꾼들은 묵묵히 차를 마셨다. 소방외가 기초에게 다가왔다. 기초는 울었다는 것을 들키고 싶지 않아 말젖을 짜고 있는 장藏족 차림의 사람들을 가리키면서 일부러 밝은 목소리로 말했다.

"소방외, 장족 말은 참 대단해요. 낮에는 짐꾼으로 쓰이고 밤에는 젖까지 내주는군요. 장족들은 말젖을 안 먹으면 어디가 덧난대요?"

"소유차蘇油茶를 만들려고 그러는 거예요. 설산에서 내려온 고종마부 古宗馬夫들은 소유차 없이는 단 하루도 살 수 없어요."

"고종마부는 뭘 하는 사람인가요?"

소방외가 밉지 않게 불평을 했다.

"그렇게 자꾸 꼬치꼬치 캐묻지 말아요. 내 머릿속에 있는 쥐꼬리만 한 지식이 사흘도 못 가서 거덜나겠어요."

말은 그렇게 해도 소방외는 고종마부의 유래를 상세하게 설명해줬다.

1,300여 년 전에 토번吐蕃(지금의 티베트)왕 송찬간포松贊幹布는 문성文成 공주를 아내로 맞이했다. 이때 중원의 차는 문성공주의 혼수품으로 서장 지역에 도입됐다. 물론 이보다 앞선 200년 전에 있었던 전쟁에서 토번인들은 중원의 차를 노획한 바 있었다. 하지만 그때는 그것이 그들이 나중에 목숨처럼 귀하게 여길 차라는 것을 몰랐다. 아무려나 문성공주 덕분에 티베트인들은 차 마시는 방법을 배웠다. 나중에는 차 없이 하루도 살 수 없는 지경에 이르렀다.

안타깝게도 설산에는 차가 없었다. 차에 열광한 티베트인들은 차를 구하기 위해 험난한 여정을 마다않고 사천과 운남으로 향했다. 그리고 그들의 말, 약재와 모피를 기꺼이 내주고 그토록 원하는 차를 얻었다.

'고종마방'은 장족 마방으로, 운남의 유명한 20여 개 대ᵗ 마방 중 하나였다. 여강麗江에서 출발해 서장으로 운송하는 화물의 절반 이상이 이들의 손을 거친다고 해도 과언이 아니었다. 흔히 50여 명의 말몰이꾼으로 이뤄지고 대과두大鍋頭, 이과두二鍋頭와 집사 등 세 명의 우두머리가 있었다. 험난한 여정에 대한 보상도 각별했다. 각자 후한 보수 외에도 42 덩이의 차를 가질 수 있었으니까 말이다.

소방외가 이곳저곳 가리키면서 기초에게 계속 설명을 해줬다.

"자, 봐요. 저 사람들은 전지滇池에서 온 당신네 한족 상방商幫입니다. 저기 저 무리는 판납版納에서 올라온 태족, 합니족, 그리고 우리 포랑족 말몰이꾼들이죠. 여기 이쪽은 대리大理에서 온 백족, 외산巍山 회回족, 남동南洞 이彝족들로 구성된 객상客商 마방입니다. 다 같이 이 고도古道를 오고가는 처지라 서로 만나면 공손하게 예의를 차리죠. 하지만 서로 언어가 다르고 생활습관도 달라서 함께 어울리지는 못하고 각자 자기 모닥불 주위만 맴돈답니다."

기골이 장대한 고종마부들은 말에게 여물과 소유차를 먹이고 자신들도 마시기 시작했다. 연거푸 몇 잔을 마시고 나자 흥이 솟는지 급기야 다녠Dranyen(티베트의 전통 현악기)을 연주하면서 과장鍋莊(티베트인의 민속무)을 추기 시작했다. 모닥불 사이로 언뜻언뜻 보이는 흥에 겨운 구릿빛 얼굴들은 컴컴하고 우중충한 숲속에 활기를 불어넣어줬다. 다른 마방 사람들은 각자 자기 할 일을 하면서 미소 띤 얼굴로 춤과 노래를 구경했다. 기초도 즐거운 분위기에 동화돼 우울한 기분을 완전히 떨쳐낼 수 있었다.

바람이 거세졌다. 모닥불은 활활 요란하게 타올랐다. 춤판을 끝낸 고종마부들은 짐을 내려놓고 옆에서 조용히 잠이 들었다.

기초와 소방외는 잠들지 않았다. 진하게 끓인 보이차를 마시노라니 조금 있던 졸음이 날아가고 정신이 맑아진 것이다.

"내일은 차암조도茶庵鳥道(산이 가파르고 높아 새들만 겨우 날아서 지나가는 곳이라고 해서 붙여진 이름)를 넘어야 해요. 길이 엄청 험하니 각별히 조심하지 않으면 안 돼요."

소방외의 말에 기초의 표정이 살짝 긴장한 듯했다.

"강도도 나와요?"

소방외가 웃음을 터뜨렸다.

"강도라니! 그럴 마음만 있다면 여기 있는 사람들도 한순간에 강도로 돌변할 수 있어요. 평소에는 그냥 평범한 짐꾼이지만 말이에요."

"그런 뜻으로 한 말이 아니에요."

기초가 겸연쩍게 말했다. 이어 다시 본론을 끄집어냈다.

"차암조도는 가파르고 높아서 새들만 겨우 날아서 지나가는 곳이라고 들었어요. 당연히 인적도 드물겠죠?"

"내일 가보면 알아요. 가끔 많은 사람들이 지나갈 때도 있어요. 요즘은 거의 매일 중국의 짚신부대가 지나다닌다는 소문도 들었어요."

기초가 펄쩍 뛰었다.

"중국의 짚신부대요? 틀림없이 나력의 부대일 거예요. 왜 나에게 말해주지 않았어요? 지금 쫓아가도 늦진 않겠죠?"

기초가 말을 마치기 무섭게 신발을 끌면서 달려 나갔다. 소방외가 우악스럽게 기초를 잡아당기면서 소리를 질렀다.

"뭐하는 짓이오? 생각 좀 해봐요. 이 산속에서 뭘 찾는다고 그래요?

오늘밤은 푹 자고 내일 보이로 갑시다. 보이에 국군 장병이 많다고 들었어요. 내일 데려다줄 테니 거기에서 수소문 해봐요."

"당신들은 납호拉鎬로 돌아가야 하잖아요?"

소방외가 한숨을 내쉬었다.

"아가씨를 만난 게 죄라면 죄죠, 뭐. 농담이고요. 아가씨가 그 남자를 찾을 때까지 도와주지 않으면 안 될 것 같아요. 여기까지 오면서 나는 결심을 굳혔어요. 아가씨가 그 남자를 찾지 못하거나, 그 남자가 변심했거나 죽었다면 나는 아가씨를 우리 집으로 데리고 갈 거예요. 아가씨가 동의하건 말건 상관없어요. 나를 강도라고 욕해도 좋아요. 이제껏 여자를 수없이 만났지만 이제는 아니에요. 아가씨 한 사람만 바라볼 거예요. 아무도 아가씨를 내 곁에서 밀어내지 못할 거예요."

조용히 듣고 있던 기초가 몸을 떨었다. 그녀는 소방외의 말이 진심이라는 것을 알 수 있었다. 그녀는 자리에서 일어났다. 어둠속에서 푸른 이끼가 자란 커다란 바위 몇 개가 보였다. 그녀는 가슴을 만졌다. 속옷 주머니에 나력의 편지가 들어 있었다.

......

달이 뜬 늦은 밤 악비 무덤 앞에서

영웅은 충성을 맹세하면서 눈물을 흘리네.

국토를 보위하겠노라 굳은 결심 다진 지가 어언 몇 년인가.

사는 것이 죽는 것처럼 괴롭구나.

......

기초는 이미 달달 외운 시구절을 속으로 읊으면서 조심스럽게 바위

위에 발을 올려놓았다. 소방외가 소리를 질렀다.

"조심해요. 말발굽 자리가 움푹 패어 있어서 다칠 수 있어요."

기초는 꿇어앉아 손으로 바위를 만졌다. 과연 바위마다 두 치 정도의 깊이로 움푹움푹 패어 있었다. 기초는 자신도 모르게 조용히 중얼거렸다.

"사랑하는 그대여, 그대도 이곳의 차마고도를 지나갔나요? 내가 그대를 찾아 얼마나 많은 곳을 돌아왔는지 그대는 아시나요?"

마부 두 명이 길가에 앉아 바둑을 두고 있었다. 커다란 바위에 바둑판을 새기고 바둑돌은 돌로 만든 것이었다. 기초는 가까이 다가가 구경하기 시작했다. 한줄기 별빛이 바둑판에 내려앉아 바둑돌들이 은빛으로 반짝거리고 있었다. 묵묵히 구경하던 기초가 갑자기 눈시울을 붉히더니 흐느끼기 시작했다. 바둑 두던 노인이 말했다.

"아가야, 왜 우느냐? 내가 도와줄 테니 말을 해 보거라."

기초가 노인 옆에 있는 짚신을 가리켰다.

"할아버지, 짚신부대가 이쪽으로 지나갔죠? 누가 이 신을 떨어뜨렸을까요? 우리 나력의 신발일까요? 저는 언제쯤 그를 만날 수 있을까요? 나력, 우리는 언제 다시 만날 수 있을까요……?"

기초는 울면서 짚신 한 짝을 가슴에 꼭 껴안았다.

제28장

일행은 차암조도를 무사히 통과해 보이에 들어섰다. 분위기 탓일까, 항주 처녀 기초의 가슴도 진하게 발효된 보이차처럼 뜨겁게 부풀어 오르기 시작했다.

기초는 보이에 도착하기도 전에 태족 전통옷을 사 입고는 수선을 떨었다. 아마도 보이에 도착하면 금세 나력을 만날 수 있을 것이라고 믿는 것 같았다. 하얀 비단저고리에 수홍색水紅色 통치마를 받쳐 입은 기초의 모습은 눈이 부시도록 아름다웠다. 소방외는 한껏 들뜬 기초에게 차마 찬물을 끼얹지 못하고 조심스럽게 말했다.

"보이 시내에서 이곳저곳 수소문하노라면 시간이 걸릴 수도 있어요. 예쁜 옷이 더럽혀지지 않게 잘 간수해요."

기초가 그러자 해맑은 얼굴로 말했다.

"나력의 자동차부대가 이 일대에 있다고 하지 않았어요?"

소방외는 남몰래 한숨을 지었다. 여기까지 오면서 나력의 소식을 탐문하는 일은 소방외가 전담했다. 기초가 현지 방언을 알아듣지 못하기 때문이었다. 하지만 이렇다 할 수확이 없었다. 정세가 워낙 긴박하다 보니 별의별 소문이 다 있었다. 소방외는 말 그대로 진퇴양난에 빠졌다. 이제 와서 기초를 곤명으로 돌려보낼 수도 없었다. 결국 그는 고민 끝에 신빙성은 없으나 그나마 듣기 좋은 말만 골라서 기초에게 해줬다. 한마디로 희망고문을 하면서 기초를 보이 시내까지 데리고 온 것이었다.

기초는 어릴 때부터 '보이'에 대해 익히 들어왔다. 망우차장의 진열대 위에도 보이차가 진열돼 있었다. 망우차장 점원들은 차를 사러 온 손님들에게 보이차를 소개할 때면 항상 같은 말만 되풀이했었다.

"옛말에 '차는 햇차가 맛있다'고 했습니다. 용정차의 경우 새것일수록 좋지요. 하지만 이 보이차만은 다르답니다. 오래 묵은 술처럼 오래 된 것일수록 향기롭지요."

물론 그 이유에 대해 아무리 경력이 오랜 점원도 제대로 대답할 수 있었을지는 미지수였다. 망우차장의 딸 기초조차 이번에 보이로 와서야 보이차의 유래에 대해 비로소 알게 됐으니까.

보이차의 원산지는 보이가 아니라 소방외의 고향인 서쌍판납과 사모思茅 일대였다. 보이에서 꽤 멀리 떨어진 곳이었다. 여기서 생산된 차를 차의 집산지인 보이까지 운반하려면 열대우림을 지나야 했다. 습윤한 기후로 인해 운반 도중에 차는 저절로 발효될 수밖에 없었다. 자연히 여느 차들과는 다른 독특한 향이 가미되었다. 처음 마시는 사람들도 단번에 그 매력에 빠지게 만드는 자연발효 보이차는 바로 이렇게 만들어진 것이었다.

기초와 나력의 사랑도 어쩌면 이 보이차를 닮았는지 모른다. 둘은 처음부터 영원한 사랑을 맹세한 사이가 아니었다. 사랑의 불꽃이 튀기는 했으나 그것이 활활 타오르기도 전에 눈물을 머금고 이별을 해야 했다. 그래서 그냥 스쳐가는 인연으로 치부해도 하나도 이상할 것 없는 사이였다. 동서고금을 통틀어 그런 사례가 얼마나 많은가. 하지만 기초는 그런 여자가 아니었다. 올곧게 한 사람만을 생각하는 여자였다. 그런 덕분에 서호에서 시작된 둘의 인연이 머나먼 보이까지 이어졌던 것이다. 처음에는 확신이 없었던 그녀의 마음도 보이차처럼 열대우림을 지나오면서 진하게, 뜨겁게, '발효'되었다.

기초와 나력의 사랑 얘기가 소방외를 감동시킨 것처럼 보이차의 독특한 향기도 조정의 코끝에 닿았다. 명나라 만력^{萬曆} 연간에 조정은 보이에 차 무역 전담부처를 설치했다. 청대에는 또 관상국^{官商局}을 설치해 차상들에게 '다인'茶引(차의 매매허가증)을 발급했다. 그 당시 보이에서 티베트로 운송된 차는 3만 짐^馱에 달했다. 각지에서 온 행상들이 사모 일대에 운집했다. 그중에는 장족 차상과 인도 상인들도 적지 않았다.

보이차는 해마다 황제에게 진상됐다. 공차^{貢茶} 진상을 책임진 차농은 수매한 차를 먼저 현^縣 관청으로 가지고 가서 상등품을 선별했다. 골라낸 차는 잘 포장해 붉은 실로 묶고 다시 누런 비단으로 싸서 큼직한 도장을 찍었다. 이 차는 보이부^{普洱府}로 보내져 다시 도장을 찍어 위난^{遠南} 도대부^{道台府}로 보내졌다. 여기서 또 도장을 찍은 후 비로소 말 잔등으로 옮겨졌다. 이후 공차를 운송하는 마방은 행황기^{杏黃旗}를 앞세워 위풍당당하게 북상했다. 도중에 감히 그들의 길을 막거나 훼방을 놓는 자들은 없었다.

나력을 찾는 일은 기초가 생각한 것처럼 쉽지 않았다. 보이는 그리 크지 않은 도시였다. 그렇지만 이 도시에 주둔한 중국 군대가 적지 않았고 부대 이동도 잦아서 확실한 정보를 얻기가 어려웠다. 기초는 군대에 대해서는 문외한이었다. 또 나력이 원래 작전참모 출신이었다는 것과 지금은 자동차부대를 인솔하고 있다는 것 외에는 아는 것이 없었다. 여러 방면으로 애쓴 끝에 한 방어구역에서 절강성 소산蕭山 태생의 젊은 장교를 만날 수 있었다. 청년 장교는 열성적인 사람이었다. 그는 기초를 도와주겠다면서 나력에 대해 이것저것 캐물었다. 기초는 그제야 자신이 나력에 대해 아는 것이 별로 없다는 사실을 깨달았다. 청년 장교는 망연한 표정을 짓고 있는 기초를 안타깝게 바라보면서 마지막으로 한마디 물었다.

"나력이라는 그분 상관의 성씨가 어떻게 되는지 아십니까?"

기초는 그제야 기운을 차렸다.

"대戴, 대씨예요."

젊은 장교도 기운이 나는지 무릎을 탁 쳤다.

"2000사단의 사단장이 대씨일 겁니다. 성함이 대안란戴安瀾이라고 했던가요? 2000사단은 원정군 제5군단 기계화사단입니다. 얼마 전에 장蔣(장개석) 위원장이 라시오Lashio(버마의 한 도시)에서 그를 세 번이나 불러 만났다고 합니다. 속히 퉁구Toungoo(버마 페구주에 있는 도시)로 부대를 이동시키라고 명령했다고 합니다…….."

"퉁구는 어디에 있어요? 여기서 멀어요?"

"멀고 가깝고의 문제가 아닙니다. 우리 중국 영토가 아니니까요. 버마의 도시입니다. 양곤Yangon에서 그리 멀지 않습니다."

"양곤이라면 버마의 수도 아닌가요? 일본군의 폭격을 받았다고 하던데 사실인가요?"

"아이고, 아무것도 모르는 아가씨가 어떻게 여기까지 왔을까? 이거야말로 장님이 코끼리를 만지고 얘기하는 것과 다를 바가 없군요."

청년 장교가 한숨을 쉬면서 현지의 전세에 대해 대강 설명해줬다.

1941년 12월 23일 일본군은 양곤에 대한 폭격을 시작했다. 1942년 2월 16일, 중국 원정군은 양곤의 전세가 극도로 위급해진 상황에서 버마로 진출했다. 나력도 이 무렵 대부대를 따라 버마로 갔을 가능성이 컸다. 퉁구는 양곤과 만달레이 철도 노선에 자리한 최대 도시였다. 또 서쪽으로 프롬Prome, 동쪽으로 마오치에 잇닿아 있어 일본군의 북침을 저지시키는데 꼭 필요한 요새이기도 했다. 중국 원정군 2000사단을 퉁구로 이동시킨 이유도 양곤의 함락을 막기 위해서였다.

기초가 뜻밖에도 단호한 표정으로 발을 탁, 굴렀다.

"그러면 퉁구로 가겠어요!"

청년 장교도 답답한지 발을 굴렀다.

"얼토당토않은 소리 그만하십시오. 3월 8일인 오늘 받은 전보에 의하면 방금 양곤이 함락됐답니다. 퉁구가 지금 어떤 상황인지 여기서는 아무도 모릅니다. 아가씨는 오던 길로 되돌아가는 편이 좋을 것 같습니다."

청년 장교는 더 이상 말을 섞지 않고 가버렸다. 소방외는 멀뚱히 서 있는 기초를 보면서 뭐라고 위로하면 좋을지 몰랐다. 예쁘고 말쑥하던 기초는 어느덧 두 눈이 퀭하니 정신이 온전치 못한 '반미치광이'가 돼 있었다. 그녀가 한참이나 말없이 바닥을 내려다보더니 또 발을 탁, 굴렀다.

"퉁구로 갈래요!"

소방외가 속으로 한숨을 내쉬면서 입을 열었다.

"같이 갑시다."

기초가 오매불망 그리워하는 남자 나력은 소원대로 항일전쟁 제일선에 나갔다. 그는 진정한 동북 사나이였다. 강건하고 호방하면서 털털했다. 물론 그도 여느 남자들처럼 자신의 여자를 사랑했다. 하지만 그는 항씨 가문의 남자들처럼 섬세하지 못했다. 그래서 기초가 자신을 찾아 항주에서 버마로 오는 '만용'을 부리리라고는 꿈에도 상상 못했다. 나력이 소속된 부대 중국 원정군 제5군단 제2000사단 기계화사단은 사단장 대안란의 인솔하에 밤낮으로 길을 재촉한 끝에 3월 8일 통구에 도착했다. 이날 양곤이 함락됐다.

전황은 매우 위급했다. 중국 원정군은 중대한 결정을 내렸다. 제2000사단이 통구 이남 지역에서 일본군의 북침 저지를 통해 주력부대의 핀마나Pyinmana 집결을 엄호한다는 결정이었다. 동시에 영국군의 도움을 받을 적을 격퇴하고 남부 버마를 수복한다는 결정도 내렸다. 사단장 대안란이 나력을 불렀다. 이어 군용지도를 펼쳐놓고 통구 이남 30킬로미터 밖에 있는 퓨강을 가리키면서 나력에게 물었다.

"여기 퓨강대교가 보이나?"

나력이 고개를 끄덕였다.

"자네만 믿겠네."

대 사단장이 나력의 어깨를 툭툭 쳤다.

"자네가 전당강대교를 성공적으로 폭파시켰다는 소식을 들었네. 자네라면 이 다리도 성공적으로 폭파시킬 거라고 믿네."

열흘 뒤의 깊은 밤, 나력은 분대 규모의 부대를 거느리고 퓨강 기슭의 차나무 숲에 매복했다. 도화선을 설치한 남포는 퓨강대교 교각 아래에 놓았다.

모든 준비는 끝났다!

큰 전투를 앞둔 이국타향의 밤은 고즈넉했다. 나력은 낯선 곳에서 낯선 느낌이 전혀 들지 않았다. 익숙한 향기가 그의 코끝을 간질였다. 그는 손가는 대로 차나무 가지를 한줌 꺾었다. 갓 내린 비에 차나무 가지와 잎은 함초롬하니 젖어 있었다. 버마의 토질은 중국 강남과 달랐다. 버마의 차나무 잎은 강남차와 달리 가늘고 길면서 얇았다. 나력은 찻잎을 하나 입에 넣고 뒤로 벌렁 드러누웠다. 이국의 하늘에 이국의 달이 둥실 떠 있었다. 익숙한 차 향기가 또 풍겨왔다. 나력은 눈을 가늘게 떴다. 달빛이 차나무 꽃에 내려 하얗게 부서지고 있었다.

"기초!"

나력이 작게 소리를 지르면서 벌떡 일어나 앉았다.

주변에 매복해 있던 병사들이 깜짝 놀라서 펄쩍 뛰었다.

"적들이 나타났습니까?"

나력이 찻잎을 뱉어버리고 말했다.

"아무것도 아니야."

나력은 다시 벌렁 드러누웠다. 그동안 거의 잊고 지냈던 기초가 무엇 때문에 갑자기 떠올랐는지 스스로도 의아했다.

나력은 전장에 나간 이후로 기초 생각을 거의 하지 않았다. 그의 마음이 모질어서가 아니었다. 시간이 없는 것도 아니었다. 그는 다만 사랑하는 여자 옆에 있어주지 못하는 남자는 여자를 사랑할 자격이 없다고 생각했다. 그는 자신이 전쟁터에서 죽는 상상을 자주 했다. 기초가 자신을 끝까지 기다리지 않고 다른 남자에게 시집을 가서 아이를 낳는 상상을 하기도 했다. 천목산에서 만났던 양진이라는 공산당원의 얼굴이 어렴풋이 떠오를 때도 있었다. 무엇 때문인지는 몰라도 여기까지 생각하고 나면 더는 생각하기가 싫어졌다. 그래서 기초를 향한 그의 그리움은 여기까지가 끝이었다……

하지만 이날은 유독 느낌이 이상했다. 대나무처럼 쭉쭉 잘 자란 차나무 숲에 누워 찻잎을 씹으면서 달을 올려다보노라니 마치 기초가 아주 가까이에 있는 것 같은 느낌이 들었다. 투박하고 강건한 동북 사나이의 입에서 가느다란 한숨이 새어나왔다.

이름 모를 새의 울음소리가 들려왔다. 가방끈이 짧은 그는 "시절을 느껴 꽃도 눈물을 쏟고 이별이 한스러워 새도 놀라네."라는 시구가 있는 줄 몰랐다. 하지만 이 순간만큼은 새들이 밤새도록 처량하게 우는 울음소리의 의미를 알 것 같았다.

'기초, 사랑하는 여인이여. 그대는 지금 어디 있는가? 우리는 다시 만날 수 있을까? 어쩌면 영영 못 만날지도……'

나력은 호주머니에 들어 있는 유서를 가만히 만졌다. 그의 부대는 사단장 대안란을 필두로 연대장, 대대장, 중대장, 소대장, 분대장 등 전체 장교들이 모두 유서를 작성하고 사망 시 법정대리인을 지정했다. 이번에 퓨강대교 폭파임무를 맡은 별동대 대장 나력도 예외는 아니었다. 그리고 그와 대원들은 지금 죽기를 각오하고 내일을 기다리고 있는 것이었다. 그런데 으레 숨 막히도록 무거운 분위기여야 마땅한 시점에 느닷없이 차 향기가 풍겨왔다. 결국 그 향기는 그의 그리움을 불러일으키고 그를 감성적으로 만들었다. 갑자기 어깨가 무거워졌다. 큰형님 가화의 손이 어깨에 올려져 있는 것 같은 느낌이 들었다. 심지어 가화의 부드러우나 단호한 목소리가 귓가에 울리는 것 같았다.

……반드시 살아야 하네. ……차나무처럼 살아야 하네.

이튿날 아침, 일본군 제55연대의 500여 명 부대원들이 퓨강 남쪽

기슭에 다다랐다. 선두에 선 오토바이 부대가 퓨강대교를 질주할 때 나력은 가볍게 손을 흔들었다. 차나무 숲에 숨어 있던 기폭자가 버튼을 눌렀다. 하늘땅을 뒤흔드는 진동 따위는 없었다. 차나무 밭이 잠깐 흔들리는가 싶더니 퓨강대교가 쿵, 하고 맥없이 무너졌다. 나력은 기관총을 들고 가장 먼저 달려 나갔다. 적의 공격에 아무 준비가 없었던 일본군은 속수무책으로 당할 수밖에 없었다. 도로 양옆으로 도망친 일본 병사들은 이미 그곳에 잠복해 있던 중국 장병들에 의해 모조리 목숨을 잃었다.

전투는 예상했던 것보다 싱겁게 끝났다. 대 사단장은 친히 귀환부대를 점검했다. 일본군 사상자는 200여 명인 반면 아군은 사상자가 한 명도 없었다.

나력은 차나무 숲에 어수선하게 흩어져 있는 일본 병사들의 시체를 보고 적이 놀랐다. 새파란 색깔의 차나무 잎은 밝은 햇살 아래 부드럽고 안온한 빛을 뿜고 있었다. 하지만 조금만 아래로 시선을 돌려보면 차나무 뿌리를 타고 흐르는 시뻘건 피를 볼 수 있었다. 새파란 잎사귀와 붉은 피…… 전혀 어울리지 않는 둘의 조합이 나력의 눈을 파고들었다……

나력은 직접 군용트럭을 몰고 개선 길에 올랐다. 60리 밖의 퉁구로 돌아가는 길이었다. 햇빛이 찬란했다. 칸나는 활짝 펴 화려함을 뽐내고 있었다. 도로 양옆의 망고 밭은 온통 푸르렀다. 달리는 자동차 뒤로 보이는 야자나무는 마치 뒤로 쓰러지는 커다란 타조를 연상케 했다. 나력은 천천히, 아주 천천히 차를 몰았다. 연도에 과자, 육포, 우유, 담배와 차를 대접하는 사람들이 연신 손을 흔들었다. 그중에는 중국인, 영국인, 말레이시아인, 미국 화교, 심지어 혼혈인들도 보였다. 중국어가 익숙하지 않은 사람들은 영어와 말레이어를 섞어서 '개선영웅'들에게 응원의 메시지를 보냈다.

"……동포."

"……승리!"

"……조국 만세!"

전쟁터에서는 용감무쌍하기 짝이 없던 전사들이 모두 뜨거운 눈물을 흘렸다.

그때 나력의 귀에 익숙한 목소리가 들려왔다. 누군가 중국어로 부르는 〈매랑곡〉梅娘曲이라는 노래였다.

> 오라버니, 나를 잊지 말아요, 나는 오빠가 사랑하는 매랑이랍니다.
>
> 오라버니, 나의 침대 맡에 앉아 빈랑檳榔(중독성 강한 열대지방 껌의 일종)을 씹었었죠,
>
> ……

트럭은 천천히 움직였다. 간이 정자 앞에 태족 차림을 한 젊은 여자가 서 있었다. 그녀의 머리 위로 '당인차음'唐人茶飮이라는 네 글자가 적혀 있는 커다란 깃발이 나부꼈다. 여자는 맑은 미소를 지으면서 지나가는 병사들에게 차를 대접하고 있었다. 여자의 입술과 이빨은 빈랑 즙으로 새빨갛게 물들어 있었다. 나력은 천천히 차를 운전하면서 여자를 향해 미소를 지었다. 한편으로는 아쉬운 마음도 없지 않았다. 입술을 시뻘겋게 물들이지만 않았어도 사랑하는 여인 기초와 많이 닮았을 텐데, 그 옛날 기초와 처음 만났을 때도 지금처럼 트럭을 타고 지나가던 중이 아니었던가?

그렇게 생각하면서 무심코 몇 미터 앞으로 전진하던 나력이 갑자기 번개를 맞은 사람처럼 부르르 몸을 떨었다. 끼이익~! 갑작스러운 브레이크에 차안의 병사들의 몸이 일제히 앞으로 쏠렸다. 나력은 비틀거리면서 차에서 내렸다. 이어 마치 꿈속을 걷듯 망연자실한 채 오던 길로 되돌아 걸었다.

입술 가득 새빨갛게 빈랑 즙을 물들인 태족 차림의 여자도 그를 향해 마주오고 있었다. 두 사람 사이 거리가 점점 좁아졌다. 한 걸음, 두 걸음……. 드디어 코가 마주 닿을 정도로 가까워졌다.

"당신을 만날 줄 알았어요!"

여자가 나력의 어깨를 덥석 잡고 항주말로 고함지르듯 말했다.

"여기서 당신을 만날 줄 알았어요. 드디어 여기에서 당신을 만날 줄 알았다고요……."

나력은 주변 사람들을 힐끗 둘러보고 조심스럽게 손을 내밀어 여자의 입술을 닦아줬다.

"당신, 이게 뭐야?"

나력이 기초를 와락 껴안았다. 벌겋게 물든 기초의 입술이 그의 뺨에 닿았다…….

대안란 사단장은 이례적으로 나력에게 반나절 휴가를 내줬다. 비상사태인 점을 감안하면 가히 파격적인 배려였다. 맹강녀孟姜女(중국 진나라 때의 여성. 만리장성을 울음으로 무너뜨렸다는 만리장성 축성공사에 얽힌 비극적인 전설의 여주인공)처럼 사랑하는 사람을 찾아 천리 길을 달려온 항주 처녀에 대한 최대한의 성의 표시라고 해도 과언이 아니었다. 당시 2000 사단은 통구 이남의 최전방 방어진지인 옥트윈oktwin까지 진출했다. 일본군이 그 뒤를 바싹 추격하고 있었다. 쌍방 모두 마지막 결전을 치를 각오를 한 상태였다.

나력은 선뜻 대답하지 못하고 머뭇거렸다.

"이번 전투를 치르고 나서 만나도 늦지 않습니다. 이 근처의 중국인 집에 잘 있도록 했으니 별일 없을 겁니다."

대 사단장이 고개를 저었다. 책상 위에는 그가 쓰다 만 편지 한 통이 놓여 있었다. 아내 왕하형王荷馨에게 보내는 편지였다. 그가 잠깐 생각하더니 편지를 집어 나력에게 건넸다.

"이걸 먼저 읽어보게."

대 사단장이 편지의 한 단락을 가리켜보였다.

이번에 퉁구를 사수하라는 명령을 받았소. 위에서는 대계大計를 아직 확정하지 않았고 후방과 연락하기에는 거리가 너무 머오. 적들은 어느새 코앞까지 다가왔소. 우리는 전원 죽음을 각오하고 고군분투하고 있소. 불가피하다면 조국을 위해 영광스럽게 전사할 것이오……

나력은 편지를 내려놓았다. 그리고는 고개를 숙인 채 한참이나 입을 다물고 있었다. 대 사단장이 애틋한 눈으로 사랑하는 부하를 바라보면서 물었다.

"무슨 뜻인지 알겠나?"

나력이 입을 다문 채 고개를 끄덕였다. 사단장이 나력의 어깨를 툭툭 쳤다.

"참으로 훌륭한 여성이네. 단 하룻밤이라도 이런 여성의 신랑이 될 수 있다면 죽어도 여한이 없을 거네. 가보게!"

기초가 임시로 머물고 있는 집의 주인은 소방외와 예전부터 알고 지내던 중국인이었다. 마침 일이 되려고 그랬는지 나력과 같은 동북東北 사람이기도 했다. 왕王씨 성의 그 남자는 동북항일연군東北抗日聯軍이 이끄는 일본군과의 전투에서 아들을 잃고 아내와 딸을 데리고 남으로 내려왔다고 한다. 이후 전란을 피해 이리저리 떠돌아다니다 이곳 미얀마 심산까지 흘러들어왔고 황무지를 개간하면서 정착하게 됐다. 하지만 이곳 역시 일본 침략자의 마수를 비껴가지 못했다. 일본군이 쳐들어온다는 소식이 들려오자 왕씨는 피난을 가기는커녕 딱 눌러앉은 채 객기를 부렸다. 북쪽 끝에서 남쪽 끝까지 왔는데 이제 또 가기는 어디를 간다는 말이냐, 죽더라도 여기서 죽어 뼈를 묻을 테니 일본놈들과 정면대결을 해본다는 것이었다. 다행히 중국 원정군 2000사단이 큰 승리를 거뒀다. 일본군은 미얀마에 들어온 이후 처음으로 중국 원정군에 의해 큰 타격을 입었다! 현지 중국인들은 승전 소식을 듣고 모두들 기뻐 어쩔 줄 몰랐다. 게다가 중국 항주에서 연인을 찾아온 처녀와 중국 원정군 대원이 밤에 왕씨네 집에서 혼례를 치른다고도 하니 말 그대로 겹경사가 따로 없었다. 소식을 들은 인근 주민들은 저녁 무렵 왕씨네 집으로 우르르 몰려왔다.

왕씨네 집 주변에는 야생차, 들국화, 뽕나무, 올리브나무와 빈랑나무가 지천이었다. 멀지 않은 곳에는 보기만 해도 눈뿌리까지 시원해지는 폭포도 걸려 있었다. 키 높은 바나나나무와 망고나무 등은 마치 목이 긴 기린처럼 아래를 내려다보고 있었다. 그야말로 나무젓가락을 꽂아도 싹이 돋을 것 같이 기름진 땅이었다. 어디 그뿐인가. 골짜기 사이로 흐르는 맑은 시냇물은 굳이 더 말할 필요도 없었다. 게다가 멜대를 멘 태족 처녀들이 선녀처럼 사뿐사뿐 외나무다리를 건너오는 모습을 보노라면 무릉도원이 따로 없다는 감탄이 절로 나올 정도였다.

왕씨네 집은 태족 풍의 대나무 다락집이었다. 넓은 마당에는 채소와 과일을 잔뜩 심었다. 하지만 기초를 놀라게 만든 것은 제멋대로 자라서 대나무 숲처럼 무성한 숲을 이룬 차나무였다.

기초는 믿을 수 없다는 표정으로 차나무를 보면서 말했다.

"어르신, 이 차나무는 어쩌다가 이 모양이 됐어요?"

"에휴, 아가씨는 잘 모르겠지만 이곳 미얀마는 겨울이 없다네. 그래서 차나무가 사시장철 자란다네. 너무 빨리 자라서 그런지 중국차처럼 향기롭지는 못하다네. 이 전쟁 통에 내가 무슨 정신으로 물을 주고 전지를 하면서 가꾸겠나? 제멋대로 자라게 내버려뒀더니 이렇게 훌륭한 울타리가 돼버렸지 뭔가."

왕씨의 너스레에 다들 웃음을 터뜨렸다.

저녁바람이 불어왔다. 한낮의 무더위가 한풀 꺾이고 은은한 차나무 향기가 바람을 타고 풍겨왔다. 곧 날씬한 상현달도 떠올랐다. 이름 모를 풀벌레소리가 들려왔다. 묵묵히 앉아 있던 나력이 기초의 어깨를 불쑥 잡고 입을 열었다.

"같이 차나무 숲으로 산책하러 갈까?"

기초의 심장이 쿵쾅쿵쾅 심하게 뛰었다. 몇 년 전 항주 용정산에서 둘이 함께 보냈던 그날 밤이 떠올랐다.

나력은 항주에 있는 항씨 가족들의 상황을 잘 알고 있었다. 하지만 그는 아무것도 모르는 기초에게 입을 다물었다. 둘은 두 손을 꼭 잡고 묵묵히 차나무 밭을 가로질렀다. 나력은 예전처럼 기초가 재잘재잘 떠들기를 기다렸다. 하지만 기초는 한마디도 하지 않았다. 둘은 또 묵묵히 한참을 걸었다. 이윽고 기초가 차나무 숲에 털썩 주저앉으면서 말했다.

"나력, 나 더 이상 못 걷겠어요……."

여느 연인들처럼 뜨거운 포옹과 입맞춤이 이어졌다. 그리고 달아오른 두 몸이 하나로 합쳐졌다. 천신만고 끝에 사랑하는 사람과 재회했으나 특별한 것은 없었다. 기초는 누운 채로 새파란 하늘을 올려다봤다. 그리고 울음을 터뜨렸다. 예전에 양진이 한 말이 떠올랐다.

'한 줄기 빛이 가슴속에 들어오는 느낌이 들던가요? 온갖 역경을 헤치고 드디어 원하던 바를 이룬 성취감이 느껴지던가요? 마음이 하늘처럼 넓고 달처럼 깨끗해지는 느낌이 들던가요?……'

태족 소녀 몇 명이 말리꽃으로 엮은 화환을 들고 멀리서 종종걸음으로 다가왔다. 그중 한 소녀가 화환을 두 사람의 목에 걸어주면서 서툰 중국어로 말했다.

"어서 가요. 혼례 준비가 다 됐어요. 하객들이 눈이 빠지게 기다리고 있어요."

왕씨네 집 화로 앞에 앉아 죽통향차^{竹筒香茶}를 끓이고 있던 소방외가 나력과 기초를 보고 말했다.

"어서 들어가 봐요. 내가 중국 비단, 그것도 항주산 비단으로 신방을 꾸몄어요."

기초가 놀랍고도 의아한 표정을 지었다.

"그 귀한 걸 어디서 구했어요?"

"구하긴요? 여기로 오면서 조금씩 준비한 거죠. 관음상^{觀音像}도 있어요. 새신랑이 살아 있다면 축하예물로 주고 새신랑이 이미 이 세상 사람이 아니라면 내가 쓸 결혼용품으로 사용하려고 준비한 거예요."

이미 소방외에 대해 전해들은 나력은 화를 내거나 시샘을 하지 않왔다. 오히려 소방외의 호쾌한 성격이 무척 마음에 드는 듯 그의 어깨를 툭툭 치면서 말했다.

"방외 아우, 들어가서 차나 한잔 합시다."

소방외가 익살스러운 표정을 지었다. 화로 위에서는 죽통향차가 부글부글 끓고 있었다. 소방외의 표정이 다시 우울해졌다.

"나를 혼자 있게 내버려둬요. 마음이 너무 괴로워서 당신들의 혼례식을 못 볼 것 같아요. 이런 게 질투인가 봐요."

기초가 풋, 하고 웃음을 터뜨렸다.

"소방외, 당신도 질투를 할 줄 아는군요. 당신의 전 연인들이 어떤 심정으로 당신 곁을 떠났는지 이제 알겠어요?"

소방외가 가슴을 움켜쥐고 일부러 죽는 시늉을 하면서 말했다.

"이렇게 비통한 심장을 움켜쥐고 떠났겠죠. 그녀들이 왜 질투했는지 이제 알 것 같아요. 나 혼자 있고 싶어요……."

소방외가 농담 반 진담 반으로 자신의 진심을 전하고 밖으로 나갔다. 나력은 한마디도 하지 않았다. 기초가 그런 나력을 툭툭 쳤다.

"무슨 생각을 하고 있어요?"

그제야 나력이 입을 열었다.

"세상에 좋은 남자가 이렇게 많은데 당신은 왜 하필이면 나를 선택했을까?"

웬일인지 양진의 순진무구한 눈빛이 번개처럼 기초의 뇌리를 스쳐 지나갔다. 양진의 목소리가 귓가에 들리는 것도 같았다.

'나랑 같이 그곳으로 갑시다.'

기초의 입에서 엉뚱한 말이 흘러나왔다.

"나력, 이번 전투가 끝나면 우리 같이 연안으로 가요."

"뭐?"

"그곳에 가면…… 진리를 찾을 수 있다고…… 들었어요."

나력은 사랑하는 여자를 안타깝게 바라봤다.

'아아, 얼마나 사랑스러운 여인인가? 내가 죽을까봐 얼마나 겁이 났으면 진리니 뭐니 말도 안 되는 소리를 하는 걸까? 걱정을 너무 많이 해서 정신이 이상해진 게 틀림없어……'

왕씨는 백白족의 전통 다례茶禮인 '삼도차'三道茶 방식에 따라 혼례를 주최했다. 우선 화롯불로 뜨겁게 달군 옹기그릇에 차를 한 줌 넣어 탁탁 튀는 소리가 나고 단내가 올라올 때까지 볶은 다음 뜨거운 물을 부어 우렸다. 이어 찻물이 끓기 시작하자 우안정牛眼睛이라고 부르는 작은 찻잔에 옮겨 부었다. 그가 직접 나무쟁반에 차 두 잔을 담아 신랑신부에게 권하면서 말했다.

"이것은 첫 번째 차네. 이 차가 아무리 쓰다고 한들 기초 처녀가 불원천리 여기까지 오는 동안 겪은 고생에 비하겠나. 또 일본놈들에게 침략당한 우리 중국인들의 쓰라린 마음에 비하겠나. 오늘은 비록 경사스러운 날이지만 우리는 고통스러웠던 지난날을 잊어서는 안 되네. 자네둘은 아직 살아갈 날이 많다네. 앞으로 행복하게 살아가는 와중에 고생스러웠던 나날을 잊지 말라는 의미에서……. 자, 들게!"

태족 처녀들이 노래를 부르기 시작했다. 창밖의 풀벌레들이 화음을 넣었다. 기초와 나력은 서로를 마주보면서 말없이 쓴 차를 들이켰다.

두 번째 차는 단맛이 나는 차였다. 왕씨는 어디서 얻어왔는지 호두와 붉은 설탕을 첨가한 달콤한 차를 신랑신부에게 권했다. 태족 여자들이 일제히 소리를 질렀다.

"고진감래苦盡甘來요, 고진감래!"

기초와 나력은 두 번째 차도 쭉 들이켰다.

왕씨가 말했다.

"인생은 다 이런 거라네. 기초 처녀처럼 고생을 두려워하지 않아야 고생 끝에 낙이 찾아오는 법이지."

꿀, 산초, 유산乳扇(치즈를 말려서 만든 백족 전통 음식) 등 여러 가지를 섞은 세 번째 차는 시고 달고 쓰고 매운 오묘한 맛이었다. 왕씨가 말했다.

"오늘밤을 잘 보내게. 아름다운 밤은 빨리 지나가는 법이라네. 아가, 이 늙은이의 말을 알아듣겠는가?"

기초가 고개를 끄덕였다. 왕씨가 눈시울을 붉히면서 말했다.

"우리 아들도 지금까지 살아 있었다면 결혼할 나이가 됐을 텐데. 젊은이, 자네는 수많은 좋은 남자들을 제치고 이렇게 훌륭한 처녀와 결혼하는 거라네. 어서 신방에 들게, 어서 들게……."

태족 처녀들이 노래를 부르면서 신랑신부가 가는 길에 말리꽃을 뿌려줬다. 기초는 그저 얼떨떨했다. 문득 가초 언니가 생각났다. 그리고 오늘밤 자기는 가초 언니의 결혼식 못지않게 특별한 결혼식을 치렀다는 생각을 했다…….

자정 무렵, 나력은 곤히 잠든 기초를 뒤로 하고 살그머니 밖으로 나왔다. 마지막으로 사랑하는 여자를 다시 한 번 내려다보는 그의 표정은 결연했다. 달빛이 여자의 말쑥한 얼굴을 부드럽게 비춰주고 있었다.

소방외는 외나무다리에서 그를 기다리고 있었다. 두 사나이는 이 시간에 여기서 만나기로 한 약속을 충실히 지켰다.

나력이 소방외의 어깨를 힘주어 껴안으면서 먼저 입을 열었다.

"방외 아우, 내 신부를 아우에게 맡기겠네. 잘 부탁하네. 항일 전쟁이 승리하면 반드시 자네들을 찾아갈 거네. 그녀가 그때까지 나를 기다리고 있다면 그녀를 데리고 고향으로 돌아갈 거네. 만약에 내가 돌아가지 않는다면 그것은 한 가지 가능성밖에 없을 거네. 나는 이미 죽었을 거네. 그때가 되면 아우가 내 대신 그녀를 잘 돌봐주게. 그녀를 고향으로 데려다주든지 아니면 자네하고 같이 여기서 살든지 그녀가 원하는 대로 해주게…… 그리고 만약에, 만약의 경우…… 우리 아이가 생긴다면……, 그때는 자네들 마음대로 하게. 아이에게 사실을 말해주고 싶다면 '네 아빠는 일본놈들과 싸우다 이국타향에서 전사했다.'고 말해주고, 그게 싫으면 아무 말도 안 해도 되네. 아마 그때가 되면 전쟁도 없고 모두가 행복하게 살 수 있을지도 모르네……."

소방외가 서슬 퍼런 군도를 뽑아 팔을 쓱 그었다. 새빨간 피가 뚝뚝 떨어졌다. 그가 피 흐르는 팔을 높이 쳐들고 말했다.

"달빛 아래 맹세하노라. 팔암랭叭岩冷은 우리들의 영웅, 팔암랭은 우리들의 조상, 그이께서는 우리에게 대나무집과 차나무를 주셨네. 그이께서는 우리에게 생명의 원천을 주셨네…… 나력 형님, 서썅판납 란창瀾滄강 유역에 납호拉祜족 집거지가 있습니다. 우리 포랑布朗족도 그 일대에 살지요. 그곳에 가면 방외촌이라는 마을이 있고 하늘을 찌를 듯 크게 자란 차나무가 보일 겁니다. 나무의 수령이 얼마인지 저도 잘 모릅니다. 아마 1만 년 전부터 그곳에 있었을 겁니다. 나무 아래에 있는 초막이 바로 저 소방외의 집입니다. 일본놈들을 다 쫓아낸 후 저를 찾아오십시오. 형님의 신부를 털끝 하나 건드리지 않은 온전한 상태로 형님에게 돌려드리겠습니다. 차나무가 형님을 보우할 것입니다. 차나무는 저희 포랑족의 신입니다. 저희는 차나무에게 영험이 있다고 믿습니다. 저를 믿어주십시오, 형님은 반드시 무사히 돌아올 것입니다. 기다릴 것입니다……."

이튿날 이른 아침, 소방외는 기초를 데리고 중국으로 북상하는 길에 올랐다. 남쪽에서 대포소리가 들려왔다. 전 세계를 들썩이게 한 '퉁구보위전'이 시작됐다.

제29장

고보리 이치로는 일본에서 온 편지를 읽고 의학박사 모로오카 다모츠^{諸岡存}가 중국에서 《다경》의 23가지 판본을 모두 수집했을 뿐 아니라 그중에 〈호북경릉서탑사간본〉^{湖北竟陵西塔寺刊本}도 들어 있다는 사실을 알았다. 그러자 갑자기 당장이라도 경산^{徑山}에 가고 싶다는 생각이 들었다. 이어 양패두 망우차장의 주인 가화가 자연스럽게 뇌리에 떠올랐다.

일본 다인들이 보내온 소식에 의하면, 모로오카 박사는 쇼와^{昭和} 15년 7월에 중국에 왔다. 〈서탑사간본〉은 민국 22년에 서탑사 주지승 신명^{新明} 선사가 친히 발문^{跋文}을 쓴 복각본으로, 육우의 고향 천문^{天門}현의 호안교^{胡雁橋} 현장이 두 손으로 공손히 모로오카 박사에게 바쳤다고 한다.

모로오카 박사는 일본으로 귀국한 후 쇼와 16년부터 《다경평석》^{茶經評釋}을 집필하기 시작했다.

비록 내색은 하지 않았으나 고보리는 모로오카 박사가 부럽기 그

제29장

고보리 이치로는 일본에서 온 편지를 읽고 의학박사 모로오카 다모츠諸岡存가 중국에서 《다경》의 23가지 판본을 모두 수집했을 뿐 아니라 그중에 〈호북경릉서탑사간본〉湖北竟陵西塔寺刊本도 들어 있다는 사실을 알았다. 그러자 갑자기 당장이라도 경산徑山에 가고 싶다는 생각이 들었다. 이어 양패두 망우차장의 주인 가화가 자연스럽게 뇌리에 떠올랐다.

일본 다인들이 보내온 소식에 의하면, 모로오카 박사는 쇼와昭和 15년 7월에 중국에 왔다. 〈서탑사간본〉은 민국 22년에 서탑사 주지승 신명新明 선사가 친히 발문跋文을 쓴 복각본으로, 육우의 고향 천문天門현의 호안교胡雁橋 현장이 두 손으로 공손히 모로오카 박사에게 바쳤다고 한다.

모로오카 박사는 일본으로 귀국한 후 쇼와 16년부터 《다경평석》茶經評釋을 집필하기 시작했다.

비록 내색은 하지 않았으나 고보리는 모로오카 박사가 부럽기 그

지없었다. 누구는 '대일본제국의 군인'이라는 이름으로 전장에서 피를 흘리고 있는데 누구는 전쟁을 기회 삼아 중국에서 다도를 연구하다니, 뭔가 불공평하다는 생각이 들 정도였다. 고보리는 전쟁이 발발하기 전부터 육우의 고향을 방문할 계획이 있었다. 그가 백방으로 노력해 항주에 오게 된 것도 이런 사적인 욕심 때문이라고 해도 좋았다.

그는 일본 다도를 사랑했다. 뼛속깊이 열렬히 사랑했다. 하지만 많은 다인들이 솔솔 피어오르는 차향 속에서 몸과 마음을 수련해 더 높은 경지에 오르기를 지향하는 것과 달리 그는 다도를 단지 자기 위로의 수단으로 삼았을 뿐이었다. 그에게 다도라는 것은 미칠 것처럼 가슴이 답답하고 영혼이 너덜너덜해질 지경이 될 때, 순간적으로 머리와 가슴을 식혀줄 청량한 차 한 잔, 그 이상도 그 이하도 아니었다.

고보리는 '화和, 청淸, 정靜, 적寂'의 일본 다도정신을 배웠음에도 불구하고 여전히 강한 승부욕을 버리지 못하고 있었다. 모로오카 박사가 두각을 나타내기 전까지 그는 육우에 대한 연구, 특히 《다경》의 판본학에 대한 연구만큼은 일본 본토에서 자신을 따라올 자가 없다는 자부심을 가지고 있었다. 그만큼 모로오카 박사의 행보와 연구 성과는 그에게 큰 충격을 안겨주기에 충분했다. 그제야 그는 한 가지 사실을 문득 깨달았다. 그것은 모든 일본인이 전쟁을 좋아하는 것은 아니라는 사실이었다. 또 차학계에 모로오카 박사와 같은 사람들이 적지 않다는 사실도 깨달았다.

고보리는 12세기 가마쿠라鎌倉 시대의 에이사이 선사처럼 좋은 기회를 만나지 못했다. 에이사이 선사는 이국땅에서 운 좋게 같은 일본인인 죠겐重源 선사를 만났을 뿐 아니라 함께 천태산天臺山 만년사萬年寺에 올라 육우의 《다경》에 대해 즐겁게 얘기도 나눴다. 또 천태산의 나한공차

羅漢供茶에 대해 상세하게 기록했다. 에이사이 선사는 재차 중국을 방문하고 귀국할 때 영파寧波 천동사天童寺의 불의佛衣와 조인祖印뿐만 아니라《다경》수초본手抄本도 가지고 돌아갔다. 이는《다경》이 처음 일본에 전해진 기록이다. 이에 반해 고보리는 '보물'을 손에 넣을 기회는커녕 천태산 국청사國淸寺에 한 번 다녀올 기회도 얻지 못했다. 고보리도 영파에 한 번 가보기는 했다. 일개 군인의 신분으로 영소寧紹 전투에 참가해 피를 흘리면서 싸웠었다. 그러나 그것이 끝이었다. 그때는 전투가 워낙 치열해 차한 잔 마실 여유도 주어지지 않았었다.

지금은 1943년 가을이었다. 전쟁은 아직도 계속되고 있었다. 중국 전쟁이 이렇게 오래 끌게 될 거라고는 아무도 예측 못했었다. 고보리 역시 마찬가지였다. 그 사이에 그는 일본에 몇 번 다녀왔다. 또 절서浙西 등 전장에도 가봤었다. 하지만 번번이 얼마 안 되어 다시 항주로 돌아왔다. 항주의 산과 호수는 여전히 아름다운 경치를 자랑하고 있었다. 그러나 예전에 아름답다고 느꼈던 이곳의 모든 것이 이제는 전부 눈에 거슬리고 귀에 거슬렸다. 그는 이곳을 영영 뜨겠다고 몇 번이나 결심을 했었다. 하지만 뭔가 해야 할 일이 남아 있는 것 같은 아쉬움 때문에 선뜻 발이 떨어지지 않았다. 그리고 모로오카 박사의 소식을 듣고 나서 마침내 차를 마시면서 전쟁을 치르는 일은 불가능하다는 슬픈 사실을 깨달았다. 두 마리의 토끼를 동시에 잡는 방법은 처음부터 없었다. 그것은 그의 헛된 꿈일 뿐이었다.

중국에서는 사람 나이 40을 '불혹의 나이'라고 한다. 고보리도 40대가 되면서 세상살이에 눈을 뜨고 '불혹'의 의미를 제대로 알게 됐다. 그런 이치를 깨우치고 나니 마음이 홀가분해졌다. 이날도 그는 중국식 두루마기를 걸치고 통역관 가교를 불렀다. 해골처럼 비쩍 마른 가교가 비틀거리면서 다가왔다.

"태군, 뭘 도와드릴까요?"

가교는 숨쉬기도 버거운지 심하게 헐떡거리고 있었다. 고보리는 멸시인지 동정인지 모를 눈으로 가교를 보면서 물었다.

"내가 절서浙西에 갔다 오는 동안 무슨 일이 있었나? 왜 그렇게 말랐나?"

"별일 없었습니다. 그냥 잠을 못 자고 식사를 잘 못했을 뿐입니다."

"차는 양생養生의 선약仙藥, 연령延齡의 묘술妙術이지."

고보리는 자기도 모르게 에이사이 선사의 《끽다양생기》吃茶養生記 머리말을 읊고 있었다.

"밥을 제대로 먹지 못한다면 오룡차를 마셔보는 게 어떤가?"

고보리의 옷차림은 누가 봐도 중국인이었다. 가교가 자조하듯 말했다.

"다성이 말하기를 '차는 정행검덕精行儉德의 사람이 마시기에 가장 적합하다.'고 했습니다. 저처럼 벼락 맞아 뒈져도 싼 인간에게 영단묘약靈丹妙藥인들 무슨 소용이 있겠습니까?"

"그게 무슨 말인가?"

고보리의 표정이 굳어졌다. 그는 가교가 진짜로 아프다는 것을 애초에 믿지 않았다. 그저 꾀병을 부린다고 생각했다. 그래서 일부러 일이 있든 없는 아무 때나 불러댔다. 예전에는 노비처럼 한껏 굽실거리던 가교가 최근 들어 태도가 떨떠름해진 것이 마음에 걸렸다.

가교가 잠깐 생각하더니 말했다.

"태군은 밤에 꿈을 꾸십니까? 저는 요즘 심록애가 물독에서 기어나와 입을 쩍 벌리고 저를 무는 꿈을 자주 꿉니다. 우리 중국인들의 해

몽법에 따르면 이는 원귀가 원수를 갚으러 오는 거랍니다."

그렇게 무서운 얘기를 하면서도 가교의 표정은 한 점 흐트러짐이 없었다. 고보리가 속으로 은근히 탄복하면서 말했다.

"꿈은 그냥 꿈일 뿐이네. 내가 보기에 자네 정신상태는 아무 문제가 없네. 원귀에게 쫓겨 다니는 사람 같지는 않네."

"제가 곧 죽을 것을 알고 나니 아무렇지도 않습니다. 제 아버지도 저더러 속죄하라고 대놓고 말씀하시더군요……."

고보리가 두루마기 자락을 툭툭 털면서 흥, 하고 콧방귀를 뀌었다.

"가교 군, 군부에서 내 신청을 받아들였네. 나는 전선으로 나갈 거네."

가교가 놀란 표정을 지었다.

"이제 항주로 돌아오지 않으실 겁니까?"

고보리가 고개를 저었다.

"아니, 전장에서 전사할 거네."

가교는 고보리의 표정을 보고 그가 마음에도 없는 말을 한다는 것을 한눈에 꿰뚫어봤다. 고보리는 겉으로만 살기등등한 사람이었다. 또 좀처럼 진심을 드러내지 않는 음흉한 인간이었다. 하지만 가교는 일부러 놀란 표정을 지으면서 호들갑을 떨었다.

"왜 갑자기 불길한 말씀을 하시고 그러십니까? 일본에 계신 따님이 태군이 개선해 귀국하시기를 눈 빠지게 기다릴 텐데요."

고보리는 속으로 코웃음을 쳤다.

'철면피한 자식.'

고보리는 그러나 겉으로는 다른 말을 했다.

"자네답지 않게 감상적이군. 그건 그렇고 양패두에 좀 갔다 오게."

고보리가 가교의 놀란 표정을 즐기듯 구경하면서 한마디 덧붙였다.

"그가 나하고 같이 경산에 올라가야겠네."

"태군께서 그리 원하시면 제가 모시고 가겠습니다."

고보리가 아래위로 가교를 훑어보면서 말했다.

"그가 나의 요청을 받아들이지 않을 것 같아서 그러는 건가?"

가교는 입을 다물었다. 고보리의 말을 인정한 셈이었다.

"가서 전하게. 나는 원래 그의 딸 항분과 함께 경산에 오르기로 했었네. 그런데 그가 딸을 매가오^{梅家塢}에 숨겨버렸으니 아비가 딸 대신 갔다 와야 할 게 아닌가?"

"예? 분이는 미국으로 간 것 아닙니까?"

가교는 정말 놀란 표정이었다. 고보리가 쓴웃음을 지었다.

"내가 뭐 하는 사람인지 벌써 잊었나?"

"저는 정말 몰랐습니다."

"그들은 진작부터 자네를 항씨 가족으로 취급하지 않은 게지."

고보리의 말투는 담담하나 모질었다. 가교를 어느 정도 배려하던 예전과는 사뭇 다른 모습이었다.

가교는 떨어지지 않는 발걸음을 어렵게 옮기면서 양패두로 향했다. 그러나 대문 앞에서 한참을 망설였다. 앞문으로 들어가면 예전에 큰 물독들이 놓여 있던 곳을 지나지 않으면 안 됐다. 그는 눈을 질끈 감고 대문 안에 들어섰다. 시퍼런 대낮임에도 불구하고 심록애의 숨결, 날렵한 움직임과 우렁찬 목소리가 느껴지는 것 같았다. 그가 여기까지 온 것은 고보리의 명령 때문이기도 하지만 요행을 바라는 마음도 없지 않아 있었다. 그것은 어쩌면 이곳에서 그를 모질게 괴롭히는 통증의 근원을 없앨 수 있을지도 모른다는 기대심리였다. 이상하게도 그의 온몸의 뼈마디 통증은 아침부터 저녁까지 24시간 지속되는 것이 아니었다. 죽고 싶을 정도로 심하게 아프다가도 간혹 아무 일도 없었던 듯 멀쩡할 때도 있었다. 이것이 오히려 그를 희망과 절망 사이를 오르내리게 만들었다. 솔직히 그는 죽음에 대한 마음의 준비가 전혀 돼 있지 않았다. 남들 앞에서 하는 말은 모두 거짓이었다. "곧 죽을 거야."라고 입버릇처럼 되뇌는 말은 "나는 죽고 싶지 않다."는 몸부림이었다.

큰형님 가화가 우물가에서 물을 긷고 있었다. 가교를 발견한 그가 잠깐 멍하니 바라보더니 곧 표정이 굳어지면서 물통을 들고 안방 쪽으로 걸어갔다.

가교는 우물가로 다가가 털썩 주저앉았다. 이어 고개를 내밀어 아래를 내려다봤다. 장작처럼 비쩍 마른 사내가 우물에 비쳐 보였다. 문득 어릴 때 있었던 일이 떠올랐다. 전후사정이 어떠했는지는 잘 생각나지 않았으나 아버지가 먼저 둘째형의 따귀를 때리고 이어 어머니의 따귀를 때렸던 생각이 났다. 그리고 어머니는 그를 안고 우물로 달려갔고 사람들이 죽겠다고 난리치는 어머니를 말렸었다. 이 기억 때문에 그는 증오심과 복수심으로 들끓는 소년 시절을 보냈었다. 하지만 지금 그때를 돌이켜보면 그것은 한낱 가정불화에 불과한 것이었다. 지금의 전쟁과 비교하면 아무것도 아닌 일이었다. 심지어 그리움을 불러일으키는 지난 기억이었다.

가교는 우물에 비친 얼굴을 향해 속으로 중얼거렸다.

'가교, 너는 무엇 때문에 잃지 않아도 될 모든 것을 잃은 것이냐? 너는 무엇 때문에 그토록 마음이 좁고 잔악한 것이냐? 너는 어쩌다가 이 지경이 됐나? 무엇이 너를 집안 식구를 죽인 살인자로 만들었나?'

우물에 비친 가교의 얼굴 옆에 갑자기 한 여인의 얼굴이 나타났다. 여인은 죽어서도 채 감지 못한 눈을 크게 뜨고 그를 노려보고 있었다. 몸서리를 치면서 고개를 돌린 그의 앞에 언제 왔는지 물통을 든 가화가 서 있었다.

가화는 가교를 외면하고 우물에 물통을 넣었다. 가교가 도와주려고 가까이 다가가자 가화는 마치 전염병 환자라도 피하듯 한쪽으로 비켜섰다.

가교가 잠깐 생각하다가 먼저 입을 열었다.

"형님, 저는 곧 죽을 것 같아요."

물통이 우물 안에서 떴다 가라앉았다 하고 있었다. 가화가 물통을 끌어올리지 않은 채 말했다.

"그럴 줄을 이제야 알았느냐?"

가교가 생각에 잠긴 표정으로 말했다.

"제가 항씨 가문의 선산에 묻히는 꿈을 꿨어요. 냇물을 사이에 두고 다른 사람들과 동떨어져 차나무밭 저쪽에 묻히는 꿈을요. 묘비도 없고 찾아오는 사람도 없었어요. 청명날 성묘객들이 웅성거리면서 제 무덤 앞을 지나가는 것을 쓸쓸히 바라보기만 했어요. 다행히 돌아오는 성묘객들 사이에 한 사람이 제 무덤 앞에 걸음을 멈췄어요."

가교가 고개를 숙인 가화를 보면서 눈시울을 붉혔다. 급기야 형님의 어깨를 두 팔로 안으면서 울먹거렸다.

"그 사람은 바로 형님이었어요……."

가교가 무릎을 꿇었다.

"형님, 저는 죽고 싶지 않아요……."

가화는 물통을 매단 밧줄을 잡고 한참을 가만히 서 있었다. 이윽고 긴 한숨을 내쉬면서 손을 풀었다. 퉁~. 물통이 우물벽에 부딪히면서 아래로 떨어졌다. 가화는 우물가에 앉아 주먹으로 둔덕을 두드렸다. 눈에 핏발이 설 때까지 한참 두드리고 난 후 이를 갈면서 말했다.

"너 똑바로 말해. 어머니가 어떻게 세상을 뜨셨어?"

그날 밤, 하루 일을 끝낸 가화는 조용히 요코의 침실로 향했다. 낮에 가교가 찾아와 고보리의 말을 전달한 일을 알려주기 위해서였다. 요코는 촛불 아래에서 소리 없이 눈물을 흘리고 있었다. 가화는 한참을 망설였다. 선뜻 문을 열고 들어가지도 못했다. 요코는 1년 넘게 소식이 끊겼던 아들 항한의 편지를 읽고 울고 있음에 틀림없었다.

가화도 그 편지를 봤다. 항한은 긴 편지를 통해 바깥세상에서 벌어진 일들을 항주의 가족들에게 세세히 전해줬다.

......

저희 차연구소는 작년 5, 6월에 복건 숭안으로 완전히 이전했습니다. 구주에 있을 때보다 작업환경이 완벽할 정도로 훌륭합니다. 오각농 선생의 말씀에 따르면 인도, 실론, 일본 등 국가의 차 개량기구는 우리 연구소보다 훨씬 열악하다고 합니다. 연구소 인원은 많지 않습니다. 하지만 연구원과 부연구원 대부분이 중국 차학계의 내로라하는 전문가들입니다. 또 대다수의 보조연구원과 조수들은 대학 졸업생들입니다. 길게는 10년 넘게, 짧게는 3년 이상 차 업계에 종사해온 분들이 포진해 있으니 우리 연구소의 장래는 매우 밝을 것으로 기대됩니다.

오각농 선생은 수업에서 우리 다인들에게 다섯 가지 요구를 했습니다. 업무태도는 대공무사할 것, 동적인 것과 정적인 것을 고루 돌볼 것, 빠르게 깨닫고 빠르게 행동할 것, 타인을 배려할 것, 시시각각 자아 성찰할 것, 이렇게 다섯 가지입니다. 오 선생은 또 일본 다인 다나베 미츠田邊貢를 예로 들면서 일개 중학교 졸업생이 꾸준한 노력으로 일본 차학계의 권위자로 성장한 얘기를 들려주셨습니다.

......

저는 연구소 업무 외에도 오각농 선생을 따라 유익한 사회활동에도 참여하고 있습니다. 얼마 전에는 오각농 선생을 모시고 숭안에서 건양建陽 서시진徐市鎭까지 40리 넘는 산길을 왕복한 적도 있습니다. 그곳 국민당 수용소에 갇혀 있는 오대곤昊大錕이라는 청년을 보석保釋시키기 위해서였지요.

제가 알기로는 그 청년은 CP(공산당)입니다. 임생, 나초경과 같은 부류의 사람이지요. 정부는 말끝마다 "총부리를 대외로 돌려 일치항일一致抗日을 한다."고 말하지만 그들의 감옥에는 아직도 수많은 CP들이 갇혀 있습니다. 서시徐市 수용소는 기존의 상료上饒 수용소가 옮겨온 것입니다. 환남사변皖南事變에 참가했던 신사군新四軍 장병들이 많이 갇혀 있지요. 오대곤이라는 청년도 신사군을 면회하러 갔다가 체포됐다고 합니다. 아 참, 혹시 억이 형의 소식을 들으셨어요? 제가 듣기로는 형님은 유격대를 거느리고 사명산에 합류했다고 합니다. 그리고 나초경 아가씨가 억이 형의 아들을 낳았다고 합니다. 정말 뜻밖의 소식이지요? 아기는 차 산지의 한 농가에서 자라고 있다고 합니다. 큰아버님은 할아버지가 되셨어요. 저도 삼촌이 됐답니다. 전쟁이 우리 항씨 가족들을 생이별하게 만들었지만 새 생명이 탄생하는 기적은 어김없이 일어나는군요. 마치 차나무의 잎을 떼어 낸 자리에 해마다 새로운 잎이 자라나는 것처럼 말입니다. 차나무의 왕성한 생명력과 끈질긴 정신력은 가히 경이로울 지경입니다. 저는 이 업종에 몸담게 돼 정말 행복합니다.

……

저는 지금 황초풍이라고 하는 열두 살 소녀와 함께 살고 있습니다. 아버지의 지금의 아내가 데리고 온 딸입니다. 매우 귀엽고 착한 아이입니다. 아버지와 그 아내의 차 사고 소식은 알고 계시지요?

……

가평이 대륙 내지로 들어간 이후 가화는 밤마다 요코를 찾아왔다. 둘은 서로의 체온을 나누면서 긴긴 밤을 함께 보냈다. 마치 이 세상에서 이보다 더 자연스러운 일은 없는 것처럼 두 사람의 결합도 자연스럽게 이뤄졌다.

서로를 마주보는 눈빛, 아무 생각 없이 내뱉는 탄식, 가벼운 손짓……. 모든 것이 마치 오래전부터 존재해온 것처럼 자연스럽고 익숙했다. 둘은 서로에 대해 알아갈수록 서로의 흔들림 없는 매력에 점점 깊이 빠져들었다. 가화는 다른 사람 앞이라면 죽을 때까지 하지 않았을 마음속 말들을 요코 앞에서는 지치지도 않고 다 털어놓았다.

절제하고 인내했던 지난 세월에 대한 보상심리일까, 가화와 요코는 거의 매일 밤을 함께 보냈다. 몸이 천근만근 힘들고 피곤한 날도 예외는 아니었다. 잠을 잘 때도 서로 꼭 붙어서 서로의 체온을 느꼈다. 가끔 가화는 한밤중에 잠에서 깨어나 요코가 돌아누워 자는 것을 발견하면 소스라치게 놀라고는 했다. 그때마다 그는 작고 부드러운 소리로 요코를 불렀다.

"요코, 요코, 이리 손을 줘 봐요……."

아침이 되면 가화는 요코를 꼭 껴안은 채 아쉬운 표정을 감추지 못했다.

"맙소사, 어젯밤 꿈에 또 하루 종일 당신을 찾아다녔어. 당신이 보고 싶어서 미치는 줄 알았어. 얼마나 놀라고 무서웠는지 몰라. 요코, 내 곁을 떠나지 않을 거지?"

……

창밖에 서서 방안의 요코를 바라보는 가화에게 꿈속에서 느꼈던 거대한 두려움이 엄습했다. 그는 자기도 모르게 손을 내밀어 허공을 휘저었다. 아무것도 잡히지 않았다. 마치 심장을 칼로 도려내는 듯한 통증이 가슴을 강타했다. 손발이 덜덜 떨리고 눈앞이 아득해졌다. 그는 맥없이 창살에 머리를 기댔다. 자기도 모르게 마음속 생각이 입 밖으로 새어나왔다.

"이번에는 또 누구인가? 어느 가족이 또 우리 곁을 떠나려는 것인가? 또 누가 나를 한 점의 빛도 보이지 않는 어둠속에 혼자 내버려두려고 하는 것인가?"

같은 시각, 절동浙東의 항가호평원에서는 한 쌍의 젊은이가 총에 맞아 피를 흘리고 있었다.

유격대를 거느리고 사명산에서 내려온 항억과 나초경은 거의 하루 온종일 일본군과 대치했다. 그리고 저녁 무렵에는 적들을 그들 가까이로 유인하는 데 성공했다. 두 사람 덕분에 다른 동지들은 위험에서 벗어났다.

절북浙北 일대의 사람들은 이제 적군이든 일반 백성이든 항억이 공산당 편에 섰다는 것을 모르는 사람이 없었다. 나초경은 고보리 덕분에 적들의 마수에서 벗어나 돌아온 그날 기반산棋盤山에서 항억을 만났다.

다인_4

그리고 항억이 친히 나초경을 호송해 사명산으로 갔다. 7개월 후, 나초
경은 아들을 낳았다. 나초경이 출산한 그날도 항억은 평원에서 적들과
싸우고 있었다. 그는 태어난 아이의 얼굴을 아직 한 번도 보지 못했다.
그리고 젊은 부부는 이번 전투에서 액운을 비껴가지 못했다.

사실 항억은 살 수 있었다. 적들의 습격을 받아 부상을 입은 사람
은 나초경뿐이었기 때문이었다. 항억은 나초경을 업고 차나무 숲이 무
성한 산비탈로 이동했다. 중상을 입은 나초경이 항억의 등에 맥없이 엎
드려 숨을 몰아쉬었다.

"나를 내려놓아요."

나초경의 목소리는 낮았으나 다급했다.

"대오를 거느리고 철수하세요. 내가 여기서 당신들을 엄호하겠어
요."

가을 아침의 공기는 시원하고 상쾌했다. 차나무에 살포시 내려앉은
이슬이 영롱한 빛을 발하고 있었다. 나초경의 낯빛은 창백하고 입에서
피를 울컥, 토해냈다. 항억은 이슬 맺힌 연한 찻잎을 몇 개 따서 손바닥
으로 힘껏 비빈 다음 나초경의 입에 넣어줬다. 급한 대로 지혈부터 하려
는 것이었다. 나초경은 짓이겨진 찻잎을 힘없이 물었다. 핏기 없는 입술
이 연푸른색으로 물들었다. 그녀가 다시 한 번 항억을 재촉했다.

"나를 놔두고 어서 가세요!"

항억이 나초경의 볼과 턱에 묻은 피를 닦아주면서 말했다.

"왜 자꾸 나를 쫓아내는 거요? 당신이 공산당이면 다인가? 공산당
이 먼저 죽어야 한다는 법이라도 있소? 이래봬도 나도 당신과 똑같은
공산당이라고. 그러니 우리는 죽어도 같이 죽고 살아도 같이 살아야 하
는 거요."

위급한 상황에서도 항억은 익살을 잊지 않았다. 그는 탄창에 탄알이 얼마 남아 있는지 확인하면서 부하들에게 철수명령을 내렸다.

나초경이 화난 표정을 지었다.

"⋯⋯명령에 복종해요. 어서 가세요⋯⋯."

항억은 탄알을 정리하는 한편 적의 상황을 관찰했다. 그러다가 다시 나초경을 내려다보고 화들짝 놀랐다. 나초경의 상태가 급격히 나빠지고 있었다. 그는 와락 나초경을 껴안았다. 커다란 얼음덩이가 목구멍을 꽉 막은 것처럼 숨이 막혔다. 송곳으로 찌르는 것 같은 통증이 가슴을 파고들었다.

나초경은 항억과 입씨름할 기력도 남아 있지 않은 듯 숨을 헐떡이면서 띄엄띄엄 말했다.

"나를⋯⋯ 내버려두고⋯⋯ 어서⋯⋯ 가세요. 아이에게는 아빠가⋯⋯ 필요해요."

멀지 않은 곳에서 수색작업을 하는 적들의 모습이 차나무 사이로 보였다. 항억은 나초경의 볼에 자신의 얼굴을 갖다 댔다.

"아이는 다녀에게 맡겼소. 나는 당신 곁을 지킬 거요."

갑자기 산 아래에서 귀를 찢는 듯한 총소리가 한 방 울렸다. 산비탈의 공기가 놀란 듯 순간 얼어붙었다. 주위에 적막이 깃들었다. 가을바람에 살랑대던 차나무 가지와 잎들도 움직임을 멈췄다.

항억은 동정을 살폈다. 이어 별일 없음을 확인하고 슬며시 누워 나초경을 껴안았다.

"마지막까지 함께하자고 약속했잖소? 내가 어찌 당신을 혼자 보내겠소?"

나초경은 이제 화도 내지 않았다. 표정도 어느새 평온하게 바뀌었다. 그녀는 반듯하게 누워 꼼짝도 하지 않았다. 입에서 피가 쏟아질 것 같았다.

"동지들은 안전한 곳으로 피했어요?"

"피했소!"

"당신은 정말 말을 안 듣는군요……."

나초경이 나직하게 탄식을 내뱉었다. 항억은 나초경의 눈을 바라보면서 예전에 나초경을 위해 썼던 시를 떠올리려고 애썼다.

……

나는 다만 그대가 걸어왔던 길에 쓰러지고 싶을 뿐이에요,

영영 그대 곁을 떠난 그대의 친인처럼 말이에요.

……

하지만 머릿속이 백짓장처럼 하얗게 변해 아무것도 떠오르지 않았다. 그런 그가 나초경에게 해줄 수 있는 말은 단 한마디뿐이었다.

"나는 당신 곁을 지킬 거요. 당신을 지킬 거요……."

나초경의 회색 눈동자가 점점 초점을 잃어갔다. 코앞에 있는 항한도 알아보지 못하는 것 같았다. 그러던 그녀가 갑자기 소녀처럼 수줍은 미소를 지으면서 말했다.

"당신을 정말 사랑해요……."

"나도 당신을 정말로 사랑하오……."

항억이 나초경을 끌어안고 오열했다.

"초경……, 초경."

"당신은…… 죽은 그 사람이랑…… 많이 닮았어요. ……진짜 똑같

아요. 그 사람도…… 당신처럼…… 하모니카를 즐겨 불었어요. 당신을 처음 본 순간…… 마치 그 사람이 다시 살아 돌아온 것 같은…… 착각이 들었어요……. 이런 말을 하는 나를 용서해줘요……."

항억이 피가 흐르는 나초경의 가슴에 머리를 묻었다. 한마디 말도 할 수 없었다. 나초경의 가슴에서 바람이 새는 것 같은 소리가 들렸다. 적막 속에서 그 소리는 마치 우렛소리처럼 항억의 고막을 아프게 때렸다. 그녀는 죽어가고 있었다. 그가 목숨보다 더 사랑하는 여인이 죽어가고 있었다…….

산 아래 차나무 숲에서 부스럭대는 소리가 났다. 적들이 올라오고 있었다. 나초경의 숨소리는 점점 가늘어지다가 어느 순간 들리지 않았다. 나초경은 눈을 크게 뜬 채로 숨을 거뒀다.

항억은 길게 숨을 내쉬었다. 그리고 나초경을 차나무 숲 아래 황토 바닥에 반듯이 눕혔다. 그의 탄창에는 총알이 두 발 있었다. 그중 하나는 나초경을 위해 준비한 것인데 이제 필요 없게 됐다. 그는 숨을 죽이고 바닥에 엎드렸다. 차나무 뿌리 사이로 가까이 다가온 군화 신은 발이 보였다. 그는 숨을 내쉬면서 펄떡 뛰어 일어났다. 총알은 일본군 병사의 가슴에 정확히 명중했다. 적이 쓰러지는 것과 동시에 차나무 숲에서 또 한 번 총소리가 울렸다.

뒤따라오던 적들은 일제히 납작 엎드렸다. 한참 기다려도 아무런 기척이 들리지 않자 소리를 지르면서 일제히 위로 올라갔다. 차나무 숲에는 세 구의 시체가 쓰러져 있었다. 그중 하나는 일본군 병사였다. 나머지는 한 쌍의 젊은 남녀였다. 그중 남자는 마치 여자를 보호하려는 듯 여자의 몸 위에 엎드려 있었다. 태양혈에서 피가 꿀럭꿀럭 흘러나오고 있었다. 하늘을 향해 반듯이 누운 여자는 두 눈을 크게 뜨고 있었다.

표정은 한없이 평온했다. 한 줄기 바람이 불어왔다. 차나무 가지와 잎사귀들이 쏴쏴, 소리를 냈다. 쓰러져 있는 두 사람 몸 위로 차나무 잎 몇 개가 팔랑거리면서 내려앉았다…….

밤이 됐다. 항가호평원의 하늘에 별빛이 찬란했다. 은빛 강물이 구불구불 끝없이 흘러가고 있었다. 강물 위에 젊은 남녀의 시체가 떠 있었다. 적들은 죽은 두 사람이 항가호평원 일대에 위세를 떨친 항억과 나초경이라는 것을 확인하고 이를 바득바득 갈았다. 산채로 잡겠다고 큰소리를 뻥뻥 쳤는데 시체로 발견됐으니 어찌할 도리가 없었다. 적들은 두 구의 시체를 문짝에 실어 강물에 띄워 보냈다. 항일하는 사람들의 '말로'를 만천하에 보여주기 위해서였다.

마치 두 사람의 마지막 가는 길을 배웅하려는 듯 별빛이 두 사람의 몸 위로 내려앉았다. 강물은 두 영혼을 싣고 작은 돌다리를 지났다. 그리고 하나씩 하나씩 마을들을 지났다. 강가의 관목 숲에서 밤꾀꼬리의 아름다운 노랫소리가 들려왔다. 날이 밝아오고 있었다…….

가화는 호흡을 가다듬고 문을 밀었다. 요코는 편지를 다 읽은 듯 촛불 아래에서 발을 닦고 있었다.

가화는 항상 몸을 청결하게 유지하는 요코가 좋았다. 하늘이 무너지는 한이 있어도 여전히 침착하고 아름답고 깨끗한 얼굴을 유지하는 요코가 좋았다. 요코의 깨끗한 손과 발이 좋았다. 가화와 요코는 둘 다 결벽에 가까울 정도로 청결에 집착하는 점에서 공통점이 있었다. 설사 내일 아침에 죽는다고 해도 오늘밤에 여전히 발을 깨끗하게 닦을 사람들이었다. 가화가 요코를 좋아하는 이유는 이 밖에도 많고도 많았다. 반투명한 이 여인 덕분에 그는 진정한 사랑이 무엇인지 느낄 수 있었다.

또 사랑하는 여인을 온전히 소유한 사람만의 즐거움과 행복을 만끽할 수 있었다. 그리고 끝이 보이지 않는 어둠속에 한 줄기 빛이 비추듯 그녀를 통해 삶의 희망을 발견했다.

가화는 반쯤 무릎을 꿇었다. 이어 따뜻한 물에 담겨 있는 요코의 발을 부드럽게 어루만졌다. 불이 흔들릴 때마다 방안의 벽에 비친 두 사람의 그림자도 부드럽게 흔들렸다.

"사랑하는 당신, 그대는 나의 어린 시절의 비밀스러운 추억이었소. 그대의 귀는 옥처럼 얇고 투명했지. 나는 그대의 귀를 얼마나 만지고 싶었는지 모르오. 그대가 기모노 차림으로 사르륵 사르륵 소리를 내면서 움직일 때의 그 모습도 나는 사랑했소⋯⋯."

가화는 그렇게 조용히 중얼거린 다음 신발을 벗고 요코와 마주앉았다. 그리고는 요코가 발을 담근 대야에 자기의 두 발을 넣었다. 한 쌍의 길고 얇은 발이 요코의 앙증맞은 발을 부드럽게 감쌌다.

두 쪽으로 갈라졌다가 다시 하나로 합쳐진 토호잔이 촛불 아래에서 은은한 빛을 발했다. 토호잔 위에는 하얀 도자기 인형이 놓여 있었다. 가화는 인형을 들었다. 인형의 등에 줄이 달려 있었다. 가화는 그 인형을 요코의 목에 걸어줬다. 그것은 조상들이 가보로 물려준 다신 육홍점陸鴻漸(육우) 인형이었다. 차디찬 땅 밑에서 임생林生과 함께 10여 년을 누워 있다가 다시 살아 있는 가족들에게 돌아온 것이었다. 가화가 혼잣말처럼 중얼거렸다.

"이제 알겠소? 여자를 제일 밝히는 남자는 사실 나라는 것을. 나는 내가 평생을 바쳐 사랑할 가치가 있는 여인을 좋아하오. 젊은 그녀의 아름다움이 좋고, 나이를 먹은 그녀 눈가의 주름이 좋소. 예전에도 좋아했고, 지금도 좋아하고, 앞으로도 좋아할 거요. 내가 죽어서 다른 세상에 가게 되면 그곳에서도 그녀는 나의 여자일 거요. 그녀 생각만 하면 나는, 나는……."

가화가 갑자기 말문이 막힌 듯 더듬거렸다. 흥분으로 얼굴도 벌겋게 달아올랐다. 그는 맞은편에 앉은 요코를 꽉 끌어안고 그녀의 귀에 대고 속삭였다.

"언제나 그녀와 같이 있고 싶소……."

두 쌍의 발은 여전히 대야 안에 담겨 있었다. 요코가 놀란 표정을 지었다. 이 남자에게 이런 면이 있다는 것을 그녀는 처음 알았다.

고보리 이치로는 중국인들 앞에서 안하무인이었다. 심지어 조기객 앞에서도 마찬가지였다. 그런 그가 유일하게 우월감을 느낄 수 없는 상대가 있었으니 바로 가화였다.

고보리는 가화를 직접 상대한 적은 없었다. 그 이유는 가화를 정신적으로 무너뜨릴 수 있다는 자신감이 그에게 없었기 때문이었다. 고보리는 정복욕이 강한 사람이었다. 그리고 그가 말하는 이른바 '정복'은 육체적인 정복이 아닌 정신적인 정복, 즉 상대의 영혼을 정복하는 것이었다. 가화는 보기 드물 만큼 판단력과 통찰력이 뛰어난 사람이었다. 적어도 고보리는 그런 느낌을 받았다. 그는 중국 대륙에 살고 있는 지나인들에게 제일 부족한 것이 창의력이라고 그동안 생각해왔었다. 그가 지나인들을 경멸하는 이유도 그 때문이라고 해도 과언이 아니었다.

돌이켜보면 고보리는 조기객이 석비에 머리를 박아 피를 흩뿌린 그 순간부터 삶의 의미를 잃었다. 모든 것이 허망하게 느껴졌던 것이다. 그런 그의 영혼에 한 점의 불꽃이라도 튀게 할 수 있는 것이 아직 남아 있다면 그것은 바로 가화와의 승부였다. 고보리는 가화에게서 숨이 멎을 것 같은 한기를 느낄 수 있었다. 그는 가화의 이 같은 냉담함이 피아간의 적대적 관계나 전쟁으로 인한 것이라고 생각했다. 하지만 그것은 큰 오산이었다. 그는 가화가 진정 어떤 사람인지 잘 모르고 있었다. 가화는 설사 평화의 시대에 고보리 같은 사람을 만났다 할지라도 여전히 지금처럼 냉담하게 대했을 위인이었다.

고보리는 군용 차량을 부르지 않았다. 마차를 몰 마부 한 명만 불렀다. 둘은 마차에 앉아 곧장 경산徑山으로 출발했다.

경산은 천목산 동남쪽 산줄기로, 항주 서북쪽에 자리해 있었다. 산속에 경산사徑山寺가 있었다. 지금으로부터 1,200여 년 전인 당나라 천보天寶 연간에 건설된 경산사는 우두선법牛頭禪法의 가르침을 받드는 절이었다. 개산조사開山祖師는 법흠法欽이었다. 몽암蒙庵 원총元聰 선사, 무준無准 사범師範 선사, 허당虛堂 지우智愚 선사 등 절강 일대의 유명한 승려들이 이곳에서 부처의 도를 설파했다. 왕공귀족, 시인 묵객, 전국 각지의 스님들은 물론 역대 제왕들까지 소문을 듣고 이곳을 찾아왔을 정도였다. 남송 때에는 강남의 여러 사찰 중에서도 이곳이 유독 향화香火가 성했다. 그래서 선종禪宗 '오산십찰'五山十刹의 으뜸으로 꼽혔다.

하지만 경산사는 세워진 이래 민국 시기까지 여덟 번이나 파괴됐다. 두 차례나 대대적인 보수를 했다. 나중에는 대웅보전, 위타전韋馱殿과 몇 개 안 되는 재방齋房, 객방客房, 고방庫房, 승방僧房 그리고 묘희妙喜, 매곡梅穀, 송원松元 삼방三房만이 남았을 뿐이었다. 낡아빠진 절을 지키는 몇 안 되는 스님들은 산속에서 나는 것들을 팔아가며 어렵게 생계를 이어가고 있었다.

이날 스님들은 불쑥 찾아온 고보리와 가화를 보고 반가움을 감추지 못했다. 중국식 두루마기 차림에 중국어가 유창한 두 사람을 보고 어쩌다 흥이 동해 놀러온 팔자 좋은 중국사람들로 여긴 것이다. 주지스님은 급히 사람을 시켜 올해 채집한 경산 야생차를 가져오게 했다. 이어 친히 진하게 두 잔 타서 손님들에게 대접했다.

경산 야생차는 형태가 가늘고 매끈하면서 싹눈이 두드러지고 짙푸른 색깔을 하고 있었다. 향기는 맑고 그윽하고 맛은 신선하고 순수했다. 찻물은 푸르고 투명했다. 고보리가 한 모금 음미하더니 찬탄을 금치 못했다.

"과거 황보증皇甫曾(당나라 때 시인)은 〈송육홍점산인채다회〉送陸鴻漸山人 採茶回라는 시를 지었지요. '천 개의 봉우리 멀리서 도망 온 나그네를 기다리고, 향기로운 차는 또다시 무리 지어 생겨났네. 깊은 곳으로 들어가야 딸 수 있다고 혼자서 연기 같은 안개 속으로 길 떠난 이 부러워라.' 라는 내용이지요. 이 시에 나오는 '향기로운 차'는 이 차를 말하는 것이겠죠? 경산차는 과연 명불허전이로군요."

고보리는 가화에게 슬쩍 화두話頭를 던지고 있었다. 하지만 가화는 고보리의 말을 들은 척도 않고 조용히 차를 마시기만 했다. 가화는 마차에 오를 때부터 지금까지 고보리와 단 한마디도 하지 않았다.

고보리의 속을 모르는 주지스님이 의기양양한 표정으로 냉큼 말을 받았다.

"경산의 야생차는 다른 곳의 차와 비교 불가이지요. 손님들은 마침 잘 오셨습니다."

"그게 무슨 말입니까?"

주지스님이 나가더니 《여항현지》餘杭縣志를 들고 돌아왔다. 이어 책속의 한 페이지를 펼쳐 보이면서 말했다.

"두 분, 이 대목을 보십시오."

《여항현지》에는 다음과 같은 기록이 있었다.

……경산사 스님들은 곡우에 차를 따서 질그릇에 담아 저장했다. 법흠 선사는 친히 차나무 몇 그루를 심어 차를 따서 부처님께 공양했다. 세월이 흘러 그 차나무들이 산골짜기 가득히 무성하게 자랐는데 맛이 향기롭고 독특했다……. 경산의 사벽오四壁塢와 이산오裏山塢에서 차가 생산됐다. 사벽오의 차는 색깔이 연하고 맛이 깊었다. 이산오의 차는 색깔이 파랗고 맛이 가벼웠다.

고보리가 만면에 웃음을 지으면서 가화에게 물었다.

"항 사장은 항주에서 유명한 차상 아닙니까? 망우차장에서도 해마다 이곳 경산의 차를 수매했겠죠? 그렇다면 항 선생께서 한번 맞혀보시지요. 이 차는 경산 사벽오의 차일까요, 아니면 이산오의 차일까요?"

가화는 묵묵부답이었다. 오히려 주지스님이 뭔가 생각난 듯 화들짝 놀란 표정을 지었다. 그리고 두 손을 합장하고 연신 염불을 읊었다.

"아미타불, 아미타불, 어쩐지 낯이 익다 했습니다. 망우차장의 큰도련님이시군요. 노승도 노망이 났나 봅니다. 망우차장의 항씨 어르신을 잊어버리다니요. 도련님이 어릴 때는 항씨 어르신과 함께 이곳으로 놀러 오셨었지요. 도련님 아래로 아우가 한 분 계시죠? 그분은 어릴 때 장난이 무척 심했던 기억이 납니다. 벌써 세월이 이렇게 흘렀군요. 그동안 인간 세상에 또 얼마나 많은 겁난劫難이 쌓였을까요? 이 노승을 잊지 않고 이렇게 찾아주셔서 정말 감사합니다. 세월이 워낙 수상하다보니 승려들도 염불할 마음이 없어졌답니다. 옛날에 그렇게 흥성하던 이 경산

다인_4

사도 지금은 이 지경이 됐답니다."

가화가 그제야 찻잔을 내려놓고 천천히 입을 열었다.

"주지스님은 너무 심려 마십시오. 저는 제 부친과 달리 불교 신도가 아니고 부처님의 가르침을 받들 마음도 없습니다만 불가의 선리禪理는 조금 알고 있습니다. 이를테면 윤회설 같은 것을 예전에는 믿지 않았으나 지금은 믿고 싶습니다. 이 세상에서 개돼지만도 못한 짓을 한 자들은 업보를 받아 나중에 반드시 지옥에 떨어질 것입니다. '흥진비래'興盡悲來라고 선과 악은 언젠가 그에 합당한 업보를 받겠죠. 그러고 보니 불교의 교리도 허무맹랑한 이론만은 아닌 것 같군요."

고보리가 기회를 놓칠세라 끼어들었다.

"그렇다면 항 선생은 '백정이 칼을 내려놓으면 그 자리에서 성불한다.'라는 말을 어떻게 이해합니까?"

가화가 정색을 했다.

"나는 부처님의 가르침을 받들 마음이 없다고 분명히 말했습니다. 내가 알고 있는 불교 교리 중에서 실용적인 것을 예로 들었을 뿐입니다. 나는 '백정이 칼을 내려놓으면 그 자리에서 성불한다.'는 말을 믿지 않습니다. 백정이 칼을 내려놓아 봤자 '칼을 내려놓은 백정'에 불과할 뿐입니다. 그 자리에서 성불한다는 것은 어불성설이지요. 살인백정들이 죄다 그 자리에서 성불을 한다면 그자에 의해 목숨을 잃은 원귀들은 지옥에 갇혀 영원히 나오지 못하겠지요. 설령 운이 좋아서 지옥에서 나온다고 할지라도 기껏해야 좋은 가문에 환생하는 정도겠지요. 부처님은 공정하신 분이라고 들었습니다. 그렇게 흑백을 전도하시는 일은 없을 것입니다. 그리고 운 좋게 아직까지 살아 있는 사람들도 살인백정이 진정으로 회개하는 마음으로 칼을 내려놓은 것이라고 믿지 않을 것입니다. 단지 지옥에 떨어지는 것이 무서워서 혹은 원귀들에게 잡혀 끓는 기름 가마에 끌려들어가는 것이 무서워서 칼을 내려놓는 척하는 것이라고 믿을 테죠. 주지스님, 그렇지 않습니까?"

주지스님은 가화의 눈빛과 말투에서 뭔가 심상치 않은 느낌을 받았다. 하지만 그가 끼어들 자리가 아닌 것 같았다. 그가 두 사람에게 차를 권하면서 말했다.

"항 사장도 불교 교리에 대해 많이 알고 계시는군요. 비록 우리 출가자만큼은 아니지만 말입니다. 다만 사람에 따라 각자 견해가 다를 수 있으니 노승이 왈가왈부할 문제가 아니라고 봅니다. 참, 항 사장은 항주에서 손꼽히는 차 전문가이지요. 이 차가 어디에서 난 건지 알고 계십니까? 그렇다면 무지한 이 노승에게도 가르침을 주시지요."

가화가 고보리를 힐끗 곁눈질했다. 이어 큰 소리로 웃음을 터뜨렸다. 평소와는 사뭇 다른 모습이었다.

"이제 보니 경산사의 노스님은 세상물정에 어두우시군요. 일본군이 항주에 들어온 이후로 망우차장이 문을 닫았다는 것은 삼척동자도 아는 사실입니다. 심지어 집에 불까지 질렀는걸요. 대가족이 사방으로 뿔뿔이 흩어지고 멀쩡한 가문이 풍비박산됐답니다. 목숨이 붙어 있는 것만도 감지덕지할 판에 한가하게 차 연구를 할 여유가 어디 있겠습니까?"

노승은 눈을 휘둥그렇게 뜬 채 한참이나 한마디도 하지 못했다. 이윽고 그가 고보리를 보면서 물었다.

"그게 사실입니까? 아미타불……."

가화가 말했다.

"스님은 사람 보는 눈이 탁월하시군요. 중국식 두루마기를 입고 중

다인_4

국어를 유창하게 하시는 이분이 이래봬도 일본군 장교랍니다. 저희 항씨 가문의 속사정을 이분보다 더 잘 아시는 분은 세상에 없지요."

노승이 가화와 고보리를 번갈아보더니 떨리는 목소리로 말했다.

"아미타불, 아미타불, 노승이 눈이 어두워서 태군을 알아보지 못했습니다. 아미타불……."

노승이 염불을 하면서 슬슬 뒷걸음질을 쳤다. 그러자 고보리가 버럭 소리를 질렀다.

"스님, 어디를 가시는 겁니까? 차를 한 모금밖에 마시지 않았는데 벌써 가시면 안 되지요. 설마 내가 일본인이라는 말을 듣고 놀라서 도망가는 건 아니겠죠?"

노승이 그 자리에 굳어진 채 도움을 바라는 눈빛을 가화에게 보냈다. 가화가 태연하게 말했다.

"스님, 제가 있지 않습니까? 저에게 경산차를 한 잔 더 주실 수 없을까요?"

노승이 그제야 정신을 차리고 또박또박 말했다.

"'시방十方의 향객香客이 모두 불도佛徒'라고 했습니다. 800년 전에 귀국의 수많은 고승들이 불법을 배우러 이곳을 찾았었죠. 노승이 일본인을 무서워할 이유가 없습니다. 차를 올리거라!"

고보리의 표정이 딱딱하게 굳어졌다. 그는 입을 꾹 다물고 밖으로 나갔다. 기분이 몹시 불쾌한 것 같았다. 가화라는 사람은 그가 생각했던 것보다 훨씬 더 냉랭하고 각박하고 매정했다. 따지고 보면 고보리가 중국에 머문 기간도 짧지 않았다. 하지만 지금까지 그에게 감히 이렇게 기분 나쁘게 대하는 사람은 단연코 아무도 없었다. 그는 이비황처럼 비굴한 인간을 경멸했다. 그렇다고 가화처럼 오만한 인간이 마음에 드는 것도 아니었다. 방금 가화가 그에게 한 말들은 마디마디 가시가 돋쳐 있었다. 이것이 정녕 인내심을 갖고 기다려온 '지혜의 겨룸'이라는 말인가? 고보리는 주위 산들을 바라보면서 속으로 중얼거렸다.

'툭 터놓고 말해야겠어!'

고보리는 경직된 얼굴 근육을 풀었다. 이어 마치 아무 일도 없었다는 듯 예의 자신감 있는 표정으로 다시 승방에 들어갔다.

"노스님의 말씀이 참으로 지당하십니다. 지금 우리가 추진 중인 '대동아공영권'은 사실 800년 전에 이곳 경산에서 만들어진 적이 있습니다. 일본의 세이이치聖一 법사는 남송 때 경산으로 와서 허당虛堂스님을 스승으로 모시고 무려 5년 동안 불경을 공부했지요. 그는 경산차와 귀국의 귀중한 다구들을 가득 가지고 귀국길에 올랐지요. 뿐만 아니라 경산 다연茶宴, 투다鬪茶 등 전통 다풍茶風을 일본에 전파했답니다. 그중에 세상에 보기 드문 보물인 천목잔도 들어 있었어요. 내가 듣기로는 항씨네 집에도 하나 있다면서요? 내 다도 스승인 하네다 선생이 항 사장의 부친에게 친히 선물하신 거라고 들었는데 그게 사실입니까?"

가화가 큰 소리로 대답했다.

"있어요, 당연히 있지요. 천목잔은 송대 관요官窯의 작품입니다. 내 선친이 하네다 선생의 목숨을 구해줬고, 그에 대한 보답으로 하네다 선생이 물건을 원래의 주인에게 돌려준 것입니다. 그 후에 선친과 하네다 선생 사이에 불화가 생겼고 선친은 홧김에 하네다 선생이 보는 앞에서 천목잔을 깨버렸어요. 다행히 하네다 선생은 칼을 뽑아 내 선친을 죽이는 짓은 하지 않았습니다. 두 쪽으로 갈라진 천목잔은 나중에 내가 다시 붙여놓았습니다. 솔직히 말해서 내가 그걸 왜 다시 붙였을까 조금 후회가 되기는 합니다."

"천하의 가화 선생이 후회할 때가 다 있다? 참으로 흥미롭군요."

"사람 나고 물건 났지 물건 나고 사람 난 것이 아닙니다. 사람보다 더 소중한 존재는 없습니다. 하지만 지금은 글깨나 읽었다는 족속들이 살인을 밥 먹듯 저지르고 있으니 인두겁을 쓴 야수와 뭐가 다르겠습니까? 제가 듣기로는 '한漢학자', '다도학자'를 자칭하는 한 일본 군인이 고작 숭정崇禎 연간의 청화자기 때문에 중국인 임산부 피난민을 총으로 쏴죽였다고 합니다. 어쩌면 내가 가지고 있는 천목잔도 살신지화殺身之禍를 가져올지 모르지요. 사람을 해치는 그깟 물건을 두어서 뭘 하겠습니까? 차라리 내 선친처럼 깨뜨려버리는 게 낫지요."

주지스님이 나가고 승방에는 둘만 남았다. 드디어 인내심이 바닥이 난 고보리가 체면이고 뭐고 가리지 않겠다는 듯 얼굴을 시뻘겋게 붉히면서 가화에게 바싹 다가섰다.

"가화, 당신이 지금 무슨 짓을 하고 있는지 알고 있는가?"

고보리는 가화가 벌떡 일어나서 큰 소리로 항변할 것이라고 예상했다. 그러면 지금까지 살살 약을 올리기만 하는 가화와 대놓고 싸울 수 있는 절호의 기회가 될 터였다. 하지만 가화는 코앞에 다가온 고보리의 얼굴을 보고 흠칫 놀라더니 고개를 옆으로 틀었다. 안색이 백짓장처럼 창백해지고 입술을 푸들푸들 떨었다. 이윽고 가화가 찻잔을 들어 단번에 마셔버리고는 휑하니 밖으로 나가버렸다.

고보리는 가화가 누구를 떠올렸는지 짐작이 갔다. 고보리의 얼굴이 수치스러움과 분노로 벌겋게 달아올랐다. 그가 밖으로 쫓아나가 가화의 어깨를 덥석 잡았다.

"그가 당신에게 뭐라고 말했소? 그가 당신에게 뭐라고 말했느냐 말이오?"

가화가 고보리의 손을 힘껏 밀치면서 소리를 질렀다.

"그건 우리 둘 사이의 일이오."

고보리는 멍해졌다. 그렇게 다짐했건만 결국 또 가화 앞에서 추태를 부린 꼴이 되었다. 그가 손을 툭툭 털면서 자조하듯 말했다.

"그렇군. 사실 나는 당신네 일 따위에는 눈곱만큼도 관심이 없는데 말이오."

터벅터벅 절 밖으로 나오던 고보리가 갑자기 몸을 돌려 빽 소리를 질렀다.

"가화, 이리 나와!"

그는 원래 '가화, 당신 지금 누구하고 얘기하고 있는지 알아?'라고 말하려고 했었다. 하지만 지나친 분노로 그만 마음속의 말이 툭 튀어나온 것이다.

물론 가화는 고보리의 명령을 가볍게 무시해버렸다. 고보리는 가화의 모습이 보이지 않자 씩씩거리면서 혼자서 분을 삭였다. 경산은 변함없이 웅대하고 위풍당당했다. 고보리는 혼잣말하듯 중얼거렸다.

"경산은 내가 상상하던 그대로구나……."

경산 꼭대기에 서면 절서浙西 경내에서 뻗어 나와 여항餘杭 장락진長樂鎭 서쪽 지대까지 구불구불 이어진 천목산이 보인다. 산세는 마치 돌진하는 준마의 기세로 급격히 아래로 내려가다가 이곳 경산에서 방향을 틀어 천목산 주봉으로 거슬러 올라간다. 소동파는 경산을 유람하고 〈경산시〉徑山詩를 지었을 정도였다.

천목산에서 뻗어 나온 수많은 산봉우리들

준마가 평원을 달리는 기세로구나.
도중에 고삐 풀려 천리를 달리니
금 안장과 옥 발판이 빙빙 돌아가네.
......
사람들이 말하기를, 산이 아름답고 물이 더 아름다우니
그 아래에 오래된 교룡의 못이 있다고들 하네.
도인道人은 높은 안목으로 왕기王氣을 알아보고
황량한 꼭대기에 초가집 짓고 편안하게 앉았네.

눈을 들어 멀리 바라보면 능소凌霄, 붕박鵬搏, 조양朝陽, 대인大人, 연좌宴坐 등 경산의 다섯 봉우리가 보인다. 다섯 봉우리 앞에 또 어애봉御愛峰이 있다. 이곳에서는 위로는 가파른 뭇 봉우리들을 우러러보고 아래로는 강과 물굽이를 굽어볼 수 있다. 사서에 의하면 송 고종宋高宗 조구趙構가 이곳에서 경치를 구경하다가 "이 봉우리가 참으로 사랑스럽구나."라고 감탄했다고 하여 '어애봉'御愛峰(황제가 사랑한 봉우리)이라는 이름이 붙었다고 한다.

가화는 자기도 모르게 부친과 조기객 어르신을 떠올렸다. 아버지와 조기객 어르신이 이곳에 오셨다면 얼마나 좋아하셨을까? 산을 바라보는 조 어르신, 물소리를 듣는 아버지, 절에서 흘러나오는 종소리와 독경 소리, 바람에 파도처럼 쏴쏴 물결치는 숲……. 생각만 해도 마음이 트이고 기분이 상쾌해지는 풍경이 아닐까.

고보리도 경산의 기세에 기가 꺾인 듯 한참이 지나서야 겨우 입을 열었다.

"내가 일본에 있을 때 경산에 관한 책을 많이 읽었었소. 그중에 '백만군송쌍경묘, 삼천루각오봉한'百萬裙松雙俓杳, 三千樓閣五峰寒이라는 구절이 제일 인상 깊었소. 지금 보니 삼천 누각은 없어졌지만 하늘을 찌를 듯한 고목은 여전히 그대로구려."

잠깐의 침묵이 흐르고 가화가 입을 열었다.

"옛날 송 황제 조구가 이 산에서 한 스님에게 물었소. '어떤 것이 왕이냐?'라고 말이오. 스님이 대답하기를 '큰 것이 왕이옵니다.'라고 했소. 그러자 조구가 고개를 저으며 '아니다, 곧은 것이 왕이니라.'라고 말했다고 하오. 그리하여 이곳의 오래된 측백나무가 '수왕'樹王에 봉해졌다오. 당신은 아까 경산차와 다구들에 대해 장황하게 칭찬을 늘어놓았으나 나는 '곧은 것이 왕'이라는 한마디가 제일 마음에 드오."

고보리는 아랫입술을 지그시 깨물었다. 지나친 분노로 올올이 일어선 구레나룻이 살을 아프게 파고들었다. 가화가 고개를 돌렸다. 고보리의 얼굴에 조 어르신의 얼굴이 또 떠올랐다.

가화와 조기객이 마지막으로 만난 것은 그의 동생 가평이 항주로 돌아왔을 때였다. 가화는 으레 조 어르신이 두 형제를 같이 부를 것이라고 생각했다. 하지만 소촬은 분명하게 말했다.

"조 어르신은 큰도련님만 부르셨습니다."

그래서 가화는 중요한 얘기가 있을 것이라고 짐작했다. 그리고 그날 두 사람은 많은 얘기를 나눴다. 하지만 전부 일상적이고 가벼운 얘기들뿐이었다. 가화가 집으로 가려고 일어서자 조기객도 일어섰다. 그는 찻잔 뚜껑을 닫으면서 지나가는 말처럼 한마디 했다.

"가화, 내게도 자네 같은 아들이 하나 있다면 죽어서도 편히 눈을 감을 거네……"

뒤돌아서던 가화는 마치 망치로 뒤통수를 얻어맞은 느낌이었다. 귀에서 윙 소리가 나고 목이 꽉 막혔다. 조 어르신이 그를 부른 것은 이 한 마디를 하기 위해서임에 틀림없었다. 그리고 이 한마디에 포함돼 있는 수많은 의미는 오직 가화만이 알아차릴 뿐이었다. 가화의 시선이 흐릿해졌다. 그는 눈물을 들키지 않으려고 여전히 뒤돌아선 채 최대한 가볍게 말했다.

"저는 처음부터 어르신의 아들이었습니다. 아니라고 하는 사람 있으면 나와 보라 그래요……."

진짜 부자지간이 아니면 할 수 없는 얘기들이었다. 가화는 조기객과의 대화내용을 고보리에게 말해줄 생각이 눈곱만큼도 없었다. 그는 고보리를 흘끗 곁눈질하면서 생각했다.

'뭐든 다 가지려고? 어림도 없어. 우리의 멍들고 아픈 은밀한 비밀을 너에게 나눠줄 생각은 없어.'

고보리가 입을 열었다.

"지금은 우리 둘뿐이오. 이 자리에서는 나를 순수한 야마토민족의 후손으로 보지 않기를 바라오. '그'를 위해서라도 우리 허심탄회하게 얘기를 나눈 게 어떻겠소?"

가화는 고개를 돌렸다. 처음으로 고보리를 똑바로 보면서 말했다.

"기객 어르신이 무엇 때문에 죽음을 선택하셨는지 아직도 모르겠소? 한간을 제외하고 아무도 당신과 말하려고 하지 않는다는 걸 아직도 모르겠소? 당신이 일본인이건 중국인이건 그게 무슨 의미가 있소? 당신은 다도에 대해 논할 자격을 진작 잃었소. 또 중국의 경산에 오를 자격도, 차를 마실 자격도 없소. 중국차든 일본차든 상관없이 말이오. 당신들의 손에는 너무 많은 피가 묻어 있소. 아무리 씻어도 깨끗해지지 않을 거요. 세상의 그 어떤 물로도 심지어 찻물로도 깨끗이 씻을 수 없을 거요……."

고보리는 주먹을 힘껏 움켜쥐었다. 한동안 침묵이 흘렀다. 그가 입을 열었다.

"보아하니 당신은 집으로 돌아갈 생각이 없구려……."

제30장

항주의 사계절 중에서 고보리가 제일 좋아하는 것은 가을이었다. 그는 특히 보슬비가 부드럽게 내리는 가을밤을 좋아했다.

봄과 겨울에는 시간을 때우기 위해 밤에 '육삼정^{ㅊㅋㅎ}클럽'을 찾을 때가 많았다. 하지만 가을밤에는 중국 전통 두루마기를 입고 혼자 거실에 앉아 만생호로 우린 차를 음미하며 보냈다.

가끔은 벽에 걸려 있는 칠현금을 내려 만지작거릴 때도 있었다. 그의 연주 실력은 형편없었다. 스스로도 그 사실을 잘 알고 있기에 몇 번 만지작거리다 멋쩍게 내려놓고는 했다. 그럴 때면 자신도 모르게 심록애의 얼굴이 떠올랐다. 심록애가 생전에 칠현금 연주에 능했다는 소문은 많이 들었었다. 어쩌면 그것이 조기객의 마음을 사로잡은 매력이었는지도 모른다.

그럼에도 불구하고 고보리는 심록애가 싫었다. 죽은 지 벌써 여러 해가 지난 사람이 지금도 살아 있다는 느낌을 주는 것이 싫었다. 또 심록애가 생긴 것과는 달리 칠현금을 잘 뜯었다는 사실도 마음에 들지 않았다. 칠현금은 말처럼 덩치 크고 튼튼한 심록애보다 바람에 날려갈 듯 가녀린 항분에게 더 어울리는 악기라는 것이 그의 생각이었다.

어슴푸레한 촛불 아래에서 고보리는 항분의 모습을 떠올렸다. 눈처럼 흰 중국 전통 복식을 하고 중국식으로 땋은 머리를 한 소녀가 반쯤 무릎을 꿇고 앉아 고개를 숙인 채 칠현금을 뜯고 있었다. 소녀 앞에 있는 박산로博山爐(향로의 일종)에서는 비췻빛 연기가 피어오르고, 고보리 자신은 만생호를 들고 소녀 옆에 앉아 있었다. 처연하고 유원한 칠현금 소리가 심금을 울렸다. 고보리는 넋이 나간 표정으로 칠현금을 뜯는 소녀의 가녀린 손가락만 바라보고 있었다……

고보리는 고개를 흔들었다. 하얀 옷차림의 소녀는 뿌연 연기 뒤로 조용히 사라졌다. 그는 수년 동안 똑같은 꿈을 꾸고 있었지만 꿈속에서 본 광경을 누구에게도 말하지 않았다.

그는 하루에도 몇 번씩 당장이라도 서쪽 교외에 있는 매가오梅家塢로 달려가고 싶은 충동을 느꼈다. 그는 항씨네 하인 소촬이 소녀를 어디에 숨겼는지 알고 있었다.

'등잔 밑이 어둡다고, 항주에서 제일 가까운 매가오에 숨긴 것을 내가 모를 줄 알고? 웃기는 인간들 같으니라고. 나 고보리 이치로가 특무요원이라는 사실을 잊었다는 말인가?'

매가오도 유명한 차 산지였다. 용정차의 원산지로 불리는 '사獅, 용龍, 매梅, 호虎, 운雲' 다섯 곳 중에서 '매'가 바로 매가오였다. 소촬은 옹가산 태생으로 매가오 여자와 결혼했다. 매가오는 항주에서 그리 멀리 떨어지지 않았다. 다만 산속에 자리한 탓에 마치 천연의 병풍으로 둘러싸여 보호를 받는 느낌을 줬다. 사실 따지고 보면 항씨 집안의 의중을 이해 못할 것도 없었다. 폐병을 앓고 있는 여자를 십만 팔천 리 떨어진 미국으로 보낸다는 자체가 말이 안 되기 때문이었다. 태평양전쟁이 발발하고 일본과 미국이 정식으로 선전포고를 한 뒤에도 미국약은 은밀한 경로를 통해 항주 양패두로 전달되었다. 물론 이 사실 역시 고보리의 눈을 피하지 못했다. 고보리는 마음만 먹으면 약의 전달을 끊어 항분을 사지에 몰아넣을 수 있었다. 그런 생각을 안 해본 것도 아니었다. 하지만 그는 그렇게 하지 않았다. 어차피 제 명을 다 살지도 못할 불쌍한 여자의 목숨을 일부러 재촉하고 싶지 않았기 때문이었다. 그는 가여운 소녀에게 동병상련을 느끼고 있었다.

어쨌거나 내일 밤이면 항주를 떠나게 된다. 그는 송별연 장소로 창승차행을 택했다. 초청한 손님은 단 한 사람이었다. 그가 농담조로 말했다.

"이번 내기에 손가락 하나를 겁시다!"

고보리는 바둑이라면 가화를 이길 자신이 있었다. 그는 용정차를 한 모금 입에 넣고 천천히 음미했다. 중국의 잎차는 자유분방하고 담백한 맛과 향이 매력이었다. 처음에는 적응이 되지 않았으나 중국에 머무는 시간이 길어지면서 점점 이 맛에 길들여졌다. 그는 양탄자를 깐 바닥에 비스듬히 누워 가까이에 있는 베개를 끌어당겼다. 그때 문이 천천히 열리면서 한 여인이 연기처럼 사뿐사뿐 걸어 들어왔다.

일본 기모노 차림을 한 순수한 일본 여인이었다. 기모노 원단은 가을 날씨에 어울리는 비단이었다. 색깔은 흰색과 남색 바탕에 가을풀 무늬가 있었다. 오비(허리띠)에도 가을풀 무늬가 있었다. 쪽머리를 곱게 넘긴 여인은 흰 양말 위에 게다를 신고 있었다.

여인은 여느 일본 여인들처럼 들어오기 전에 게다를 벗지 않았다.

달그락달그락, 게다 끄는 소리 때문에 기모노 자락이 사락사락 스치는 소리는 들리지 않았다. 하지만 고보리에게는 더할 나위 없이 익숙하고 정겨운 고향의 소리였다.

여인이 고보리 앞에 걸음을 멈췄다. 허리를 숙이거나 무릎을 꿇지 않고 허리를 꼿꼿이 펴고 서 있었다. 소중한 무엇인가를 보호하려는 듯 가슴 앞에 두 손을 꼭 모아 쥔 채였다. 이렇게 되니 서 있는 여인이 앉아 있는 남자를 내려다보는 묘한 구도가 형성됐다. 고보리는 속으로 쯧쯧 탄식을 금치 못했다.

'이 여인은 중국에 너무 오래 있었어. 일본 기모노를 입고 있어도 순수한 일본 여인 같아 보이지 않는군!'

고보리는 탁자 뒤로 가서 똑바로 앉았다.

"결국 오셨군요."

여인은 고보리에게 시선을 고정한 채 묵묵부답이었다. 분노의 표정 은 없었다. 여인의 눈빛은 오히려 연민에 가까웠다. 고보리는 마치 모든 것을 꿰뚫어보는 듯한 여인의 맑고 투명한 눈빛이 부담스러웠다. 세월 앞에 장사 없다고 그 옛날 하네다 스승의 외동딸은 많이 늙었다. 피부 는 여전히 하얗고 말쑥했으나 이마에는 잔주름이 가득했다.

"당신이 기모노 입은 모습은 참으로 오랜만에 봅니다. 중국에 너무 오래 있어서 자신이 야마토민족이라는 것을 잊은 건 아니겠죠? 왜 앉지 않습니까? 어서 앉으세요."

"'신체발부, 수지부모身體髮膚受之父母라고 했습니다. 제가 어찌 제 혈통 을 잊고 살겠습니까?"

여자의 약간 쉰 듯한 목소리는 낮고 차분했다. 고보리는 탁자 위에 만생호를 내려놓았다. 갑자기 가슴이 답답하고 짜증이 치밀었다.

다인_4

'요코와 항씨네 큰아들이 그렇고 그런 사이라는 소문이 사실이었나 보군. 근묵자흑^{近墨者黑}이라고, 어쩌면 말투까지 쌍으로 닮았을까?'

고보리는 속으로 중얼거리고는 기모노를 가리키면서 말했다.

"그런 사람이 민족의 전통 복장조차 제대로 입을 줄 몰라요? 오른쪽 오쿠미(옷섶)가 왼쪽 오쿠미보다 앞으로 가게 입는 사람은 처음 봅니다. 하네다 선생이 아직 살아계셨더라면 이 차림을 보고 쥐구멍을 찾으실 겁니다."

요코가 얼굴을 찌푸렸다.

"제가 아주 어릴 때 당신과 함께 아버지의 다도 수업에 참가한 적이 있었어요. 그때 부친께서 중국 공자의 말을 인용하셨죠. '미관중, 오기피발좌임의'^{微管仲, 吾其被發左衽矣}이라는 말이었어요. 제가 그 뜻을 이해하지 못하자 부친께서 당신더러 해석하라고 하셨죠. 당신은 '관중이 없다면 우리는 아마 모두 머리를 풀고 옷섶을 왼쪽으로 여몄을 것.'이라고 해석했어요. 그러자 부친께서 말씀하셨죠. '기모노의 왼쪽 옷섶으로 오른쪽 옷섶을 덮는 풍속은 중국에서 기원한 것이란다. 오른쪽 옷섶은 군자^{君子}를 의미하지. 그래서 기모노는 오른쪽 옷섶이 몸에 닿도록 입는 것이란다. 왼쪽 옷섶은 미개한 신민^{臣民}인 오랑캐를 뜻하지. 그들은 오른쪽 옷섶으로 왼쪽 옷섶을 여민단다. 우리 일본민족도 개화되기 이전까지 옷섶을 왼쪽으로 여몄단다. 일본 문명의 상당수는 중국으로부터 온 것이란다.'라고요. 당시엔 당신도 제 아버지의 말씀을 듣고 매우 기뻐했던 기억이 나요."

요코가 갑자기 뭔가 생각난 듯 놀란 표정으로 덧붙였다.

"그때까지만 해도 당신은 자신의 중국 혈통을 숨기지 않았어요. 중국인 아버지가 있다는 사실을 오히려 자랑스러워했죠. 그때 당신의 이름은 고보리 이치로가 아닌 '조일랑'趙一郞이었어요."

고보리의 표정은 태연했다. 요코의 말이 끝났는데도 조용히 만생호로 차를 마실 뿐 한마디도 하지 않았다. 한동안 침묵이 흐르고 그가 입을 열었다.

"우리 야마토민족이 미개했던 옛날로 돌아갔다는 말을 하려고 일부러 찾아온 겁니까?"

"제가 왜 왔는지는 당신도 잘 알 텐데요?"

고보리는 차를 한 모금 마셨다. 하지만 짜증과 분노는 쉽게 가라앉지 않았다. 앞에 서 있는 여인은 그가 꿈에서조차 만나고 싶지 않은 사람이었다.

"당신이 왜 찾아왔는지 모르겠어요."

고보리의 말에 요코가 갑자기 미친 사람처럼 울부짖기 시작했다.

"당신은 스스로가 부끄럽지도 않아요? 조 어르신이 석비에 머리를 부딪쳐 죽었다는 소식을 들었을 때 자기 자신이 부끄럽지도 않던가요?"

고보리는 깜짝 놀랐다. 요코가 일본인이라는 것이 믿어지지 않았다. 전쟁이 갓 발발했을 때였다. 당시 일본 본토에서는 수많은 여인들이 대형 집회에 참가해 목이 터져라 소리를 질렀었다. 하지만 그녀들이 외친 것은 '천황 만세', '황군 만세' 구호였다.

고보리가 천천히 몸을 일으켰다. 안타깝지만 눈앞에 있는 이 여인은 이제는 구제불능이었다. 이 여인을 고분고분 순종하게 만들 수 있는 방법은 더 이상 없었다. 이 여인은 더 이상 그의 동포가 아니었다. 철두철미한 지나인일 뿐이었다.

고보리가 천천히 입을 열었다.

"보아하니 당신은 가화라는 그 사람과 마찬가지로 돌아갈 생각이 없는 것 같군요."

"그게 무서웠다면 애초에 찾아오지도 않았을 거예요."

요코의 말투는 오만했다. 그녀의 얼굴에서 하네다 선생의 모습이 얼핏 겹쳐 보였다. 고보리는 팽팽해진 분위기를 누그러뜨리고자 다시 자리에 앉으면서 한결 부드러운 어투로 말했다.

"많이 긴장하셨군요. 나는 가화를 억류할 생각이 없습니다. 그냥 내일 밤 찻집에서 만나 바둑이나 두고 싶었을 뿐입니다. 그가 바둑 고수라는 소문을 익히 듣고 한수 배우려고 말이지요. 며칠 지나면 나는 전선으로 나갑니다. 가기 전에 이곳에 남은 일들을 깨끗하게 마무리해야지요. 안 그러면 평생 후회할 테니까요."

"바둑은 핑계일 뿐이에요, 당신은 그를 죽이려고 하는 거예요!"

"그래, 그를 죽일 거요. 그래서 뭐 어쩌라고?"

고보리가 탁자를 쾅, 내리쳤다. 표정도 무섭게 돌변했다.

"당신도 무사하지 못할 거예요!"

"내가 죽음을 무서워할 줄 알아?"

"당신이 죽음을 무서워하지 않는다는 건 알아요. 당신은 일본으로 돌아가려는 생각이 없어요. 당신은 중국에서 죽고 싶어 하죠. 일본이 아닌 중국에서요."

"나는 전장에서 죽고 싶을 뿐이오!"

"아니에요, 당신은 중국에서 죽고 싶어 해요. 당신은 출신을 속여 육군사관학교에 들어갔고 지금의 일본인 아내와 결혼했어요. 나는 당신의 모든 비밀을 오래 전에 일본에 있는 절친한 친구에게 알려줬어요. 당신이 가화를 죽인다면 이 비밀은 만천하게 공개될 것이고 군사법정은 즉각 당신을 본국으로 소환할 거예요. 내가 증언한 수많은 죄목만으로도 당신은 사형을 피하지 못할 거예요."

고보리는 온몸을 덜덜 떨었다. 중국에서 생을 마감하고 싶다는 것은 그에게 남은 마지막 소원이었다. 아무에게도 말하지 않고 가슴속에 꽁꽁 숨겨둔 비밀을 이 여인이 간파한 것이다. 가증스러운 여자! 이 순간만큼은 눈앞에 있는 이 여자가 지나인들보다 더 증오스러웠다. 그는 다탁 위에 있는 차 절구를 덥석 붙잡았다. 가증스러운 여인의 얼굴에 냅다 집어던지고 싶었으나 차마 그러지 못하고 버럭, 소리를 지르면서 힘껏 다탁을 내리쳤다. 와장창 소리와 함께 다탁이 정확하게 두 쪽으로 깨졌다. 찻잔들이 바닥에 나뒹굴고 찻물이 양탄자를 적셨다.

요코는 여전히 가슴 앞에 두 손을 모은 채 눈을 꼭 감고 있었다. 그녀의 몸이 가볍게 떨렸다. 시간이 얼마나 지났을까, 고보리의 낮게 으르렁대는 소리가 요코의 고막을 때렸다.

"아직도 내가 중국에서 죽고 싶어 한다고 생각하는 거요?"

요코가 떨리는 눈꺼풀을 위로 올렸다. 그리고 모아 쥐었던 두 손을 풀었다. 새하얀 다신茶神 인형이 그녀의 품에 조용히 안겨 있었다. 요코는 입술을 떨면서 천천히 고개를 끄덕였다.

한바탕 광기를 부리고 난 고보리는 피곤한 기색으로 깨진 다탁 뒤에 주저앉았다. 그리고 차가운 목소리로 물었다.

"다 알고 있으면서 왜 나를 진작 고발하지 않았소?"

요코는 고보리를 보면서 대답을 피했다.

"그 사람 때문이오?"

'그 사람'이 누구인지는 고보리와 요코 둘 다 알고 있었다. 하지만 아무도 '그 사람'의 이름을 말하지 않았다.

"내가 당신을 어떻게 할 것 같소?"

고보리는 자문자답을 했다.

"나는 당신을 본국으로 보내버릴 거요. 당신들이 그 여자를 매가오에 보낸 것처럼 말이오. 생이별의 아픔이 어떤 것인지, 바라볼 수 있지만 가까이 갈 수 없는 슬픔이 어떤 것인지 뼈저리게 느끼게 해줄 거요……."

100년 전통을 자랑하는 찻집은 쥐죽은 듯 조용했다. 아래층과 위층은 하나도 빠짐없이 불이 켜져 휘황찬란했다.

손님은 아직 오지 않았다. 오승은 위층 난간에 앉아 호수를 내려다보고 있었다.

비가 추적추적 내리기 시작했다. 마른 연잎 위로 떨어지는 빗방울 소리가 찻집 안까지 들려왔다. 낡은 건물이 비바람에 이리저리 흔들리면서 삐걱삐걱 낮은 비명을 질러댔다. 불길한 징조였다. 안 좋은 일이 또 생길 것 같은 불길한 예감이 엄습하고 있었다.

오늘밤 고보리는 이곳에서 가화와 대국을 치를 것이다. 고보리는 이비황을 시켜 중국인 구경꾼들을 불러오게 했다.

침대에 누워 끙끙 앓던 가교는 고보리의 의중을 알 수 없어 오승에게 물었다.

"바둑을 두는데 구경꾼들을 불러서 뭘 하게요?"

오승이 대답했다.

"인질이 필요한 거지. 바둑에서 지게 되면 다 죽여버릴걸."

가교가 끙, 하고 신음소리를 냈다. 온몸의 뼈마디가 또 아파오기 시작했다. 오승이 달여준 약을 마셨는데도 통증은 전혀 줄어들지 않았고 오히려 더 심해지기만 했다. 가교는 비 내리는 날이면 통증 때문에 죽고 싶은 생각뿐이었다.

"아버지, 아편 좀 주세요. 너무 아파요."

오승이 고개를 저었다.

"안 돼!"

가교가 총을 빼들었다. 목소리도 야수의 울부짖음처럼 변했다.

"제기랄, 다 당신 때문이야. 당신이 나를 이 지경으로 만들었어. 당신은 지금까지 나에게 독약을 먹인 것이었어!"

오승은 입을 꾹 다물었다. 가교는 버럭버럭 악을 썼다.

"아편을 내놔! 지금 당장 내놓으라는 말이야! 안 줄 거야? 정말 안 줄 거야?"

오승이 불쑥 입을 열었다.

"너는 아프다고 소리라도 지를 수 있지. 하지만 오유 그 녀석은 비명 한마디 못 지르고 일본놈의 총에 맞아죽었어. 목숨 빚은 목숨으로 갚아야 하는 법이야."

통증 때문에 이성을 잃어버린 가교는 그예 침대에서 뛰어내렸다. 이어 한 손에 총을 잡은 채 다른 손으로 오승의 뺨을 사정없이 갈기면서 으르렁거렸다.

"방금 뭐라고 했어? 다시 한 번 말해봐. 다시 한 번 말해보라고!"

그때 오승의 마누라가 안방에서 달려 나왔다.

"가교, 그만해. 너 미쳤어? 그분은 네 아버지야."

오승의 마누라는 가교의 허리를 필사적으로 끌어안았다. 하지만 통증 때문에 눈에 보이는 게 없는 가교는 시뻘겋게 충혈된 눈을 크게 뜨고 고함을 질렀다.

"누가 당신 아들이야? 누가 내 아버지야? 내 아버지는 항씨야, 당신

다인_4

들이 내 아버지를 죽였어!"

마른하늘에 날벼락 같은 말이었다. 오승의 마누라가 바로 오승에게 달려가 가교를 떼어놓았다.

"하늘이시여, 저희를 굽어 살피소서. 저희가 공들여 키운 것은 인간이 아닌 미친개였나이다……."

오승의 입가로 피가 배어나왔다. 너무 세게 얻어맞아 숨을 쉬기도 힘들었다. 그는 그러나 아픈 와중에도 연신 고개를 끄덕이면서 띄엄띄엄 말했다.

"그래, 그래, 잘 때렸어. 잘 때렸어!"

가교는 미친개처럼 눈을 희번덕거리며 오산 원동문 집을 샅샅이 뒤지기 시작했다. 예전에 아버지가 '뇌공등'雷公藤이라는 약재를 집에 뒀던 것이 생각났기 때문이었다. 그것은 일명 '단장초'斷腸草로도 불리는 독약이었다. 조금 먹으면 중독되고 많이 먹으면 즉사하는 독성이 강한 풀이었다.

하지만 아무리 찾아도 보이지 않았다. 가교가 오승의 마누라의 멱살을 잡고 고함을 질렀다.

"단장초 어디 있어? 당장 말해!"

단장초가 뭔지도 모르는 오승의 마누라는 가교의 흉악한 몰골을 보고 겁에 질려 벌벌 떨면서 오승을 가리켰다.

"나는 몰라. 아버지에게 물어봐."

오승이 그제야 일어나서 입가에 묻은 피를 닦으면서 말했다.

"다 쓰고 없어……."

"다 쓰고 없다?"

가교가 처량한 표정으로 말했다.

"그러면 나는 죽고 싶어도 죽을 수가 없는 거네?"

"그렇게 죽고 싶으면 방법이 없을 리 없지. 서호에 뚜껑이 덮여 있는 것도 아니고 말이야!"

"뭐라고?"

가교가 오승의 태양혈에 총을 겨눴다. 오승은 눈을 감고 속으로 탄식했다.

'업보야, 결국 업보를 받는구나……'

그때 오승의 마누라가 가교의 발아래 털썩 꿇어앉았다. 이어 머리를 조아리면서 눈물 섞인 소리로 애원했다.

"가교야, 가교야! 우리가 너를 키워준 공을 생각해서라도 제발 목숨만은 살려줘……."

탕! 고막을 찢는 듯한 총소리가 울렸다. 오승의 마누라는 혼비백산해 그 자리에 푹 쓰러졌다. 그렇게 한참 넋을 잃고 있다가 이윽고 눈을 뜨고는 곡을 했다.

"영감, 불쌍한 우리 영감! 혼자 가면 나는 어쩌우?"

오승은 그러나 죽지 않았다. 총소리에 놀라 멍청하니 그 자리에 굳어졌을 뿐이었다. 가교가 쏜 총알은 천장에 박혀 있었다.

가교가 꽥, 소리를 질렀다.

"꺼져!"

오승의 마누라가 황급히 말했다.

"그래, 그래. 꺼질게, 꺼질게."

노파는 오승을 끌고 안방으로 향했다. 오승이 고개를 돌려 애원하는 투로 말했다.

"가교야, 내가 준 약을 먹어야 돼. 그게 해독약이야. 이 아비는 너를 속이지 않아. 이 아비는 네가 살기를 바란단다."

가교가 너털웃음을 터뜨렸다. 아편의 기가 막힌 진통 효과를 이미 맛본 이상 오승의 말은 귀에도 들어오지 않았다. 그깟 탕약, 아무 효과도 없는 탕약…… 그가 총자루를 휘두르면서 소리를 질렀다.

"썩 꺼져! 다시는 내 눈앞에 나타나지 마! 다음번에는 곱게 보내주지 않을 테니까."

오승이 손으로 눈을 가리고 울음을 터뜨렸다.

"가교, 이 아비는 정말 네가 살기를 원한단다……"

오승이 비틀거리면서 대문을 나왔다. 오승의 마누라는 어기적어기적 오승의 뒤를 따르면서 우는 소리를 했다.

"영감, 이제 우리는 어디로 가요? 오유 그 녀석은 죽고, 오주는 멀쩡하던 애가 갈보짓이나 하고 다니니……. 이제 우리는 어디로 가요?"

가을비가 추적추적 내리는 골목은 인적이 없이 스산했다.

"가, 어서 가. 하늘이 무너져도 솟아날 구멍이 있다고 했어."

오승의 마누라는 고개를 돌렸다. 이어 미련이 남은 눈으로 오산 원동문을 바라보면서 말했다.

"벌을 받았어. 이 나이에 자식에게 쫓겨나다니, 벌을 받은 거지……"

오승이 대수롭지 않게 말했다.

"저 자식의 손에 죽지 않은 것만 해도 다행이라고 생각해!"

"저게 사람이에요? 키워준 은혜도 모르고 자기 어미, 아비를 죽이려고 하는 게 사람인가 말이에요. 조만간 저놈 손에 죽느니 차라리 일찌감치 죽어버리는 게 낫겠어요."

오승이 문득 걸음을 멈추고 주먹으로 가슴을 쳤다.

"가교, 가슴이 아파 참을 수가 없구나. 내가, 내가……, 내가 너에게……."

오승은 말을 마치자마자 몸을 돌려 오던 길로 되돌아갔다. 그러는가 싶더니 몇 걸음 걷지 않고 다시 마누라 옆으로 돌아왔다. 이어 마누라의 귀에 대고 소곤거렸다.

"단장초가 어디에 있는지 아는가? 내가 알려줄게. 사실 단장초는 모두 가교의 배 속으로 들어갔어."

"뭐, 뭐, 뭐라고요? 당신, 당신이 가교에게 독약을 먹였어요?"

오승의 마누라는 다리 힘이 풀리는지 스르르 주저앉았다.

"하루 이틀의 일이 아니야."

오승이 한숨을 쉬었다.

"가교가 심록애를 죽인 그날부터 그 녀석이 마시는 찻물에 매일 조금씩 독을 탔어. 처음에는 몸을 약하게 만들어 밖에서 나쁜 짓을 하지 못하게 하려고 아주 조금만 먹였지. 하지만 제 버릇 개 못 준다고 저 자식은 악행을 멈추지 않았어. 그러다가 우리 오유가 고보리의 총에 맞아 죽은 그날, 나는 마음을 독하게 먹었어. 오유는 우리 친아들이야. 아무리 불량배라고 해도 그렇게 죽을 아이가 아니었다고. 가교 저 자식이 우리 오유를 인간 말종으로 만들었어. 우리 오유를 죽게 만들어 놓고도 저 자식은 아무렇지 않게 계속 일본놈들의 앞잡이 노릇을 하고 있잖아. 나는 그게 분해서 그날부터 저 자식의 찻물에 독을 더 많이 넣었어. 하지만 나는 가교를 죽일 마음은 없었어. 그저 죄 받을 짓을 멈추게 하고 싶었을 뿐이야."

오승이 어린 아이처럼 엉엉 울었다. 오승의 마누라도 따라 울면서 말했다.

"영감이 그렇게 속 깊은 사람인 줄 이제 알았어요……."

그때 뒤에서 평, 하는 묵직한 소리가 들려왔다. 두 사람은 동시에 펄쩍 뛰었다.

"이거 총소리 아니에요 가교가……."

노파가 황황한 눈빛을 보냈다. 한참 동안 귀를 기울였으나 다른 소리는 들리지 않았다. 오승이 오산 원동문쪽을 보면서 가슴을 쳤다.

"가교, 죽으면 안 돼! 가교, 죽지 마……."

하지만 오승의 걸음은 오산 원동문이 아닌 창승차행으로 향하고 있었다. 이제 찻집과 마지막 작별인사를 할 시간이 다가온 것이다…….

이비황이 창승차행에 끌어 모은 구경꾼들은 말 그대로 어중이떠중이들이었다. 과거 삼담인월도에서 기초, 항억과 항한에게 차를 대접했던 주이周二가 있는가 하면, 예전에 망우저택에서 물건을 훔쳐간 도둑 배아장扒兒張도 있었다. 이들과 차원이 다른 지식인 진읍회陳揖懷는 가화를 응원하러 일부러 찾아온 터였다.

도둑 배아장은 가화를 보자 굽실거리면서 너스레를 떨었다.

"항 사장, 오늘 분발하셔야 합니다. 우리 중국인들의 체면을 세워주셔야죠. 항 사장이 이기면 제가 〈금천도〉를 돌려드리겠습니다."

'〈금천도〉는 역시 이 녀석의 손에 있었군.'

가화는 속으로 그렇게 생각하고는 조용히 물었다.

"만약 내가 진다면?"

"쳇, 그러면 별 수 없죠 뭐. 누가 지라고 했어요? 누가 우리 항주 사람들의 체면에 먹칠을 하라고 했냐고요?"

이비황이 화를 내면서 배아장을 밀쳤다.

"나가! 네놈이 뭘 안다고 참견이야? 여기가 옛날 바둑시합을 하던 희우대喜雨臺인 줄 알아? 가화, 이 도둑놈의 말은 듣지 말게, 이놈의 말을 듣다가는 목숨을 잃을 수도 있네."

그러자 배아장이 코웃음을 쳤다.

"그깟 바둑 한 판 두는 걸 가지고 더럽게도 복잡하게 구네. 진 사람이 뒈진다는 규칙이라도 정했어요?"

가화는 배아장의 무식하고 거친 말을 듣고도 한마디도 하지 않았다. 옆에 있던 진읍회가 배아장에게 말했다.

"자네들은 오늘밤 구경만 하면 되네. 절대 끼어들거나 성가시게 하면 안 돼. 목숨까지는 아니라도 손가락을 건 중요한 시합이라네."

이비황도 입을 열었다.

"가화, 학우의 얼굴을 봐서라도 내 말 좀 들어보게. 자네는 오늘밤 절대 이기면 안 되네. 자네가 이기면 고보리가 순순히 자기 손가락을 자를 것 같나? 그는 그럴 사람이 아니네. 자신의 손가락을 자르는 대신 여기 있는 우리 모두의 머리를 자르고도 남을 사람일세. 고보리의 목적은 그저 체면을 세우기 위한 것이니 자네가 져준다고 해도 자네 손가락을 자르지는 않을걸세……."

"방구 같은 소리!"

이비황의 말이 채 끝나기도 전에 배아장이 손바닥으로 박자를 맞추면서 소리 높여 노래를 부르기 시작했다.

나온다, 나온다,
찢어진 입에서
방구 같은 소리 나온다.

파랗고 싱싱한 풀은

소의 먹이요,

소의 가죽으로는

북이라도 만들지,

방구 소리 나오는 저 주둥이는

어느 짝에나 쓸꼬.

……

찻집에 모인 사람들은 일제히 박장대소했다. 이비황과 가화도 참지 못하고 웃음을 터뜨렸다. 배아장의 익살 덕분에 찻집 분위기는 한결 가벼워졌다. 가화가 배아장을 가리키면서 말했다.

"좋네, 좋아. 자네가 내 보물을 가지고 있었군. 그런데 그걸 왜 지금 말해주는 건가? 자네만 입 다물고 있으면 아무도 모를 텐데."

배아장은 하늘, 땅과 자신의 가슴을 번갈아 가리키면서 말했다.

"맹세컨대 진작 돌려주려고 했었어요. 다만 항 사장은 자기 집에 불을 지른 '전과'가 있는 분이시라 그 그림도 태워버릴까봐 걱정스러웠지요. 그럴 바에는 차라리 제가 보관하는 것이 낫겠다 싶었어요."

"그렇다면 오늘 굳이 그걸 밝히는 이유는 뭔가?"

진읍회가 참지 못하고 물었다.

그러자 배아장이 가화의 코앞에 엄지손가락을 치켜세우면서 말했다.

"아무리 내가 나쁜 놈이라지만 그렇게 속없는 사람은 아닙니다. 오늘 일본인과 대국하러 이곳에 오신 항 사장은 우리 항주의 영웅이지요. 나는 영웅의 물건을 훔쳤다는 오명을 쓰고 싶지 않습니다. 여러분, 안 그래요?"

사람들이 또 웃음을 터뜨렸다. 가화는 도둑이라고 사람들의 멸시를 받는 배아장에게도 꽤 귀여운 구석이 있다는 생각을 하면서 말했다.

"배아장, 내 말 잘 듣게. 내가 나중에 그림을 가지러 자네를 찾아가지 못하더라도 자네는 우리 항씨네 집에 그림을 가져다줘야 하네. 약속할 수 있겠나?"

가화가 웃으면서 하는 말에 듣는 사람들의 눈시울이 약속이나 한 듯 붉어졌다. 가화의 말뜻을 이해하지 못한 배아장만이 한껏 들뜬 목소리로 외쳤다.

"물론이죠, 물론이고말고요! 제가 온전하게 댁에 가져다드릴 테니 항 사장은 걱정을 붙들어 매셔도 됩니다. 다만 약속은 약속이니 항 사장은 오늘밤 반드시 그 쪽발이 놈을 이기셔야 합니다……."

순간 사람들의 표정이 긴장으로 딱딱하게 굳어졌다. 배아장이 하던 말을 멈추고 뒤를 돌아봤다. 언제 왔는지 고보리가 뒤에 서 있었다. 그의 얼음장 같은 얼굴을 마주한 배아장의 낯빛이 하얗게 질렸다.

'나는 무엇 때문에 오늘밤 이곳에 왔을까? 무엇 때문에 이 사람과 대국을 하려는 걸까?'

고보리는 긴 두루마기와 짧은 저고리를 입은 한 무리의 중국인들을 보면서 스스로에게 물었다. 그리고 그가 오늘밤 상대해야 할 '그 사람'을 발견했다.

그 사람은 창가 쪽 다탁을 마주하고 앉아 있었다. 어둠에 가려져 잘 보이지 않는 그 사람의 표정이 고보리를 화나게 만들었다. 사실 죽을 때까지 두 번 다시 보고 싶지 않은 얼굴이었다. 하지만 체면을 구기

다인_4

고 항주를 떠나기는 싫었다. 그리고 오늘이 그 체면을 세울 수 있는 마지막 기회였다.

360개의 바둑알이 불빛 아래에서 검고 흰 빛을 발했다. 고보리는 잠깐 말없이 서 있었다. 겉으로는 한껏 태연한 척했으나 속으로는 사실 조금 불안했다. 그 사람은 자리에서 일어나지 않았다. 어디를 가나 항상 귀한 손님 대접을 받던 고보리는 한 무리의 중국인들 앞에서 무엇을 어떻게 했으면 좋을지 막막했다.

고보리는 천천히 그 사람을 마주하고 섰다. 이어 온화한 태도로 상냥하게 말했다.

"미안합니다. 내가 조금 늦었어요."

그 사람의 주위에 둘러앉아 있던 사람들이 엄숙하고 경건한 표정으로 하나둘씩 자리를 떴다. 그 사람의 주위에는 이제 아무도 없었다. 그 사람의 앞에 놓여 있는 찻잔에서 아지랑이처럼 김이 올라오고 있었다. 그 사람은 말이 없었다. 천천히, 아주 천천히 찻잔을 들고 한 모금, 또 한 모금씩 차를 음미할 뿐이었다.

그 사람의 태도는 마주한 이를 불안하고 불편하게 만들었다. 고보리는 빈 의자에 군도를 내려놓고 가화의 맞은편에 앉았다. 뜨거운 차가 놓였다. 둘은 한참을 묵묵히 차만 마셨다.

찻집은 등불이 환했다. 창밖에서 주룩주룩 내리는 빗소리가 귓전을 때렸다. 시간은 매우 천천히 흘러갔다. 갑갑한 분위기에 숨이 막힌 고보리가 손짓을 했다. 종업원이 두 사람의 탁자 위로 바둑판을 가져다 놓았다.

고보리가 입을 열었다.

"그러면 시작할까요?"

가화는 대답 대신 손가락으로 탁자를 가볍게 두드렸다.

"오 사장……."

오승이 커다란 구리주전자를 들고 다가왔다. 그리고 직접 가화의 잔에 물을 따라줬다. 가화가 말했다.

"'천다만주淺茶滿酒(차는 적게 술은 가득 따름)'라고 그만하면 충분해요."

고보리의 안색이 변했다. 그는 오늘밤 어떤 일이 있어도 가슴속의 화를 표출하지 않기로 결심했었다. 하지만 그것은 말처럼 쉽지 않았다.

"항 선생, 누가 백白을 잡을까요?"

가화가 고개를 저었다.

"나는 백을 잡지 않소."

"그러면 내가 백을 잡고 항 선생이 흑黑을 잡겠소?"

"나는 흑도 잡지 않소."

고보리가 잠깐 멍해 있다가 가화의 말뜻을 이해하고 입술을 떨었다.

"그렇다면…… 항 선생의 심오한 뜻은?"

"심오한 뜻 따위는 없소. 나는 바둑을 둘 줄 모르오."

고보리의 얼굴이 흉측하게 일그러졌다. 너무 기가 막혀서 너털웃음이 나왔다.

"바둑을 둘 줄 모른다? 하하하하, 지금 이렇게 많은 중국인들 앞에서 바둑을 모른다고 말한 거요? 설마 손가락이 잘릴까봐 무서워서? 그런 걱정은 안 해도 되오. 나는……."

고보리가 광적인 웃음을 딱 멈추더니 주위의 사람들을 향해 삿대질했다.

"당신들은? 당신들도 바둑을 모르는가? 당신네 중국인이 발명한 바둑을 둘 줄 모르는가?"

고보리의 쏘는 듯한 눈빛이 이비황을 향했다. 이비황이 읍을 하면서 말했다.

"조금 둘 줄 압니다만 태군과 대국할 실력은 못 됩니다. 부끄럽습니다."

고보리는 이쯤에서 멈추려고 일부러 이비황을 물고 늘어진 것이었다.

그는 가화의 눈빛을 보고 가화가 오늘밤 살아서 돌아갈 마음이 없다는 것을 알았다. 그는 처음부터 가화를 죽일 생각이 없었다. 두 번 다시 마주치기 싫을 정도로 증오스러웠으나 인간적으로 존중하지 않을 수 없는 유일한 상대가 바로 가화였기 때문이었다.

고보리가 이비황을 향해 미소를 지어보였다.

"이 교수, 항 사장은 진짜로 모른다고 하니 자네가 대신 두면 되겠네."

이비황이 억지웃음을 지으면서 연신 손사래를 쳤다.

"바둑돌을 안 만진 지 몇 년 됩니다. 원래도 하수 중의 하수였습니다. 죄송합니다."

고보리가 일본어로 고함을 질렀다.

"이비황, 좋은 말로 할 때 들어!"

이비황의 안색이 납처럼 창백해졌다. 그가 황황한 표정으로 주위를 둘러보면서 거의 울 듯이 말했다.

"정말입니다. 저는 정말 바둑을 못 둡니다. 이 사람들에게 물어보십시오."

이비황이 가까이에 있는 배아장을 잡아 흔들면서 애원했다.

배아장은 얼떨떨한 표정으로 고보리에게 말했다.

"태군, 이 사람은 정말 바둑을 잘 못 둡니다."

"네놈이 알기는 뭘 알아?"

고보리의 표정이 험악해졌다.

"이 사람이 뭘 잘하고 뭘 못하는지 네놈이 어떻게 알아?"

배아장은 하지만 고보리의 위세에 겁먹지 않고 또박또박 말대꾸를 했다.

"이 교수는 비파를 탈 줄 압니다!"

배아장이 이비황의 얼굴을 가리키면서 덧붙였다.

"태군, 이 사람의 얼굴을 보십시오. 원래 이렇게 곰보자국이 있는 사람들이 비파를 잘 탄답니다."

말을 마친 배아장이 다짜고짜 손가락으로 사람들을 하나씩 가리키면서 노래를 부르기 시작했다.

곰보가 비파를 타네,

비파소리에 하늘의 신선이 놀라고,

땅 아래 토지낭랑土地娘娘이 놀라네.

뿌웅뿡~

토지낭랑의 방구소리에

비파가 똥구덩이로 날아갔네.

'똥구덩이' 대목에 이르러 배아장의 손가락이 마침 고보리의 얼굴을 가리켰다. 사람들은 놀라서 헉, 하고 숨을 삼켰다. 곧이어 여기저기서 키득키득 웃음이 터져 나왔다.

항주 방언을 잘 모르는 고보리는 사람들의 표정을 보고 자신이 놀림을 받고 있다는 사실을 알았다. 그는 고개를 돌려 가화를 곁눈질했다. 가화는 불상처럼 듬직하게 앉은 채 미소를 짓고 있었다. 그 미소는 마치 수만 개의 바늘처럼 고보리의 차가운 심장을 아프게 찔렀다. 갑자기 지금까지 느껴보지 못한 외로움이 엄습했다. 중국인들로 야단법석인 중국 찻집에서 그는 철저한 외톨이였다.

고보리가 찻잔을 집어 바닥에 내동댕이쳤다. 웃음소리가 일시에 멈췄다. 그러나 다른 사람들이 다 입을 다물고 있는 와중에도 눈치 없는 배아장만은 다시 웃음을 터뜨렸다. 다시 생각해도 방금 전의 상황이 너무 웃겨서 웃음을 참을 수 없었던 것이다.

하지만 그의 웃음은 그리 오래 가지 못했다. 탕! 그는 묵직한 소리와 함께 누군가에게 주먹으로 얻어맞은 것처럼 명치가 아파오는 기분을 느꼈다. 무슨 영문인지 미처 깨닫기도 전에 곧이어 극심한 통증이 밀려왔다.

고개를 숙인 배아장은 화들짝 놀랐다. 자기 가슴에서 시뻘건 피가 콸콸 쏟아지고 있었다. 고보리의 총구에서는 아직도 연기가 피어나고 있었다. 배아장이 가화를 향해 소리쳤다.

"항 사장, 일본놈이 저를……."

배아장은 그 자리에 픽 쓰러졌다.

말 그대로 예상 밖의 상황이었다. 배아장에게 총을 쏠 것이라고는 고보리 자신도 예상치 못했었다. 다들 멍하니 입만 벌리고 있는 와중에 가화와 고보리가 배아장에게 달려들었다. 가화는 배아장을 와락 껴안았다.

"항 사장……, 일본놈이 나를……."

배아장은 마지막 숨을 몰아쉬면서 띄엄띄엄 말했다.

"그럼은…… 항 사장의…… 베개 밑에……."

고보리가 반쯤 꿇어앉은 채 고개를 들고 가화를 봤다. 너무 당황했
는지 말까지 더듬었다.

"내가, 내가…… 일부러…… 죽인 게…… 아니오."

분노로 시뻘겋게 달아오른 눈빛이 고보리를 똑바로 응시했다. 가화
가 이를 갈면서 낮은 소리를 울부짖었다.

"살인마!"

고보리의 얼굴에 떠올랐던 절망적인 표정이 순식간에 냉담한 표정
으로 바뀌었다. 그는 쓰러진 중국인 곁을 떠나 자기 자리로 돌아와 앉
았다. 그리고 담담하게 말했다.

"자, 바둑이나 둡시다!"

총소리를 듣고 달려온 헌병들이 찻집 안팎을 빼곡하게 에워쌌다.
고보리의 눈이 무심한 듯 잔인한 빛을 발했다. 대규모의 살생도 마다하
지 않겠다는 결연한 의지의 표현이었다.

그 자리의 중국인들은 꼼짝없이 찻집에 갇혔다. 가화는 허리를 곧
바로 폈다.

"저 사람들을 다 보내주시오. 그러면 바둑을 두겠소."

찻집에는 가화, 고보리와 오승 세 사람만 남았다.

오승은 피를 토하는 심정으로 서로 대치상태에 있는 가화와 고보
리를 바라봤다. 바닥에는 핏물과 찻물이 질펀하게 고여 있었다.

오승은 고보리가 무엇 때문에 한사코 가화를 불러 바둑을 두려고
하는지 이유를 알 수 없었다. 하지만 가화가 "바둑을 모른다."고 고보리

에게 거짓말을 한 이유는 알고 있었다. 그는 항씨 가족의 언어습관을 알고도 남음이 있었다. 가화의 "바둑을 모른다."는 말은 "당신은 나하고 바둑을 둘 자격이 없어. 나는 죽어도 당신과 바둑을 두지 않겠다."는 의미였다.

고보리가 이빨 사이로 내뱉듯 말했다.

"이제는 손가락이 잘리는 것이 무섭지 않소?"

가화는 아무 대답 없이 두루마기 소맷자락을 가볍게 휘둘렀다. 그러자 360개의 바둑알이 와르르 바닥으로 쏟아져 내렸다. 흰 돌 한 알이 아름다운 포물선을 그리면서 오승 발아래의 핏물 속으로 떨어졌다.

가화와 고보리 사이의 거리가 좁아졌다. 고보리가 군도를 들고 의미심장한 말을 내뱉었다.

"당신이 졌소……."

가화는 군도를 받아들었다. 이얏, 짧은 울부짖음과 함께 핏방울이 사방으로 튀었다. 가화의 왼손 새끼손가락이 통째로 잘려나갔다. 너무나 순식간에 일어난 일이었다!

늦가을의 서호 호숫가에서 세 사람은 말없이 한참을 덜덜 떨었다. 이윽고 일본군 장교는 사색이 된 채 비틀거리면서 먼저 자리를 떠났다. 그의 심경에 어떤 변화가 생겼는지는 오직 그 자신만이 알 것이었다. 찻집 벽에 짧게 드리운 그림자는 비틀비틀 어둠속으로 사라졌다…….

이를 악물고 버텨내던 훤칠한 몸은 끝내 고통을 이겨내지 못하고 바닥에 고인 핏물과 찻물 사이로 천천히 무너져 내렸다.

이 모든 것을 지켜보던 늙은이는 허둥대면서 쓰러진 사람에게 달려갔다. 그 서슬에 조용히 타오르던 촛대가 넘어졌다…….

이날 밤, 항주 서호 주변의 주민들은 용금문湧金門 밖에서 타오르는 큰불을 속수무책으로 바라볼 수밖에 없었다. 100년 전통을 자랑하는 찻집이 칠흑 같은 어둠속에서 활활 타올라 잿더미로 변해버리는 광경은 처연하면서도 아름다웠다.

에필로그

서기 1945년 8월 하순, 절강 천목산에 있는 낡아빠진 절은 여느 때처럼 평온했다. 며칠 내내 기쁨에 들떠 있던 열두 살 소년 이월도 마음을 가라앉히고 도공 스승과 함께 도요 앞에 앉았다.

이번에 구워져 나올 천목잔도 평소 만든 것과 별로 다르지 않았다. 굳이 특별한 점을 찾는다면 잔 밑굽에 '항전승리'抗戰勝利라는 네 글자를 새긴 것이었다. 망우가 이월의 청을 못 이겨 써준 글자였다. 이월은 망우에게 배워 간단한 글자를 읽을 줄은 알았다. 하지만 쓸 줄은 몰랐다. 망우는 이월에게 일본의 항복 소식을 알려줬다.

"일본놈들이 드디어 항복했어. 이제 항주로 돌아갈 수 있게 됐어."

"그러면 언제 떠나요?"

이월이 두 눈을 초롱초롱 빛내면서 물었다. 아직 어린 그는 '고향이 가까워올수록 겁이 나서 아는 이 만나도 고향소식을 묻지 못하는' 어른들의 마음을 이해하지 못했다.

"조금만 더 기다려봐, 조금만. 사람들이 우리를 데리러 올 거야."

"하모니카 부는 억이 형님이 왔으면 좋겠어요."

망우는 요즘 밤마다 악몽을 꾸었다. 예전에 그랬던 것처럼 이번 꿈도 죽음을 암시하는 예지몽일까봐 그는 두려웠다. 물론 시도 때도 없이 엄습해오는 불안감을 어린 이월의 앞에서는 내색하지 않았다. 대신 틈만 나면 백차나무에 올라 여름차를 따면서 불안감을 떨쳐버리려고 애썼다. 여름철의 백차나무는 울울창창한 여느 차나무와 다를 바가 없었다. 그는 매일 나뭇가지에 걸터앉아 한손에 쥔 하모니카로 다른 손의 손바닥을 두드리면서 산 아래 오솔길을 바라보고는 했다. 가끔 햇빛이 눈부셔서 눈을 찡그릴 때도 있었다.

이월은 도자기를 굽다 말고 손바닥으로 백차나무를 툭툭 치면서 노래하듯 묻고는 했다.

"차나무야, 차나무야. 하모니카 부는 형아가 우리를 데리러 올까?"

이월이 똑같은 질문을 열 번째로 던졌을 때 드디어 멀리 오솔길에서 몇 사람이 모습을 드러냈다. 맨 앞에 선 사람은 어린 남자아이를 등에 업은 젊은 여인이었다. 망우의 심장박동이 빨라졌다. 절망과 희망이 뒤섞인 묘한 감정이 목구멍을 꽉 눌러 숨을 쉬기 힘들었다. 창백한 두 손은 걷잡을 수없이 와들와들 떨렸다. 그는 하모니카를 입에 갖다 댔다. 얼마 지나지 않아 어릴 때부터 익히 들어온 익숙한 가락이 흘러나왔다.

소무는 호胡에 잡혀 있어도 절개를 욕되게 하지 않았네.

눈과 얼음 덮인 오랑캐 땅에서 19년을 참고 견뎠네.

목이 마르면 눈을 녹여 마셨고, 배가 고프면 담요의 털을 뜯어먹으면서,

북해北海에서 양을 쳤다네.

다인_4

......

젊은 여인은 차나무 아래에 서서 위를 올려다보면서 큰 소리로 불렀다.

"망우 맞지?"

망우는 나무에서 주르르 내려와 젊은 여인을 마주했다. 바람이 불어오자 백차나무가 흐느끼듯 우수수 소리를 냈다. 망우는 모든 것을 알 수 있었다.

여인은 업고 있던 남자아이를 망우 앞에 내려놓으면서 말했다.

"득도得荼, 이분은 망우 삼촌이야. 인사해."

망우가 쭈그리고 앉은 채 아이의 눈을 보면서 물었다.

"이름이 뭐라고 했지?"

아이가 잠깐 망설이더니 낮은 소리로 대답했다.

"득도예요."

"득도?"

"얻을 '득'得, 차 '도'荼. 득도라고요."

어린 아이는 제법 어른스럽게 설명했다. 하지만 시선은 망우 손에 있는 하모니카에 꽂혀 있었다. 아이가 젊은 여인에게 매달려 칭얼댔다.

"다녀 이모, 나도 저거 가지고 싶어요······."

망우는 아이의 작은 손에 하모니카를 쥐어줬다. 아이는 신이 나서 아무렇게나 불기 시작했다. 아이는 어른들이 무엇 때문에 갑자기 눈물을 흘리는지 그저 의아할 따름이었다.

천목산과 천산만수千山萬水를 사이에 두고 멀리 떨어져 있는 중국 대

서남大西南의 운귀雲貴고원, 이곳 서쌍판납의 열대 밀림에는 다성 육우가 《다경》에 언급했던 거대한 차나무가 자라고 있었다.

이날도 세 살배기 소포랑小布朗은 커다란 차나무 아래에서 혼자 놀고 있었다. 커다란 나뭇잎사귀가 바람에 날려 나비처럼 팔랑팔랑 떨어지고 있었다. 아이는 잎사귀를 잡으려고 깡충깡충 뛰어다니다가 얼떨결에 다른 무언가를 손에 잡았다. 그것은 누더기 같은 옷을 걸친 덩치 큰 '괴물'이었다. 온몸이 새까만 '괴물'은 허연 눈자위를 희번덕거리면서 뜻밖에 사람의 언어로 아이에게 말을 걸었다.

"얘야, 엄마는 어디 있느냐?"

아이가 겁을 먹고 으앙, 울음을 터뜨렸다.

"방외 삼촌, 방외 삼촌……."

포랑족 옷차림을 한 젊은 여자가 차나무 아래의 오두막에서 걸어나왔다. 여자는 한참을 말없이 '괴물'을 바라보더니 부드럽게 아이에게 말했다.

"소포랑, 아빠야. 네 아빠야. 아빠가 돌아오셨어. 소포랑, 아빠한테 인사해야지……."

전장에 나갔던 고보리 이치로는 그의 상사이자 일본군 제133사단장인 노지 가헤이野地嘉平와 함께 항주로 돌아왔다. 8월 15일, 일본 천황은 무조건 항복을 선언했다. 9월 2일, 도쿄만에 진주한 미 전함 미주리호 갑판에서 일본은 항복문서에 서명했다. 그리고 9월 6일, 고보리는 송전宋殿에서 항복식에 참가했다. 비슷한 항복식이 중국의 15개 지역에서 치러졌다.

송전은 항주에서 불과 수십 킬로미터 거리에 있었다. 부양富陽현에서 멀지 않았다. 얼마 전까지만 해도 이곳은 일본군 144사단의 특수임무 거점 중 하나로 토치카와 참호가 즐비했다. 특무와 군견들도 바글거렸었다. 악명이 자자한 '천인갱'千人坑도 이곳에 있었다.

천황의 무조건 항복 칙령을 받은 일본군의 반응은 예상했던 대로 격렬했다. 할복자살하는 자들도 적지 않았다. 고국으로 돌아갈 날만 눈이 빠지게 기다리던 장병들은 무기를 내려놓고 묵묵히 처분을 기다렸다. 그들 중에는 패전병인 주제에 마지막 자존심을 지킨답시고 훈련용 목제 창칼을 치켜들고 허리를 곧추 세운 사람들도 있었다.

고보리는 처음부터 끝까지 무덤덤했다. 심지어 일본인으로서 치욕스럽기 그지없는 항복의식을 지켜보면서도 마음의 동요가 전혀 없었다.

고보리는 송전의 주인 송작매宋作梅의 집 대문 앞 공터에 맨 마지막으로 도착했다. 공터에 임시로 만들어놓은 단상 위에는 중국 측 대표들을 위한 원탁이 있었다. 단상 아래에 있는 초라한 자리는 당연히 항복한 자들을 위한 것이었다. 중국, 미국, 영국, 프랑스 등 연합국 군기들이 바람에 표표히 휘날리는 와중에 일본 국기는 거세당한 거위처럼 고개를 푹 숙인 채 게양대에 반쯤 매달려 있었다. 항복깃발 아래를 묵묵히 걸어 지나가는 전범들의 표정은 하나같이 음침했다……

고보리는 송전에서 돌아오자마자 매가오로 향했다. 그는 그 여자가 죽지 않았다는 것을 알고 있었다. 그 여자는 죽지 않았을 뿐만 아니라 건강을 완전히 회복했다. 하지만 그는 곧 죽을 운명이었다. 그는 죽음 따위는 두렵지 않았다. 다만 죽기 전에 그 여자에게 반드시 줘야 할 것이 있었다.

나무 심기에는 적합하지 않은 계절임에도 불구하고 소제蘇堤 제방은 삽과 호미를 든 사람들로 떠들썩했다. 이들은 몇 년 전에 일본인들의 강요에 못 이겨 억지로 심었던 벚꽃나무를 뽑아버리러 몰려온 것이었다. 8년 사이에 무성하게 자라서 해마다 아름다운 꽃을 피우던 벚꽃나무는 분노한 항주 시민들에 의해 뭉텅뭉텅 잘려나갔다. 분이 덜 풀린 사람들은 잘려나간 나무의 뿌리까지 파내겠다고 삽을 들고 낑낑댔다.

수많은 사람들 속에서 원래의 색깔을 알아볼 수도 없을 만큼 다 낡아빠진 두루마기를 입은 중늙은이의 행동이 단연 돋보였다. 그는 우렁차게 구호를 외치며 나무뿌리를 완전히 파내는 방법을 사람들에게 열성적으로 가르쳐주고 있었다. 모르는 사람이 보면 벚꽃나무와 철천지원수가 아닐까 오해할 정도로 극성스러웠다.

남자의 눈빛은 병적으로 고집스러운 것이 정신이 온전치 않은 사람임에 틀림없었다. 사람들은 여기 저기 분주히 돌아다니면서 참견하는 남자를 밀쳐내면서 말했다.

"저리 가요, 저리 가. 벚꽃나무 심을 때에도 제일 적극적이더니 오늘도 이게 웬 난리법석이오? 저러니 가족들에게 버림받아 싸지. 진짜로 미쳤는지 일부러 미친 척을 하는 건지 알 게 뭐야?"

둘이 합쳐도 온전한 손이 두 개밖에 없는 가화와 진읍회도 사람들 틈에서 조용히 삽질을 하고 있었다. 한참을 묵묵히 일만 하던 진읍회가 길게 한숨을 내쉬면서 입을 열었다.

"복숭아나무가 무슨 죄고 벚꽃나무가 무슨 죄여? 죄가 있다면 사람에게 있지……."

미치광이 남자가 언제 왔는지 두 사람을 향해 고함을 질렀다.

"여인은 어디로 갔는지 알 수 없건만, 복사꽃은 여전히 봄바람에 웃고 있네!' 들었지? 봄바람에 웃고 있는 건 벚꽃이 아니라 복사꽃이란 말이오! 복사꽃, 복사꽃, 복사꽃이야! 하하하하…… 복사꽃이야……."

남자는 덩실덩실 춤을 추면서 제방을 따라 달려갔다…….

진읍회는 고개를 절레절레 저었다.

"일본이 항복을 선언한 그날 저 인간은 문 앞에서 폭죽을 터뜨렸네. 정신이 말짱하더군. 지금도 일부러 미친 척을 하는 게 틀림없네. 한간漢奸짓을 한 과거 때문에 두려워서 저러는 거겠지?"

가화는 이비황의 뒷모습을 한참 동안 지켜보더니 이렇게 말했다.

"이비황은 진짜로 미쳤네. 얼마 전에 월이가 망우와 함께 항주로 돌아왔다네. 그 아이는 아비가 일본놈 앞잡이 노릇을 했다는 말을 듣고 아비와의 절연을 선언했다네. 그리고 미국에 있는 방서령도 편지를 보내 아들의 성을 '방'方씨로 바꿔 '방월'方越이라고 부르겠다고 했다네. 방월은 지금 우리 집에 기거하면서 나를 '아버지'라고 부른다네. 따지고 보면 이비황과 고보리는 모두 학식이 뛰어나지만 그것은 그들의 인생에 아무런 도움도 되지 않았네."

진읍회가 손을 이마에 올려 햇빛을 가리면서 말했다.

"고보리 얘기가 나왔으니 하는 말인데, 저기를 좀 보게. 저기 남자와 여자 둘만 앉은 배 보이는가? 아무리 봐도 여자는 분이, 남자는 고보리로 보이는군."

가화가 그쪽을 보고 담담하게 말했다.

"맞네. 고보리가 분이를 만나겠다고 했네. 우리 집에서 가져간 만생호와 시계를 맡기겠다더군."

진읍회는 너무 놀라서 들고 있던 호미를 떨어뜨렸다. 그가 성한 손으로 가화의 얼굴을 가리키면서 흥분된 어투로 말했다.

"자네, 자네 미쳤나? 어떻게 저 둘을 같이 있게 둘 수 있나? 저건 인간도 아니야. 백번 총살해도 아깝지 않은 악마라고. 전범이 따로 있나, 저 악마가 전범이지."

가화는 실눈을 하고 호수를 바라봤다. 작은 새 한 마리가 잔잔한 수면을 스치면서 날아오르고 있었다. 그가 혼잣말처럼 중얼거렸다.

"평생을 악마로 살다가 마지막에 사람 노릇을 하고 싶었던 게지……."

"사람 노릇? 이미 늦었네!"

"그러게 말이네……. 늦었어……."

진읍회가 말을 마치자마자 문득 떠오른 생각을 다시 입 밖으로 내뱉었다.

"조 어르신이 지금까지 살아계셨더라면……."

"읍회……."

가화가 호미자루로 바닥을 두드렸다. 진읍회는 자신의 말실수를 깨닫고 입을 다물었다.

한참의 침묵 끝에 가화가 다시 입을 열었다.

"그런 말 하지 말게……."

두 사람은 호숫가에 나란히 앉아 초가을의 연꽃을 묵묵히 구경했다. 진읍회는 가화가 3년 전에 죽은 항억을 생각한다는 것을 알고 화제를 돌렸다.

"항한 소식은 있나? 이제 돌아올 때도 되지 않았는가?"

항한의 말이 나오자 가화의 얼굴이 밝아졌다.

"안 그래도 편지가 왔더군. 곧 돌아온다네. 여동생까지 데리고 말이야, 허허. 항일 전쟁이 승리하자마자 당국은 그들의 차연구소를 강제로 해산시켰다네. 오각농 선생은 상해에 자체적으로 차 회사를 세울 계획이라네. 한이 남매도 상해로 따라가게 될 거네. 이번에 항주로 돌아오는 것도 가족들과 이 일을 의논하기 위해서라네."

"기초와 나력도 돌아온다고 하지 않았는가?"

"이미 출발했다네. 기초도 아들이 있다네. 자네 몰랐지? 득도하고 나이가 비슷할걸. 둘이 심심하지 않게 됐네."

"정말 생각지도 못했네."

"자네가 생각지 못한 일이 또 있네. 가평은 차 업계에서 두각을 나타내면서 이번에 장만방莊晚芳(차 연구가이자 차학 교육가, 차 재배 전문가) 선생과 함께 대만으로 가게 됐다네. 일본인들이 인계한 대만 차 산업을 관리하는 중임을 맡았다네. 아마 당분간은 항주로 오기 힘들걸세……."

진읍회는 기쁜 표정을 감추지 못했다.

"며칠 지나면 요코도 온다지? 그야말로 희소식이 연이어 들려오는구먼. 고진감래라고 망우차장도 새 출발을 하게 됐네. 항씨 가문은 힘든 시절을 끝까지 잘 버텨냈네……."

그때 호수에서 한바탕 소동이 일어났다. 사람들의 비명소리와 고함소리가 들려왔다.

"사람이 물에 빠졌어요! 사람이 물에 빠졌어! 거기 배 위에 있는 아가씨, 얼른 사람을 부르지 않고 뭘 해요? 물에 빠진 사람의 일행 아닌가요? 사람 살려요……."

제방에서 벚나무를 뽑고 있던 사람들이 모두 호미를 내려놓고 호숫가로 달려갔다. 성격이 급한 몇몇 젊은이는 호수에 뛰어들려고 신발을 벗었다.

호수 위에서 고함소리가 들려왔다.

"내려오지 말아요. 이놈은 고보리 이치로요. 일본놈이 호수에 투신자살한 거요."

호수 중심에 작은 배 한 척이 외롭게 떠 있었다. 배 위에는 젊은 여인이 외롭게 앉아 있었다. 여인의 품에는 만생호가 외롭게 안겨 있었다. 만생호 속에서 째깍째깍 회중시계 소리가 들려왔다…….

고보리와 항분은 오후 내내 작은 배에 함께 앉아 있으면서 서로 말한마디 나누지 않았다. 항분은 고개를 들 때마다 그녀를 바라보는 집요한 시선과 마주쳤다. 항분에게서 시선을 떼지 않은 채 혼자 생각에 잠겨 있던 고보리가 한참이 지나서야 앞을 보면서 갑자기 입을 열었다.

"저기 소만수蘇曼殊의 무덤이 보이는군요."

고보리의 눈가는 축축하게 젖어 있었다.

"요청에…… 응해주셔서…… 고마워요."

고보리의 말투는 사랑하는 여자에게 서툴게 고백하는 소년처럼 어눌했다.

"이제는 당신을 무서워하지 않아도 된다고 아버지가 말씀하셨어요."

"당신의 아버지? 아, 그분……."

고보리가 생각에 잠긴 표정으로 건너편 제방을 봤다. 다시 침묵이 흘렀다.

"나는 더 이상 살지 못할 것 같아요."

이윽고 고보리가 담담하게 입을 열었다.

항분이 고개를 들어 고보리를 보면서 만생호를 꼭 껴안았다.

"알고 있어요."

"안다고요?"

고보리가 조금 놀란 표정을 지었다. 이어 다시 물었다.

"당신이 뭘 알아요?"

"하나님은 인간을 창조하시고 사랑도 창조하셨어요. 하지만 당신은 사랑을 없애려고 했어요. 사랑은 없앨 수 있는 게 아니에요. 당신은 심지어 당신 마음속의 사랑을 없애는 데도 실패했어요……."

"그래서 나는 사랑과 함께 파멸할 수밖에 없는 거겠죠."

고보리는 마치 남의 말을 하듯 담담하게 말했다. 그는 깨끗하게 면도를 하고 그가 제일 좋아하는 중국 전통 두루마기를 입고 있었다.

항분이 갑자기 물었다.

"회중시계를 누구에게 전해드릴까요?"

고보리는 항분의 질문이 마음에 들지 않은 듯 얼굴을 찌푸리면서 손사래를 쳤다.

"그냥 가지고 계셔도 돼요. 언젠가 내 딸이 항주로 오게 되면……."

고보리가 말을 채 맺지 않고 항분에게 물었다.

"언덕까지 모셔다 드릴까요?"

항분은 고보리의 얼굴을 찬찬히 살펴봤다. 그녀는 고보리가 다른 누구와 닮았다고 생각한 적이 한 번도 없었다. 그녀의 품속에는 피 묻은 사진 한 장이 소중히 간직돼 있었다. 한 소녀가 벚꽃나무 아래에서 미소를 짓고 있는 사진이었다. 조 어르신의 유품이었다. 항분이 천천히 고개를 흔들었다. 항분의 나지막한 기도소리가 고보리의 귓가에 들려왔다.

"하늘에 계신 우리 아버지여, 이름이 거룩히 여김을 받으시오며, 아버지의 나라가 임하시오며, 아버지의 뜻이 하늘에서 이뤄진 것 같이 땅에서도 이루어지게 하소서……."

언덕에서 미치광이의 째지는 듯한 고함소리가 들려왔다.

"……벚꽃이 아니라 복사꽃이라는 말이오! 복사꽃, 복사꽃, 복사꽃이야! 하하하하……"

첨벙! 드디어 그가 물에 뛰어드는 소리가 들려왔다. 그녀는 고개를 숙인 채 만생호를 뚫어지게 내려다봤다. ……주여, 우리가 우리에게 죄지은 자를 사하여 준 것 같이 우리 죄를 사하여 주시옵고…… 우리를 다만 악에서 구하옵소서……. 아멘…….

고산孤山 꼭대기에 서서 내려다보면 서호에 있는 섬 세 개는 '품'品자형으로 배열돼 있다. 중국 전설속의 '봉래삼산'蓬萊三山도 이와 같은 구도라고 한다.

지난한 세월 동안 전쟁으로 몸살을 앓은 서호의 섬들은 예전의 '화용월태'花容月態를 미처 회복하지 못했다. 하지만 항주 사람들은 한시도 지체할세라 삼삼오오 떼를 지어 서호로 모여들기 시작했다. 삼담인월도 三潭印月島의 아심상인정我心相印亭에도 차를 마시면서 호수의 풍광을 구경하는 사람이 적지 않았다. 그들 중에는 삼담인월도의 유래를 소개하면서 아는 척을 하는 사람이 있는가 하면 향긋한 차를 음미하면서 감탄을 연발하는 사람도 있었다. 호숫가에 앉아 향차를 음미할 수 있는 좋은 날이 드디어 다시 찾아온 것이다. 일본인 한 명이 호수에 투신자살해 잠깐 소란이 일어나기도 했으나 이 좋은 날 사람들의 관심은 온통 아름다운 경치에만 쏠려 있었다…….

정자 안에는 비어 있는 다탁이 하나 있었다. 멋모르는 유람객이 그 자리에 가서 앉으려다가 차박사茶博士 주이周二에게 제지를 당했다. 주이가 정색을 하고 말했다.

"손님, 죄송하지만 이 자리는 예약석입니다. 저는 그분들이 오시기를 매일 눈 빠지게 기다리고 있습니다."

"언제 예약한 거요? 내가 볼 때는 늘 비어 있던데."

"휴, 말하자면 얘기가 길어지지요. 8년 전에 예약한 것입니다."

"어휴, 8년 전의 예약석이라니. 말도 안 돼요!"

주이는 나지막이 한숨을 내쉬면서 다탁과 네 개의 의자를 물끄러미 바라봤다. 탁자 위에는 네 개의 청자찻잔과 망우차장의 최상급 녹차가 준비돼 있었다. 주이는 잠깐 생각하더니 네 개의 찻잔에 차례로 뜨거운 물을 부었다. 마른 찻잎이 위로 떠오르면서 뜨거운 수증기와 구수한 향기가 가득 퍼졌다. 주이는 호수를 보면서 깊은 한숨을 내쉬었다. 사실 그는 8년 전에 만났던 젊은이들이 다시 올지 안 올지 확신이 없었다. 물론 그는 그들 중 일부가 지금 이쪽으로 오고 있다는 사실을 모르고 있었다. 또 일부는 영영 다시 돌아올 수 없다는 사실도 모르고 있었다. 🍃

〈제2부 끝. 3부 ⑤권에 이어집니다〉

더봄 중국문학 07

다인 ④

제1판 1쇄 인쇄	2022년 5월 2일
제1판 1쇄 발행	2022년 5월 6일

지은이	왕쉬펑
옮긴이	홍순도
펴낸이	김덕문

책임편집	손미정
디자인	블랙페퍼디자인
마케팅	이종률
제작	백상종

펴낸곳	**더봄**
등록번호	등록일 2015년 4월 20일
	서울시 노원구 화정로51길 78, 507동 1208호
대표전화	02-975-8007 ‖ 팩스 02-975-8006
전자우편	thebom21@naver.com
블로그	blog.naver.com/thebom21

한국어 출판권 ⓒ 더봄, 2022

ISBN 979-11-88522-19-4 04820
ISBN 979-11-88522-15-6 (전6권)